BLESSURES GRAVES

JOAN BARFOOT

BLESSURES GRAVES

Traduit de l'anglais (Canada)
par Marie-Odile Kastner-Uomini

encre de nuit

Catalogage avant publication de la Bibliothèque nationale du Canada

Barfoot, Joan, 1946-

[Critical injuries. Français]

Blessures graves

Traduction de: Critical injuries.
Publ. en collab. avec: Encre de nuit.

ISBN 2-7648-0145-9

I. Kastner-Uomini, Marie-Odile. II. Titre.
III. Titre: Critical injuries. Français.

PS8553.A762C7414 2004   C813'.54   C2004-940731-7
                   PS9553.A762C7414 2004

Titre original : *Critical Injuries*
Éditeur original : Key Porter Books, Toronto
© 2001, Joan Barfoot
© 2003, Encre de Nuit pour la traduction française
© 2004, Encre de Nuit et Éditions Libre Expression pour
l'édition française au Canada

Éditions Libre Expression
7, chemin Bates
Outremont (Québec) H2V 4V7

Dépôt légal : 2ᵉ trimestre 2004

ISBN 2-7648-0145-9

Une désobéissance inhabituelle

« Grimpe », dit Lyle, et Isla s'exécute. Il s'amuse un peu avec ses cuisses, il appelle ça « chatouiller l'ivoire ». Elle a toujours autant de plaisir à monter dans sa vieille camionnette verte toute cabossée, large, haute et massive. Rien à voir avec la petite voiture de course qu'il utilise pour aller travailler, ni avec la sienne, compacte et pratique. C'est un véhicule sérieux, pour faire des choses sérieuses. Pourtant, il leur est déjà arrivé de n'y être pas sérieux. Un jour, ils ont fait l'amour à l'arrière, sur un vieux matelas usé que Lyle s'apprêtait à jeter. « Une dernière fois », avait-il dit d'une voix où se mêlaient le désir de l'instant et la promesse du sentiment éternel. C'était quelques années plus tôt.

Aujourd'hui, ils ont simplement décidé, sur un coup de tête, d'aller faire la fête. Déguster une glace ? C'était bien leur projet – ça, elle en est sûre –, mais elle n'a plus aucun souvenir de ce qui s'est passé après qu'elle est montée dans la camionnette. Le noir total.

Consciente de son amnésie, Isla ressent aussitôt le besoin de combler ce vide, en même temps qu'un désir tout aussi impérieux de ne pas se souvenir. Comme c'est étrange ! Elle sait que, d'habitude, elle ne se soucie pas tant de sa mémoire, que celle-ci n'est pas, en général, une de ses préoccupations majeures. Elle réfléchit alors au concept de conscience, au fait que quelque chose, n'importe quoi, soit ou non susceptible d'y occuper le premier plan. Elle comprend que, après avoir momentanément perdu cette conscience, elle l'a retrouvée. Cela est lié à la mémoire, au désir ou au besoin de se souvenir.

Cette détresse, cette perte de repères est aussi irritante qu'une démangeaison, avec l'envie de se gratter qui, seule, pourrait la soulager. Mais ça n'est pas si simple. Quelque chose la démange et il semble qu'elle soit incapable de se gratter. C'est à en devenir folle. Ses pensées s'emballent, mais, étrangement, son corps reste inerte. « Que se passe-t-il ? » Elle voudrait parler, mais ses mots ne se traduisent pas par des sons.

C'est étrange, très troublant, mais peut-être que, si elle fait preuve de patience, elle va enfin comprendre ce qui lui arrive. En général, l'attente est récompensée, bien que parfois les situations mettent beaucoup de temps à se clarifier et que le dénouement ne corresponde pas toujours à notre attente.

Bon, si elle sait tout cela, c'est qu'elle a une mémoire. Et, tout à coup, des scènes, des voix, des mots, des sensations, des événements se bousculent dans son esprit, des années et des années de souvenirs défilent dans sa tête tel un train dans la nuit déchirant l'obscurité à toute allure, les fenêtres éclairées d'une lumière vive, avec des visages collés contre les vitres.

Et le train heurte un mur de plein fouet lorsque Lyle l'invite à monter dans sa camionnette.

Où est Lyle et, d'ailleurs, où est-elle ? Dans cette obscurité, elle ne distingue rien et n'a pas l'impression qu'il y ait quelqu'un à ses côtés. En tout cas, à en juger par l'atmosphère pesante, sans un souffle d'air, il lui semble qu'elle est dans une pièce close. Elle doit sûrement êtr·

allongée – dans quelle autre position pourrait-elle être aussi parfaitement immobile ? –, mais elle n'en jurerait pas.

Ce dont elle est sûre, en revanche, c'est qu'elle devrait pouvoir faire autre chose que de rester allongée dans ce qui est, vraisemblablement, une pièce, pour une raison, vraisemblablement, précise. Mais que devrait-elle faire ? Tout dépend de l'heure, du jour qu'il est.

Oh ! elle n'avait pas réalisé qu'elle ignorait tout du jour et de l'heure.

Peut-être était-elle en train de rêver ? Il arrive que l'on ait conscience de rêver, sans que nos rêves ne cessent de se succéder pour autant. Il est alors très difficile de se réveiller. Peut-être s'agissait-il simplement d'un voyage dans l'inconscient dont le retour s'avérait singulièrement malaisé ?

En général, ses rêves, aussi énigmatiques et étranges soient-ils, sont colorés et mouvementés. Celui-ci – s'il s'agit d'un rêve – est sombre et absolument silencieux.

Elle se souvient maintenant de certains faits. Pratiquement tout ce dont elle se rappelait avant, pense-t-elle.

Mais avant quoi ?

Le trou de mémoire est toujours là : elle n'a aucune idée de l'endroit où elle se trouve, ni de l'heure, ni du jour, ni de ce qu'elle devrait faire. Ses journées sont bien remplies, son emploi du temps, parfaitement planifié et, quoi qu'il lui soit arrivé, cela n'était assurément pas au programme.

Si, au moins, elle parvenait à comprendre de quelle façon elle est allongée, elle pourrait trouver le moyen de se lever et s'en aller. Mais, en fait, son corps semble manifester une désobéissance inhabituelle. Son cerveau lui ordonne de bouger et, apparemment, il ne se passe rien.

Tout cela est ridicule.

Cependant, s'il s'agit d'un rêve, elle doit s'y plonger totalement, aller jusqu'au bout, de sorte que lorsqu'elle refera surface, une fois le rêve achevé, elle retrouvera son monde réel, avec toutes ses couleurs et son potentiel, comme cela se passe toujours quand elle vient de rêver et ouvre les yeux. Il est réconfortant de trouver une solution à un problème embarrassant, de résoudre une énigme, de surmonter une difficulté, et cela fait partie des talents qu'elle a acquis, parfois dans la douleur, et dont elle est, pour cette raison, particulièrement fière.

Pourtant, aujourd'hui, rien de tel ne se produit. Lorsqu'elle reprend conscience, il y a de la lumière – Dieu merci ! elle est soulagée de constater qu'elle n'est pas devenue, inexplicablement, aveugle et que des voix proches se font entendre, bien qu'elle ne puisse pas les localiser.

– Que se passe-t-il ici ? essaie-t-elle de dire, avec une autre question sous-jacente : « Où se trouve-t-on ? »

Une nouvelle fois, les mots ne sortent pas de sa bouche, mais, au lieu d'un profond silence, elle entend des sons déformés qui lui glacent le sang. Elle a la voix d'une idiote. Réellement. Ou de quelqu'un qui vient d'avoir une attaque. Ces sons font naître en elle l'image d'une personne aux yeux révulsés, à la langue pendante – une personne qui a subi des dommages, qu'ils résultent d'une implosion, d'une explosion, de l'action de forces internes ou externes.

Pourtant, elle connaît ces mots : *implosion, explosion*. Elle ne peut pas être devenue subitement idiote, et comment pourrait-elle avoir eu un accident cérébral et se souvenir de tels mots, même si elle ne parvient pas à les prononcer ?

Elle reconnaît la voix de Lyle mais pas celle de l'autre homme présent, sans comprendre les mots qui bourdonnent à ses oreilles, un peu à la façon dont les siens sortent de sa bouche. Et ces mots-là, ils ont dû les entendre, et peut-être même avaient-ils un sens pour eux, parce que les hommes sont soudain à ses côtés : un inconnu assez jeune et Lyle qui la regarde, et elle les voit. Cela fait du bien, c'est rassurant de constater qu'elle peut les voir. Quelques-uns de ses sens fonctionnent donc encore.

Lyle porte la chemise de jardinage qu'il avait lorsqu'il lui a dit de monter dans la camionnette : une vieille chemise à carreaux bleus et noirs, élimée aux coudes et au cou, les manches remontées jusqu'aux avant-bras dont elle adore la musculature, qu'elle aime particulièrement admirer lorsqu'il accomplit un effort physique ou les tend simplement pour changer une ampoule de plafonnier. Mais l'heure n'est pas à la passion, ni pour elle ni, apparemment, pour lui. Il a les traits tirés, il fronce les sourcils et ses muscles sont tendus dans une posture qui semble très éloignée du désir. Elle espère qu'il a quitté les lourdes bottes et le jean usé qu'il porte généralement quand il jardine. Ils sont sûrement couverts de boue. Elle pourrait jurer qu'elle essaie de redresser la tête, de se tourner pour vérifier, mais son point de vue ne change pas. Quelque chose de dur semble emprisonner sa tête.

– Quoi ? demande-t-elle à nouveau, et, cette fois, les mots sortent plus clairement, même si cela n'est pas évident, à en juger par l'expression de Lyle, dont le visage exprime surtout l'épouvante. Elle aimerait lui sourire, pour qu'il se sente mieux, bien qu'elle ait l'impression de le faire. Mais peut-être le fait-elle d'une façon effrayante ? Elle a peut-être réussi, elle n'en sait rien, mais elle a du mal à comprendre pourquoi elle arriverait mieux à sourire qu'à tourner la tête. La situation est pour le moins troublante, mais une chose est sûre : elle ne rêve pas.

Quel que soit le problème, Lyle lui trouvera une solution. Elle peut se détendre : il a cette faculté de presque toujours trouver des solutions, qu'il s'agisse de l'inculpation de Jamie pour trafic de drogue ou d'une fuite d'eau dans les toilettes. Pourtant, elle ne lui avait encore jamais vu cette tête-là, comme s'il ne savait pas par où commencer et que, de surcroît, il avait peur de se mettre au travail. Elle remarque aussi combien la peau de sa gorge est devenue fragile, plissée et usée.

Elle a quarante-neuf ans, il en a cinquante-deux. Ils ne sont pas vieux, mais plus jeunes non plus. Elle aussi connaît le problème des chairs flasques, mais dans son cas, il s'agit plutôt d'ondulations.

— Que se passe-t-il? essaie-t-elle d'articuler une nouvelle fois.

Elle voit ses lèvres bouger, l'entend prononcer son prénom. Elle entend aussi « Glace » et « Fais vite, je laisse tourner le moteur », sans comprendre pourquoi, car sa bouche n'a plus bougé après qu'il a dit « Isla ».

Comme ils ont l'air ridicules, ces deux prénoms : Lyle et Isla, Isla et Lyle. Il n'existe aucune façon de les allier harmonieusement. C'est un exercice de prononciation, des paroles pour une chanson débile. Ils ne s'en étaient jamais rendu compte, du moins pas elle, jusqu'à ce que William, l'aîné des jumeaux de Lyle, porte un toast lors de leur mariage, six ans plus tôt, et ait l'air si godiche, un peu énervé aussi que toute la salle éclate de rire — Lyle et Isla, Isla et Lyle les premiers.

Pourquoi, alors qu'elle voit parfaitement sa main toucher ce qui doit être son bras, ou une partie de son corps, ne ressent-elle rien? Pourquoi ne la touche-t-il pas? Pourquoi laisserait-il sa main planer au-dessus d'elle? C'est presque cruel d'agir ainsi. Ça ne lui ressemble pas de se retenir.

Oh! Ils étaient sur le point de célébrer un événement, c'est pour cela qu'ils allaient acheter des glaces. Une autre pièce du puzzle trouve sa place : les artères de Lyle n'étaient pas sur le point d'exploser, ni son cœur près de s'arrêter, car, en un peu plus de dix mois, il avait réussi à faire baisser son taux de cholestérol de sept et quelques à cinq et quelques et il avait eu envie de relâcher, très momentanément, sa vigilance.

Naturellement, à leur âge, ils savent que des attaques internes sont possibles, voire probables, la dégénérescence des cellules étant inéluctable. Lyle en est particulièrement conscient. Tous deux seraient horrifiés, mais pas véritablement surpris, d'être victimes d'un cancer, d'une crise cardiaque, d'une défaillance rénale ou de tout autre trouble interne et invisible. Ils sont aussi conscients des risques d'une catastrophe externe, mais ceux-ci sont trop aléatoires pour être pris en considération.

Il ne faut pas oublier non plus les enterrements auxquels ils ont assisté pendant les huit années qu'ils ont déjà passées ensemble, ceux d'amis et de collègues – les simples connaissances n'étant pas comptabilisées – dont le décès était naturel, comme on dit généralement. « Je ne pense pas qu'il s'agisse là d'une activité de détente. Aller à un enterrement est un hobby que nous essaierons de ne pas pratiquer pendant quelques années encore », avait déclaré un jour Isla à Lyle.

Peut-être était-elle morte ? Cela expliquerait pourquoi Lyle la regardait avec un air si malheureux. En revanche, c'était incompatible avec le fait qu'elle puisse le voir.

Ils avaient pris très au sérieux son taux élevé de cholestérol – « Je ne veux pas te perdre », lui avait-elle confié tendrement, car c'était la vérité, il était arrivé dans sa vie comme un miracle, pour ne pas dire une révélation.

Elle établissait un parallèle entre ses artères et ce qui se passe tous les jours, sans que l'on puisse l'expliquer, sur les autoroutes. On avance juste au-dessus de la limite de vitesse autorisée, en chantonnant gaiement au son de la radio ou d'un CD, on se réjouit à l'avance de sa destination. Soudain, les voitures qui vous précèdent freinent à tour de rôle, le ralentissement se transforme en embouteillage pendant un temps infini, et la progression se fait alors au pas, des voitures s'enchevêtrent dans la file de gauche ou des travaux empêchent d'emprunter la voie de droite. Parfois, sans raison apparente, la circulation se fluidifie soudain et on reprend sa vitesse de croisière en chantonnant. Elle avait imaginé, quand Lyle avait annoncé son taux élevé de cholestérol, en rentrant, que ses artères étaient autant de voies d'autoroute qui se densifiaient soudain, que le passage devenait difficile et pouvait s'interrompre complètement.

Depuis, ils mangeaient des salades, des fromages allégés, des substituts d'œufs, des lentilles – mon Dieu ! ils avaient accumulé un stock de recettes pour les préparer… Naturellement, lorsqu'il était revenu à la maison aussi heureux qu'un gamin avec un bon carnet de notes, il avait voulu une récompense. « De la glace. Juste une fois, c'est promis. Un triple cornet au chocolat, avec des tonnes de pépites dessus. »

Elle voyait la circulation devenir fluide et facile devant eux, avec un retour à la vitesse de croisière, mais il fallait redoubler de vigilance et rester l'esprit en alerte.

Ils sont mutuellement responsables de la vie de l'autre. C'est le sens du mariage, du moins pour elle. Elle espère que, si ses lèvres n'esquissent pas un sourire, comme elle le souhaite, ses yeux lui envoient ce message chaleureux. Il a l'air si malheureux ! Elle ne déchiffre rien derrière cette tristesse, alors que, en général, elle est capable de décrypter sur son visage, pour peu qu'elle soit suffisamment attentive, une impressionnante superposition d'expressions. Ainsi, elle peut parfois percevoir la colère derrière sa sollicitude, ou l'inverse, et, très souvent, une envie de rire et un sentiment affectueux que traduisent les traits de son visage, la position de ses lèvres, la forme et l'expression de ses yeux.

S'il éclatait de rire à l'instant même, elle se sentirait beaucoup mieux. S'il se contentait de sourire, elle serait rassurée.

Il riait lorsqu'ils sont partis chercher la glace, il se moquait d'elle parce qu'il l'avait embarquée dans son caprice sans qu'elle ait eu le temps de se changer et qu'elle portait encore sa tenue de travail, un tailleur bleu nuit en lin avec une jupe droite qui la moulait, guère pratique pour monter dans une camionnette. Sa jupe était remontée sur ses cuisses et il l'aida à l'arranger… mais pas tout de suite.

Et après ?

Elle suppose qu'ils avaient quitté l'allée privée et emprunté la route menant à la ville. L'image est imprécise, mais c'est un trajet qu'elle a parcouru tant de fois que son cerveau peut le recréer, avec ses dénivelés, ses virages, ses canaux, ses rochers sur le bas-côté, ses terres cultivées et ses clôtures.

Elle voit Lyle se pencher vers elle, elle voit ses moustaches et les pores de sa peau. Elle entend l'homme plus jeune que lui, de l'autre côté du lit, dire : «... les vertèbres endommagées», en conclusion d'une phrase incompréhensible.

– Qu'est-ce que ça signifie ? Qu'est-ce que ça signifiera ?

Béni soit Lyle, il parle à sa place ! Il prononce les mots qu'elle avait sur les lèvres et arrive à en faire beaucoup plus qu'elle pour l'instant, c'est-à-dire leur donner un sens, les faire sortir comme il faut, sans les massacrer.

– Les hypothèses sont nombreuses. Cela peut partir tout seul, il faut donc attendre un peu. Nous devrons recourir à la chirurgie. De toute façon, il faudra l'enlever à un moment ou à un autre. Il y a beaucoup de possibilités, des issues multiples où l'espoir a sa place. C'est délicat, avec les dommages déjà subis et le fragment de balle logé où il est, mais nous saurons bientôt à quoi nous en tenir.

Elle était passée d'une insuffisance à une surabondance d'informations. Vertèbres. Chirurgie. Balle. À un phénomène étrange et perturbant succédait une situation insoutenable.

C'était l'un de ces moments où la vie bascule brutalement, mais pas, mais alors absolument pas, dans la bonne direction.

Aucun être doté d'un peu de bon sens

Roddy a froid, terriblement froid. Bien que la nuit soit torride, que l'on doive ouvrir grand toutes les fenêtres et que, dans la journée, tout le monde ait revêtu une tenue aussi légère que possible, il ne peut s'empêcher de grelotter. Il n'est pas assez couvert, avec un jean et un tee-shirt, pieds nus dans ses mocassins. Il donnerait n'importe quoi pour un feu de bois, une veste fourrée, des bottes épaisses. Il a du mal à se rappeler ce que l'on ressent quand on a chaud, pourtant il s'était réveillé trempé de sueur ce matin, sans doute parce qu'il savait ce qui l'attendait, mais aussi à cause de la chaleur étouffante. Chez sa grand-mère, il n'y a pas l'air conditionné. Ç'aurait été bien d'y remédier. Les gens vont en conclure qu'il est un mauvais garçon et s'apitoieront sur elle et son père. Pourtant, Roddy n'est pas seulement égoïste et intéressé.

Ce matin-là, Buster, le vieux chien – mi-colley, mi-berger – de la grand-mère de Roddy était étendu sur le sol de la cuisine, décidé à ne pas bouger, bien que Roddy ait essayé de le faire changer d'avis en le câlinant.

– C'est bon, dit sa grand-mère, il est déjà sorti. Il n'aura guère envie de bouger aujourd'hui. Aucun être doté d'un peu de bon sens n'en aurait envie, d'ailleurs.

Cette lourde fourrure lui apparut alors horrible et cruelle. Maintenant, Roddy donnerait n'importe quoi pour entourer Buster de ses bras, enfoncer la tête dans son poitrail, respirer cette odeur de vieux chien un peu âcre, chaude, amicale et familière.

Toutes sortes de choses manquent cruellement à Roddy, à commencer par ce matin-là. Le temps ne devrait pas s'écouler ainsi. Après avoir constaté qu'une chose censée être bonne s'est révélée une effroyable erreur, il faudrait pouvoir revenir en arrière et tout recommencer. Il devrait y avoir quelques heures de battement.

S'il était chez lui, sa grand-mère lui apporterait des couvertures et lui préparerait un chocolat pour le réchauffer, mais il a vu suffisamment de regards choqués, horrifiés pour aujourd'hui. Il lui serait insupportable de lire à nouveau, dans ses yeux, le choc, l'horreur, mais aussi la trahison et la déception.

Peut-être devrait-il se tuer, en essayant de se faufiler jusqu'à la rivière puis de s'enfoncer dans l'eau? Peut-être pourrait-il trouver un objet tranchant pour s'ouvrir le corps? Il n'aurait plus, alors, à contempler aucun visage. Et s'il avait froid, il ne le sentirait plus. Une fois mort, il ne sentirait plus rien.

Mais que se passerait-il s'il changeait d'avis? S'il faisait un pas de trop ou perdait la goutte de sang vitale, il n'y aurait pas de retour possible, qu'il ait choisi de partir brutalement ou en douceur. Cela serait parfaitement dans la continuité de cette journée où il avait tout fait de travers. Avant de pouvoir résoudre certains problèmes, peut-être devrait-il rester caché dans l'herbe haute, à trembler, à regarder poindre les lumières du soir dans la ville et les étoiles dans le ciel? À cette période de l'année, il faut attendre longtemps avant que l'obscurité soit totale. En général, il ne fait jamais suffisamment clair à son goût, mais, ce soir, il aime l'obscurité autant qu'une taupe, une chauve-souris ou une chouette – à cette différence près qu'il ne chasse pas, mais se cache.

Il parviendrait aisément à retrouver son chemin, même au plus profond des ténèbres. Il connaît bien ces lieux, pour y avoir passé des heures à suivre les lignes de clôture et les fossés, traversant les champs sans but précis, si ce n'est observer leur vie secrète, en constante mutation, entre quelques murets et maisons disséminés çà et là : les grenouilles, les marguerites, les serpents morts et desséchés, parfois, en hiver, des empreintes de renards, des marmottes, toutes sortes d'herbes et de graines. De l'autre côté de ce champ, se dresse un vieil orme dénudé dont les branches forment une borne surnaturelle, même en pleine lumière. Ce soir, elle est surnaturelle et réconfortante. Il sait où il est. S'il faisait sombre, peut-être pourrait-il aller ailleurs ?

Mais comment avait-il pu en arriver là ?

Il n'avait jamais imaginé devoir se cacher, pas plus qu'il n'avait pensé avoir un jour aussi froid. Il est si stupide ! Il y a tant de choses auxquelles il ne s'attendait pas, parce qu'il était persuadé que tout serait simple et qu'il se fiait à son intelligence.

À cette heure-ci, tout le monde doit être au courant. Sa grand-mère dira certainement que tous ces gens se trompent, mais il est sûr qu'elle sait. Même si elle n'en laisse rien paraître, son cœur est sans doute à l'agonie. Pour rien au monde il ne voulait lui faire de mal, mais il l'a fait. Pourquoi n'a-t-il pas senti cela ce matin ? Comment a-t-il pu ne pas le comprendre ?

Son père sera vraisemblablement assis dans son fauteuil du salon, les yeux rivés sur l'écran de télévision, remuant la tête d'un air lugubre. Cela n'aura rien d'inhabituel : il a très souvent cet air-là. Seulement, cette fois-ci, il aura une bonne raison. Roddy peut entendre sa voix apathique répéter sans cesse : « Je ne comprends pas » et, après un soupir, « Je ne comprends vraiment pas ».

Une fois, il y a quelques années, il n'était pas venu le voir jouer dans la pièce où Roddy tenait un rôle important, bien qu'il le lui ait promis. Sa grand-mère avait essayé de dédramatiser la situation :

— Ton père a si souvent été déçu au cours de sa vie que, parfois, il ne sait pas très bien comment s'y prendre.

— Mais en quoi ça me concerne ?

Roddy voulait dire que ce n'est pas parce que l'on a été déçu que l'on doit décevoir les autres pour autant. Au contraire, si son père avait été souvent déçu, il aurait dû en tirer la leçon.

La grand-mère de Roddy a une tout autre attitude.

— Tu seras un homme bien, lui disait-elle. Fixe-toi des objectifs ambitieux, et tu seras ce que tu voudras être dans ce monde.

Mais elle n'aurait jamais pu imaginer qu'il aurait pu vouloir cela, même brièvement, ne serait-ce que pendant les quelques semaines d'excitation où l'idée germa dans son cerveau.

Maintenant, il ne le veut plus du tout. Il n'arrive même pas à croire que ça a pu lui arriver. Il ne veut pas non plus penser à cette femme. Oh, mon Dieu !

Dès qu'il fera un peu plus sombre, il pourra essayer de courir. Mais courir où ? De toute façon, il ne peut pas rester là à grelotter et à attendre que quelqu'un prenne l'initiative à sa place.

Pourtant, ce serait bien s'il en était ainsi. Cela pourrait être agréable de ne plus avoir de décision à prendre, de choix à faire. Il se sent terriblement fatigué.

Il se recroqueville tel un fœtus, essaie de se faire tout petit dans une position aussi confortable que possible. S'il a si froid, c'est sans doute, aussi, parce qu'il est si chétif. Sa grand-mère est forte, avec un excès de poids important, et, l'hiver, elle explique en riant que ça lui tient chaud. Mais, à cette période de l'année, elle souffre et, parfois, elle semble avoir du mal à inspirer profondément, à faire passer l'air à travers toute cette chair. L'été dernier, pour la première fois, elle n'a préparé aucun plat chaud et pratiquement pas cuisiné pendant les vagues de chaleur. « Je deviens trop vieille pour ça », constatait-elle. En réalité, elle n'a que soixante-deux ans, et bien que cet âge puisse sembler relativement avancé, elle a encore de belles années devant elle.

Cet événement pourrait la tuer. De temps à autre, pendant quelques instants, Roddy oublie pourquoi il est allongé là. Qu'a-t-il fait ? Pourquoi n'y a-t-il pas pensé avant ? Il se frappe le front avec le poing. La douleur : voilà ce qu'il mérite. En un jour – ou, plutôt, une nuit –, il a bouleversé le cours de sa vie, par stupidité, étourderie, négligence.

C'est vraiment étrange : tout ce qui va se passer désormais découlera de ce jour-là.

Il se demande comment Mike s'en sort, ce qu'il a fait depuis. Il se demande comment cela se passe entre amis dans les moments particulièrement difficiles. Ils sont les meilleurs amis du monde depuis toujours, depuis que Mike et sa mère sont venus frapper à la porte de chez sa grand-mère le jour même où Roddy venait s'installer avec son père. Roddy avait sept ans, il était bouleversé et maigrichon, Mike en avait huit, il était costaud, avec un regard assuré, des cheveux coupés court et en brosse. Les adultes les avaient envoyés faire du vélo dans le quartier et la mère de Mike avait lancé un avertissement :

– Faites attention ! Montre à Roddy les stops et les feux. Montre-lui l'école, aussi, d'accord ?

C'était dix ans plus tôt – plus de la moitié de leur vie. Après toutes ces années, leurs intérêts ont brutalement divergé. Bien qu'il ne soit pas complètement innocent, Mike n'est pas entièrement coupable, du moins, pas de la tournure qu'ont pris les événements. Pendant cet instant dramatique et décisif, Roddy a agi seul.

À un moment, elle avait semblé bonne, leur idée. Comment était-ce possible ?

Ils l'avaient longtemps peaufinée, ressassée, jusqu'à se persuader que tout marcherait comme sur des roulettes. Les préparatifs étaient un peu à l'image de ces étés où ils projetaient des excursions à vélo, ou de l'année précédente, lorsque Mike, son permis en poche, avait emprunté la voiture de ses parents, juste pour se balader et s'arrêter où ils en avaient envie pour manger. Ils faisaient partie intégrante de l'aventure. Cela ne voulait pas dire qu'ils n'aimaient pas les surprises, au contraire. Elles leur donnaient même envie de bouger.

Peut-être que, cette fois-ci, ils n'avaient pas beaucoup pensé aux surprises parce qu'il ne s'agissait pas à proprement parler d'un divertissement. Ils avaient pourtant répété, et plus que d'habitude, car ce projet avait quelque chose d'excitant, c'était un nouveau type d'aventure. Il était important qu'ils répètent les gestes qu'ils accompliraient. Ils raffinèrent les dialogues autant qu'ils le purent, malgré la simplicité du projet initial, aussi banal qu'une excursion à la campagne. Roddy est presque sûr que Mike eut l'idée le premier, et que c'était juste pour rigoler, une blague entre eux au départ. Qui a transformé la blague en projet sérieux ? Comment cela s'est-il passé, et quand ?

Peut-être est-ce Roddy le responsable ? Mike, qui a dix-huit ans – ça fait une différence – lui donne parfois une tape sur l'épaule en lui disant : « Détends-toi, ne sois pas aussi sérieux. »

Il n'arrête pas de penser à ces événements, comme s'il s'agissait d'un film projeté en boucle. Ces petites images rapides et incontrôlées qui s'impriment sur ses paupières sont suffisamment pénibles pour qu'il ne faille pas, en plus, mettre des mots dessus.

Il y avait des sirènes, beaucoup de sirènes. Après avoir marché vite et droit devant lui dans les rues où il pouvait croiser des gens, puis avoir couru, toujours plus vite, derrière les arbres, dans les fossés, par-dessus les clôtures, haletant, les larmes aux yeux, il arriva dans ce champ, le souffle court. L'écho des sirènes avait cessé.

En se retournant, il voit au loin de petites lumières rouges tournoyantes, montant et descendant les rues. Ils ont dû appeler des policiers d'autres secteurs, ceux qui patrouillent dans la campagne.

Dès que l'obscurité sera totale, il se remettra en route.

Il n'a que quelques dollars sur lui, rien à boire ni à manger, pas de moyen de transport. Mike et lui ne se sont jamais trouvés ainsi démunis, même quand ils étaient petits. Dès qu'il fera noir, il pourra se déplacer à nouveau, mais où ira-t-il ? Et que fera-t-il alors ?

Mais il ne voit pas ce qu'il pourrait faire d'autre.

À moins qu'il ne parvienne à se faufiler jusqu'à chez lui, grimper l'escalier, s'emparer de couvertures et s'y enfoncer jusqu'à ce qu'il ait chaud à nouveau? Sauf qu'il ne sera jamais en sécurité. La maison sera pleine de policiers; du moins, ils seront en faction.

Maintenant, il est en colère contre Mike. Il ne devrait pas être tout seul ici.

Toujours est-il qu'il y est. Et il fait presque assez sombre pour se déplacer. Derrière l'orme, il y a une clôture, un vaste champ, un pré avec de l'herbe coupée court, puis une autre clôture, un fossé et une grande zone boisée, presque une forêt. Une fois qu'il l'aura atteinte, il ira jusqu'à la crique, bien que l'eau soit probablement dégoûtante, et trouvera des noisetiers et, sans doute, des baies.

Allons, comme s'il était capable de vivre ainsi! Mais c'est déjà mieux que rien. Le début d'un avenir possible – peut-être.

Derrière lui, à deux champs de distance, depuis la route venant de la ville, il entend des chiens aboyer. Cela dure-t-il depuis longtemps? C'est comme s'il venait juste de régler la fréquence dans sa tête. Les aboiements graves sem-

21

blent converger. Deux chiens, sans doute. Pas des petits chiens, ils ont l'air excités, contents, un peu comme Buster quand il était plus jeune et obligeait un écureuil à se réfugier au sommet d'un arbre.

Oh, merde! Oh, mon Dieu! Roddy est debout et court. Ses bras font le travail de toute une équipe, il vole à travers les épis à hauteur de cuisse, les yeux fixés sur l'orme. Et il franchit la barrière en s'appuyant sur une main. Le pré est caillouteux et inégal. Y a-t-il du bétail, un taureau? Les aboiements ne diminuent pas, au contraire, ils s'amplifient en se rapprochant; soudain, pire, ils s'arrêtent. Mais pas Roddy. Il continue à voler, agile, jeune, léger, désespéré, épuisé, empli de chagrin, couvert de sueur et de larmes, jusqu'à ce que, finalement, miséricordieusement, un grand bruit se fasse entendre derrière lui, qu'une forme saute et que des crocs se referment sur son bras. Il perd l'équilibre, tombe avec fracas et se retrouve sur le dos, le visage tourné vers les étoiles, flanqué de deux hommes à l'air grave et concentré, sur le qui-vive, qui le fixent. Il entend leurs cris et leurs pas, il ferme les yeux un instant, parce que tout est fini et que, quoi qu'il lui arrive désormais, il sera totalement différent et sa vie, une nouvelle vie. Tout s'est passé si vite, si brutalement, de façon si incroyable!

Pieds et poings liés

Le docteur, le jeune homme brun qu'elle avait vu se pencher au-dessus de son lit, s'appelle, apparemment, Grant.

– Merci, docteur Grant.

Isla entend la voix épuisée de Lyle parler depuis ce qui doit être la porte de la chambre, mais qu'elle ne peut voir de là où elle est.

– J'aimerais que ses enfants puissent vous parler demain, quel moment vous conviendrait le mieux ?

Ce brave Lyle ! Il sent que c'est important et fait en sorte que cela se fasse, même s'il doit passer en force. Elle sait – non pas tant par expérience personnelle – que les docteurs mènent une vie trépidante et qu'ils rechignent à entretenir des liens étroits avec les familles. Ils n'ont pas tort. Elle n'est pas sûre elle-même de vouloir que Jamie et Alix soient présents, de peur qu'ils ne troublent plus encore une situation déjà suffisamment compliquée où l'étrange le dispute à l'horrible. Mais il est nécessaire de partager les épreuves dans une famille et peut-être seront-ils à la hauteur des circonstances, qui sait ? Cela dépend de quelles circonstances il s'agit en réalité. Ou de leur lassitude face aux difficultés que connaissent leurs pénibles parents.

Bon, ça a l'air d'être son tour, pas vrai ?

Au moins, elle peut présumer qu'elle n'est pas en train de mourir. Si Jamie et Alix n'ont pas besoin de rencontrer le docteur Grant avant demain, cela signifie qu'il y aura un lendemain et qu'il y a un sujet dont il faut parler. Elle aimerait bien savoir de quoi il retourne. Jamie et Alix ne sont pas les seuls à être dans l'ignorance.

Elle aimerait ne pas avoir peur, du moins pas *autant*.

Quand elle appelle : « Lyle ? », le mot sort nettement. Il y a donc du progrès de ce côté-là, à moins que ce soit net dans ses oreilles, mais pas dans la pièce. Mais si le mot est clairement énoncé, la prochaine étape consistera à balancer ses jambes sur le côté du lit, à se lever et à s'en aller.

Mais s'en aller d'où ? D'un hôpital, à l'évidence, mais lequel, quelle sorte d'hôpital ? Lyle a dû sortir avec le docteur. Dans son champ de vision, elle ne voit que du blanc cassé, interrompu par du chrome, avec un plafond crème formé de carreaux abîmés. Tout près d'elle, elle entend un bruit sourd et régulier, semblable à la respiration d'un géant. Un objet est enfoncé dans son nez, mais ça ne l'empêche pas de respirer, ce qui paraît étrange. La véritable terreur, cependant, réside dans le fait qu'elle ne ressent rien, sauf dans la tête. Elle n'arrive pas à s'expliquer cet état où elle n'éprouve aucune sensation, pas même de douleur. Si elle est étendue – ce qui semble être une évidence –, pourquoi ne sent-elle pas la surface plate, sa colonne vertébrale, ses épaules, ses jambes et ses bras reposant sur quelque chose ? Si elle est dans un lit, pourquoi ne sent-elle pas un poids, une pression, quand bien même il ne s'agirait que de celle du drap qui la couvre ?

Oh, comme elle voudrait rentrer *chez elle*! Quoi qu'il se soit passé, elle veut l'effacer et repartir avec Lyle dans leur vie miraculeuse. Ce n'est pas juste, elle n'a eu qu'un avant-goût de cette récompense, de ce bonheur bien mérité. On lui doit encore tant ! Elle voudrait rentrer *chez elle*.

Il y a huit ans, la première fois qu'elle a vu la ferme de Lyle et le terrain autour – en réalité, il s'agit plus d'une maison de campagne que d'une ferme –, elle avait cru être morte et avoir accédé au paradis. « Mais c'est parfait », avait-elle dit alors qu'ils étaient secoués par les nids-de-poule sur lesquels passait la camionnette en achevant de gravir le chemin privé. « Parfait. »

La nervosité la gagnait alors qu'elle se dirigeait vers ce qui, pour elle, était une nature sauvage, avec un homme qu'elle ne connaissait que depuis quelques semaines. Car Dieu sait ce qui peut se passer dans le cœur d'un être une fois qu'il est libéré des contingences et dévoile sa vraie nature. De son visage émanait la bonté, de son regard, la tendresse et une grande acuité, mais peut-on jamais savoir ?

Elle fit donc le trajet avec lui, le long du chemin qui serpente, sans cesser de se poser des questions, en proie à une légère inquiétude. Ce qu'elle vit en arrivant la frappa en plein cœur. « C'est tout ce qu'il y a de classique », avait-il prévenu. C'était le début. Isla accordait peu de crédit aux vertus liées à l'apprentissage de l'autre, et peut-être avait-il les mêmes réticences. Dans ce cas, leur relation débouche-rait sur des rapports peu fiables et pour lesquels, après James, elle avait perdu tout intérêt. « Ça a demandé beau-coup de travail », avait-il ajouté. Elle ressentait la fierté de Lyle qui la regardait contempler la maison. « Mais ça valait assurément chaque seconde passée. C'est magnifique. »

Oui, ça l'était vraiment.

« Magnifique » : le mot était faible, même « parfait » restait insuffisant, « paradisiaque » serait plus proche de la réalité.

Il partageait ce sentiment, lui avait-il confié. Le jour où ils ont gravi le chemin ensemble, il vivait là depuis trois ans. Il avait passé presque tout son temps libre à casser, à construire ce lieu, à le faire sien. Si Isla se posait encore des questions sur ses sentiments envers lui, elle tomba littéralement amoureuse de sa maison. Et, d'après ce qu'elle en sait, il ne lui en a jamais voulu. En réalité, elle était convaincue que si elle n'avait pas eu le coup de foudre en découvrant cette maison qu'il aimait, et pour laquelle il avait dépensé tant d'énergie, son regard sur elle en aurait été modifié. Ce n'était pas à proprement parler un test, mais néanmoins une épreuve de passage qui n'était pas gagnée d'avance.

Le chemin était cantonné de rangs serrés de saules pleureurs et d'érables dont les faîtes formaient une arcade. « Tous les ans, il tombe des trombes d'eau, dit-il pour expliquer les nids-de-poule et les ornières. À la fin du printemps, il faut les combler avec de la terre et des graviers. » Puis, soudain, au bout du chemin, au détour d'une ultime courbe, apparut une petite maison en brique de deux étages, solide, aux formes simples, à l'exception de son toit aux tons cuivrés et de ses angles soulignés par des entrelacs complexes en brique. Des volets vert foncé encadraient de rares fenêtres rectangulaires et une véranda, de la même couleur, ornait deux côtés de la maison. À cet instant précis, un côté était en plein soleil, tandis que l'autre était ombragé par un érable incliné. Des chaises aux dossiers arrondis en bois et en osier, un store en toile, vert foncé lui aussi, roulé à une extrémité, complétaient le décor.

Il était venu s'installer ici après le décès de sa femme Sandra – morte d'un cancer du sein qui avait essaimé dans tout son corps et l'avait dévorée –, après avoir pris soin de ses fils, deux jumeaux, au fil de leur adolescence et de leur douleur. Mais aussi après avoir retrouvé son équilibre et commencé à se demander quels étaient ses souhaits, désormais solitaires, à s'efforcer de les réaliser et à découvrir finalement cet endroit.

« Après toutes ces années passées en ville, j'avais décidé que je voulais de l'espace. Juste pour bouger librement. Peut-être est-ce parce que je n'en avais pas eu jusqu'alors, mais as-tu remarqué que, dans un contexte donné, on rêve souvent d'un ailleurs différent ? », lui avait-il demandé.

Oh oui ! Isla acquiesça mais, bien qu'il se soit tu, soulevant les sourcils, elle n'avait pas expliqué pourquoi, comment, ou dans quelles circonstances elle avait éprouvé un tel sentiment.

« Pendant toutes ces années passées avec Sandy, puis avec les garçons, je n'avais aucune idée de ce à quoi pourrait ressembler ma solitude. C'était effrayant assurément, je m'y attendais, mais j'affrontais quelque chose qui demandait des efforts, c'était un défi. Et aussi une sorte de triomphe si tout se passait bien. J'ai rendu fou plusieurs agents immobiliers en leur demandant de me montrer ce qu'ils avaient à me proposer à une distance raisonnable de mon travail, convaincu de savoir au premier coup d'œil quand j'aurais trouvé la maison de mes rêves.

On m'appela un jour pour me dire qu'une maison venait d'être mise en vente. La personne de l'agence ne l'avait pas vue, pensait que c'était peut-être une bonne affaire, mais avait entendu dire qu'elle était plutôt en mauvais état. J'allai voir, surtout parce que je me sentais coupable de lui faire perdre son temps. Dans un premier temps, je ne trouvai pas la maison, passant plusieurs fois devant l'entrée du chemin, car cette ouverture ne semblait mener nulle part, mais, finalement, je m'y engageai. Sur le chemin, j'empruntai à plusieurs reprises des voies sans issue, fis demi-tour, pestai et, tout à coup, je découvris la maison. Au détour d'un virage, elle m'apparut et alors peu m'importait son prix, l'importance des travaux, ce que je devrais faire. C'est vraiment ce qui m'est arrivé de plus merveilleux dans ma vie. À l'exception de la naissance des garçons, mais c'est différent. La maison était à moi. Et c'était une surprise, un choc même. Les garçons étaient venus au monde comme des évidences, la maison aussi, mais d'une tout autre façon. »

Isla avait considéré la naissance de ses enfants comme des événements magiques. Des chocs et des surprises, assurément.

Les raisons ne manquaient pas de se méfier d'un homme, encore inconnu, qui débarquait dans sa vie avec un passé très chargé : une femme défunte embellie – peut-être – avec le temps, un attachement passionné et naturel pour ses enfants, sentiment qu'Isla éprouvait pour ses propres enfants, et une sensibilité pour les lieux miraculeux. Isla se demandait pourquoi il l'avait emmenée là et quelle raison mystérieuse l'avait poussée à accepter de l'accompagner.

« Et, maintenant, tu es là, avait-il constaté alors, et cela aussi semble être une évidence. »

Et ça l'était. Comme elle voudrait être là-bas ! Ils n'auraient jamais dû quitter la maison, descendre les marches de la véranda, grimper dans la camionnette pour aller acheter une glace. Ils auraient pu être en sécurité.

Au lieu de cela, elle se retrouvait ici, et lui aussi, dans cette étrange chambre blanc cassé où il était revenu. Il se penche doucement au-dessus d'un autre lit d'hôpital, s'approche délicatement d'une autre épouse, ses traits semblent tirés, les lignes cantonnant son nez et ses lèvres plus marquées que d'habitude. Cet homme, dont elle s'est rapprochée, rapprochée jusqu'à l'abandon, jusqu'à la confiance absolue, semble fatigué, presque vieux. Dieu seul sait quelle tête elle a !

– Un miroir, demande-t-elle.

Il ne peut pas dissimuler la panique qui se lit sur son visage.

– Oh, non, pas maintenant ! Tu as encore l'air un peu château branlant.

Château branlant, ça signifie un peu tordu et déformé. Cela peut aussi vouloir dire effrayant.

Il ne comprend pas qu'il ne s'agit pas uniquement de voir son visage, mais de vérifier si elle en a un, si elle a conservé un lien avec la réalité.

– Un miroir, répète-t-elle.

Il soupire, se lève et sort de son champ de vision.

Quelques instants plus tard, il est de retour à ses côtés, tenant un miroir rond cerné de plastique vert contre sa poitrine, les bras croisés dessus.

– Écoute, dit-il. Ça va sûrement te sembler pire à toi qu'aux autres. C'est trop tôt, tu es encore gonflée et marquée. C'est en partie à cause des tubes. Ne sois pas horrifiée, d'accord? Tout va aller très bien.

Si elle le pouvait, elle ferait un geste d'impatience. Il soupire à nouveau, avance, éloigne le miroir de sa poitrine et le tient juste au-dessus d'elle.

Oh! Il aurait dû la prévenir. Quelqu'un aurait dû la prévenir.

Elle a l'air d'un monstre à la peau grise, à l'exception des blessures à proximité de ses narines. Les tubes, d'un vilain jaune, maintiennent les narines ouvertes au-dessus d'un fil en plastique qui les relie. Ses yeux, ses grands yeux bleus, ne sont plus que des fentes, scrutant le monde à travers une masse de chair noircie. Sa peau est tendue au-dessus des joues, du menton, des bajoues – elle a des bajoues! –, les chairs sont gonflées, semblant près d'exploser. Ses cheveux courts roux et bouclés – où l'on discerne distinctement des racines grises – sont hérissés et sales. Sa tête est maintenue par un cadre métallique courbe et rembourré. Cela explique pourquoi elle ne peut la bouger et pourquoi elle ne peut regarder le miroir que droit devant: pour voir sur un côté, elle est obligée de déplacer ses yeux ensemble vers la droite ou vers la gauche.

C'est donc la vision d'horreur que Lyle a pu contempler! Depuis combien de temps? Si elle pouvait faire une chose, une seule chose, elle cacherait son visage avec ses mains.

– Explique-moi, dit-elle.

Elle voit les lèvres de Lyle s'incurver brièvement vers l'intérieur alors qu'il inspire avec difficulté. Elle est soulagée de constater qu'elle est capable de voir et d'entendre des détails insignifiants avec une grande netteté, et se demande si ce n'est pas un phénomène de compensation engendré par la perte de ce qu'elle n'arrive toujours pas à identifier. La perte de quoi ?

Impossible de mettre le doigt dessus.

Au fait, où sont ses doigts ? Que font-ils ? Les mains de Lyle sont plus bas, quelque part, entourant les siennes sans doute, ses mains habiles et intelligentes qu'elle aimerait serrer. Au tribunal, lorsqu'ils attendaient le verdict pour Jamie, la main de Lyle avait été pour elle l'ensemble d'os et de chair le plus fort, le plus réconfortant, le plus digne de confiance de toute la planète. Elle se demandait alors comment elle aurait pu se trouver là sans cette main et ce sur quoi elle s'était appuyée avant de croiser son chemin. Elle la serrait de toutes ses forces, jusqu'à ce qu'il ne la sente plus, lui avait-il avoué plus tard. Peut-être était-il en train de faire la même chose avec sa main.

Non seulement elle est affreuse, mais elle semble n'exister que dans sa tête. C'est comme dans un film d'horreur. Un laboratoire dirigé par un savant fou qui a séparé une tête d'un corps et l'a placée dans un bocal. Une bataille entre un savant fier mais horrifié et un cerveau déchaîné, évaluant la situation avec fureur. Le scientifique est victime de sa volonté sacrilège de créer. La tête, forte de son intelligence et de sa férocité, est néanmoins immolée sur cet autel sacrilège. Il n'y a pas de vainqueur. Tout est détruit à cause d'une ambition démesurée, une erreur née d'avoir été trop loin.

Ils allaient juste chercher des glaces, ce n'était pas loin du tout...

— Explique-moi !

La terreur ne peut pas s'apaiser tant que l'on n'en connaît pas les causes.

Vertèbres. Chirurgie. Balle.

Dans les moments difficiles, James avait l'habitude de la regarder avec ses petits yeux, ses lèvres minces, lui ordonnant d'une voix basse et menaçante : « Ne pose pas une question dont tu n'es pas prête à entendre la réponse. » Elle comprenait finalement ce qu'il avait voulu dire. Isla aurait pu lui rétorquer qu'il y a des questions auxquelles on ne peut jamais être préparé à entendre les réponses, mais que, comme avec le miroir, on n'a pas d'autre choix que de les poser. Elle a toujours pensé que son approche des événements était plus approfondie et intéressante que celle de James, qui s'était révélé être un homme désespérément naïf en réalité.

– Tu as des bribes de souvenirs ?

La voix de Lyle est basse, légèrement tremblante, volontairement gentille. Et, évidemment, il n'a aucun moyen de savoir ce qu'elle sait et ce qu'elle ignore. Il n'a aucune idée de l'endroit où débute et se termine le chaînon manquant, ni par où commencer pour combler ce vide. C'est drôle, elle était sûre qu'il saurait. C'est curieux de constater à quel point elle avait misé sur sa compréhension.

Sans doute, à cet instant précis, n'a-t-il de plus cher désir que de s'enfuir en courant de la pièce, de s'emporter ou de pleurer. En tout cas, il est peu probable qu'il souhaite vraiment rester assis à la regarder, en ayant l'air vieux et en prononçant des mots pour lesquels elle n'est pas prête, mais qu'il lui faut affronter.

– Je suis désolée.

Elle veut dire de façon générale, de s'imposer, de lui prendre son temps, son énergie, sa générosité, son esprit ; désolée d'avoir l'air aussi monstrueuse et d'être un fardeau, d'une manière encore inexplicable, d'avoir besoin de s'appuyer sur lui pour éclaircir la situation. Mais, même ça, cette explication, fait partie des engagements qu'il a acceptés en l'épousant.

Car, si l'amour seul n'est pas en mesure d'affronter cette réalité, le mariage, lui, le peut. Lyle et Isla sont pieds et poings liés d'une façon qui n'est pas nécessairement permanente, mais qui s'applique assurément à la situation présente. De la même façon que Jamie, et même Alix, inéluctables permanences, n'ont pas vraiment d'autre choix que de venir.

— Cholestérol, parvient-elle à prononcer, bien que le mot semble sortir à l'envers.

— Glace.

Même ce mot est déformé.

— Vraiment? C'est ce dont tu te souviens?

Il soupire à nouveau.

Si un embouteillage s'était brutalement créé dans les autoroutes de ses artères, aurait-elle soupiré? Se serait-elle sentie prise au piège, maudite, de le voir complètement dépendant d'elle et de sa bonne volonté? Elle n'arrive plus à le regarder. Que se passerait-il si elle voyait dans les yeux de Lyle ce désespoir-là?

— Le docteur Grant pense qu'il est possible que tu ne te rappelles rien. Cela arrive souvent quand on subit un traumatisme. Je veux dire un choc traumatique, non que tu sois *traumatisée*. Il y a un vide, mais ça peut revenir tout d'un coup.

— Quoi d'autre?

— Qu'est-ce qu'il m'a dit d'autre?

— Oui. Que va-t-il se passer? Pour moi.

Parler l'éreinte. Elle est épuisée.

— Eh bien, rien dans l'immédiat. Ils veulent attendre, faire d'autres scanners et examens, voir ce qui se passe. Ils pensent que ça pourrait s'arranger tout seul, ce qui serait la meilleure solution. S'il n'en est pas ainsi, ou si les résultats des examens se modifient, il faudra recourir à la chirurgie. De toute façon, même si cela s'arrange tout seul, il y aura sans doute une chirurgie, mais dans ce cas, elle serait moins lourde. C'est un atout que tu sois en bonne santé. En forme, tu vois ce que je veux dire, forte. Ils vont voir. Nous allons voir. Ils sont très bons dans ce service, et ils ont beaucoup d'espoir. Ils pensent que tu as de bonnes chances.

S'était-elle jamais rendu compte auparavant qu'il faisait l'impasse sur les mots essentiels dans chacune de ses phrases, ou est-ce une faculté qu'il vient juste d'acquérir ? Une capacité à esquiver quel que soit l'obstacle. Qu'est-ce que « ça », serait-ce la balle à laquelle le docteur avait fait allusion ? Et quelles « chances », quels « espoirs » envisagent-ils ?

Elle cherche un mot qu'elle sera capable de prononcer et arrive à dire « vague ».

Lyle acquiesce.

– Ça va être comme ça au moins pendant un certain temps. Ils ne veulent pas se mouiller, ils ont trop peur des poursuites judiciaires, sans doute, ou des avertissements venus de juristes, comme moi, sur les affirmations sans fondements. Mais toi et moi, nous savons que cet état n'est pas permanent et que, évidemment, tu pourras bientôt bouger et marcher. Très bientôt. C'est juste une interruption, mais on s'en sortira et tu seras comme avant en un clin d'œil.

Son attention a flanché après « permanent », lorsqu'il est arrivé à « bouger et marcher ». Malgré tout, elle a entendu le « nous » et lui en est reconnaissante.

Outre qu'il ne la convainc pas, son optimisme résolu semble même l'inquiéter. Elle pressent qu'elle ne peut lui faire confiance, et ça, venant de lui, c'est déjà un coup dur en soi.

– Explique-moi, répète-t-elle. Maintenant, exige-t-elle.

Il penche la tête et inspire à nouveau profondément.

Un ciel étrange, perdu dans le lointain

Roddy était arrivé dans cette ville, dans la maison de sa grand-mère, en se débattant et en criant. C'était dix ans plus tôt. À cet instant précis, étendu sur le dos parmi les hauts épis, surveillé par deux chiens en alerte et un millier d'étoiles, il est effaré lorsqu'il réalise ce qu'il vient de perdre : il ne peut pas rentrer chez lui.

Il découvre tout trop tard. Son sens du rythme n'est pas bon, il est souvent décalé d'un ou deux temps – ça explique ce qui s'est passé aujourd'hui.

C'est dans cette position – étendu sur le dos, immobile, les yeux fixant le ciel – qu'il a vécu quelques-uns des moments les plus forts – pas toujours les meilleurs, d'ailleurs – de sa vie.

C'est ainsi que, à sept ans, il avait passé la première nuit de son long séjour avec son père dans la maison de sa grand-mère. Il n'avait jamais eu d'accès de colère, mais le jour où ils avaient déménagé – le petit camion de déménagement qui suffisait à contenir tous leurs biens suivait la voiture pleine de son père –, Roddy avait hurlé pendant tout le trajet. Lorsqu'ils étaient arrivés dans la ville, il avait commencé à donner des coups de pied dans le tableau de bord. Quand ils s'étaient arrêtés devant la maison grise et stuquée de sa grand-mère, il s'était agrippé au volant puis, après que son père l'eut sorti sans ménagement de la voiture, au chambranle. Il donna même des coups de pied à sa grand-mère, qui le serrait fort dans ses bras.

Après le dîner, qu'ils prirent tous les trois, il était épuisé. On le porta jusqu'à sa nouvelle chambre, tout en haut de la maison, puis sa grand-mère et son père aménagèrent l'espace pour installer leurs affaires. La grand-mère de Roddy laissa une veilleuse allumée à côté de son lit. En forme de larme, elle émettait une lumière bleue ; cette faible source lumineuse donnait au plafond l'aspect d'un ciel étrange, perdu dans le lointain.

Il était furieux qu'on l'ait arraché à tout ce qui lui était familier, mais aussi parce que, si sa mère revenait dans leur petite maison en ville et qu'ils n'étaient plus là, comment les retrouverait-elle ?

Un matin, sa mère était là, le câlinant et lui donnant une petite tape sur les fesses alors qu'il partait à l'école, mais, à son retour, la porte d'entrée n'était pas fermée et elle avait disparu. Bon, elle s'absentait parfois pendant quelques heures, cela ne parut donc pas très étonnant, sauf que, en général, elle prévenait quand elle allait sortir, pour voir un film ou faire une de ses balades, comme elle les appelait.

Généralement, son père partait le matin et rentrait le soir. Il dînait, puis allumait la télévision et, parfois peu de temps après Roddy, allait se coucher. Il lui tapotait occasionnellement l'épaule, lui ébouriffait les cheveux, en l'appelant « mon pote », et si Roddy manifestait un besoin ou un désir quelconques, il veillait à les satisfaire. Il lui avait ainsi offert son premier deux-roues, bien qu'il ne l'ait pas beaucoup aidé ensuite à apprendre à rouler avec. C'est la mère de Roddy qui s'en était chargée, faisant des allers et retours sur le trottoir en tenant la selle, essayant de le maintenir en équilibre. Elle était rigolote. Elle installa, par exemple, une petite tente dans leur courette afin de camper dehors avec Roddy, et ils restaient là tard dans la nuit tandis qu'elle lui racontait des histoires épouvantables et créait des ombres chinoises avec ses mains sur les murs de toile. Dans le parc situé en bas de leur rue, elle criait et riait plus fort que lui en poussant la balançoire aussi haut que possible, beaucoup plus haut qu'il n'aurait pu le faire tout seul.

Mais, parfois, elle était fatiguée, triste, et ne voulait pas sortir du lit, ou du canapé, des jours durant. « Je suis désolée, chéri, disait-elle, je ne suis pas moi-même aujourd'hui. »

Si une personne n'est pas elle-même la moitié du temps, est-ce que ça ne fait pas aussi partie de sa personnalité ? C'était un peu déroutant, mais rassurant en même temps. Il savait qu'elle était dans un état ou dans l'autre. Il avait parfois l'impression, lorsqu'il allait chez ses amis, que les adultes n'étaient pas fiables, car, bien qu'ils puissent sourire ou parler durement, cela ne semblait pas toujours juste, dans un cas comme dans l'autre : c'était un peu comme s'ils portaient des masques. Sa mère n'était pas comme ça.

Parfois, elle tannait le père de Roddy jusqu'à ce qu'ils sortent pour aller voir un film ou danser, bien que celui-ci n'en ait généralement pas envie. Quand ils sortaient, la mère de Roddy avait des étoiles dans les yeux. Elle avait l'air heureuse.

Mais ce jour-là, elle n'était toujours pas rentrée lorsque son père revint du travail et celui-ci n'en parut pas surpris. Il avait apporté une pizza et mis le couvert pour deux, ce qui lui parut étrange aussi. Il posa une main sur l'épaule de Roddy et lui dit :

— Viens dans le salon, mon garçon, il faut que je te parle.

Roddy était menu, et tout le monde disait qu'il ressemblait à sa mère, petite et fine, avec des cheveux coupés presque aussi court que lui, mais plus bouclés. Dans le salon, il s'était installé sur un bras du fauteuil, comme il le faisait les jours où sa mère restait allongée là avec une couverture à regarder la télévision et à dormir, les jours où elle ne virevoltait pas en élaborant toutes sortes de projets.

— Je ne sais pas si tu comprends, dit finalement son père, que ta mère a eu des problèmes. Tu sais comme parfois elle est heureuse, et d'autres fois pas du tout ?

Roddy acquiesça.

— Eh bien, voilà !

Son père se pencha en avant, ses coudes sur les genoux, laissant pendre ses grosses mains dans le vide. Voilà quoi ? Son père ne regardait même pas Roddy, il semblait fixer un coin, ou peut-être l'écran muet de la télévision.

— Eh bien, voilà ! Il est apparu qu'elle a une sorte de maladie. La plupart des gens ne se sentent pas aussi bien qu'elle quand elle est en forme mais, assurément, ils ne se sentent pas non plus aussi mal quand elle ne va pas bien. Cela a été dur pour elle de passer d'un extrême à l'autre. En réalité, ça a été dur pour nous tous.

Roddy secoua la tête, ça n'avait pas été dur pour lui.

— Quoi qu'il en soit, aujourd'hui c'était un très mauvais jour et elle s'est blessée parce qu'elle se sentait terriblement mal. Elle est donc à l'hôpital. En fait, on l'a conduite dans deux hôpitaux. Dans le premier parce qu'elle avait fait beaucoup saigner ses poignets et qu'il fallait arranger cela. Dans le second, on va prendre soin d'elle pendant un moment et s'assurer qu'elle ne recommencera pas à se faire du mal. Tu vois ?

Non. Roddy le fixait dans les yeux, mais il ne voyait rien.

D'abord, comment son père savait-il tout cela ? Il travaille toute la journée.

— Elle m'a téléphoné, lui dit son père, comme s'il pouvait lire dans ses pensées. J'ai appelé une ambulance et je suis allé la retrouver dans le premier hôpital. Tu vois, c'est positif qu'elle ait téléphoné. Cela signifie qu'elle ne voulait pas vraiment... euh!... qu'elle ne voulait pas vraiment se faire du mal. Et elle ne voulait pas t'effrayer à ton retour de l'école, car elle était vraiment malade aujourd'hui, mais elle pensait quand même à toi et c'est plutôt bon signe.

Roddy glissa du fauteuil et se planta devant son père.

— On va la voir.

Son père secoua la tête.

— On ne peut pas, j'en ai peur. L'hôpital ne veut pas que nous venions. De toute façon, elle est trop malade.

— Elle a des pansements?

— Elle en a, oui. Juste sur les bras.

Elle s'était coupée? Elle s'était fait saigner exprès? Lorsque Roddy s'égratignait les genoux ou saignait du nez, sa mère fronçait les sourcils et utilisait un antiseptique, des pansements, ou elle lui faisait mettre la tête en arrière et plaçait des glaçons dans une petite serviette. Elle n'aimait pas la vue du sang. Pourquoi se ferait-elle saigner? Ses yeux se plissèrent de méfiance. Son père était-il en train de lui mentir? Avait-il inventé cette histoire pour cacher autre chose, quelque chose de pire?

— Je veux voir ma maman.

— Je sais, fiston. (Son père soupira.) Mais ce n'est pas possible. Je suis désolé, mais ce n'est pas possible.

Il avait l'air triste, pas de la façon dont la mère de Roddy avait l'air triste — son visage perdait alors toute expression —, mais comme s'il allait se mettre à pleurer. Puis, il regarda Roddy droit dans les yeux, changea de visage et déclara avec assurance, d'une voix plus forte:

— On est juste entre mecs, on peut faire ce que l'on veut, de quoi as-tu envie? On pourrait aller au bowling, ou au cinéma, comme tu veux. On pourrait aussi faire du pop-corn et regarder un film avant d'aller se coucher. Qu'est-ce que t'en dis?

Si Roddy avait osé, il aurait demandé pourquoi son père n'allait pas toujours au cinéma ou bien pourquoi il n'allait pas là où sa mère avait envie d'aller quand elle le lui demandait ? Il haussa les épaules.

— Ça m'est égal. Elle revient quand, maman ? Demain ?

— Pas demain. Je ne sais pas. On verra.

« On verra » ne s'est jamais révélé être une bonne chose.

Et, le lendemain, au lieu de sa mère, c'est la mère de son père qui arriva avec des valises. Elle n'habitait pas très loin de la grande ville, dans une petite bourgade. Roddy l'aimait bien, mais il ne la connaissait que pour lui avoir rendu quelques visites. Elle n'arrêtait pas de câliner Roddy. En regardant la télévision, elle l'attrapait et le tenait contre son côté bien rembourré et ils restaient assis comme ça sur le canapé. Les jours passèrent et elle ne pouvait jamais lui donner suffisamment d'informations sur sa mère, alors qu'il n'était toujours pas autorisé à aller la voir.

— Je sais qu'elle te manque, chéri, lui dit sa grand-mère, mais elle est trop malade pour avoir de la visite.

Il n'arrivait pas à comprendre ce que *malade* pouvait signifier. Est-ce qu'elle vomissait ? Il essaya de formuler sa question de différentes façons – c'était peut-être parce qu'il ne posait pas les bonnes questions qu'on ne lui donnait pas les bonnes réponses ?

— Non chéri, elle ne vomit pas, ils la guériraient sans doute plus facilement si elle était malade de cette façon-là. Elle est malade différemment, dans sa tête, là où c'est beaucoup plus difficile à guérir.

— Est-ce qu'elle va mourir ?

La première fois qu'il posa cette question, il lui fallut rassembler tout son courage, mais après cela fut plus facile, car la réponse était toujours la même bonne vieille réponse :

— Oh ! non, ce n'est pas le genre de maladie dont on meurt, ne t'inquiète pas pour ça.

— Est-ce que ça s'attrape ?

Comme la rougeole ou les oreillons, ce qui expliquerait pourquoi il ne peut aller la voir. Quand les gens ont des maladies que les autres peuvent attraper, ils doivent rester seuls, à l'exception de ceux qui les soignent. Qui soignait sa mère ? Elle aurait peur, si c'étaient des étrangers.

– Non, ce n'est pas non plus ce type de maladie. En réalité, Roddy, c'est parce que parfois elle est trop heureuse et puis trop malheureuse. Tu connais ce phénomène toi aussi, je le sais. Mais c'est difficile à soigner, parce que les docteurs ne le comprennent pas aussi bien que lorsque c'est une partie du corps qui ne fonctionne pas comme il faut.

Est-ce que sa mère ne serait pas heureuse de le voir ?

Est-ce qu'il lui manquait ?

– Où elle est, ta mère ? lui demandaient les gamins à l'école.

– À l'hôpital, elle est malade.

Ils étaient plus gentils avec lui, comme s'ils étaient impressionnés. Les professeurs aussi, aucun ne s'énervait s'il ne savait pas répondre à une question d'arithmétique ou lorsqu'il trébuchait sur les mots en lisant à haute voix. Il aimait bien cet aspect-là de la situation et essayait d'avoir l'air courageux.

Dans le tiroir du buffet de la salle à manger où l'on gardait les photos, il en prit deux, l'une de tous les deux dans le parc, l'autre de toute la famille devant le sapin de Noël. Il les cacha sous son pull jusqu'à ce qu'il soit monté dans sa chambre, puis les dissimula sous le matelas. Ainsi, il pourrait les sortir quand il en aurait envie, quand sa grand-mère et son père étaient en bas. Il ne savait pas pourquoi la possession de ces clichés devait rester secrète, mais c'était comme ça. Il fixait le visage de sa mère. Elle riait sur les deux photographies et, alors, sa bouche occupait l'essentiel de son visage. Il se demandait s'il avait pris les photos parce qu'il risquait d'oublier à quoi elle ressemblait. Il espérait que non.

— Est-ce que papa va la voir? demandait-il. Est-ce qu'elle a envie de me voir?

Il était pratiquement sûr que les réponses seraient *oui* et *oui, bien sûr*. Il avait raison.

— Ton père y est allé deux fois, lui répondit sa grand-mère, mais elle est encore très malade et ils ne pensent pas que ce soit une bonne idée. Évidemment, elle a envie de te voir, tu lui manques, mais elle n'est pas encore prête à recevoir des visites.

Qui étaient-*ils*? C'étaient des gens qu'il ne connaissait même pas qui décidaient de ce que sa mère faisait, de ce qu'il faisait, mais aussi de ce que son père faisait. *Ils* devaient être importants. Il ne les connaissait pas, comment pouvait-il donc savoir s'ils étaient gentils, s'ils prenaient vraiment bien soin d'elle ou, au contraire, s'ils lui faisaient subir des traitements abominables? Comme à la télévision, lorsque des gens importants faisaient subir des méchancetés à d'autres sans raison particulière.

— Est-ce qu'elle va revenir un jour à la maison? demanda-t-il, désespéré. Il n'imaginait plus désormais de *demain*, mais il voulait savoir si, un jour, il rentrerait et elle serait là, avec une valise — elle aurait eu besoin de beaucoup d'affaires en étant restée si longtemps éloignée —, et elle rirait sur le pas de la porte, en le prenant dans ses bras, sa bouche occupant la plus grande partie de son visage.

— En tout cas, ils font tout pour que cela arrive. Ils essayent de nouveaux médicaments, il faut donc attendre et voir.

Il ne s'attendait pas à cette réponse. Il n'aurait pas posé la question s'il avait su qu'il obtiendrait une réponse aussi vague.

Lorsqu'il revint de l'école, il y avait sur la pelouse de la maison un panneau indiquant qu'elle était à vendre. Son père lui dit:

— Roddy, nous avons décidé de faire quelques changements.

Sa grand-mère le prit dans ses bras et lui confia :

— Tu sais, ce pauvre Buster, ça fait trop longtemps que je l'ai laissé aux voisins. Il va être heureux de nous revoir tous. Tu peux emporter tout ce que tu veux, tout ce qui te fera te sentir chez toi.

Son père lui expliqua que c'était une question d'argent. Il vendrait la maison et beaucoup de leurs biens, car il avait des factures à payer et il y avait encore une importante hypothèque sur la maison.

« C'est quoi, une hypothèque ? » fut la question qu'il pensa à poser à ce moment-là.

Par la suite, il posa d'autres types de questions : « Pourquoi grand-mère ne vend pas sa maison pour venir vivre avec nous ? » et « Et maman ? Que fera-t-elle si elle ne nous trouve pas en rentrant à la maison ? » Nettement, clairement, faiblement et inutilement, il ne cessa de répéter : « Je ne veux pas », « Je n'irai pas », « Vous ne pouvez pas me forcer ». Mais bien sûr qu'ils le peuvent.

Et tous ces cris et ces coups de pied le jour du déménagement, ça lui avait fait du bien. Cela semblait à la fois utile et réconfortant, si sa mère agissait ainsi, elle serait bientôt en forme. Sa grand-mère le prit dans ses bras et l'y aurait gardé, s'il ne lui avait pas donné des coups de pied et s'était dégagé.

— Ne t'inquiète pas, dit-elle à son fils, je vais bien. C'était impossible qu'il ne soit pas bouleversé. Il vaut mieux le laisser seul pour l'instant.

Son père chargea les cartons et les lampes, quelques chaises, et les empila dans la petite entrée de la maison de sa grand-mère. Celle-ci apporta une bière à son père et dit :

— Laisse tout ça là pour le moment. Je sais combien les événements ont été douloureux, mais comme je suis heureuse de me retrouver chez moi !

Au bout d'un certain temps, des odeurs agréables s'échappèrent de la cuisine. Ils dînèrent, puis il fallut porter

Roddy, épuisé, jusqu'à sa nouvelle chambre, en haut de la maison, avec la petite veilleuse qui réfléchissait une faible lumière bleue au plafond. Il resta étendu dans son nouveau lit, furieux, jusqu'à ce que le sommeil s'empare de lui.

Le lendemain, il rencontra ses premiers véritables amis : Buster, qui le réveilla en sautant sur le lit, et Mike, apparu sur le pas de la porte avec sa mère.

Tout se savait dans cette petite ville. On savait donc que son père et lui avaient emménagé chez sa grand-mère. Quand il démarra l'école, cela ne se passa pas comme dans l'autre. Les gens le regardaient comme s'il était un être étrange, comme s'ils s'attendaient à ce qu'il agisse bizarrement.

Un gamin effronté, plus âgé, se dirigea vers lui le premier jour pendant la récréation et lui enfonça un doigt dans la poitrine en disant : « Ta mère est dingue. J'parie que tu l'es toi aussi. » Un groupe d'enfants plus jeunes commencèrent à crier : « Dingue, dingue, ta mère est dingue », en formant un cercle autour de lui et, chaque fois qu'ils s'approchaient de lui, ils le touchaient et reculaient en criant comme s'il était dangereux et qu'ils étaient vraiment courageux.

Il avait plusieurs possibilités. Il décida d'empoigner le gamin plus âgé qui restait à regarder ce qu'il avait provoqué et le frappa violemment. Il visa le nez et ne le rata pas. Du sang, des flots de sang interrompirent la ronde. Un cri rendit tout le monde silencieux.

Roddy fut renvoyé chez lui pendant deux jours. Il se fit donc exclure dès le premier jour d'école. « Ne te laisse pas emmerder », lui dit son père, et il partageait ce sentiment. Sa grand-mère avait seulement l'air contrariée. Après cet épisode, il apprit à marcher en roulant les hanches, jambes écartées, les yeux plissés. Cela fit son effet. On ne l'importuna plus guère. Il y avait Mike, aussi, et ça l'aida, car tous les deux formaient une sorte d'équipe.

Ils passèrent beaucoup de temps ensemble à se balader, explorer la ville et la campagne alentour. Parfois, lorsqu'ils étaient fatigués, ils abandonnaient leurs bicyclettes dans un fossé et se promenaient dans un champ, avant de s'écrouler étendus côte à côte, les mains derrière la tête, pour discuter d'un événement, d'une idée, ou pour observer le ciel.

Il y eut beaucoup de bons moments de ce genre. Roddy s'était souvent promené seul, aussi, car Mike s'intéressait peu à certaines choses qui le fascinaient, comme le travail des abeilles, la progression d'un escargot sur son bras ou celle d'une fourmi rapportant un insecte beaucoup plus gros qu'elle pour nourrir l'ensemble de la communauté. Il pouvait passer beaucoup de temps à observer ces créatures, qui, vues de près, n'étaient ni repoussantes ni étranges, mais extraordinaires. Leurs antennes et leurs pattes poilues s'agitaient, leurs yeux à facettes étaient constamment à l'affût des dangers ou des proies éventuels. L'une avait un corps rouge sang, une autre des reflets brillants et multicolores. Les plus merveilleuses étaient celles qui, avec le temps, par étapes, se transformaient radicalement : un insecte rampant était doté d'ailes, des queues tombaient, des peaux changeaient de couleur. En mourant, les insectes se ratatinaient, surpris, inquiets de ces derniers instants.

À la maison, Roddy utilisait des lames de rasoir pour découper soigneusement – si soigneusement que leur absence ne se remarquerait pas –, dans des ouvrages de bibliothèque, les images de créatures dotées de petites carapaces, de facettes, d'antennes et de pattes multiples. Il le faisait parfois dans des livres que Mike et lui avaient volés dans des magasins. Il adorait sa chambre, en haut de la maison, avec son plafond pentu contre lequel, en se redressant sur son lit, il se cognait la tête. Ces belles images prises dans les livres, il les avait accrochées au mur. Certaines montraient les mutations de créatures particulières depuis leur stade terrestre jusqu'à leur vie aérienne.

Son père les trouvait affreuses. Mike avait dit « dégueulasse », mais c'était juste parce qu'il s'agissait de gros plans. Sa grand-mère approuvait ce genre d'occupation, peut-être plus tard serait-il biologiste ou spécialiste dans un autre domaine scientifique ?

Il aimait le petit bureau gris pour faire ses devoirs qui avait appartenu à son grand-père quand il était jeune, avec une lumière modulable au-dessus. Un jour qu'il était moins en colère, sa grand-mère lui dit que tout cela était à lui et qu'il pouvait en faire ce qu'il voulait. Elle n'avait donc rien dit, quelques années plus tard, lorsqu'il avait peint les murs de sa chambre en noir. Il pensait que les images rendraient mieux ainsi, et il aimait avoir l'impression qu'il faisait toujours nuit dans cette pièce. Sa grand-mère ne dit rien non plus quand il réalisa que, finalement, cette peinture était lugubre et déprimante et qu'il peignit une couche de jaune par-dessus, le résultat étant plus ou moins heureux selon les endroits.

Sa pauvre grand-mère ! Elle n'imaginait pas qu'un jour son fils et son petit-fils viendraient vivre avec elle et ne la quitteraient plus, ni qu'elle devrait s'occuper d'eux comme si personne n'avait jamais grandi et quitté un jour la maison. Son fils ne parle jamais beaucoup, même à elle. Roddy et lui communiquent encore un peu, pourtant. En passant, il lui tapote l'épaule, ou lui passe la main dans les cheveux, ou il crie « très bien » pendant un match de hockey lors d'une passe ou d'un but, alors Roddy et lui se sourient. Roddy s'imagine qu'en réalité ils se serrent la main ou se donnent de grandes claques dans le dos.

Les mots n'ont pas une si grande importance, de toute façon. Sa grand-mère lui a expliqué que c'étaient les actions qui comptaient. Son père travaille et regarde le hockey, sa grand-mère fait des gâteaux et l'encourage à manger pour qu'il ne soit pas aussi maigrichon. On ne peut faire véritablement confiance ni à l'un ni à l'autre. Et sa mère a foutu le camp, elle a vraiment, littéralement, foutu le camp.

L'été des quatorze ans de Roddy, ils lui avouèrent enfin la vérité : « Tu es assez grand. » Peut-être sa grand-mère avait-elle insisté. Roddy la harcelait encore parfois, convaincu qu'il pourrait aller chercher sa mère quand il pensait à elle ou ressortait ses vieilles photos. Il savait qu'elle devait se demander ce qui lui était arrivé, peut-être même le cherchait-elle et se sentait-elle mal ? Le soir, une fois les lumières éteintes, étendu sur son lit en regardant les hautes branches d'un arbre planté dans le jardin de sa grand-mère, il imaginait sa mère parcourant des ruelles sombres, regardant par les fenêtres, arrêtant des inconnus, en quête de son fils. Il lui arrivait même de verser quelques larmes en imaginant cela.

Et puis, il avait un message pour elle, peut-être pour la sauver, mais il ne se souvenait plus exactement de quoi il s'agissait, il avait aussi oublié ses traits, hormis ces deux clichés souriants. Même si elle avait changé autant que lui, que son père, il la reconnaîtrait s'il la voyait. Est-ce qu'elle le reconnaîtrait ? Si cela se passait dans un film, c'est sûr qu'elle le reconnaîtrait.

Mais rien de tout cela ne se produisit. Un soir, après le dîner, son père lui dit : « Tu es assez grand », et il le fixa quelques instants, ainsi que sa grand-mère, comme pour vérifier la justesse de cette affirmation.

Dans la ville, il y avait un pont particulier. Les ponts étaient nombreux, qui franchissaient les rivières et les voies de chemin de fer, mais celui-ci, très haut, enjambait une voie express et non une matière douce, comme l'eau. C'est là que les gens se rendaient quand ils avaient la certitude de vouloir mourir.

Et la mère de Roddy en était absolument certaine.

Plus d'un an avant que Roddy l'apprenne, elle avait fait ce choix.

— Je suis désolé, fiston, lui dit son père.

— Oh, mon chéri ! murmura sa grand-mère.

— Ce n'est, poursuivit son père — Roddy ne l'entendait plus très clairement, d'autres paroles et des images se précipitant dans sa tête —, la faute de personne. Ils n'ont pas trouvé les médicaments qu'il fallait, ou elle n'avait pas toujours envie de les prendre, et j'imagine qu'elle s'est sentie trop mal pour continuer. Sa souffrance avait un rapport avec les réactions chimiques qui se produisent dans le corps, semble-t-il.

— La situation était devenue incontrôlable, ajouta sa grand-mère.

Roddy repensait à ces mystérieux *ils* qui prenaient des décisions pour les autres et faisaient des essais, pour, au bout du compte, échouer.

— Comment se fait-il que tu ne m'aies rien dit ?

Son père regarda ses mains, ses doigts reposant à plat sur la table de la salle à manger.

— Cela ne semblait pas nécessaire à ce moment-là. Nous voulions que tu poursuives ta scolarité sans subir ce traumatisme. Mais, comme je te l'ai dit, tu es assez grand maintenant. Il était temps que tu le saches.

— Je sais que c'est très triste, Roddy, poursuivit sa grand-mère. Ta mère était une femme fine, intelligente, et elle était si heureuse de t'avoir, tu ne peux pas imaginer ! À ta naissance, elle ne cessait de montrer tes petites mains et de les faire admirer. Pour elle, tu étais parfait. Et tu l'étais. Et elle était une très bonne mère. Tu te souviens combien elle tenait à toi. Mais, par ailleurs, elle n'arrivait pas à affronter la vie. Elle a essayé très fort pour toi et ton père, et elle se détestait quand elle se sentait mal. Je me souviens de l'avoir entendue dire que lorsque la crise approchait, c'était un peu comme si quelqu'un enveloppait sa tête dans un grand tissu noir dont elle ne pouvait se débarrasser. Ce que je veux dire, c'est qu'elle aurait donné n'importe quoi pour être capable de s'occuper de toi, et elle a fait de son mieux. Tu comprends ?

Non, il ne comprenait pas.

– Oui, dit-il. Est-ce qu'elle a eu des funérailles ?

Son père avait l'air mal à l'aise.

– Oui, elle en a eu.

– Tu y es allé ?

– Oui.

– Et toi ? demande-t-il en se tournant vers sa grand-mère.

– Oui. Il n'y avait pas grand-monde qui la connaissait suffisamment pour venir lui rendre hommage, mais ton père et moi y étions.

– J'étais où ?

– C'était un jour d'école.

Cela avait donc été un jour comme les autres. Et, derrière son dos, sans rien laisser filtrer, ils avaient été en catimini assister aux obsèques de sa mère. C'était peut-être encore plus choquant que tout le reste, qu'ils soient capables de faire ça, de se cacher et de faire en sorte qu'il ne devine pas qu'ils avaient un rendez-vous important. Roddy se leva.

– OK, dit-il.

Il alla dans sa chambre, s'allongea sur son lit, sur le dos, sans bouger. Il n'était pas habité par la colère, cette nuit-là, mais ne parvenait pas à mettre des mots sur ses sentiments.

En revanche, il arrivait à mettre des images. Il la voyait, petite, au loin, vêtue d'un manteau et marchant lentement, très lentement, dans l'obscurité. Il voyait un pont très haut, désert, dans la nuit. Et, tout en bas, sur la voie express, qui n'était jamais déserte, ni le jour ni la nuit, les phares des voitures se succédaient. Le son rauque de l'accélération des moteurs et des pneus sur la chaussée s'élevait vers le ciel.

Il la voyait se pencher par-dessus le parapet en fer, et écouter ces sons rauques, regarder les lumières des phares passer au-dessous. Et elle pensait… mais à quoi ?

Que tous ces phares symbolisaient des besoins et des envies d'aller vers des gens et de les voir, peut-être est-ce ainsi qu'elle pensait, seule dans l'obscurité du pont.

Peut-être son fils lui manquait-il? Il imaginait cela aussi, bien qu'il ait aussi envisagé la possibilité de ne pas être du tout dans ses pensées, et qu'elle l'ait oublié. Dans tous les cas, son cœur était lourd comme du plomb. Peut-être était-il si lourd qu'elle eut du mal à enjamber le parapet en fer? Peut-être était-il si lourd qu'elle imagina qu'il se briserait aisément en entrant en contact avec le sol? Peut-être cela lui semblait-il la meilleure solution?

Il la vit tomber comme une poupée, comme un mannequin, comme un cascadeur. Mais il n'arrivait pas à imaginer son cœur. Il se demandait quelle avait pu être sa dernière pensée en se précipitant du pont. Peut-être: « Oh, non! », peut-être: « Enfin! ».

Maintenant, étendu sur le dos parmi les hauts épis, regardant le ciel étoilé qui s'assombrissait et, un peu plus loin, les gueules des deux bergers allemands qui ne semblent avoir aucune mauvaise intention, écoutant le bruit des bottes se rapprocher en faisant bouger les herbes et les paroles échangées sur un ton prudent, Roddy pense: « Oh, non! »

Il a fait tout ce qu'il a pu. Même si rien n'a marché et que ce moment est arrivé inévitablement, il a fait tout ce à quoi il a pu penser. « Tout ce qu'une personne peut faire, c'est d'agir de son mieux », a coutume de dire sa grand-mère, bien qu'elle n'aurait jamais envisagé une situation pareille.

C'est pourquoi il pense aussi: « Enfin! »

C'est une situation étrange, pourtant. Roddy suppose que cet instant est bien réel, alors qu'il est étendu par terre, surveillé par deux chiens et un millier d'étoiles, avec sans doute un million d'insectes et des tas d'autres petites bestioles invisibles au-dessous de lui. Il imagine que c'est là un instant particulier, suspendu dans le temps, entre deux états totalement différents. Il est amusant, surprenant que, à cet instant précis, il se sente bien, suspendu entre deux états. Il se sent léger et libre, comme s'il était dans l'espace.

Il n'a plus froid non plus.

Il est étonnant de constater combien il apprécie ce moment. Il est totalement comblé. C'est si neuf et agréable qu'il ne verrait pas d'inconvénient à ce que cela dure toujours. Il soupire, sourit en direction du ciel et, à cet instant précis, il pourrait presque dire qu'il est heureux.

Toute l'éternité devant soi

Alors que Lyle commence à raconter, avec beaucoup de réticence, l'événement qu'elle a oublié, Isla voit finalement la scène se dérouler devant ses yeux, mais pas à la façon de Lyle, ni avec ses mots.

« Grimpe », ordonne Lyle, et elle s'exécute. Il s'amuse un peu avec ses cuisses, il appelle ça « chatouiller l'ivoire ». Elle a toujours autant de plaisir à monter dans sa vieille camionnette verte toute cabossée, large, haute et massive. Les creux et les nids-de-poule de l'allée sont plus faciles à franchir avec ce véhicule qu'avec leurs voitures respectives, grâce à sa suspension rigide, bien que les occupants soient plutôt secoués. Isla s'y sent toute petite, car ses sièges sont larges et le plancher semble très loin, comme si elle était gamine à nouveau et revivait brièvement une enfance qui ne serait pas la sienne.

L'allée aboutit à une route nationale fréquentée ; parfois, il faut attendre avant de s'y engager. C'est toujours extraordinaire de voir cette agitation à la fois si proche et si éloignée de leur maison. Les visiteurs, même si ce n'est pas leur première visite, diront assurément à un moment ou à un autre, avec un étonnement flatteur : « On n'aurait jamais imaginé que c'était ici ! On a l'impression d'être dans un autre monde. »

Et c'est tout à fait ça. Mais il est facile de se rendre en ville et, une fois dans la grande cité, par voie express, de s'y déplacer et de travailler, dans un univers totalement différent.

Ils tournent à gauche au bout du chemin, avant de rouler pendant huit minutes jusqu'aux abords de la ville qui ne cessent de se développer dans leur direction, avec des concessionnaires de voitures et des places vides suivies de quelques rues ornées de bungalows en stuc ou recouverts d'aluminium, certains tombant en ruine, alors que d'autres sont propres et bien entretenus. Le cœur de la ville, habitations et boutiques, a conservé les vieilles briques d'origine, témoignant d'une permanence dans les structures, sinon dans les contenus. Les magasins ferment, changent de propriétaire, les maisons aussi, et il semble que la volonté d'entretenir les bâtiments pour qu'ils aient l'air florissants, ou le budget qui y est consacré, diminue. Mais Lyle et Isla agissent pour la ville autant qu'ils le peuvent, en y faisant, par exemple, presque toutes leurs courses : les produits de première nécessité, les outils, les clous, les fertilisants qui occupent les loisirs de Lyle. Ils sont de bons citoyens, pas le genre de nouveaux arrivants qui s'empressent de se plaindre des changements : « Nous sommes des banlieusards, explique Lyle aux visiteurs, nous n'avons aucun problème. »

Ils font ce qu'ils peuvent pour encourager les commerces de proximité. Ainsi, pour acheter une glace, ils n'ont pas besoin de discuter pour savoir où aller, c'est forcément à la crémerie de Goldie.

Pendant un temps, Goldie a été exclusivement une crémerie, mais aujourd'hui on y vend des cigarettes, des journaux, des timbres, quelques produits de base et de la nourriture. Il s'agirait d'une simple supérette si on ne continuait pas à utiliser le long présentoir réfrigéré placé en devanture, avec son couvercle transparent amovible, d'aspect massif. Les produits laitiers ont disparu depuis longtemps, mais les gamins qui s'entassent chez Goldie le soir et pendant le week-end y dégustent encore des glaces en cornets – simples, doubles ou triples – dont ils choisissent le parfum sur une vaste liste – il y en aurait trente-quatre, selon le panneau placé dans l'allée. Des souvenirs d'une époque révolue, tels l'enseigne et le présentoir réfrigéré, contrastent avec le look des employés qui ont souvent des piercing, des tatouages et les cheveux teints.

Goldie appartient désormais à Doreen, une veuve qui a à peu près l'âge d'Isla, mais ne lui ressemble pas du tout. Elle a acheté ce magasin, après avoir perdu son emploi à l'usine située à la sortie de la ville – à l'opposé de la maison de Lyle et d'Isla –, grâce à l'argent de l'assurance-vie qu'elle a touchée après le décès de son mari, mort d'une crise cardiaque alors qu'il faisait un concours de pronostics – certains prétendent qu'il essayait de caresser le postérieur d'une serveuse – dans un bar situé non loin de là.

– J'étais perdue, aimait à raconter Doreen, je ne savais pas quoi faire. Puis j'ai pensé à la glace, et cela m'est apparu comme une réponse.

Ce fut assurément un excellent choix: l'ancienne ouvrière anonyme devint une personnalité de la ville, vive, amusante, qui n'avait pas la langue dans sa poche, et sa notoriété s'accroissait de saison en saison.

Isla considère qu'il s'agit là d'un parcours remarquable. N'est-ce pas formidable d'occuper une place toujours plus grande dans l'esprit des autres, sans parler du sien! Isla pourrait peut-être devenir une personnalité en un clin d'œil, mais elle est singulièrement dépourvue, à son avis, de cette bienveillance toute-puissante, de cette réputation de bonté qui font la renommée de Doreen.

Isla est aussi un personnage dans la ville. Très probablement, elle est uniquement une personne qui traverse la ville, venue habiter là bien après Lyle, et indissociable de ce dernier dans l'esprit de la plupart des habitants. Lorsqu'elle a commencé à vivre avec lui, les gens ont alors pris son existence au sérieux, lui demandant quel était métier. Elle répondait qu'elle travaillait dans une agence de publicité, et leur attention faiblissait avant de s'évanouir totalement. Cela aurait pu être pire si elle avait expliqué qu'elle était cogérante et vice-présidente de cette agence, informations qu'ils doivent connaître désormais. Le simple fait de travailler dans ce secteur était déjà si anachronique, si éloigné des préoccupations de ces individus que les yeux se fermaient, les têtes oscillaient et les conversations prenaient d'autres directions.

Isla croit, et sans condescendance aucune, que c'est la bonne attitude à avoir. Elle ne pensait sans doute pas ainsi au début, mais elle est finalement arrivée à cette conclusion.

Il fut intéressant, et sans doute salutaire, d'être une personne importante dans un milieu particulier – importante par l'exercice d'un pouvoir sur un certain nombre d'individus avec une prise de responsabilités pour certaines idées risquées, susceptibles de rapporter gros – et d'être ici, non pas inexistante, mais de n'entretenir aucun rapport particulier. Personne ne compte sur elle, à l'exception de Lyle. On l'aime bien – en tout cas, personne ne semble la détester –, mais elle pourrait disparaître sans que qui que ce soit s'en rende compte.

Elle voit les événements ainsi : si ses funérailles se déroulaient dans la ville où elle travaille et où elle a passé l'essentiel de sa vie, il y aurait du monde à cause de l'étiquette, du respect, mais aussi de l'affection – elle l'espérait – et de la curiosité de la part des quelques personnes qui l'associent encore à James. Dans cette bourgade, chacun de ces motifs n'attirerait que peu de monde et le dernier, pas du tout. Ici, les gens viendraient par respect de la vie et, plus encore, de la mort en général, pas à cause de liens passés dont ils ne savent rien – Dieu merci ! – ou de leur affection pour Isla.

Elle envierait presque Doreen, dont les obsèques seraient un véritable événement, et la peine causée par sa mort, réelle. Quand elle parle de ça, Lyle lui rétorque :

— Mon Dieu, ce que tu peux être morbide parfois! Des funérailles!

Il n'est pas toujours simple d'expliquer des images, des symboles à un homme, à un juriste qui prend les choses au pied de la lettre. Mais, là encore, elle s'appuie sur cet esprit terre à terre, cette droiture.

— C'est seulement, explique-t-elle, que les enterrements sont utiles pour faire des évaluations. Le dernier bilan.

— Mais as-tu remarqué que les personnes qui prononcent le discours lors d'un enterrement ne parlent, en général, que d'eux? Comme si le défunt n'avait été qu'un élément secondaire dans leur vie.

C'est vrai. Mais là encore, elle parlait des funérailles en tant que métaphore, non dans leur réalité.

Quoi qu'il en soit, la discussion se poursuit joyeusement jusqu'à leur arrivée en ville. Est-ce que les autres manquent de sujets de conversation? Oui, assurément. C'était le cas avec James. Ils avaient tant agi, accumulé tant de récits potentiels que la parole était devenue totalement inadaptée. Mais elle ne voit pas comment, avec Lyle, arriver au bout de cette discussion et de milliers d'autres à aborder au cours de la trentaine d'années qui leur reste à vivre – avec un peu de chance. Les raisons pour lesquelles ils vont chercher une glace, et comment son cerveau en est arrivé aux récapitulations et aux funérailles. Cette sortie marque la célébration d'une perspective renouvelée pour les trente années à venir. Tous ces mots, toutes ces idées, tous ces détails!

— Fais vite, lui dit-il, je laisse tourner le moteur. Si nous nous dépêchons, nous serons assis au bord de la rivière avant que nos glaces aient fondu.

— Quelle glace veux-tu, et de quelle taille, une simple, une double ou une triple?

Ce genre de détails.

— Une triple, bien sûr. Je mérite une grosse glace: une double « perles de chocolat ». Et je crois qu'au retour, si j'ai encore de la place, on pourra peut-être revenir prendre un parfum plus fruité. Un dessert, en quelque sorte. En quelque sorte. En tout cas, vêtue de son tailleur bleu, elle va devoir jongler avec deux cornets, un double et un triple, pendant les deux minutes de trajet jusqu'au banc au bord de la rivière. Pas de problème. Les tailleurs, ça se nettoie, en revanche, les maris, les bons maris, sont irremplaçables.

En tout cas, elle marche droit vers un hold-up. Elle comprend immédiatement ce qui se passe, mais il est trop tard. Elle franchit le pas de la porte, fait un signe à Lyle, se retourne vers la caisse, le présentoir réfrigéré, mais le jeune homme armé d'un fusil se tourne déjà vers elle, déjà alarmé, déjà reconnaissable.

L'étonnement lui fait ouvrir la bouche, peut-être se prépare-t-elle à prononcer son nom, Rodd ? Il a le crâne presque rasé, blond tirant sur le roux, c'est l'un des habitants de ces maisons stuquées, guère pimpantes, situées à quelques rues de là. On le rencontre parfois, le week-end, alors qu'il se balade, apparemment sans but précis, avec des durs qui se donnent des bourrades sur les épaules et parlent fort. Des gamins très ordinaires, à vrai dire. Selon les critères d'Isla, ils sont marginaux, mais marginaux de façon ordinaire. C'est, du moins, ce qu'elle pensait jusqu'à cette seconde où les yeux surpris de Roddy ont rencontré ses yeux choqués et que la tragédie a surgi.

Elle se tourne, bien qu'il n'y ait aucune raison. Le doigt de Roddy glisse sur la détente, sans raison non plus.

Elle réalise à quel point les événements sont devenus instantanément et totalement irréels. C'est un film qui se déroule, et non sa propre vie. Elle se demande comment réagissaient les gens quand il leur arrivait quelque chose d'irréel avant l'invention du cinéma, comment ils identifiaient, alors, ce qui n'était pas réel.

Comment considéraient-ils cette succession de clichés se déroulant si vite qu'elle créait des mouvements doux, avec d'imperceptibles déplacements des corps dans l'espace et le temps, avant d'être capables d'identifier la technique du ralenti ?

Elle a toute l'éternité devant elle pour se poser ces questions. Pour l'heure, son torse poursuit sa rotation, son pied droit fait un demi-tour brutal, sa hanche dévie légèrement sur la gauche, tandis que le reste du corps – alerté par le cerveau qui a soudain compris ce qui se passe – se met en mouvement et agit en mode de défense automatique, tentant de prendre la fuite instantanément. Dans le même temps, le menton de Roddy se soulève, ses yeux s'agrandissent – quels longs cils il a, au milieu d'autres traits moins flatteurs ! –, sa colonne vertébrale se raidit, son épaule fait un mouvement vers l'arrière, son genou bouge légèrement de sorte qu'il esquisse le geste de s'accroupir alors que le poids de son corps se déplace dans la partie antérieure du pied, que son bras s'allonge et qu'un choc soudain le fige, faisant de lui une personne nouvelle qui n'a que peu de liens avec l'adolescent gracile au tempérament doux qu'il était encore jusqu'à cet instant. Il a achevé sa maturation en l'espace d'une seconde.

L'un des deux corps, celui d'Isla ou de Roddy, est susceptible de trébucher, de culbuter en raison des modifications respectives d'équilibre, de poids des corps, d'attention et de direction. Mais rien ne se passe. Roddy ne tombe pas la tête la première et le poids de son corps se déplace sur la partie antérieure de ses pieds ; Isla ne s'effondre pas sur la gauche, mais continue de se tourner en direction de la porte. Elle voit le béton et le soleil à travers la vitrine. Elle ne voit ni Lyle ni la camionnette, garée à gauche de l'entrée. Elle sait que l'innocence se trouve juste de l'autre côté de la porte, dans la lumière, là où il n'y a pas de jeune homme effrayé avec un fusil, pas de femme qui panique parce que le temps imparti est écoulé. À quelques secondes, à quelques minutes près, tout ceci ne serait pas en train de se passer. Comment cela marche-t-il, comment une telle chose a-t-elle pu arriver parce que, à un moment, elle a marché trop vite ou pas assez et est arrivée en ce lieu trop tôt ou trop tard ? Roddy se pose vraisemblablement les mêmes questions. Où est l'employé ? Que peut vouloir Roddy ?

Ce que Roddy voulait n'a sans doute plus d'importance – il s'agissait probablement d'argent –, de même que ce que voulait Isla – deux cornets à manger au bord de la rivière avec Lyle – n'en a plus non plus. Les intentions premières d'Isla et de Roddy sont désormais perdues. Il va leur falloir passer des épreuves. Elle perçoit clairement que c'est aussi vrai pour Roddy que pour elle-même et se demande si cette perception immédiate du sort de plusieurs personnes n'est pas un autre effet de l'art cinématographique.

Elle est très en colère, très amère, non pas tant contre Roddy que contre Lyle. Elle s'est accoutumée à compter sur lui. Il s'est rendu pratiquement indispensable. Mais, alors qu'elle a vraiment besoin de lui, qu'elle est confrontée à une situation terrible, il reste invisible. Il est tranquillement assis dans la camionnette à écouter de la musique ou les informations, attend peut-être en silence et avec délice sa glace. Dans tous les cas, il fait quelque chose qui ne convient pas, quelque chose de stupide, alors qu'elle a besoin qu'il soit là, qu'il agisse pour la sauver. Comment peut-il, comment ose-t-il la prendre, la retenir et puis la laisser tomber ainsi, si loin et avec si peu de ménagements ?

Il est un peu tard pour penser à Jamie et à Alix, et, d'ailleurs, leur évocation ne déclenche pas de sensation particulière chez elle, ni colère ni – étonnamment – explosion d'amour maternel. À cet instant précis, ce serait totalement déplacé. Elle n'attend rien d'eux, alors qu'elle pensait, apparemment à tort, que le salut viendrait de Lyle.

Il ne lui a même pas laissé le temps de se changer. Maintenant, alors qu'elle se tourne pour s'échapper, elle est gênée par ses talons et ce tailleur qui moule ses hanches en mouvement.

Le doigt de Roddy s'immobilise. Elle se tourne, mais elle le voit aussi distinctement que si elle avait des yeux dans le dos. « Ne t'imagine pas que tu vas t'en tirer juste parce que je ne regarde pas, avait coutume de lui dire sa mère, j'ai des yeux dans le dos. »

Peut-être est-ce héréditaire ?

De quoi Roddy a-t-il hérité ? D'un goût du risque ? De ce type de tension physique qui, si les circonstances l'imposent, provoque l'immobilisation du doigt sur la détente ? Une tendance pure, aveugle et stupide à la fois à être attiré par l'anarchie, morale, affective et physique ?

Elle ne connaît pas ce garçon. Elle n'a rien à lui dire. Elle semble avoir beaucoup de temps pour des réflexions profondes, mais pas un instant pour prononcer des mots.

Que se passerait-il si elle criait : « Non ! », « Je vous en prie ! », « Non ! » ?

Mais il est trop tard, il ne reste du temps que pour un son après le halètement d'Isla et l'inspiration rapide de Roddy, et ce n'est pas celui que font des mots.

Elle pense qu'il devrait exister une corrélation entre l'importance d'un événement et le temps qu'il met à s'accomplir. Les petites choses stupides, comme rentrer chez soi, peuvent durer une éternité. Tondre la pelouse ou enlever les mauvaises herbes semble interminable. Même regarder une cassette un soir d'hiver, les pieds posés sur la table du salon, un plat de pop-corn entre Lyle et elle, avec un verre à la main, exige au moins quatre-vingt-dix minutes, plusieurs heures parfois.

Cela, en revanche… Pendant un long moment, le temps est suspendu et son corps, figé dans l'espace, une pointe d'obscurité fait son apparition, se développe jusqu'à ce qu'il ne reste plus qu'une fente de lumière, puis celle-ci disparaît à son tour et il n'y a plus, alors, de différence entre le noir et le silence, soudain réduits à une seule et même chose.

Retour en arrière

La version de Lyle est différente. Pas forcément moins inconsistante ou catastrophique que la sienne, mais... il n'était pas là. Son témoignage est donc de deuxième main, voire de troisième main. Il commence au moment où il a couru de la camionnette jusqu'à chez Goldie et est complété par les versions des ambulanciers, policiers, infirmières et docteurs. Lyle est, semble-t-il, condamné au statut d'observateur lorsque ses épouses sont frappées par de terribles malheurs. Peut-être est-ce frustrant ou exaspérant pour lui ? Peut-être éprouve-t-il un soulagement coupable ? En tout cas, avec son regard anxieux et sa bouche qui s'agite, il semble réduit à l'état de récitant, de narrateur, et non à un être accomplissant l'action ou la subissant.

Peut-être a-t-il tout simplement de la chance.

— Tu es entrée dans le magasin, lui dit-il. Nous pensions que ce serait rapide, puisque, pour une fois, il semblait n'y avoir personne, pas de bicyclette ni de voiture sur le parking. Tu n'étais descendue de la camionnette que depuis quelques secondes lorsque tu m'as fait un petit signe en te retournant et que j'ai entendu la sonnette se déclencher à l'ouverture de la porte. Je pensais combien la vie était belle, avec le soleil, l'été, une sortie pour aller manger une glace au bord de la rivière, une bonne santé, toi, la maison – j'imagine que ce sont là des moments d'exception, les instants de paradis qui aident à avancer.

Il a intérêt à espérer qu'ils vont les aider à avancer. C'est gentil de sa part d'être au paradis quand on lui tire dessus.

– Pendant l'espace d'un instant, je n'arrivais pas à identifier le bruit. J'ai pensé qu'il y avait eu une explosion. Un réservoir de propane? Je ne sais pas. C'était proche et sonore et, à l'évidence, ce n'était pas un retour de flamme dans une voiture, car cela venait de chez Goldie. J'ai sauté du véhicule et couru à l'intérieur. Et, tu sais, tu étais là.

Non, elle ne sait pas. Pour un juriste, son récit n'est pas très cohérent.

– Je ne pouvais pas y croire, au sens littéral du terme. Je ne pouvais pas croire ce que je voyais. Des clients me l'avaient déjà dit et je pensais alors comprendre de quoi il retournait, mais je n'y étais pas. Il s'agit d'un niveau de conscience totalement différent – tout se fige brutalement, dans une lumière aveuglante et un silence absolu. J'étais coupé de la réalité. Ce moment aurait pu durer jusqu'à la fin des temps. Je ne savais pas comment y mettre fin. Je voulais juste que ce ne soit pas réel. Je voulais pouvoir rembobiner cette journée.

Peut-être parvient-elle à émettre un petit grognement d'impatience? Toujours est-il qu'il la regarde en déclarant qu'il est désolé.

– Tu étais étendue sur un côté, à mes pieds, tout près de la porte. Ta tête était si proche que j'aurais pu trébucher dessus. Et il y avait du sang. On aurait pu croire que je savais ce que c'était de voir beaucoup de sang, mais je n'en avais aucune idée. Et, de toute façon, même si j'en avais eu l'expérience, cela aurait été différent, cette fois-ci, puisque c'était le tien.

Il y avait un gamin avec des taches de rousseur, les cheveux blond-roux très courts, que nous avions déjà vu en ville. Juste un gamin, à cette différence près qu'il tenait un fusil à la main, pointé vers le sol, cependant. Pas vraiment pointé, d'ailleurs, mais plutôt suspendu à ses doigts. Il ne te quittait pas des yeux. Je ne sais même pas s'il avait remarqué ma présence. Il semblait sur le point de s'évanouir, son visage était livide.

Je ne sais pas à quoi je pensais : peut-être que si je ne bougeais pas, ne disais rien, cela ne serait pas réel. Comme dans un cauchemar, tu sais ? Peut-être en était-il de même pour lui ? Assurément, ce n'est pas ce qu'il avait voulu faire ou pensé faire, et peut-être lui non plus ne parvenait-il pas à y croire ?

Les flics m'ont demandé par la suite combien de temps s'était écoulé avant qu'on les appelle et j'ai été incapable de répondre à leur question. Nous avions pu rester debout à te regarder pendant quelques secondes ou plusieurs heures, tant ma perception du temps était faussée à ce moment-là. Mais c'était sans doute une affaire de secondes. Maintenant, j'ai l'impression que la sonnerie était encore audible lorsque l'employé ressortit sa tête de derrière le comptoir et, dès qu'il y eut un mouvement, même imperceptible, l'immutabilité du moment fut brisée. L'employé n'était qu'un gamin, lui aussi. J'ai oublié son nom. J'ai oublié tous les noms, je crois, à l'exception des nôtres. Sauf que, écoute bien, je me souviens qu'il a dit quelque chose comme : « Merde, Roddy, qu'est-ce que tu as fait ? » Le garçon doit donc s'appeler Roddy. Le plus grand, l'employé, tremblait comme une feuille, mais il a fait le tour du comptoir et pris le fusil. Aussi simplement que ça. Il a donc eu plus de présence d'esprit que moi. Et il a été courageux. C'est un miracle que cette fichue arme n'ait pas lâché d'autres coups, car ses mains tremblaient tellement !

L'autre gamin, Roddy, ou quel que soit son nom, n'a pas tenté de garder le fusil ou de faire quoi que ce soit. Lorsqu'il l'a lâché, il s'est penché en avant pour vomir, puis s'est enfui. Il a fait volte-face et est sorti par-derrière. On a entendu la porte claquer derrière lui.

Je me fichais complètement de savoir où il allait, ou ce qui lui arrivait. J'ai retrouvé ma voix et hurlé au vendeur d'appeler une ambulance, les flics, les pompiers, n'importe qui, et j'étais à genoux, t'auscultant, t'appelant. Je voyais que tu étais blessée, mais s'il y avait du sang, ce n'était pas si abondant, il n'y avait pas de véritable mare, vu de près. Et tu étais vivante, tu respirais. Je ne voyais pas où tu avais été touchée, mais je savais qu'il ne fallait surtout pas te bouger.

Lui, il bouge dans le fauteuil placé à côté du lit. Il en a de la chance de pouvoir s'asseoir, se pencher, bouger! Être capable de ressentir une gêne.

Rien de ce qu'il raconte n'éveille de souvenir en elle. Mais, évidemment, comme il l'a dit, elle était inconsciente. Elle imagine qu'elle peut lui accorder un peu de sympathie pour avoir été celui qui a failli trébucher sur son crâne, figé à la vue du sang, avant de revenir à la réalité.

Quand cela va-t-il lui arriver, à elle?

— Un temps interminable a semblé s'écouler avant que les secours arrivent, bien que je me sois rendu compte par la suite que l'attente avait duré moins de quatre minutes. Cela me parut une éternité à ce moment-là. Le gamin, l'employé, pleurait en gémissant au comptoir. J'aurais voulu m'allonger sur le sol avec toi et te prendre dans mes bras, mais ton visage était la seule partie que je pouvais toucher sans risque. Je crois que je te parlais, mais, en tout cas, je me souviens avoir passé de longs moments à te caresser le front et les cheveux. Je ne savais pas si tu ressentais quelque chose ou si tu étais complètement inconsciente.

Pendant l'espace d'un instant, il semble mal à l'aise, comme s'il avait fait une gaffe. Parmi tous ces mots, lequel n'avait-il pas l'intention de prononcer?

— La sirène de l'ambulance a retenti la première. Je n'ai pas voulu qu'ils risquent de trébucher sur toi, je suis donc allé au-devant d'eux. Les flics sont arrivés quelques secondes plus tard. Tous deux ont sauté de la voiture, revolver au poing, ce qui n'était guère de circonstance. Je ne crois pas qu'ils aient beaucoup de personnel expérimenté dans la région. Ils avaient l'air violents, et, avant qu'ils imaginent que j'étais le coupable, je leur ai fait signe, en expliquant qu'on t'avait tiré dessus, que le tireur avait pris la fuite – l'employé était témoin, et moi aussi, en quelque sorte. J'étais très calme alors, car cela semblait nécessaire, et l'un des hommes m'en fit la réflexion : « Vous êtes drôlement calme pour un type dont la femme vient de se faire tirer dessus », comme si j'avais pu être l'agresseur !

« On n'en a rien à faire ! avait envie de crier Isla, rien du tout, viens-en à moi ! » Mais elle ne parvient qu'à murmurer sa réprobation, que Lyle, évidemment, n'entend pas ou ne sait pas interpréter.

– Au moment où les policiers pénétrèrent dans le magasin, les ambulanciers t'avaient déjà attachée à une planche et te soulevaient pour te placer sur une civière. Les flics avaient l'air furieux, comme s'il aurait été mieux de te laisser où tu étais. Mais je me trompe peut-être, j'étais hypersensible à ce moment-là. Comme si tout était évident et clair. Pas sonore, mais clair.

Je leur dis que j'allais monter avec toi. Celui qui avait pris la mouche un peu plus tôt me lança quelque chose du genre : « Vous êtes témoin, nous devons vous parler. » Mais l'autre flic lui dit : « On verra ça plus tard, nous devons nous entretenir avec l'employé et il y a des tas de sales trucs à faire. » Comme s'il s'agissait d'une corvée. Il regardait par terre, là où tu étais allongée quelques minutes plus tôt. Le sang. Lyle tremble.

« Quand tout cela a-t-il eu lieu ? Suffisamment récemment pour que Lyle soit encore sous le choc ? Les témoins et les êtres aimés peuvent-ils subir un choc ou est-ce réservé essentiellement aux victimes ? », se demande-t-elle.

Isla n'est pas sous le choc. Elle ne semble submergée par aucun sentiment, si ce n'est la fureur.

— Je dis aussi : « Il n'y a guère de mystère, vous connaissez sans doute le gamin qui a fait ça. En tout cas, l'employé le connaît. Il s'est enfui par-derrière, mais il ne sera sûrement pas difficile à retrouver. Il mesure 1,70 m environ, il est mince et a des taches de rousseur. Il est effrayé aussi, OK ? » Je voulais qu'ils sachent qu'il avait peur. J'ignorais si la peur le rendrait plus ou moins dangereux, mais le fusil était sur le comptoir, il n'était sans doute plus armé et je ne voulais pas qu'ils s'excitent et tirent dessus une fois qu'ils l'auraient trouvé.

Une telle attitude semble exagérément miséricordieuse. Et que dire de la vengeance ? De la loyauté ? Isla tuerait elle-même ce salopard, si cela pouvait défaire ce qui a été accompli. Si cela lui permettait de se retrouver debout, elle le tuerait. S'il n'y avait qu'une raison pour le faire, ce serait celle-là, pour l'équilibre : un prêté pour un rendu.

Elle espère que la conscience de ce garçon – s'il en a une – tremblera et sera à jamais hantée par la pensée de ces quelques secondes chez Goldie lorsque lui-même – ou quelque chose en lui, instinct, désir ou peur – a pris cette décision. Car de tels gestes sont des décisions et leur rapidité ou leur incohérence n'entre pas en ligne de compte. Elle est convaincue que les décisions entraînent des responsabilités, qu'il ne s'agit pas simplement de toquades, du moins pas seulement.

Est-ce que des gens comme lui pensent que des gens comme elle se baladent avec une armure et un gilet pare-balles ? Peuvent-ils fantasmer que personne ne sera blessé ? S'ils n'ont pas délibérément choisi de faire du mal, supposent-ils que personne n'aura à en souffrir ? Que c'est impossible ? Imaginent-ils que leurs intentions sont pures ? Oh, qu'elle est furieuse ! Si furieuse qu'elle manque de mots ! Tous les authentiques désastres et véritables trahisons de ses quarante-neuf années de vie – pas autant que d'années, peut-être, mais chacun d'eux lui sembla monstrueux –, et maintenant le drame chez Goldie.

– J'ai eu l'impression (et Lyle semble embarrassé) que cela te porterait malheur s'il arrivait quelque chose au garçon. C'était déjà un gâchis, mais si on pouvait empêcher la situation d'empirer, il serait alors encore possible de s'en sortir, d'une façon ou d'une autre.

Est-ce que ce sera possible ? Va-t-on s'en sortir ? Au nom du ciel, Lyle !

– Je n'ai pas beaucoup d'éléments sur ce qui s'est passé depuis. J'ignore s'ils l'ont attrapé. Nous sommes partis en ambulance, avec un court arrêt à l'hôpital, où on nous a dit qu'il vaudrait mieux aller dans un établissement spécialisé. Nous sommes à l'hôpital Northern, avec les meilleurs spécialistes. Tu es vraiment entre de bonnes mains.

Dans son sourire, elle perçoit beaucoup d'espoir. À moins qu'il ne fasse un effort pour avoir l'air convaincant ?

Une question – la moins importante – a finalement trouvé sa réponse : elle sait où elle se trouve. Dans l'énorme hôpital situé au nord de la ville, pas très loin, d'ailleurs, de son bureau. Elle passe régulièrement devant et lit parfois dans le journal les projets de recherches et des comptes rendus de divers miracles qui y ont eu lieu, mais elle n'avait jamais eu l'occasion d'y aller. De temps en temps sont lancées des opérations de collecte de fonds... peut-être aurait-elle dû y participer ?

– Quand ?

– Quand quoi ?

Mais comment pourrait-elle exprimer les choses plus clairement, nom de Dieu !

– Tu veux savoir quelle heure il est ou quand tout cela s'est passé ? C'est le matin, tu es restée inconsciente un moment, puis ils t'ont donné quelque chose pour que tu ne reprennes pas conscience alors qu'ils faisaient d'autres examens et t'auscultaient.

Elle frissonnerait, si elle en était capable, à l'idée que des gens l'ont examinée et palpée alors qu'elle était sans défense.

C'est le matin. Elle a des réunions, bien que, à cet instant précis, elle n'ait aucune idée avec qui ou pourquoi, et quelle importance? Tout cela était sans doute essentiel hier, mais ne veut plus rien dire aujourd'hui. Lyle devait être au tribunal ce matin à la première heure. Il doit être épuisé. Une faible lueur de compassion s'allume brièvement en elle: elle aimerait pouvoir toucher sa main et le remercier d'être là.

Pour ce qu'elle en sait, ils peuvent très bien être en train de se tenir la main.

— Les flics vont vouloir te parler lorsque tu en seras capable. Ils ont besoin de tout mettre noir sur blanc.

Qu'est-ce qu'elle en a à faire de la police et de ce dont celle-ci a besoin?

— Les docteurs, murmure-t-elle d'un ton irrité.

Assurément, en tant que juriste, il sait ce qui est essentiel dans un récit, une affaire, et ce qui ne l'est pas. Dans son métier, la publicité, elle ne commettrait pas cette erreur. Dans son métier, il y a peu ou pas de temps pour dire l'essentiel et c'est déjà fini.

Il semble hésiter, ses yeux sont fuyants. Ce n'est pas le regard d'un homme qui va vous annoncer de bonnes nouvelles.

— Je t'ai déjà rapporté à peu près tout ce que les docteurs ont dit. Nous attendons, puis il y aura sans doute une intervention chirurgicale, avec beaucoup d'espoir que tout s'arrangera. C'est vraiment une question de reprendre des forces et d'être patient, c'est tout.

En réalité, non, c'est très loin d'être tout.

— Exactement. Détails, parvient-elle à prononcer.

C'est intéressant d'observer quelqu'un prendre une décision. Elle voit son visage s'ouvrir et s'éclaircir, une petite détente de la bouche, une inspiration des narines, un écarquillement des yeux, un soulèvement des sourcils. De petites lignes viennent plisser son front, de plus larges, cernant sa bouche, s'approfondissent encore. Il lui présente ce regard qu'il a souvent lorsque la situation est difficile ou tendue. C'est une expression susceptible de contenir plus de respect – à cet instant précis – que d'affection.

Ce qui est rassurant. À ses yeux, elle est à nouveau un être humain, pas une patiente, une épouse, une responsabilité, un fardeau ou un problème.

Pas tout à fait une handicapée.

Mais d'où sort ce mot interdit ?

– Bon, dit-il. Pour le moment, ils savent que la balle a entaillé ta colonne vertébrale. Assez haut. Et que tu as de la chance, car une orientation légèrement différente lui aurait permis de traverser les tissus jusqu'à un organe vital. Orientée plus haut, elle aurait pénétré dans ton crâne. (Comme si son cerveau n'était pas un organe vital !) Cela a été très positif que tu aies été en train de te tourner quand il a tiré.

Par déduction, cela a donc été très négatif qu'elle n'ait pas été un peu plus tournée, ou ne l'ait pas fait un peu plus brusquement ou rapidement. À ce moment-là, la balle aurait été se perdre dans l'embrasure, le présentoir réfrigéré ou le sol.

– Quoi qu'il en soit, en touchant la colonne vertébrale, elle a endommagé des vertèbres, mais ils ignorent l'étendue des dégâts, car la balle s'est fragmentée – oublions le terme technique –, un morceau de balle y est encore, il est susceptible de s'en aller tout seul une fois que tu auras acquis plus de stabilité. Nous verrons.

Il ne semble pas à Isla que son état puisse se stabiliser plus qu'il ne l'est maintenant. L'immobilité constitue assurément le maximum de stabilité que l'on puisse atteindre, si l'on est vivant. Elle fronce les sourcils, pense qu'elle les fronce ou, en tout cas, veut le faire.

Pourtant, une nouvelle fois, il a dit « nous ». Il est assis là, le visage ravagé par le chagrin, et son cœur ne vaut sans doute guère mieux.

Pourtant, il peut dire « nous » tant qu'il veut, ce n'est pas lui qui a un fragment de balle coincé dans la colonne vertébrale, des vertèbres endommagées avec une paralysie à la clé.

— Paralysie ? demande-t-elle.

Il ne la regarde pas dans les yeux.

— Momentanément. Mais comme je te l'ai dit, essaie d'être patiente. Prends des forces. Nous pourrons alors en savoir beaucoup plus que maintenant. Nous aurons des réponses.

« Fais attention à tes questions, se sermonne-t-elle à nouveau, car les réponses ne seront sans doute pas celles que tu souhaites et peuvent se révéler insupportables. » C'est la leçon importante qu'elle a apprise avec James, et bien apprise, jusqu'à la moelle. Elle pourrait désormais l'ériger tel un slogan ou un credo.

— C'est un bon signe, poursuit Lyle, que tu puisses parler : cela est plus ou moins en rapport avec le fonctionnement à peu près correct de tes poumons. Et les muscles de ton visage parviennent à bouger un peu aussi, c'est très bien. Par exemple, tu peux cligner de l'œil, et tu pourrais même sourire — son regard déborde de douceur et d'espoir —, si tu le voulais.

Elle pense aussi pouvoir plisser les yeux. Il a de la chance qu'elle soit incapable de se lever de ce lit. « Pourquoi, diable, aurais-je envie de sourire ? » est la question qu'elle aimerait lui poser. « Pourquoi ? » parvient-elle à prononcer. Cela suffit pour qu'il ait l'air embarrassé.

Mais il est présent. Il essaie. Elle devrait lui en être reconnaissante.

Non. La gratitude est lamentable, elle ne peut se réduire à ça. Et lui non plus, à long terme.

Il ne peut y avoir de long terme. Cela ne lui arrive pas à elle, aux personnes comme elle.

Mais bien sûr que si. À tout moment, le hasard frappe des gens parmi une foule d'anonymes et les plonge dans un effroyable désastre. Pourquoi pas elle ?

Parce que. Parce qu'il existe une sorte de quota en matière de catastrophe? Et n'a-t-elle pas eu déjà son compte? Et Lyle aussi? Parce qu'elle recommençait à goûter au bonheur, n'avait eu que quelques courtes années avec lui. Qui donc s'occupe des scores, un sadique incapable d'évaluer comme il faut? Elle voudrait secouer la tête d'incrédulité, si ce n'était l'un des nombreux mouvements qu'elle est incapable de faire.

Bon, alors, que peut-elle faire? Elle peut enrager. Elle peut se souvenir. Certains chocs, rares et spécifiques, ont cette capacité de se prolonger dans le présent – encore une leçon apprise avec James. Les gens parlent de moments où le ciel leur est tombé sur la tête à propos d'une catastrophe ou d'un événement d'une grande importance – un massacre, un meurtre, une tornade, une naissance, une révélation. Révélation dans un sens presque biblique, assurément apocalyptique. Le jour du Jugement dernier. Comme une balle.

En ce qui concerne ce moment sur le pas de la porte de la crémerie de Goldie... L'Apocalypse, assurément.

Des événements moins dramatiques reviennent en mémoire sans raison apparente: une conversation, un mouvement, une couleur, une forme; d'autres sont là pour suivre une directive intérieure s'énonçant ainsi: *N'oublie pas. Souviens-toi de ce moment dans ses moindres détails.*

Elle doit se convaincre que tout cela est temporaire. Il faut qu'elle s'engage dans cette direction.

Lorsqu'elle sera à nouveau sur pied, elle devra se souvenir de ceci: que le simple fait de vivre une journée ordinaire, sans surprise, régulière, est une bénédiction. Elle devra garder à l'esprit – *avoir pleinement conscience que*, comme Alix a pris l'habitude de dire – ce qu'elle possédait, ce qu'elle avait gagné, mérité et désiré, et momentanément perdu.

Elle s'obligera à se souvenir de tout ça. C'est un projet modeste mais, dans les circonstances présentes, c'est presque un miracle d'en avoir un, aussi réduit soit-il. C'est un projet dans lequel elle pourrait mordre à pleines dents, si elle sentait ses dents, si elle était capable de mordre. Pour le moment, elle peut découvrir ses dents, sourire à Lyle, un peu à la manière du grand méchant loup dans le lit de la grand-mère du Petit Chaperon rouge, mais avec un air – du moins, elle l'espère – un peu plus gentil.

Un plan élémentaire

Ils ne cessent de lui demander ce qui s'est passé.

— Dis-nous ce que tu as fait, petit, dit le plus grand et le plus âgé des policiers.

C'est celui qui, dans les champs, alors que Roddy fixait des yeux les chiens impassibles et les étoiles, heureux comme il ne l'avait jamais été, était apparu soudain dans son champ de vision, les bras écartés et rigides, tenant un revolver pointé sur lui.

— Ne bouge pas, fiston. Ne fais pas un geste. Tu comprends ce que je te dis ? Dis-moi que tu ne vas pas bouger un seul muscle. Tout de suite. Dis-le-moi.

— OK, dit Roddy.

— Arrêtez, dit une autre voix.

Les chiens s'étaient éloignés. Il ne les voyait plus, mais ils n'étaient pas très loin, car il les entendait encore respirer.

L'autre policier, plus jeune, s'agenouilla précautionneusement à côté de Roddy et le regarda d'un air méfiant. Il palpa soigneusement le corps du garçon, tout en gardant ses distances. Il fit ensuite un signe au type plus âgé, qui dit :

— Bon, lève-toi maintenant, tout doucement.

C'était comme s'il était devenu vieux. C'était presque douloureux, il avait roulé légèrement et placé ses mains et ses pieds avant de se redresser. Tandis qu'il était encore assis, le jeune type lui avait pris les mains pour les mettre derrière son dos et lui passer les menottes, ce qui ne l'aidait pas. Il n'y avait pas eu de clic. Les menottes semblaient être en plastique, non en métal. Roddy en conclut que les événements ne se déroulaient pas comme à la télévision. Le policier l'avait tiré par un bras, et Roddy avait eu l'impression de rebondir quand il s'était finalement retrouvé sur ses pieds.

L'autre, celui qui l'avait appelé *fiston*, recula. Son arme restait pointée : un trou noir. Roddy faillit lui dire que les revolvers étaient inutiles, mais il pensa qu'il valait peut-être mieux se taire. Dieu seul sait ce qu'ils pourraient lui faire ! Il n'avait pas vraiment peur, parce que tout cela ne pouvait pas être réel, ça ne l'était pas suffisamment, en tout cas, pour que naisse la peur. Mais c'était si étrange de se retrouver dans un champ la nuit, le jeune policier fixant le faisceau de sa lampe sur lui comme s'il s'agissait d'une scène, d'un projecteur, d'une pièce de théâtre !

– Allons-y !

Retraverser les champs jusqu'à la route, avec deux rayons lumineux pour les guider, ne fut pas une mince affaire. Surtout avec les mains dans le dos, il était difficile de conserver son équilibre, de ne pas trébucher. En progressant aussi lentement, les pièges des légers creux et bosses des champs et la pierraille qui les jonchait devinrent étrangers, hostiles.

Les deux policiers grommelaient de temps à autre. Ils l'encadraient et étaient placés légèrement en retrait. Il entendait la respiration marquée du policier âgé et les chiens qui avançaient à pas sourds. Personne ne parlait. Personne ne parla non plus quand ils montèrent en voiture. Le jeune policier plaça une main sur la tête de Roddy tout en le poussant sur la banquette arrière, menotté, isolé.

Les routes semblaient border une campagne complètement différente de celle qu'il avait connue jusqu'à présent. Les abords de la ville, avec les enfilades de maisons, les lumières des réverbères, tout cela aurait pu se trouver dans un autre pays, en Europe peut-être, où il n'avait jamais été. En tournant à l'angle d'une rue menant à l'endroit où il vivait encore quelques heures plus tôt, il pensa : « Grand-mère est là, au coin de la rue, et mon père », mais il eut l'impression qu'ils étaient dans un univers parallèle.

Ils étaient en fait au poste de police : sa grand-mère, grosse, peinée, les yeux cernés de rouge, et son père, pâle et robuste. Ils se levèrent de la même façon au même instant, comme s'ils étaient attachés l'un à l'autre, comme s'ils étaient devenus des marionnettes. À ce détail près qu'ensuite son père n'esquissa pas un geste, alors que sa grand-mère fit un pas dans sa direction. Mais les policiers répondirent : « Non », et emmenèrent Roddy en le tenant chacun par un bras. Il ne se retourna pas. À quoi cela aurait-il servi ? Ils devaient penser maintenant que ce jeune homme ne faisait plus partie de leurs relations.

Il se trouve dans une pièce avec les deux policiers et un autre type, un avocat que son père a contacté. Ce type lui a dit : « Tu n'es pas obligé de dire quoi que ce soit, je te conseille de ne pas prononcer un mot. » Roddy s'est contenté de hocher la tête.

Lorsque le flic demande : « Dis-nous ce que tu as fait, fiston, raconte-nous ce qui s'est passé », Roddy ne reste pas silencieux parce qu'il refuse de parler. Il garde le silence parce qu'il n'a aucune idée de ce qu'il pourrait déclarer. Tout était si clair avant, quand il s'agissait seulement d'un plan.

La femme. Son visage. La voix de Mike, finalement. C'était trop tard, cette façon qu'avaient les choses d'arriver trop tard, comme si, pendant quelques instants, il n'y avait plus de synchronisation et que tout se déroulait à l'envers ou dans le désordre.

Maintenant, il est revenu dans le temps, mais c'est un temps complètement différent.

— Où as-tu trouvé le fusil?

Ce serait facile de répondre à cette question-là. C'est celui de son père. Celui-ci l'utilise une semaine par an pour aller chasser avec une bande de copains du travail. Il ne touche jamais rien cependant. Il essaie, sans doute, mais il ne touche jamais rien.

Contrairement à Roddy. Soudain, il a très froid à nouveau et frissonne.

— Vous avez quelque chose pour le couvrir? demande l'avocat. Une couverture? Je crois qu'il n'est pas bien.

— C'est pas possible! répond le plus jeune des policiers. Non, nous n'en avons pas.

L'avocat hausse les épaules.

— S'il est malade, s'il tombe malade, ce sera pour vous, vous le savez, cela sera votre responsabilité. En réalité, je me demande s'il ne faudrait pas appeler un médecin? Il pourrait être en état de choc. Cela pourrait être dangereux.

— Va lui chercher une couverture, Tom, ordonne le flic plus âgé.

Roddy porte son attention sur l'un, puis sur l'autre. C'est un peu comme regarder une pièce de théâtre. M. Siviletti, son professeur d'anglais – l'un des rares enseignants qu'il appréciait –, affirme que chaque mot d'une pièce est censé jouer un rôle précis, faire avancer l'intrigue, d'une façon ou d'une autre. Roddy n'a pas l'impression, cependant, que cette conversation entre les policiers et l'avocat fasse beaucoup avancer les choses. Par ailleurs, il n'a rien à ajouter. Cela n'a plus rien à voir avec ce moment dans les champs. Ce n'est pas qu'il soit heureux et veuille que tout s'arrête à cet instant précis pour que ce bonheur puisse se poursuivre. Les lumières sont trop vives, la chaise trop dure, les visages, même celui de son avocat, trop inflexibles.

Il pense que tout cela a commencé dans une autre vie, innocente, alors que Mike et lui, au début de l'été, étaient assis près de la pièce d'eau du parc. Ils élaboraient leurs plans ou façonnaient leurs rêves, c'est selon. Ils étaient donc au bord de l'eau, mais non dans l'eau, il faisait frais ; ils portaient des sweat-shirts, des jeans et passaient l'essentiel de leur temps à traîner.

Ils échafaudaient des entreprises secrètes et des rêves. Ce qui signifiait mettre un point final à certains aspects de leur vie. Mike avait demandé : « Si nous voulions partir en septembre, comment pourrait-on avoir suffisamment d'argent d'ici là ? » Roddy est presque sûr que c'est Mike qui a dit ça, mais ç'aurait pu être lui. Ils parlèrent beaucoup de partir, l'un et l'autre.

Ils auraient un appartement dans la grande ville d'où Roddy était venu. Ils avaient en tête un gratte-ciel, un endroit qui surplomberait des lumières brillant à perte de vue. Roddy aimait l'idée du gratte-ciel. Cela semblait respectable d'emprunter un ascenseur pour rentrer chez soi ou en sortir. Ils s'arrangeraient pour travailler, d'une façon ou d'une autre. Par le seul pouvoir des lumières, leur émerveillement resterait intact. Il y aurait des rues et des ruelles, des bars et des concerts, de nouvelles rencontres. Des filles. Il y aurait une formidable et mystérieuse variété de filles.

Mais Roddy n'avait pas non plus la moindre idée de la façon dont ils arriveraient jusque-là, dans deux ou trois mois. Il avait dû penser que la magie jouerait un rôle actif dans cette histoire. Il faisait des petits boulots irréguliers – tondre les pelouses, désherber – et il imaginait qu'il pourrait accumuler ainsi un petit pécule. Mike travaillait pour le deuxième été consécutif chez Goldie. Sa mère était une amie de la propriétaire.

– La paie est maigre, pourtant. Même le salaire minimum lui semble exorbitant, lorsqu'elle te règle, c'est comme si tu l'avais volée. Ça me rend dingue ! Ce n'est pas comme si je restais debout sans rien faire. Quand il n'y a pas de clients, on est censé laver le sol, l'arrière-boutique et même essuyer les étagères et, si tout cela n'est pas fait, elle nous tombe dessus à bras raccourcis.

— Ouais, mais au moins tu as un travail. Tu sais combien tu vas toucher.

— Toi tu travailles à ton compte. Et si tu es payé à l'heure, il suffit que tu tondes la pelouse tout doucement, pas vrai ?

Mike plaisantait... en quelque sorte.

— Mais oui, c'est ça !

— Quoi qu'il en soit, aucun de nous ne gagne vraiment d'argent. Pas assez, en tout cas. Il faut trouver une meilleure stratégie ou nous ne partirons jamais d'ici.

Un silence maussade s'abattait sur eux. Cela leur arrivait souvent. L'idée de ne pouvoir jamais partir leur était insupportable, sans raison précise. Le simple fait qu'ils soient aussi agités était extrêmement douloureux. Cela faisait souffrir.

Mike n'avait jamais dû tout recommencer. Il avait toujours vécu ici. Il concevait une vie nouvelle, où tout serait absolument neuf, comme s'il s'attendait presque à ne pas avoir de souvenirs. Roddy pensait, évidemment, que tout serait neuf, mais aussi qu'il s'agissait d'une variante de la façon dont la vie aurait dû se dérouler, s'il n'avait pas fallu déménager, s'il était resté à l'endroit où sa vie avait démarré.

Tout serait différent, s'il était là-bas. Et, d'abord, ils seraient libres. Roddy envisagea même de changer de look — « Peut-être me laisserai-je pousser la moustache ? » —, et bien que Mike l'ait dénigré, il avait néanmoins acquiescé, comme s'il savait ce que Roddy voulait dire.

Non seulement, il n'envisageait pas l'avenir de façon claire, mais il lui semblait maintenant que sa vision du passé n'était pas plus juste. Assurément, c'était agaçant parfois de vivre à la maison et, récemment, sa grand-mère avait commencé à s'emporter plus souvent contre lui et, lui, à répondre en manifestant plus d'impatience. Ainsi, combien de fois devait-il répéter: « Cela ne regarde personne d'autre que moi! » Le *cela* recouvrant tout, des devoirs à faire jusqu'aux endroits où il allait et avait été. « Dehors », « Nulle part », répondait-il. Et, si son père adressait plus de dix mots à l'un ou à l'autre dans la journée, il était très étonné. Comme s'il avait perdu tous ses mots et qu'il ne lui restait plus que ces tapes amicales sur l'épaule de Roddy en passant ou le frôlement de la main sur sa tête.

Toutefois, n'était-ce pas sa grand-mère qui lui mettait des pansements au genou lorsque, gamin, il était tombé? N'était-ce pas elle qui lui faisait la lecture quand il rentrait, malade, de l'école? Et elle était là, dans la chaleur de la cuisine, à lui préparer un gâteau et lui proposant: « Tu n'as pas envie de faire une partie de cartes avant de sortir, Roddy? »

Il y avait ses yeux qui semblaient blessés et ses lèvres serrées quand il ne voulait pas parler ou lui répondait agressivement. Mais elle ne rétorquait pratiquement jamais. Elle avait pris l'habitude de s'éloigner. Et, maintenant, il voit ses épaules, son dos, un peu courbé, à cause de lui.

Quand il se sent coupable, il a envie d'être ailleurs, dans un endroit où il n'éprouverait pas ce sentiment.

Quel abruti! Quel con!

Il comprend soudain – il se redresse alors sur sa chaise, saisi par cette certitude nouvelle et inattendue – que lui et Mike ne seraient jamais partis. Ils seraient retournés en classe à l'automne et auraient continué à imaginer leur avenir en paroles et en images, mais cela serait resté l'avenir, jusqu'à ce que, peut-être, le moment de partir arrivât vraiment. Il aurait achevé ses études secondaires. Sa grand-mère, et même son père, se serait rendus à la cérémonie de remise des diplômes. Il n'a jamais été parmi les premiers de sa classe, mais pas non plus dans les derniers. Ils auraient pris des photos de lui. Mike et lui auraient invité des filles pour la fête célébrant la fin de leurs études. Il aurait porté un costume noir. Sa grand-mère aurait eu les larmes aux yeux. Elle a toujours les larmes aux yeux, pour une raison ou une autre, même parfois lorsqu'elle voit certaines publicités télévisées. Elle dit alors : « Pleurer un peu me permet de me sentir mieux, c'est tout. »

Maintenant, elle pleure pour de bon. Il a dû vivre une période de folie au cours des deux derniers mois, restant inaccessible et calme à la fois. Comme si rien d'autre n'existait que lui-même et les images rêvées ; comme s'il était enfermé, seul, dans une boîte glaciale, à l'intérieur de son crâne. Comme si, en dehors de ça, il n'y avait que du vide.

Maintenant, en pleine lumière, il a du sang sur les mains. Il regarde ses mains qui ne sont plus menottées. Il y a bien des traces de sang – sûrement des égratignures qu'il se sera faites pendant sa course folle.

Ses mains, en réalité, n'avaient pratiquement jamais rien fait. À de rares occasions, elles avaient caressé la poitrine d'une fille, c'est à peu près tout. Quelques rendez-vous fébriles qui s'étaient plus ou moins bien passés mais qui promettaient beaucoup, une fois la liberté gagnée. Ses doigts s'étaient resserrés autour des poignées de tondeuses, des manches de râteaux ; ils avaient tourné des pages, fait la vaisselle. Il a de beaux doigts longs, qui n'ont presque pas servi.

L'un d'eux, pourtant, s'est posé sur la détente d'un fusil. Il le couperait volontiers, s'il le pouvait, si cela pouvait effacer ce qui est arrivé.

« Je ne suis qu'un gamin, voudrait-il dire à ces hommes. Ça ne compte pas. Je ne voulais pas le faire. N'est-ce pas important que ce soit une action stupide que je ne voulais pas faire ? » Le dépouillement de la pièce, la lumière vive, leurs visages, tout lui dit que, sans l'ombre d'un doute, ça compte.

À cet instant précis, il aurait dû être dans sa chambre, dans son lit, avec l'argent caché sous son matelas, en sécurité. Il devait rentrer directement chez lui et, une fois que tout serait redevenu calme, quelques jours plus tard, Mike serait venu et, sous prétexte de regarder des cassettes dans sa chambre, Roddy aurait sorti l'argent pour le compter et ils auraient évalué combien de temps pourrait durer leur nouvelle vie. « Nous ne pourrons pas partir tout de suite, avait dit Mike prudemment. Cela serait suspect. Nous devons nous en tenir à ce que nous faisons d'habitude pendant encore quelques semaines, puis nous serons libres. »

Ils se promirent solennellement de ne pas se trahir et de ne faire aucune allusion de leurs intentions auprès de qui que ce soit. Ils jurèrent de ne rien faire de stupide, par exemple d'être tenté de dépenser ne serait-ce qu'un dollar de ce pécule, et de partager le butin en deux parts égales, même si Mike n'aurait pas la sienne avant leur départ. À l'évidence, ce serait dangereux si on le trouvait avec une telle somme sur lui.

C'étaient des promesses faciles à faire. Ils n'imaginaient pas pouvoir échouer pour une raison stupide, comme de dépenser cet argent pour aller au cinéma, ou une erreur du même acabit. Aucun d'eux ne serait tenté non plus d'avoir plus que la part qui lui revenait. C'était le genre de certitude qu'ils pouvaient avoir, simplement parce qu'aucun d'eux n'était capable d'imaginer les événements autrement. Ils avaient fait beaucoup de choses ensemble, ils se connaissaient bien.

Ils étaient sûrs, également, de récupérer une importante somme d'argent, parce que Doreen, la propriétaire de Goldie, était partie quatre jours chez sa sœur et qu'elle rentrait ce jour-là. « Tout l'argent sera dans une caisse sous le comptoir jusqu'à son retour, avait révélé Mike. C'est ce qui s'est passé l'été dernier, lorsqu'elle est partie quelques jours, car elle veut le compter avant de le déposer à la banque. (Il haussa les épaules.) C'est idiot, mais tant pis pour elle ! »

Roddy suppose que pour Mike cet argent était un dédommagement, puisqu'il considérait être mal payé. Mais qu'en était-il pour lui ? Bien sûr, cet argent ne lui était pas dû. Mais Doreen ne l'avait pas gagné non plus et, en outre, elle n'avait pas acheté le magasin avec son argent – elle avait profité de la prime d'assurance versée quand Jack était resté sur le carreau. Roddy en conclut que parfois l'argent tombe du ciel et permet aux gens d'obtenir ce qu'ils veulent, les rend heureux. Alors, pourquoi n'en serait-il pas ainsi pour lui?

Il imagine qu'il avait alors considéré que ce serait une sorte de réparation, mais, à bien y réfléchir, il ne voyait pas, aujourd'hui, ce qui pouvait la justifier.

Leur plan, si étudié, si malin, était élémentaire.

Mike prendrait son service à 15 heures, comme d'habitude. Tout serait normal. Les clients feraient leurs achats comme de coutume. À 17 heures, l'autre employé de Goldie partirait et Mike se retrouverait seul. Il n'y aurait plus qu'à attendre.

À peu près en même temps que Mike prendrait son service, Roddy s'emparerait discrètement du fusil de chasse que son père rangeait dans un râtelier, au sous-sol de la maison, puis il prendrait des munitions, rangées dans le tiroir de la commode de sa chambre. Son père serait au travail et sa grand-mère, sortie faire des courses, rendre visite à quelqu'un, ou en train de se reposer. Roddy cacherait le fusil et les munitions dans son repaire. Quelques heures plus tard, alors que Mike serait en plein travail, que toute la ville s'apprêterait à rentrer dîner, Roddy se pencherait par la fenêtre de sa chambre, par-dessus la saillie du toit peu élevé, et laisserait tomber le fusil dans les pétunias juste au-dessous. Sa grand-mère et son père finiraient leur dessert dans la cuisine – Roddy, qui mange vite, aurait quitté la table, en s'excusant, avant qu'ils aient terminé.

Après avoir placé les munitions dans la poche arrière de son jean, il descendrait l'escalier et franchirait le seuil de la porte d'entrée en criant: « À plus tard, je n'en ai pas pour longtemps. »

Une fois dehors, il irait récupérer le fusil, derrière la maison, et le coincerait dans une jambe de pantalon. Son allure serait inélégante, ses jambes, raides, mais cela ne se remarquerait guère. Il arriverait ainsi à la crémerie Goldie, qui n'était pas loin de chez lui.

La porte de derrière serait ouverte. Dans l'arrière-boutique, il sortirait le fusil et le chargerait. Il tendrait l'oreille pour savoir s'il y avait des clients. S'il entendait des voix, il attendrait en silence. Sinon, il sifflerait les premières notes du *Bon, la Brute et le Truand*, un vieux film qu'ils regardaient souvent ensemble. S'il n'y avait pas de problème, Mike sifflerait les notes suivantes. Roddy pénétrerait alors dans la boutique, et Mike serait derrière le comptoir, comme d'habitude.

Jusque-là, tout se déroula comme prévu, tel un ballet bien réglé. Roddy effectua le trajet jusqu'à chez Goldie, avec le fusil dissimulé sous son jean, le plus naturellement du monde.

Voici comment les choses devaient se passer ensuite. Roddy irait jusqu'au comptoir et – c'était le plus risqué – tirerait un coup dans les étagères qui étaient derrière lui. Évidemment, cela ferait du bruit. « Il faut, avait dit Mike, que je sois menacé, que j'aie une raison de donner l'argent et de me laisser attacher. » Ça, c'était l'étape suivante. Alors que Roddy aurait déjà pris la caisse avec l'argent qu'elle contenait et l'aurait mise dans un banal sac à provisions, Mike se bâillonnerait avec un mouchoir et s'attacherait les chevilles. Il s'allongerait sur le sol, et Roddy n'aurait plus qu'à lui ligoter les poignets.

Ils avaient répété cette scène de nombreuses fois, jusqu'à ce qu'ils réussissent à tout régler en douze secondes, entre le moment où le coup était tiré et celui où Roddy finissait d'attacher les liens aux poignets de Mike.

Roddy se précipiterait dans l'arrière-boutique, cacherait de nouveau le fusil dans son pantalon et filerait chez lui avec le sac à provisions. Quelques minutes plus tard, après avoir évité sa grand-mère dans la cuisine, son père dans le salon, il serait dans sa chambre, où il placerait le sac – sans en sortir la caisse, ni compter l'argent – sous son matelas, avec le fusil. Le lendemain, il remettrait celui-ci dans le râtelier, au sous-sol, lorsque son père serait parti au travail et sa grand-mère sortie. Personne n'en saurait rien. Personne ne saurait même où chercher. Qui pourrait imaginer une chose pareille ?

Pendant ce temps, derrière le comptoir de Goldie, Mike attendrait. Quand, finalement, quelqu'un pénétrerait dans la boutique en actionnant la sonnette, il agiterait ses membres ligotés et gémirait. On le trouverait et on ôterait ses liens. On appellerait la police. Il serait bouleversé et en état de choc. Il dirait que le voleur portait une cagoule, des bottes de travail, un jean et un tee-shirt noir. Il le décrirait comme un homme de 1,80 m, large d'épaules, avec du ventre. « Peut-être devrait-il avoir des grains de beauté ou un tatouage ? », avait suggéré Roddy. Cela, non seulement pour le rendre plus intéressant et unique – parfois, à force de parler de cet assaillant, il devenait réel et près de se matérialiser –, mais aussi pour éviter qu'un innocent, qui correspondrait approximativement à la description, ne se fasse épingler. Mike avait trouvé que c'était une bonne idée.

Ils avaient donc gratifié cet homme fictif d'un serpent vert foncé sur l'avant-bras et d'un grain de beauté sur la main gauche. Il porterait une cagoule bleu marine unie, et ses yeux seraient bleu foncé, avaient-ils décidé.

Mike subirait plusieurs interrogatoires. Il fallait que la version soit strictement identique à chaque fois. « Ne rajoute pas de détails, lui avait conseillé Roddy, restes-en à des faits simples. » Ses parents voudraient sûrement l'emmener chez le médecin, voire à l'hôpital, pour le faire examiner.

Tous deux avaient des rôles intéressants à jouer : Roddy avant et pendant, Mike, pendant et après. Il s'agissait presque de deux actes distincts, lors des répétitions. Roddy joua le rôle du client qui découvre Mike, des flics, des parents, du docteur, qui tous posent des questions. Ils envisagèrent les différentes directions que ces conversations étaient susceptibles de prendre. Ils étaient entraînés et prêts. Ils maîtrisaient tout. Il n'y avait plus qu'à passer à l'action.

Lorsqu'il descendit au sous-sol pour aller chercher le fusil, Roddy fut surpris par la différence qu'il y avait entre la théorie et la pratique. Non qu'il ait pensé faire machine arrière. Il lui était impossible, de toute façon, de laisser tomber Mike. Ils s'étaient engagés et, de ce fait, plus rien ne pouvait être modifié. Il éprouva toutefois une sensation bizarre en descendant les marches, puis en les remontant. Ensuite, les heures s'écoulèrent paisiblement, jusqu'au repas du soir, qu'il prit comme si de rien n'était et termina hâtivement, avant de se rendre à l'arrière-boutique.

Tout se passa exactement comme ils l'avaient planifié.

Il n'alla pas plus loin que le comptoir. Il vit que la caisse était dans le sac, prête à partir, que Mike avait le mouchoir qui lui servirait de bâillon et le rouleau de scotch pour ligoter ses chevilles et ses poignets. Le regard de son ami reflétait la peur et l'excitation de se trouver au cœur d'un événement important, et il imagina qu'il devait avoir la même expression.

Ils ne se parlèrent pas. Mike tourna la tête en direction des étagères qui étaient derrière lui et s'écarta alors que Roddy levait le fusil. C'était le moment le plus délicat : il faudrait ensuite agir très vite, à cause du bruit que ferait le coup de fusil.

Il vit Mike écarquiller les yeux et changer d'expression, et, tandis qu'il tournait la tête pour regarder par-dessus son épaule, il entendit la porte et la sonnette. Mike ouvrit la bouche. Peut-être en fit-il autant. Il se tourna en même temps qu'il continuait à lever son arme. La femme dans un tailleur bleu moulant et fripé s'était retournée, elle aussi, mais il avait eu le temps de voir ses yeux. Des yeux totalement dépourvus d'expression. Quelle qu'ait été celle-ci avant qu'elle franchisse la porte de Goldie, elle avait été balayée et fait place au vide. Le son de la sonnette résonnait encore dans l'air.

Pourquoi n'avaient-ils pas pensé à *fermer la porte à clé*?

Son corps se souleva tout seul sur la pointe des pieds, puis il se ramassa légèrement. Roddy sentait chacun de ses muscles: mollets, cuisses, épaules, son doigt, aussi, qui se raidissait. Cela sembla durer tout à la fois une éternité et l'espace d'un instant. Ils ne pouvaient plus rien faire pour arrêter le cours des événements.

La femme tournoya – il lui sembla que cela ne s'arrêterait jamais –, puis tomba, comme si elle manquait d'air. Roddy vit du rouge. Il y avait un homme à la porte. C'était une image trop forte, trop insupportable à regarder. Il entendit la voix de Mike, à la fois étrange et familière: « Merde, Roddy, qu'est-ce que tu as fait? » Il vit les yeux de Mike. Il sentit sa main lui enlever le fusil des siennes. Il réalisa que c'était l'arme qui le maintenait au-dessus du sol et qu'il n'y avait maintenant plus rien pour le retenir. Il se pencha alors en avant et rendit son précoce et rapide dîner sur le plancher usé de Goldie. Ensuite, il se sentit si léger qu'il aurait pu s'envoler. D'ailleurs, il vola, en s'enfuyant par la porte de derrière, à travers les rues, par-dessus les barrières, à travers champs. Il était le vent, un oiseau, il plana, pendant un temps, au-dessus de la terre. Durant un court moment, il devint fou, avant de vivre ces quelques instants de bonheur qui auraient pu durer toujours, mais s'interrompirent. Ce n'était pas ce qu'il avait voulu, ce geste n'était pas représentatif de ce qu'il était. Cela faisait longtemps qu'il n'avait pas pleuré, mais il aurait pu pleurer, pleurer simplement sur tout ce qu'il avait perdu... et c'est ce qu'il fit.

Comme la femme de Loth
et la femme de Job

Isla a toujours été attirée par les hommes maigres. Ses élans l'ont poussée, aussi, vers des mots comme *envie, désir*, des mots dont l'intensité varie, si l'on peut dire, de l'appétit normal à la faim dévorante et qui peuvent s'appliquer à divers faits et gestes, comme d'enfoncer son visage dans le ventre mou de ses bébés, imposer à sa peau chaude un bain dans les eaux glaciales d'un lac, se suspendre aux bras de son cheminot de père entre deux wagons, tandis que des bourrasques de vent frappaient très fort son visage, le glaçant jusqu'à lui faire monter les larmes aux yeux.

En fait, à toutes les sensations extrêmes et heureuses.

Alors, ne plus en ressentir est une perte très amère.

Si elle le pouvait, elle sauterait hors de cette peau pâle, se dégagerait de ses muscles et de ses os inutiles, de ses nerfs devenus muets. Ses veines et artères, jusqu'à ses plus infimes capillaires, doivent encore s'ouvrir au flux sanguin, mais elle ne le ressent pas. Le pouvait-elle avant? Avant, elle ne devait pas y prêter suffisamment attention. Maintenant, elle sait à quoi s'en tenir. Oh, elle apprend rapidement, cela ne fait aucun doute! Elle est déjà épuisée par cet apprentissage, tant il y a de choses à découvrir.

Les hommes sont entrés dans sa vie telles des envies:

quand elle vit James, qui avait quitté l'université pour occuper un poste dans le magasin de fournitures de son père où, jeune fille, elle travaillait à mi-temps ; quand, bien des années plus tard, elle heurta Lyle de plein fouet dans la porte pivotante d'un hôtel, comme au cinéma. Avec ces deux hommes, les envies devinrent des désirs qui s'épanouirent, explosèrent, pour finalement devenir une sorte de dépendance. Avec James, à celle-ci succéda l'inattention, puis la haine – eh oui ! –, qui est, semble-t-il, une sorte de dépendance pathologique et passionnée.

Lyle est fait d'un autre métal. Il supporte très bien les désirs.

Des côtes que l'on peut sentir à fleur de peau, des cuisses aux longs os, des pieds fins, un bassin au dessin élégant, des épaules qui ne sont pas seulement larges mais dont l'ossature est perceptible sous la peau font tout son charme. C'est ce qu'elle aime.

Elle a plus de goût pour le salé que pour le sucré. Ce goût est symbolisé par les blocs de sel bleu qu'elle distribuait au bétail, bien des années plus tôt, chez ses grands-parents paternels et auxquels les langues épaisses et râpeuses donnaient une forme de mangeoire au fur et à mesure qu'elles les léchaient. C'est aussi le goût des frites le dimanche dans les foires, c'est le soleil effacé par un bain hivernal, un lac l'été. C'est encore l'odeur de transpiration de sa mère quand elle repassait et le parfum piquant qu'elle mettait pour sortir ; c'est l'odeur de sueur de son père réparant des tuyaux sous un évier neuf et son uniforme abandonné sur une pile de linge sale. Ce goût, c'était aussi – aujourd'hui, cela la dégoûte – la langue de James sur elle, et inversement. Ce goût, c'est aussi sa langue sur Lyle, et inversement.

Les meilleures choses sont donc salées. Elle n'a jamais compris l'histoire de la femme de Loth – qui ne l'a assurément pas suffisamment effrayée pour l'inciter à intégrer ce qu'elle pensait être la morale de l'histoire, à savoir qu'il ne faut pas regarder en arrière, avoir de regrets, hésiter à abandonner ses compagnons, oublier ses coutumes, son confort, perdre ses désirs, mais que, au contraire, il faut avancer résolument – et c'est là l'essentiel – en toute obéissance.

La femme de Loth a toute sa sympathie.

Si la statue de sel qu'est devenue cette femme fut érodée et usée par les éléments, il n'en aurait pas été autrement, de toute façon, si elle avait avancé résolument en toute obéissance, sans jamais se retourner, et que son destin aurait été totalement différent. Elle aurait été usée et érodée, dans ce cas, par son mari et ses enfants, ses tâches, ses devoirs, ses épreuves, les joies… et les années.

Si elle avait regardé fixement devant elle, durant le long voyage loin de son foyer, qu'aurait-elle vu d'autre que des rochers noirs, des montagnes abruptes, des déserts blafards, des hommes étranges et rudes, des femmes étranges et épuisées ? Rien d'étonnant, donc, à ce qu'elle ait eu envie de se retourner.

Bien sûr, elle eut des regrets, bien sûr, elle regarda derrière elle avec des regrets spécifiques. Isla peut regretter d'avoir rencontré James. Elle regrette d'être montée puis descendue de la camionnette de Lyle, entraînant son bonheur chez Goldie. Qui, à sa place, penserait différemment ?

La femme de Loth fut-elle furieuse d'avoir été transformée en une statue de sel quand son seul péché avait été son regret, sa nature humaine ?

Isla est furieuse.

Elle est loin de connaître la tranquillité d'esprit recommandée par le médecin pour encourager le fragment de balle à se détacher d'une petite cavité de l'os et reprendre des forces avant l'opération chirurgicale, qui sera vraisemblablement délicate et décisive. Mais sa colère est très salée, sans une once de sucre. Ce pourrait être le bon moment pour la conduire en salle d'opération : en effet, elle ne sera sans doute jamais aussi forte qu'en proie à une telle furie. Et pourtant, elle sait parfaitement que c'est la peine, une émotion dénotant la faiblesse, l'effondrement, qui nourrit les racines de sa colère. « Choisissez votre poison », avait coutume de dire son père lorsqu'il préparait les verres des invités. Isla choisit la colère, à chaque fois, au détriment du chagrin.

La mère d'Isla, Madeleine, s'y abandonnait parfois, bien qu'elle ne fût pas encline à l'amertume, parce qu'elle aurait voulu avoir de nombreux enfants, une armée de petits corps à câliner, mais que quelque chose fonctionnait mal, ou pas du tout, dans son corps ou dans celui de son père – Isla n'avait jamais su. Elle avait donc été « un miracle », comme lui avait dit sa mère. C'est formidable et extraordinaire, bien sûr, d'être un miracle, mais parfois assez difficile à vivre.

Le père d'Isla travaillait dans les chemins de fer; il était conducteur de train et, donc, souvent absent. Lorsqu'il rentrait chez lui, il marchait à un rythme qui lui était propre, et sa façon de poser les pieds sur le sol était reconnaissable. Il éprouvait de la fierté à vivre des aventures indéfinissables: il traversait le pays, rencontrait des étrangers, prenait soin d'eux, les écoutait. Parfois, lorsqu'il évoquait son travail, il disait qu'il était fatigué, non seulement d'être debout, mais aussi de sourire. Il racontait souvent des histoires en prenant des voix et des tons différents, si bien que les scènes semblaient se dérouler sous leurs yeux. Isla se disait qu'il avait un vocabulaire extrêmement riche. C'est parce qu'il avait vécu des événements, agréables ou non, qui s'étaient passés ailleurs. Parfois, elle et sa mère trouvaient étrange qu'il soit lié à des faits et des gens qu'elles ne connaissaient pas, ne connaîtraient jamais, et le fait qu'il revenait toujours à la maison, comme si elles étaient les deux seuls personnages intéressants, la seule histoire vraie, ajoutait encore à cette étrangeté.

Isla se souvient de cette belle histoire d'une femme qui avait accouché dans le train, de la gaieté de tous les voyageurs qui s'étaient réjouis et avaient quitté le train en riant, heureux d'avoir assisté au début d'une vie arrivée par surprise, alors qu'on ne l'attendait pas encore. Elle se rappelle aussi que sa mère ne souriait pas lorsque son père eut fini de raconter cette scène et que celui-ci ne s'en aperçut pas. Elle voyait bien que ce n'était pas parce qu'il ne se préoccupait pas de ce que sa mère ressentait, car il s'en souciait, mais que, tout simplement, il n'avait aucune idée de ce qu'elle éprouvait alors. Comment était-ce possible ?

Mais toutes les histoires n'étaient pas aussi amusantes. Il leur fit également d'horribles récits. Les trains étaient si grands et les humains si petits ! Les premiers heurtaient les seconds, qui marchaient imprudemment le long des voies, et des amputations bouleversaient des vies. Des voitures et des camions restaient coincés sur les voies. Certains lançaient délibérément leurs véhicules contre les trains, en appuyant sur l'accélérateur pour la dernière course folle tout en hurlant. « Le bruit, disait son père en hochant la tête comme si cela pouvait l'en libérer, c'est insupportable. » Isla trouvait bizarre qu'un autre bruit puisse couvrir le vacarme des moteurs et des roues, tant les trains étaient bruyants, mais il affirmait que c'était possible, que l'on pouvait entendre le bruit de la tôle, et même, en tendant l'oreille, celui de la chair.

« Les mécaniciens sont les plus à plaindre, car ils voient l'accident arriver et ne peuvent rien y faire. Ils déclarent qu'ils ne se remettent jamais, vraiment jamais, d'avoir été témoins d'une collision », disait-il. Elle comprenait. Elle faisait parfois des cauchemars dans lesquels de grands objets roulaient implacablement dans d'autres encore plus grands avec un énorme vacarme. Parfois, ces bruits la réveillaient.

Lorsqu'elle était petite, son père la faisait tourner en la tenant par les bras jusqu'à ce qu'elle ne puisse plus distinguer le bas du haut. Il la portait sur ses épaules quand il fallait marcher. Sa mère préférait lui tenir la main et, dans les endroits où la foule était dense, elle la tenait fort, parce qu'il y avait beaucoup d'étrangers et qu'Isla était son miracle. Ils montaient tous les trois ensemble sur la grande roue, mais chacun conduisait une auto tamponneuse et ils se percutaient comme des fous. À la plage, ils nageaient et regardaient les couchers de soleil. Parfois, le soir, elle entendait ses parents se disputer, mais c'était rare. Souvent, ils se faisaient des câlins ou se rapprochaient simplement.

Elle pouvait en jurer, c'est ainsi qu'elle concevait la famille. Il n'est guère étonnant qu'elle ait considéré ce genre de bonheur comme allant de soi. Et s'il devait y avoir une fin, elle serait forcément tragique, comme le cancer des poumons qui emporta son père alors qu'elle avait seize ans. Il n'est pas étonnant non plus que James ait provoqué un choc en elle, qui fut suivi d'une série d'autres chocs, dus à ses bambins Jamie et Alix, ses ballasts à elle.

Et puis, il y a Job aussi.

À son avis, l'histoire de Job montre Dieu sous un jour plus sombre encore que celle de la femme de Loth. Il ne s'agit pas d'un créateur aimant, mais d'un enfant fier, jouant avec cruauté. Ce qui l'énervait au plus haut point, lorsque, gamine, elle avait entendu cette histoire pour la première fois, c'était que la foi de Job fût mise à l'épreuve à cause d'un stupide pari entre Dieu et Satan, et que son entourage eût à en souffrir. Ses enfants. Sa femme. Comme s'ils n'avaient aucune importance, qu'ils n'étaient que des pertes négligeables dans une guerre menée pour prouver la fidélité de Job.

Et aussi que Job fût plus ou moins d'accord, sauf qu'il n'avait pas connaissance du pari et ignorait que toutes ces pertes n'avaient pas de raison d'être.

Elle n'éprouvait aucune sympathie pour Job.

Pourtant, elle a vu des vies se briser. Elle sait que ça peut arriver : une erreur, une surprise, suivies par d'autres erreurs et d'autres surprises, et tout chavire. Quoi que l'on fasse alors ou quoi que l'on décide, le mauvais sort s'acharne. Elle n'avait pas senti la menace peser sur elle, mais peut-être que les huit années de bonheur qu'elle venait de vivre l'avaient hissée jusqu'à un sommet d'où la chute était inévitable ?

Non, elle ne peut pas y croire. La situation est difficile, mais pas au point de ne pas pouvoir rebondir.

Bon, d'accord, pas exactement rebondir.

— Isla ?

Le visage de Lyle apparaît au-dessus d'elle. Mon Dieu ! Elle a sursauté tant il l'a surprise.

— Les enfants sont en route. Es-tu prête à les voir ?

S'attend-il à ce qu'elle hoche la tête ?

Il veut parler de Jamie et Alix, pas des siens, qui, eux, ne sont pas obligés de se précipiter à son chevet.

Pauvre Lyle ! Il est confronté, non seulement à ce nouveau cauchemar, mais aussi à ces enfants, particulièrement difficiles, qui ne sont pas les siens et ne devraient pas lui créer de problèmes. Jamie et Alix seraient très différents si Lyle était leur père — ou, peut-être, si Sandy avait été leur mère, qui sait ? Les fils de Lyle, Bill et Robert, ces jumeaux qui avaient eux aussi seize ans à la mort de leur mère, sont aujourd'hui des citoyens bien intégrés. Bill est physicien dans un institut de recherches et Robert prépare une thèse sur les multiples niveaux de relations existant entre les médias et la politique. Isla a parfois des conversations intéressantes avec Robert. Parler à Bill est un peu comme parler à Alix : cela demande un sérieux investissement, tant les sujets sont mystérieux, difficiles à cerner, avec leurs lots d'interrogations et d'expressions nébuleuses.

Le fait est que les enfants de Lyle n'ont pas fait de conneries. Ils sont solides, incrédules. Ils ne s'attendent pas à obtenir facilement ce qu'ils veulent, ni sans rien donner en échange. S'ils voient des difficultés se profiler à l'horizon, ils ne tentent pas de les contourner. Jamie et Alix doivent avoir du mal à accepter leurs vertus. Ils sont un peu durs, aussi, avec Isla.

— De quoi ai-je l'air ? murmure-t-elle. Horrible ? Effrayante ?

— Tu as l'air bien.

Il va falloir qu'elle lui explique à nouveau qu'elle ne supporte pas les mensonges. Lui mentir est la pire chose qu'il puisse lui faire, il le sait, et, aussi louables que soient ses intentions, ce n'est pas le moment de l'oublier. Elle doit être épouvantable, d'autant que l'alliance des tubes fluorescents et de la lumière du jour est impitoyable. Et puis, oh mon Dieu ! – quel système barbare et ridicule a-t-on mis en place pour satisfaire ses besoins naturels ? Et pour l'alimenter ! Elle qui aime tant manger, il est curieux qu'elle ne ressente pas la faim. À moins qu'elle ne soit affamée ? Ce ne serait que l'une des multiples sensations qu'elle ne ressent plus !

Elle ne manque pas de sujets sur lesquels méditer, ni de raisons de s'étonner. A-t-elle laissé suffisamment de draps et de serviettes propres pour les enfants, dont elle ignorait la venue ? Des chaussures étrangères seront déposées à proximité de la porte principale à double verrou, des crèmes et des shampooings inconnus feront leur apparition sur les étagères. Les petites robes de la communauté d'Alix seront peut-être rincées et suspendues à un fil improvisé ? La belle maison de Lyle et d'Isla sera envahie par l'anxiété, les crises, la confusion. Lyle en ressentira les effets. Il aime son sanctuaire.

— C'est la vérité, lui dit Lyle. Je ne laisserais pas les enfants entrer si je pensais que tu as l'air retournée. Fais-moi confiance. Tu sais, ils sont dans le couloir, ils attendent.

Oh ! Bon, allons-y ! Et c'est à nouveau comme un choc, elle ne s'attendait pas à ça, c'est trop brusque : elle ne peut même pas faire ce petit geste de la main qui signifierait qu'elle est d'accord, qu'il peut aller les chercher. Ce langage tout à la fois silencieux et éloquent lui est désormais aussi interdit.

Comment va-t-elle, alors, pouvoir dire à ses enfants qu'elle les aime et que, quelle que soit son apparence, il ne doivent pas avoir peur ? Si elle ne peut pas prendre Jamie dans ses bras, ni caresser les cheveux roux et ébouriffés d'Alix – semblables à ceux d'Isla au même âge –, comment vont-ils comprendre que tout va bien se passer, qu'il s'agit seulement d'une interruption, aussi terrible, bouleversante et ennuyeuse soit-elle, et bien que de cela ? Quoi qu'il soit arrivé, elle les a toujours pris dans ses bras, même si elle a dû, bien sûr, crier, argumenter, plaider et claquer des portes. Elle a toujours – oui, toujours – essayé de les prendre dans ses bras. Parce que même les personnes qui n'ont pas une vie régulière ont besoin de repères. Elles ont besoin d'être rassurées et d'avoir des certitudes.

Elle a du mal à imaginer leurs réactions. Ses enfants n'en finissent jamais de la surprendre. D'autres jeunes gens vivent des catastrophes terribles et s'en sortent, pourquoi pas ses enfants ? Jamie a vingt-cinq ans et ressemble à un vieillard. Son superbe visage de poupon ne perdra jamais ses rides et ses plis pour retrouver l'âge de l'innocence. Tout ce qu'il a pu faire ! Tout ce qu'on a pu lui faire !

Et Alix, cette petite folle naïve, s'est engagée dans la voie de la sérénité. Elle s'est bel et bien engagée, au sens propre du mot, dans la communauté de la Sérénité et a promis obéissance et respect à un type ventru, d'âge moyen, aux yeux d'un bleu extrême qui se fait appeler Maître Ambrose. Alix a choisi d'être « Lumière d'étoile », bien qu'en dehors de la communauté tout le monde s'en fiche. Isla n'arrive toujours pas à comprendre, même en considérant toutes les épreuves qu'ils ont traversées, comment elle a élevé un enfant qui choisisse de se faire appeler « Lumière d'étoile ».

En tout cas, Alix n'a pas réussi à convaincre Isla que la raison est intervenue dans ce choix. Elle a vaguement agité ses longues mains fines, élargi son éloquent regard sous son éblouissante chevelure rousse, et a parlé de puissances et de forces universelles, d'une communauté solidaire, aimante, avec des buts précis. Mais quels buts? Quel genre d'amour? Depuis trois ans, Isla s'attend, plus ou moins, à un coup de téléphone ou à une visite de quelqu'un qui lui annoncerait qu'Alix a été découverte, les pieds orientés vers le ciel, morte dans une migration remplie d'espoir vers une planète plus dorée, meilleure, plus généreuse.

Quelque chose dans ce genre-là.

Alix a vingt-deux ans. Elle est trop âgée pour croire à ces sornettes et beaucoup trop jeune pour mourir.

Comment une telle chose peut-elle arriver aux plus adorables, aux plus tendres, aux plus intelligents des bébés, des nourrissons, des enfants? Une tare familiale, peut-être? Un besoin impérieux latent en chacun de nous, mais qui, dans leur cas, a jailli tel un geyser, avec son cortège de soucis? James est le responsable, lui qui ouvrit ces béances dans les plus tendres, délicates, difficiles années de ses enfants. Oh, Isla le tuerait! Elle serait vraiment capable de le faire.

Pourquoi ne l'a-t-elle pas fait alors qu'elle en avait la possibilité? Elle aurait pu retrouver sa trace assez facilement et avoir l'occasion de le tuer plusieurs fois au cours des dix dernières années. C'est facile de dire aujourd'hui qu'elle pourrait le faire, alors que, à l'évidence, elle n'en est plus capable. Les mères n'ont pas le temps de tuer, n'est-ce pas? D'ailleurs, cela n'aurait pas servi à grand-chose.

Maintenant qu'elle ne peut plus réagir pour les sauver, du moins pour le moment, il va être intéressant de voir s'ils montent au créneau pour la soutenir, ces deux jeunes gens, ses bébés, qui ont cherché l'oubli – ou le salut – par d'étranges et terribles moyens.

Peut-être ont-ils simplement cherché à fuir? Elle essaierait bien, elle aussi. En fait, elle essaierait bien n'importe quoi.

Prête ou pas, les voilà.

– Maman!

Alix se penche brutalement sur elle, les yeux agrandis par la peur, sa peau translucide de pitié.

– Oh, maman !

À moins que ce ne soit la faim qui la rende translucide ? Elle a toujours été fine, mais elle a désormais l'air décharnée. Ce fils de pute de Maître Ambrose la prive-t-il de nourriture ? La chevelure d'Alix caresse ses joues et balaie l'air. Sa flamboyance est aussi la sienne, sa longueur – jusqu'à l'épaule – fait partie de l'uniforme des membres féminins de la communauté, supposée refléter, vraisemblablement, la sérénité. Le reste de l'uniforme est constitué d'un vêtement en coton marron, large et presque transparent. Une âme étrange, perdue, aux désirs ardents apparaît dans les grands yeux d'Alix, pense Isla. Quand elle avance, avant de se pencher au-dessus de sa mère puis de reculer pour laisser la place à son frère, c'est le mot *souffle* qui lui vient à l'esprit.

Les yeux de Jamie semblent fragiles comme du verre, ses traits sont figés et difficiles à interpréter.

– Maman ! À quoi pensais-tu en faisant cela, en te faisant tirer dessus de cette façon ?

Oh ! Elle comprend. Il a décidé d'être fort, enjoué, comme si son attitude déterminée lui permettrait de se lever de son lit, la remettrait sur pied ; comme si Jésus, pour ressusciter Lazare, n'avait utilisé que son talent et son énergie.

Jamie était un gamin qui courait partout, tout le temps. Dès qu'il avait été capable de marcher, il ne s'était plus arrêté : il s'accrochait aux meubles, arpentait les pièces tant bien que mal, montait les escaliers, filait par la porte pour se précipiter sur les pelouses et dans les allées privées. Isla ne cessait de courir après lui, l'attrapant, le saisissant par un bras et le tirant jusqu'à la maison.

Courait-il vers un objet convoité ou pour échapper à quelque chose qui l'effrayait ? Endormi, ses petites jambes remuaient sous les draps comme un chiot, ses bras s'agitaient.

Il faisait des cauchemars et se réveillait en pleurant. Quelles images étaient capables de perturber à ce point un garçonnet qui n'avait encore jamais connu la peur, elle aurait pu en jurer ? Isla s'allongeait à côté de lui, le prenait dans ses bras jusqu'à ce qu'il soit apaisé et se rendorme. Parfois, elle s'endormait à ses côtés et, le matin, s'attirait une remarque agacée de James :

— Tu le pourris, tu vas en faire un mou.

Si seulement ça avait été le cas !

— C'est juste un enfant. Il a simplement besoin d'être réconforté. On ne pourrit pas un enfant qui ne demande qu'à être rassuré.

Dans la compétition entre les désirs d'un mari et les besoins d'un enfant, elle n'hésitait pas une seconde. Cependant, il lui fallut du temps pour comprendre que c'était — comme James s'en était, ou non, rendu compte — une compétition. Qui aurait imaginé qu'un adulte puisse réagir ainsi ? Pas Isla.

Jamie ne cessa jamais de courir et il devint plus dur que mou, ses petites joues dodues s'affinèrent à l'extrême, ses yeux aux longs cils devinrent de plus en plus grands — un peu comme ceux d'Alix —, dans un visage qui se rétrécissait et semblait de moins en moins innocent. Aujourd'hui, il a un corps solide et c'est vraisemblablement un beau garçon, si tant est que le jugement d'une mère sur ce point puisse être objectif. Il a conservé ses longs cils, que les femmes doivent adorer. Ce sont deux enfants extrêmement beaux et attirants qu'elle voit dans son champ de vision, de biais, bien qu'Alix soit si fine et Jamie, si dur. Ils ne ressemblent ni vraiment à leur père, ni vraiment à elle, ni à aucun d'eux. Elle est heureuse qu'il n'y ait pas de ressemblance évidente avec James, et peu lui importe si c'est parce que leurs traits se sont mêlés et combinés de telle sorte que les siens se sont perdus du même coup.

Pendant une brève période, leur père a constitué un centre d'intérêt obsessionnel. Peut-être est-ce toujours le cas, mais il ne fait plus l'objet des conversations familiales, du moins plus depuis que Lyle est entré dans sa vie. Lui parlent-ils encore ? Sûrement pas. Ils doivent parler *de* lui, cependant. Il est comme une tache indélébile, que l'on ne peut pas effacer complètement. Il est impossible d'effacer quelqu'un et, de toute façon, les enfants sont toujours en attente d'amour, comme les chiens fidèles.

— Oui, j'ai été négligente, répond-elle à Jamie, en espérant qu'elle sourie et que ses yeux témoignent d'une joie rassurante. Mais tout va bien aller, Lyle a dû vous en parler.

— Ouais, acquiesce Jamie. Où est le salopard qui a fait ça ? Ils l'ont buté ?

Il parlait du garçon. Il se penche au-dessus d'elle, mal à l'aise, essayant d'éviter, imagine-t-elle, l'appareillage auquel elle est reliée. Il désire la prendre dans ses bras. C'est gentil. C'est courageux. Ses bras entourent ce qui doit être son corps et leurs joues se touchent. Son fils, son Jamie empli de désirs et de faiblesses qui n'a pas su, du moins pendant un moment, ce qu'il voulait et a fait les mauvais choix.

Oh, elle a émis une larme ! Elle la sent rouler sur sa peau jusque sur l'oreiller !

Le souffle de Jamie, si proche, est légèrement rance ; absolument pas aseptisé, mais étonnamment rafraîchissant.

— Si les flics ne l'ont pas coincé, je vais le faire. Je vais dégommer ce fumier !

Voilà comment il faut voir les événements !

Seulement les voir. Sans les horribles drogues qui lui montaient à la tête, il n'aurait jamais fait de mal à personne, n'est-ce pas ? Il a assurément fait pénitence et, plus important encore, s'est guéri ; cependant, de quel droit peut-il qualifier un autre jeune criminel de *salopard*, de *fumier* ?

Dans ses pires moments, il n'a jamais possédé d'arme. Dans ses pires moments, il n'était pas Roddy.

Lyle fait un pas en avant et pose une main sur l'épaule de Jamie.

— Non, lui dit-il calmement, la police l'a attrapé ou est sur le point de le faire. Tout le monde connaît son identité. Nous allons donc laisser les policiers faire leur travail et nous occuper exclusivement de ta mère.

C'est ce qu'il fallait dire, bien sûr. Lyle sait qu'il est important de désamorcer une crise et il connaît les techniques pour y parvenir. Il faut cependant noter la passion vengeresse et la loyauté de Jamie, et un je-ne-sais-quoi qui fait défaut à Lyle mais qui est passionnément désirable.

— Nous sommes tous bouleversés et en colère, mais la seule personne qui compte vraiment est ta mère. Nous devons concentrer nos efforts sur tout ce qui peut l'aider, la rendre forte.

Il est sage. Elle a de la chance.

Enfin, une sorte de chance.

Alix est la reine des surprises. Soudain, elle réagit comme si les mots de Lyle avaient été une révélation, et tandis qu'un grand sourire au charme irréel se dessine sur son visage, elle dit à Isla :

— Oui, exactement.

Elle a l'air — est-ce possible ? — heureuse. Comme si Lyle lui avait remis en mémoire un détail positif qu'elle avait momentanément oublié.

Une grande partie de ce qui se passe dans la tête d'Alix échappe totalement à son entourage. Jamie, au moins, s'est remis de son affection, de son désir, de son évident besoin de drogues aux noms terrifiants et horribles. Il a été suffisamment effrayé, puni et aimé pour devenir plus solide, avec un esprit moins brillant, mais aussi moins exubérant et désespéré. Mais Alix, elle, est devenue accro de la croyance, de la foi, une drogue dont il sera sans doute plus difficile de la sortir.

C'est à cela qu'Isla pensait à propos de Job, le destin, la fatalité, la chance.

Lyle pense qu'il y a de l'espoir, parce qu'ils parviennent à rester physiquement en contact avec Alix, même si cela se passe dans des conditions particulières et, dans un sens, il a raison. C'est encourageant, par exemple, qu'il ait pu la prévenir de ce qui était arrivé et qu'elle soit venue à l'hôpital. La communauté de la Sérénité est peut-être une secte – pour Isla, cela ne fait aucun doute –, mais elle n'a pas réussi à séparer complètement les membres de leurs familles.

Cela fait trois ans que Lyle et Isla ont entendu pour la première fois le nom de « Maître Ambrose », trois ans qu'ils ne comprennent pas un traître mot prononcé par Alix.

« Ne t'en fais pas, avait dit Jamie pour la rassurer, c'est juste une lubie. Je suis sorti de la mienne, elle sortira de la sienne. »

Mais Jamie se souvient peut-être qu'il ne s'est pas sorti de sa stupide lubie sans dommages, ni par ses propres moyens. Ce n'est pas comme s'il avait soudain décidé que ça suffisait et qu'il fallait que ça change. Ou que tout avait été facile, et que non seulement des avocats, une peine de prison, beaucoup de souffrance, mais aussi sa transpiration et ses vomissements n'avaient pas existé.

Quand Alix annonça qu'elle s'était engagée auprès de Maître Ambrose, Isla se rendit immédiatement à la ferme de la communauté, à quelque soixante-dix kilomètres au nord, à l'écart des routes et dans des terres qui auraient du mal à nourrir même les membres du groupe. Alix avait expliqué, avec sa nouvelle et abominable expression de bonheur béat: « Il s'agit de loyauté envers chacun. Une communauté tout entière se consacre à un but unique. Elle s'y consacre vraiment. Car une fois que tu possèdes la sérénité, tu es parvenu au sommet de ce à quoi un être peut espérer accéder dans sa vie. Mais c'est compliqué, il est donc nécessaire de poursuivre ce but ensemble. Bon, peut-être pas exactement nécessaire, mais c'est en tout cas le meilleur moyen, car tout le monde fait en sorte que chaque membre reste focalisé sur la sérénité tout au long de la journée, quelles que soient ses activités. »

Alix vint jusqu'à l'entrée d'une ferme sans nom pour accueillir Isla.

— S'il te plaît, sois gentille, Mère. Je sais que ça te paraît bizarre, mais essaie d'avoir le même point de vue que nous.

Elle avait l'air excitée et fière de présenter Isla à Maître Ambrose, qui attendait dans le jardin, vêtu de marron, sourire jusqu'aux yeux.

— Je regrette, dit-il, qu'il soit impossible d'inviter à l'intérieur des personnes étrangères à la communauté. La quête de la sérénité nécessite beaucoup d'efforts, et nous ne pouvons nous permettre de voir l'équilibre de notre maison communautaire perturbée, de quelque façon que ce soit.

Cependant, il lui proposa du thé, qu'elle refusa.

Une fois sur place, elle n'était plus aussi sûre de la raison pour laquelle elle était venue, sinon pour voir l'endroit. De toute façon, si elle sautait à la gorge de cet homme – c'était bien le but initial de sa visite –, cela n'améliorerait pas sa relation avec Alix.

— Vous savez, lui dit ce salopard suffisant, Lumière d'étoile n'a jamais été véritablement une enfant dans votre vie. Son esprit est ancien, elle est une âme vénérable.

Comment osait-il ?

Il continua à proférer ce genre d'inepties, tandis qu'Alix, en adoration, le fixait en écarquillant les yeux.

Isla avait envie de le traiter de « sale vermine » et, dans une veine plus mélodramatique, voulait exiger de lui qu'il « relâche son emprise sur sa fille ». Mais elle se rendait compte qu'Alix n'en avait aucune envie. Elle était en extase, ensorcelée, séduite, roulée dans la farine. Isla repartit donc sans un mot. Elles se quittèrent sans s'embrasser, car Alix recula en lui déclarant :

— Je suis désolée, mais je sens ta colère et il est encore trop tôt pour que je m'approche d'une personne qui n'est pas en rapport étroit avec la sérénité. Ma propre sérénité n'est pas encore suffisamment enracinée pour cela.

Voilà!

Qui n'aimerait pas apprendre que son âme est très ancienne et, par conséquent, très sage ? C'était un beau compliment, dont Isla percevait toute la portée. Mais de qui venait-il ? D'un homme qui aurait pu choisir n'importe quel nom, mais avait choisi Ambrose. Cela était révélateur de sa personnalité, mais à quel point de vue ?

Le premier voyage d'Isla avait donc été inutile, et les suivants connurent le même succès. L'inflexible Alix parlait toujours de Maître Ambrose comme Jamie l'aurait sans doute fait de ses drogues, pensait Isla, si, à l'époque, il s'était senti capable d'évoquer son attachement le plus fort et le plus essentiel. Alix parlait aussi de flammes intérieures brûlant avec ardeur.

— La profondeur, avait-elle expliqué, la connaissance pure.

Apparemment, Alix voit dans les yeux de Maître Ambrose la rédemption et l'amour, mais aussi la pureté, la paix et le salut. Isla, quant à elle, y voit un féroce appétit, non dissimulé, pour de jeunes âmes. Elle ne veut pas penser à celui qu'il a probablement pour de jeunes corps.

Elle a des préjugés, bien sûr. Tout comme elle en avait contre celui qui a fourni des drogues à Jamie la première fois.

Et, maintenant, cette jeune femme au sourire de démente est penchée par-dessus l'un des côtés de sûreté du lit. Le fait est qu'Alix a vingt-deux ans, se fait appeler Lumière d'étoile et s'est abandonnée dans des flots d'inepties spirituelles. Isla pourrait la gifler pour être aussi stupide. Elle pourrait la saisir, la secouer et la prendre dans ses bras jusqu'à ce que ce pauvre petit être perdu sente l'amour de sa mère jusque dans ses terminaisons nerveuses et ses os. Au nom du ciel !

Isla, qui ne peut mettre à exécution aucune de ses pensées, tente de répondre au sourire béat de sa fille par le froncement de sourcils le plus sévère dont elle soit capable.

Apparemment, c'est raté ou très insuffisant.

— Laisse-moi te dire ce qui est arrivé, lui dit Alix. Quand Lyle m'a appelé pour me raconter tout ceci (elle fait un geste de la main au-dessus du corps d'Isla, ce qui correspond, du moins Isla le suppose-t-elle, à « tout ceci »), j'étais si bouleversée! Ce fut un choc terrible, et j'étais extrêmement triste.

Ça l'a été, ça l'est. La plus grande onde de choc n'a pas été pour Alix et la plus faible pour Isla. Mais, cependant, elle est touchée. Elle imagine Alix en train de pleurer, s'arrachant ses beaux cheveux, exprimant sa douleur parmi ces gens pour lesquels, à l'évidence, la vertu réside dans le fait de n'être jamais suffisamment attaché pour avoir à exprimer sa douleur avec une telle intensité.

Elle essaie d'avoir une expression bienveillante, mais Alix poursuit:

— Puis j'ai pensé: « Qu'ai-je appris de Sérénité si je peux être bouleversée aussi facilement? »

La bouche d'Isla s'ouvre d'étonnement – du moins, c'est l'impression qu'elle a.

— Quoi qu'il en soit, quelqu'un a dû aller chercher Maître Ambrose. Car il est venu! Il est venu me voir directement. Et il m'a parlé, il m'a prise à part, c'est un grand honneur, tu sais.

Alix exulte comme si elle s'attendait à ce qu'Isla soit capable d'apprécier la valeur de ce grand moment. Sans aucun doute. Pour elle.

— Il m'a emmenée dans la Chambre d'apaisement, rien que nous deux.

Mon Dieu! Qu'est-ce que la Chambre d'apaisement? Comment peuvent bien s'appeler les autres pièces de la communauté?

— Il s'est assis avec moi, m'a pris les mains et m'a conseillé de rester tranquillement assise aussi longtemps que nécessaire, d'inspirer, d'expirer, de compter mes respirations. C'est un exercice pour les débutants, et j'ai failli faire une nouvelle crise à l'idée qu'il puisse penser que je n'étais qu'une débutante. Mais quand je l'ai fait, ça a marché, j'ai réussi à me contrôler, tout comme cela s'était passé lorsque j'ai véritablement commencé.

Essaie-t-elle de dire quelque chose à Isla? Sur les origines, peut-être?

– Nous sommes donc restés assis un moment alors que je respirais en le fixant, puis il a hoché la tête et m'a demandé ce qui s'était passé. Je lui ai raconté et lui ai dit que tu étais paralysée et, tu sais que tu n'es pas suffisamment âgée pour te contenter de rester allongée comme ça, ici, pour le restant de tes jours, pour toujours.

Comme s'il y avait un âge auquel cela n'aurait plus d'importance!

La suite – la suite, Isla refusera de l'intégrer.

– Je lui ai déclaré qu'il fallait que je vienne, tu sais, parce que tu es ma mère. (Oh, victoire!) Je veux dire que nous sommes supposés dépasser de tels attachements, nous sommes tout à la fois attachés et pas attachés pour chaque chose de la même façon. J'avais un peu peur de le décevoir, mais il a été très gentil. Il est toujours gentil, évidemment, mais il a hoché la tête pour me montrer qu'il comprenait que je reste attachée quoi qu'il arrive. Parce que tu es ma maman.

Maintenant, elle avait les larmes aux yeux. Et, étrangement, Isla aussi. Elles sont venues en partie lorsqu'elle a entendu Alix prononcer *maman* sur ce ton intime. Elles sont nées, aussi, de la colère: que des gens, n'importe qui, son propre enfant, soient capables d'imaginer que dépasser un attachement, être attaché ou pas attaché au même degré, être attaché ou pas attaché pour toute chose ou pour n'importe quoi de la même façon puisse être un but en soi ou une réussite.

C'est là une notion si stérile et si limitée, mais, en même temps, si essentiellement confuse que pour y parvenir il faut extirper, comprimer ses émotions et ses pensées, avec des conséquences nécessairement invalidantes. C'est donc ainsi que Maître Ambrose conserve ses disciples : il les accapare, alors qu'ils recherchent, tristement ou désespérément, la sécurité et la paix dans leurs cœurs, puis leur donne des recettes irréalisables pour y parvenir.

Il doit leur prendre tout ce qu'ils possèdent, et Isla ne pense pas là en termes d'argent.

Ne savait-elle pas déjà tout cela ? Quoi qu'Alix ait pu lui raconter sur la communauté, sur Maître Ambrose, Isla avait dû l'enfouir au plus profond d'elle-même, là où elle dissimule ses échecs. Car, quand Alix parlait d'*amour*, de *soutien*, de *communauté*, on avait l'impression qu'elle n'avait jamais ressenti de telles extases auparavant. Ce fut un sacré coup.

Peut-être y a-t-il du bon, même si la pilule est particulièrement amère, à être allongée là et à l'écouter.

— Il a dit qu'il comprenait et que, parfois, il était important de tirer des enseignements sur la qualité d'un attachement en agissant et, donc, que je pouvais venir.

Pouvais ? Ce gros salopard avait besoin de donner une autorisation à Alix ?

— Pour l'amour de Dieu, Alix, tout le monde s'en fiche ! dit Jamie. Il ne s'agit pas de toi et de tes amis débiles. Il s'agit de maman.

À une époque, Jamie et Alix étaient très proches. Peut-être le sont-ils encore, à leur façon ? Peut-être seul un frère — en tout cas, pas une mère — peut-il s'exprimer ainsi ?

Alix secoue la tête, en faisant voleter ses cheveux.

— Lumière d'étoile. Et je sais qu'il s'agit de maman. C'est l'une des raisons pour lesquelles je suis venue. Maître Ambrose m'a expliqué que des conséquences de ce qui s'est passé pourraient être merveilleuses.

Maître Ambrose et Alix ont dépouillé une nouvelle fois Isla de tous ses mots. Elle a des difficultés à respirer. Un élément de l'appareillage semble s'être modifié, aussi, et commence à vibrer.

— Va te faire foutre! répond Jamie.

— Non, sérieusement, écoute! Lorsqu'il a parlé, cela a pris peu à peu tout son sens. Évidemment, j'aurais dû savoir qu'il en serait ainsi, je suis encore trop novice pour ça, mais je ne cesse d'apprendre et d'améliorer mon approche des événements. Parfois, il suffit d'entendre une phrase et tu sais que c'est la vérité, et la fois suivante, tu t'en rapproches par tes propres moyens.

La fois suivante. Voilà une pensée réconfortante! Isla tente de retrouver sa respiration, l'appareillage retrouve son rythme de croisière. Était-ce un moment critique? Doit-elle prendre des précautions particulières? Doit-elle, par exemple, compter calmement ses inspirations afin de conserver la sérénité?

— Il a dit qu'il ne faut pas considérer les événements tragiquement. Il s'agit, en réalité, d'une formidable occasion, car une personne peut vraiment s'enrichir grâce à la peine ou aux soucis. Quand on ne peut pas bouger, cela permet de se livrer à l'introspection et de découvrir en soi des vérités spirituelles. En effet, pour ressentir la flamme éternelle de la vraie sérénité, il faut rester tranquille, et là, tu es forcément tranquille. Je sais bien que ce n'était pas ce que tu souhaitais, mais tu pourrais tirer profit de la situation, sans te faire du mal ni t'abîmer, elle n'est pas abominable, c'est une possibilité, tu comprends?

Alix est à bout de souffle. Pas étonnant! Cela pourrait être drôle si elle était la fille de quelqu'un d'autre et qu'elle soit devenue folle à cause de l'éducation qu'elle aurait reçue. Que ressent la mère de ce jeune type, ce tireur aux taches de rousseur, la mère de Roddy, à cet instant précis? N'est-ce pas comme si, pour elle aussi, son enfant était devenu un inconnu, était allé bien au-delà de l'altérité pour devenir totalement étranger? Près d'elle, il y a ces mains blanches, ce visage tendu aux traits familiers, cette peau douce qu'Isla a touchée, caressée, sur laquelle elle a posé des pansements, s'est émerveillée, et qui enveloppe désormais un être totalement différent.

Même Maître Ambrose doit avoir une mère. Sans doute est-ce inattendu aussi pour elle d'avoir un fils avec de tels besoins et de tels pouvoirs, aussi étranges qu'efficaces? Mais peut-être n'y a-t-il, dans ce cas, aucune surprise, peut-être est-il devenu ce qu'il est sur les genoux de sa mère? Peut-être a-t-il suivi ses traces? Il est difficile d'imaginer la mère de Maître Ambrose.

— Il a expliqué que l'immobilité, poursuit Alix, quelle que soit la façon dont tu y parviens, est nécessaire pour allumer la flamme de la sérénité. De ce point de vue, tu as plus de chance que moi, parce que je ne cesse de faire des tentatives et, jusqu'à présent, je n'ai pas réussi à être suffisamment tranquille. Je ne suis pas encore arrivée à ce niveau. Dans ton cas, il s'agit véritablement d'une bénédiction, car tu as pu accéder directement à la tranquillité.

— Alix! dit Jamie. (Il la tire par le bras, essayant de la faire bouger, de la faire partir.) Au nom du ciel!

— Non, sérieusement!

Elle parvient à se libérer. Ils avaient coutume de se bagarrer dans le salon et sur la pelouse lorsqu'ils étaient petits, quand il avait huit ans et elle cinq, neuf et six, dix et sept. Puis ils avaient arrêté. Peut-être étaient-ils devenus plus conscients de leur corps, de leur différence, de leur gêne.

— C'est important. Ce qu'il a dit, c'est si parfait et si juste! Je ne suis pas suffisamment avancée pour bien l'expliquer, mais il m'a fait remarquer que si j'arrivais à me souvenir de ses paroles — car il a atteint l'autre rive il y a bien longtemps —, il serait alors possible de t'amener, toi aussi, de l'autre côté. Sérieusement, maman, tout cela pourrait se révéler être une chance extraordinaire. Être touchée par la flamme sans même avoir essayé de l'atteindre, c'est vraiment incroyable!

Ça, c'est sûr. Le silence s'est fait. Isla imagine qu'il n'y a rien à répondre à cette tirade, somme toute innocente, de pure démence.

Finalement, ce bon Lyle s'avance. Il place ses grandes mains aux doigts longs et talentueux sur l'épaule d'Alix et lui dit, plutôt gentiment :

— Je crois que ça suffit. Ta mère a besoin de se reposer. Pourquoi ne ferions-nous pas une pause ? Nous pourrions aller prendre un café ?

Une pause ? Comme si Isla était une tâche ardue, difficile à supporter, comme le travail dans les mines ou la construction d'une ligne de chemin de fer ! Mais pourquoi en veut-elle à Lyle ? Ce n'est pas lui qui disserte sur la chance qu'elle a d'être touchée par les flammes de la paralysie.

Jamie et lui échangent des regards dans le dos d'Alix. Ils doivent être proches, à leur façon. Isla se demande si Jamie éprouve de la colère envers Lyle, pour la simple raison qu'il connaît tant de détails sur lui ? Il est douloureux de ne pas être sauvé mais, pour d'autres raisons, il doit être difficile de l'avoir été.

— Mais, insiste Alix, c'est le bon moment.

— Je ne le pense pas, répond Lyle, et il l'entraîne avec plus de fermeté.

— Maman ! crie Alix.

Ce cri résonne familièrement à ses oreilles : le bébé Alix qui a trébuché sur un trottoir, cognant ses petits genoux ronds et parfaits ; la petite Alix qui est tombée de vélo, s'égratignant l'épaule et faisant saigner une jambe douce, lisse ; l'adolescente Alix, bouche ouverte, malheureuse à cause de son père, de son frère, d'elle-même. Toutes ces Alix criant : « Maman ! »

Isla inspire et expire, en comptant jusqu'à dix, puis recommence. Un exercice pour débutants ? Soit. En tout cas, un phénomène qui mérite toute sa reconnaissance et son attention car, très facilement, elle pourrait ne plus respirer qu'un souffle ici, un autre souffle là. C'est loin d'être négligeable.

— Tu vas avec Lyle, chérie, lui répond-elle, et je vais compter mes respirations pendant un moment. C'est une pratique agréable et apaisante, n'est-ce pas ?

Et voilà que surgit ce sourire attentif, timide, cet espoir dans ses yeux, ce tremblement de gratitude – une si grande récompense pour un acte aussi minime. Comment Alix a-t-elle appris l'espoir, où a-t-elle appris l'ardeur du désir?

Jamie se penche à nouveau au-dessus d'Isla.

– Je suis désolé. Je ne savais pas comment l'arrêter. La pauvre... Tu te reposes et tu oublies toutes ces conneries. À tout à l'heure.

Il touche, ou semble toucher, sa main droite, ou quelque chose de proche en dehors de son champ visuel. Elle en conclut qu'il n'a pas encore compris qu'elle ne sent absolument rien.

Un soir, bien après la séparation avec James et alors qu'elle avait rencontré Lyle, mais avant de l'épouser, quand il n'y avait qu'elle, Jamie et Alix dans le duplex de location dépouillé où elle les avait emmenés, elle remplissait le lave-vaisselle après un dîner auquel les enfants avaient à peine touché. Alix descendit l'escalier en hurlant, se précipita dans la cuisine, s'écroula sur une chaise et cacha sa tête entre ses bras.

Elle venait de surprendre Jamie dans la salle de bains avec une seringue et avait vu une petite traînée de sang à l'endroit où il avait essayé – en vain – de s'injecter sa dose. Isla remplissait le lave-vaisselle au moment même où Jamie cherchait à remplir son bras. Elle savait alors si peu de choses sur son fils, elle s'était tellement éloignée de lui! Isla l'entendit crier: « Fous le camp d'ici! », fit tomber une assiette, et l'instant d'après Alix était assise dans la cuisine et pleurait.

L'assiette cassée, Alix en pleurs, Jamie à l'étage avec une seringue plantée dans le bras – Isla appela Lyle. Cela devait être la première fois qu'elle l'appelait à l'aide. Et il était venu.

Le lendemain à l'aube, de nombreux coups de fil avaient déjà été passés et Jamie déposé, comme un paquet, dans la voiture de Lyle en direction d'un centre de désintoxication privé où il avait réussi à le faire admettre grâce à ses relations. Le lendemain à l'aube, Alix s'était finalement endormie à l'étage, dans sa chambre, et Isla s'était écroulée en bas sur le divan. Peut-être aurait-elle dû rester éveillée? Peut-être aurait-elle dû empêcher Alix de dormir, faire en sorte qu'elles parlent et respirent jusqu'à ce que les événements soient suffisamment clairs? Peut-être avait-elle pris l'habitude de perdre son énergie dans les moments critiques, de s'endormir dans les tournants décisifs de son existence? Ce n'était pas la première fois.

— Je vous aime, leur dit-elle lorsqu'ils quittent la pièce.

Tous les trois. Lyle revient à son chevet pour lui faire signe que tout va bien. Il est gentil, il est bon, il n'y a aucun doute là-dessus.

Une chose est sûre, Alix et Jamie ne sont pas les enfants que pouvait s'attendre à avoir une femme comme Isla, appartenant à la classe moyenne, divorcée, remariée, vice-présidente et cogérante de sa propre entreprise, intelligente et créatrice. Si des femmes comme elle imaginent que leurs enfants puissent avoir des caractères extrêmes, c'est forcément dans le bon et le brillant. Elles attendent une force, des capacités, une sécurité, une confiance, des résultats en tout, conséquences naturelles de leurs bonnes intentions, et ne sanctionnent pas sévèrement leurs échecs. Elles n'envisagent assurément pas de devoir élever des enfants qui ont de grands manques psychiques, béants même.

« Respire avec soin, respire doucement et compte. »

Une infirmière fait irruption dans la chambre. Toutes les personnes qui travaillent ici semblent pressées. Elles ont bien de la chance!

— Vous êtes seule, c'est bien. Il faut que vous vous reposiez, je vais donc vous donner quelque chose pour vous aider à dormir, d'accord?

Comme si une femme qui ne sentait plus rien et ne pouvait plus bouger avait le choix!

Dans ce cas, au moins, l'introduction d'une nouvelle seringue ne provoque aucune douleur. Est-ce que cela pourrait faire partie de ce qu'Alix appelle le bon côté de la situation ?

Comme il serait étrange d'avoir une croyance, en n'importe quoi, à la façon d'Alix ! Quelle sorte de saut dans le vide serait nécessaire ? Par son travail, Isla connaît beaucoup de théories sur la croyance, mais elles sont liées aux méthodes destinées à persuader, non à donner la foi. La foi, c'est particulier. La foi est bien loin d'elle.

Et que dire de l'espoir, alors ?

Et que dire du sommeil ? Sa vision se trouble, un étrange voile de paix, apaisant, confortable et chaud recouvre chacune de ses pensées, qui font des ricochets dans sa tête. Peut-être Jamie a-t-il ressenti la même chose pendant ces terribles années ? À cette exception près qu'il était devenu filiforme et sauvage. Il tremblait d'un violent désir de ressentir la tranquillité. Isla comprend vaguement comme il est facile, tentant et agréable d'atteindre cet état, et pourquoi on peut avoir envie de ne jamais vouloir en sortir. En fin de compte, Jamie a dû être courageux, et même très fort, pour parvenir à échapper à ce bon côté de l'enfer. Il faut qu'elle se souvienne de lui poser la question. Elle pense : « Oh, c'est agréable ! Pas étonnant s'il aimait tellement ça ! » et elle sombre, doucement, dans l'inconscience.

Improvisation

Roddy n'en revient pas : il a pleuré ! Devant des inconnus. Des hommes. Cela ne lui était pas arrivé depuis le jour où ils lui avaient annoncé la mort de sa mère et, alors, il était seul dans sa chambre. Il avait pleuré parce qu'il l'avait perdue, elle ou ce dont il se rappelait d'elle, bien sûr, mais aussi et surtout à cause de ce sentiment qu'il était trop tard pour tout : pour qu'elle le retrouve, pour qu'il la retrouve, pour qu'ils s'expliquent et se parlent. Elle était montée au ciel, finalement heureuse. Plus rien, désormais, n'était possible.

Quand il était gamin, il a dû pleurer parfois lorsqu'il était avec elle – tous les enfants font cela. Avec sa grand-mère aussi, sans doute, lorsqu'il tombait de vélo, par exemple, ou la fois où il s'était cassé le bras après un vol plané et avait atterri dans l'angle d'un trottoir. Il ne pleurait pas quand il avait de la peine, et en tout cas jamais devant un homme, comme l'adjoint du principal, et encore moins en présence de Mike. Devant son père non plus, d'ailleurs. Cela l'aurait rendu mal à l'aise et il n'aurait pas su quoi faire ni quoi dire à son fils en larmes.

Aujourd'hui, il s'est laissé aller en face de deux flics et d'un avocat. Comme s'il était un bébé. Alors que, merde, il est un voleur armé, quand même !

« Je suis un voleur armé », dit-il en imaginant que ça lui donnera de l'importance et qu'il prendra plus de place sur le siège, mais *voleur armé* revêt une dimension qu'il n'a jamais voulu avoir. L'importance des mots : encore une chose à laquelle il n'avait pas pensé. Ils sont grands et sérieux, alors que lui n'est ni l'un ni l'autre.

Mike était grand, et il avait l'air très sérieux lorsqu'il échafaudait leur plan. À ce moment-là, Roddy l'était aussi. Mais ni l'un ni l'autre n'avait l'intention que cela devienne aussi sérieux, avec Roddy, cette femme, et Mike – mais où est-il ?

– Ton ami, dit le plus grand des policiers, comme s'il pouvait lire dans les pensées de Roddy, ton associé dans le crime, il est à côté, au cas où cela t'intéresserait. Et, si tu veux le savoir, il prétend qu'il n'a rien à voir avec tout ça, que c'était ton idée, et ton ratage. Qu'est-ce que tu en penses ?

Roddy pense « non ». Puis « est-ce que ça pourrait être vrai ? ».

Mike est son ami depuis toujours. L'an dernier, un type dont le père, militaire à la retraite, était venu s'installer en ville s'était même moqué d'eux et les avait traités de « pédés ». Est-ce le fait d'avoir grandi sur une base militaire qui l'avait rendu stupide ? Pratiquement personne n'osait s'en prendre à eux, à Mike, surtout, à cause de sa grande taille, mais à Roddy non plus, parce qu'il savait cogner méchamment là où ça fait mal quand il le fallait. Mike avait commencé à devenir massif, pas seulement grand mais fort, à partir de quatorze ans et Roddy savait être rapide, ce qui compensait sa petite taille : ils formaient donc une équipe. Mike attrapait le type et lui assénait un bon direct du droit. Tandis qu'il se relevait, Roddy frappait dans le ventre. Ils se tapaient les mains pour se féliciter. Ils n'étaient pas pédés, ils étaient copains, comme le flic l'avait dit, mais sans l'allusion que sous-entendaient ses paroles.

Ils prennent soin l'un de l'autre. Ils savent des choses l'un sur l'autre.

Ils ont tous deux été suspendus. Deux semaines, cette fois-là.

— Il y a des gens qu'il faut ignorer, lui avait conseillé sa grand-mère. Ne réagis pas. Va-t'en.

Mais elle ne savait pas ce qu'elle disait. S'il s'en allait, il serait baisé. Mike racontait que ses parents ne cessaient de le prévenir qu'ils envisageaient sérieusement de ne plus les laisser continuer à se voir. Comme si, lui confiait Mike, ils pouvaient empêcher les gens de se voir.

Lorsqu'ils étaient enfants, leur entourage trouvait que c'était bien qu'ils soient amis et qu'ils puissent compter l'un sur l'autre. Tout le monde pensait qu'ils étaient en sécurité lorsqu'ils étaient ensemble et qu'ils se protégeaient mutuellement. Personne ne s'inquiétait qu'ils explorent les routes de campagne, ramassent des bouteilles de bière pour en tirer de l'argent, ni qu'ils ramènent chez eux des oiseaux morts pour les titiller et leur arracher les membres avant de les enterrer.

Mike était-il vraiment à côté, en train d'expliquer à d'autres policiers qu'il était complètement innocent et que c'était l'idée de Roddy, que cela n'avait rien à voir avec lui ? Ce dernier point — le fait que Mike n'avait rien à voir dans tout ça — faisait bien partie de leur scénario. En revanche, il devait dire que celui qui avait fait le coup était un étranger portant un tatouage sur un bras, avec un grain de beauté sur la main. Le nom de Roddy ne devait pas être mentionné, il n'y avait aucune raison pour qu'il le soit.

« Ils vont vérifier mes informations », avait prédit Mike, et Roddy avait acquiescé. Ils regardaient la télévision, des films, et savaient comment cela se passait.

— Ils n'ont aucun moyen de remonter jusqu'à moi. Ils peuvent me soupçonner un moment, mais cela ne les mènera nulle part.

Roddy aurait alors disparu depuis longtemps, l'argent serait enfoui sous son lit et le fusil, à sa place dans le râtelier au sous-sol.

— Est-ce que ça change quelque chose que nous soyons amis? S'ils vérifient ton témoignage, ils feront pareil avec moi, non?

— Et alors? Ils ne feront pas de recherches très poussées. Ils viendront chez toi, et tu arriveras en bâillant parce que tu viendras juste de te réveiller.

Il était prévu dans le scénario que, lorsqu'il apprendrait la nouvelle, Roddy s'inquiéterait pour son ami. Allait-il bien? Avait-il été blessé? Lui était-il arrivé quelque chose?

— Tu n'as pas besoin d'en rajouter. Tu réagis exactement comme tu le ferais si c'était vrai.

Cela faisait aussi partie de leurs répétitions: Mike jouait le rôle des policiers, tandis que Roddy se souciait du sort de son copain.

C'est perdu, tout est perdu. Il ne leur reste plus qu'à improviser.

Ils ont participé à des bagarres ensemble, ils ont nagé, fait de la bicyclette et fumé; ils sont allés au cinéma, à des soirées et ont même pratiqué le vol à l'étalage. Essentiellement des CD et des bouquins sur la nature pour Roddy, à cause des petites créatures qu'il affectionne qui y sont photographiées. Parfois, ils traînent avec d'autres, mais, en général, ils restent tous les deux. C'est peut-être parce que Mike et sa mère furent les premiers à se présenter sur le perron, lorsque Roddy et son père arrivèrent en ville, que tout a commencé, mais cela n'a pas d'importance. C'est arrivé, simplement. Les bons et les mauvais moments, comme Roddy commence à le comprendre, arrivent simplement.

Si Mike le lâchait, cela serait vraiment incroyable.

Si Mike le lâchait, cela signifierait que Roddy ne pourrait plus faire confiance à personne. Il devrait alors tout regarder sous un autre angle.

Quoi qu'il en soit, c'est sûrement ce qu'il va devoir faire.

Quand il était arrivé en ville avec son père et que Mike et sa mère étaient venus chez eux, pourquoi Mike avait-il voulu être son ami ? Comment se faisait-il qu'il n'ait pas déjà eu des amis ? Roddy sait pourquoi il s'était lié à Mike, mais quelles étaient les motivations de ce dernier ?

— Alors, qu'est-ce que tu en dis ? demande le plus petit des deux flics. Ton pote déclare que tu as tout manigancé et qu'il a été aussi surpris que les autres. Et tu sais quoi ? Il prétend qu'il est bouleversé que tu aies voulu profiter de la situation et de ce qu'il ait un travail, que tu savais qu'il y avait de l'argent parce qu'il t'en avait parlé, comme ça, dans une discussion. Et, aussi, qu'il t'a retiré le fusil des mains. D'ailleurs, le mari de la femme sur laquelle tu as tiré pourra le confirmer.

Effectivement, Mike s'est emparé du fusil, Roddy se souvient qu'il le lui a retiré des mains. Mais les événements ne se sont pas déroulés de la façon dont les flics l'insinuent, comme s'ils avaient lutté et que Mike ait accompli une action courageuse.

La femme sur laquelle tu as tiré.

Et si *voleur armé* était en dessous de la réalité ? Si, pour le qualifier, il fallait utiliser des mots beaucoup plus effroyables ?

Il y avait les yeux de la femme. Il y avait le sang.

Il y avait ce type à l'entrée. Ce devait être son mari qui a vu Mike lui prendre le fusil des mains.

Il grelotte, même avec la couverture rêche à rayures noires et rouges qu'ils lui ont apportée.

Si le flic dit vrai, le témoignage de Mike — qui aurait été aussi surpris que les autres et qui accuse Roddy d'avoir tiré avantage de la situation — est celui de quelqu'un qui cherche désespérément à se laver de tout soupçon.

Ils n'avaient pas envisagé de se faire prendre — cela ne leur semblait pas possible — et ils n'avaient donc pas répété cette scène. Il serait donc compréhensible, mais effroyable, que Mike rejette toute la faute sur lui. De toute façon, il est foutu, mais son ami peut encore sauver sa peau.

Il hausse les épaules.

— Peu importe, répond Roddy au flic.

Le jeune flic s'empourpre et tape du poing sur la table. Roddy et son avocat sursautent tous les deux. Il pense que ce changement d'attitude — jouer le rôle du bon, puis du méchant flic — fait partie de la routine, mais peut-on parvenir à enflammer son visage sur commande ?

— Sale petit voyou, qu'est-ce que tu veux dire par *peu importe* ? Tu es dans une merde bien plus noire que tu ne l'imagines, alors ne me donne pas du *peu importe*, espèce de petit con !

— Hé, du calme ! rétorque l'avocat de Roddy. Vous n'avez pas le droit de lui parler comme ça !

— Tu parles ! Écoute (Il se penche par-dessus la table, la peau tendue et une veine saillant sur son cou, signe évident de sa colère), tu sais combien de dollars tu as failli te faire ? Trois cent trente-deux. J'imagine que ça fait beaucoup de pop-corn et de drogue pour un voyou de ton espèce, mais pour trois cent trente-deux dollars que tu n'as même pas obtenus, tu as tiré sur quelqu'un. Qu'est-ce que tu dis de ça ?

Mike avait calculé qu'il y aurait deux mille dollars, peut-être plus. Qu'est-ce que ça voulait dire ?

— J'imagine que tu ne savais pas que Doreen avait téléphoné au vendeur pour lui demander d'aller déposer toute la recette à la banque. Donc, tout ce que tu aurais pu obtenir, c'était les gains d'une partie de la journée. Rien à voir avec ce qui s'était passé l'an dernier, pas vrai ?

Roddy fixe ses genoux. Il n'a rien à déclarer.

Bien sûr, le flic l'appelle Doreen. Tout le monde se connaît en ville. C'est sans doute la principale raison pour laquelle ils avaient envie de partir ; ainsi, ils pourraient vivre sans que personne ne s'occupe de ce qu'ils faisaient. Même les remarques gentilles sont insupportables. Si une femme l'arrête dans un magasin et lui dit quelque chose comme : « Ta grand-mère m'a dit que tu travaillais très bien à l'école », c'est le genre de propos qui les rend dingues, Mike et lui. Ou bien, un type de son église passe dans la rue en s'exclamant : « T'as une sacrée coupe de cheveux, jeune homme ! » Comme si cela regardait les gens que Roddy veuille des cheveux en brosse qui laissent voir le crâne en dessous. Ça donne un look super. Soigné. Un peu dangereux. Partout ailleurs, les gens le remarqueraient sans doute, mais ils ne feraient pas de réflexions parce qu'ils ne le connaîtraient pas. Pas plus qu'ils ne connaîtraient son père ou sa grand-mère. Il serait libre et Mike aussi. Mike dit que les commerçants les ont plus à l'œil qu'avant, comme s'ils savaient qu'ils volaient à l'étalage, mais ils ne prennent aucune mesure, ils se contentent de les observer.

Ils ne volent rien qui ne soit encombrant ni cher, jamais de vêtements ou n'importe quoi qu'on leur achète de toute façon. Ils chapardent seulement de menus objets, bon, et puis, de temps en temps, de l'argent dans les sacs que des filles huppées avaient oubliés dans l'enceinte de l'école. Il n'y en avait pas beaucoup, d'ailleurs, rien d'important – en revanche, il imagine que ça l'aurait été, important, si on les avait attrapés. Ce qui n'arriva pas, bien que l'adjoint du principal les ait convoqués séparément dans son bureau, leur ait posé des questions et ait téléphoné aux familles pour les avertir qu'il pourrait y avoir un problème. Roddy avait affirmé à son père et à sa grand-mère : « Je ne sais pas pourquoi il pense que c'était nous. M. Dougherty est un pauvre type et il ne nous aime pas. Les filles qui ont perdu leur argent sont riches et pas nous, c'est sans doute pourquoi il imagine pouvoir rejeter la faute sur nous. »

Personne n'aime les gens riches. Personne ne se soucie de ce qui peut leur arriver. Mike disait : « Ce n'est pas comme si ça allait leur manquer » (il parlait des filles riches, mais aussi des commerçants). Même Doreen, si ça n'avait pas foiré, elle n'aurait rien perdu. « Elle est assurée et ils l'auraient remboursée. Pour eux, ça n'a aucune importance. »

Que de menus objets. Un peu d'excitation, une sorte de jeu, rien de vraiment méchant, rien de très sérieux, même si des personnes tels le père et la grand-mère de Roddy l'auraient pris sérieusement s'ils l'avaient appris. Sa grand-mère aurait été extrêmement embarrassée, s'ils avaient été pris en flagrant délit.

Oh, mon Dieu! Ça lui échappe. Il est assis là et n'arrive toujours pas à comprendre ce qui s'est passé.

— Bon, dit le jeune flic en vérifiant le magnétophone et en regardant sévèrement Roddy, comme pour lui faire comprendre que la récréation était terminée. C'est ton tour de parler. Raconte tout ce que tu as fait à partir de midi, à peu près. Étape par étape. Si tu t'es préparé un sandwich au jambon, on veut le savoir. On veut que tu nous dises également si tu as mis de la moutarde et si le pain était blanc ou complet. Compris? Chacun de tes foutus gestes.

L'ont-ils inculpé? Il existe une différence entre l'arrestation et l'inculpation, mais il ne sait pas exactement laquelle, et il ne se souvient pas très bien de tout ce qu'ils ont dit. C'est certainement pour cela que son père a pris un avocat, pour pallier sa méconnaissance de la procédure. Toutefois, lorsque Roddy l'interroge du regard, le type se contente de hocher la tête. Il a l'air sérieux, est d'âge moyen, mince, et sa coupe de cheveux n'est pas terrible. Il n'a pas l'air brillant.

Pas plus qu'il n'a l'air satisfait de l'avoir comme client. Il est antipathique. On dirait qu'il n'aime pas Roddy et se soucie peu de ce qui pourrait lui arriver.

Merde! Si son propre avocat réagit ainsi, qu'en sera-t-il des autres? Il ne pourra plus jamais se promener en ville. Les gens chuchoteront sur son passage, le dévisageront, ils auront la même réaction que le flic qui l'a traité de « sale voyou ». Certains seront effrayés. *Un voleur armé.*

Il a perdu de nouveau le fil. Il ne pourra plus jamais aller en ville. Sa grand-mère devra le faire à sa place, et son père. Et Mike?

D'accord, il va la leur détailler, sa journée, étape par étape. Quand il arrivera à l'heure du dîner – qu'il a vite avalé, quittant la table pour aller dans sa chambre –, il trouvera bien une idée et il réussira, d'une façon ou d'une autre, à faire la transition entre sa chambre et les champs sans passer par chez Goldie. Que peuvent-ils prouver?

Oh! Tout, probablement. Peu importe Mike, il y avait ce type à l'entrée. Le mari.

Il regarde éperdument autour de lui et ne voit que des hommes, des murs gris et une lumière vive. Il n'y a pas d'issue, plus aucune issue. Les trois hommes sont tendus. C'est comme si leurs muscles occupaient presque tout l'espace.

Pense. Pense.

Bon, il devine. Bordel!

Quel bordel! Peu importe ce que Mike a pu dire, il n'y a aucune raison de l'entraîner dans cette merde. Il peut faire ça de bien. En tout cas, Roddy voudrait ne pas être une mauvaise personne; pouvoir se dire, même si ce n'est qu'à lui-même, qu'il n'est pas foncièrement mauvais.

Il a l'impression d'être deux personnes différentes, trois même. L'une observe, comme si elle était dans un coin de la pièce ou sur un côté, tandis que l'autre est assise sur cette chaise en métal dure, au milieu de la pièce. La troisième, plus chanceuse, est endormie dans sa chambre, comme dans le scénario, au chaud, tranquille et en sécurité.

– Commence à parler, lui dit le flic plus âgé.

– Tu n'es pas obligé, rétorque son avocat après avoir hoché la tête. Néanmoins, il semble vouloir que Roddy s'exécute. Il veut sans doute rentrer chez lui.

Quoi qu'il en soit, il n'y a plus aucune issue désormais. Ne pas parler n'arrangerait rien. Il commence donc. Il pense que ses paroles ont un sens et les enchaîne pour reconstituer le fil de la journée, chacun de ses actes. Il écoute pour être sûr qu'il ne raconte pas n'importe quoi, mais il n'a pas l'impression que c'est lui qui est en train de parler. Sa voix résonne légèrement dans ses oreilles. C'est plus étrange encore que de prendre de la drogue. Celle-ci lui donne surtout envie de dormir, alors que, en ce moment, il est parfaitement réveillé, mais coupé en deux : une partie de lui parle et l'autre écoute. Et il y a aussi celui qui a réussi à s'échapper. Vraiment étrange.

Peut-être est-il fou ?

Peut-être aurait-il dû se jeter du haut d'un pont ?

C'est trop tard maintenant.

Il raconte même ce qu'il a mangé au dîner avec son père et sa grand-mère – des côtes de porc, de la purée et des petits pois. De temps en temps, l'un des flics l'interrompt pour lui poser des questions du style : « Et quelle heure était-il ? », ou : « Au moment où tu as lancé le fusil par la fenêtre de ta chambre, comment peux-tu être sûr que personne ne t'a vu ? », ou encore : « Dis-nous où se trouve le buisson derrière lequel tu t'es caché pour coincer le fusil dans une jambe de ton pantalon. » Mais, dans l'ensemble, ils l'ont laissé parler.

Il doit faire attention à ce qu'il va dire pour évoquer son arrivée dans l'arrière-boutique de Goldie. Il ne peut pas parler, par exemple, des premières notes du *Bon, la Brute et le Truand* qu'il devait siffler. Il doit donner l'impression que Mike est content de le voir, qu'il pense que Roddy est juste venu le saluer, et qu'il est horrifié à la vue du fusil. Il faut qu'ils pensent que Mike a vraiment eu peur de lui.

– Je ne sais pas ce qu'il supposait. En tout cas, on aurait dit qu'il s'imaginait que j'allais lui tirer dessus.

– Tu l'aurais fait ?

Roddy sent qu'il hausse à nouveau les épaules.

– Je ne sais pas.

– Il voulait bien te donner l'argent?

– Je ne sais pas. Ça n'a pas été jusque-là. Tout ce que je sais, c'est qu'il avait l'air bouleversé.

Il se dit que c'est le mieux qu'il puisse faire pour Mike. Il se demande ce que celui-ci fait pour lui. Mais, de toute façon, que peut-il faire? Même s'il le voulait, il ne pourrait sauver Roddy.

Il voudrait savoir néanmoins jusqu'à quel point Mike aurait voulu pouvoir le faire.

– Et ensuite, que s'est-il passé?

Il voit les yeux de Mike s'agrandir, en même temps qu'il entend la porte s'ouvrir. Il se tourne à nouveau. Il entend la sonnette et voit le visage de la femme qui, sous l'effet du choc, a perdu toute expression. Il voit le tailleur bleu, les plis à la hauteur des genoux. Elle tourne, et ses mains, comme si elles ne faisaient alors plus partie de son corps, n'obéissent plus à son cerveau: elles lèvent le fusil dans sa direction. Le doigt perfide se raidit.

– Je ne voulais pas tirer, crie-t-il. C'était un accident.

Accident n'est peut-être pas le mot qui convient, mais il n'en trouve pas de meilleur.

– Je jure devant Dieu que cela ne devait pas arriver! Elle m'a surpris et j'ai sursauté. Je ne sais même pas me servir d'un fusil. Je ne savais pas. Je ne voulais pas que ça arrive.

Il entend sa voix devenir de plus en plus forte. S'il peut se faire entendre, s'il peut arriver au bout de son récit, ils comprendront que, d'une certaine façon, il est innocent. Ils le regardent comme s'ils pensaient: « Ce que tu peux être stupide! » Mais il ne l'est pas! N'ont-ils jamais fait quelque chose d'abominable par accident? Ne se sont-ils jamais trouvés dans une situation où ils souhaitaient de toutes leurs forces qu'un événement ne se produise pas, mais qu'il avait lieu et qu'ils ne pouvaient ni réparer ni revenir en arrière?

— Bon! (Le grand flic se lève si brutalement que sa chaise grince sur le sol.) C'est fini!

Roddy les dévisage, l'un après l'autre. Son avocat et l'autre flic se lèvent à leur tour, avec plus de douceur. Personne n'a l'air de remarquer que Roddy ignore tout de ce qui est en train de se passer.

— Et alors? demande-t-il.

— Hein? dit l'avocat. Oh! Tu vas aller en cellule. Je te verrai demain matin au tribunal. Je vais évoquer la remise en liberté conditionnelle avec tes parents, mais j'ai peu d'espoir. Les charges qui pèsent contre toi sont lourdes et les chances, minimes.

Lorsque Roddy était plus jeune, il s'asseyait sur le canapé avec son père et sa grand-mère, entre eux deux, pour regarder la télévision en mangeant du pop-corn. Ils prenaient toute la place et, de temps en temps, sa grand-mère lui tapotait le genou ou lui enfonçait le coude dans les côtes quand elle pensait que c'était drôle ou qu'elle devait attirer son attention. Il était alors déjà en pyjama. Il n'avait pas pensé à ça depuis très longtemps. Peut-être qu'ils ne le faisaient pas si souvent, peut-être quelques rares fois qui s'étaient imprimées dans sa mémoire. C'était agréable d'être assis, écrasé entre eux deux, il s'en souvient comme si c'était hier.

Il voudrait pouvoir tout refaire d'une façon différente, presque tout.

Peut-être que sa mère pouvait voir dans l'avenir? Peut-être que, lorsqu'elle se sentait en sécurité, ou au septième ciel, comme cela lui arrivait parfois, elle pouvait regarder en bas et voir des événements négatifs se préparer, tandis que ce qui était positif tournait mal et devenait incontrôlable. Alors, elle avait préféré sauter.

— Quels sont les chefs d'inculpation? parvient-il à articuler.

— Vol à main armée, répond vivement le petit flic. Tentative de meurtre. On t'a tout expliqué au début.

L'avaient-ils fait ? C'était vraisemblable.

— Tu ne te souviens pas ? demande son avocat, comme si la réponse l'intéressait. Roddy hausse les épaules. Son avocat soupire. L'un des flics commence à tirer Roddy par un bras. Roddy tente de se libérer. Le flic resserre son étreinte, et tout le monde redevient très tendu.

Il y a un malentendu. Ils doivent penser qu'il est dangereux.

Il retenait malgré tout que l'on ne parlait pas de *meurtre*, mais de *tentative de meurtre* : c'était plutôt bon signe

La femme au tailleur bleu, malgré le sang, est vivante. Il n'a tué personne. Il se rassiérait volontiers, tant son corps est devenu faible et moite, si cette main ferme ne le retenait pas.

— Allons-y !

— Y a-t-il une chance qu'il puisse voir ses parents avant que vous l'emmeniez ?

— Ils pourront le voir au tribunal demain matin. Ils pourront aussi lui apporter tout ce dont il aura besoin. Vous connaissez la musique.

En réalité, il est content de ne pas pouvoir les voir tout de suite. Cette rencontre est inévitable, mais, au moins, elle n'aura pas lieu ce soir.

— N'oubliez pas qu'il est mineur ! lance l'avocat, comme un avertissement.

— Oh ! ne vous inquiétez pas. Aucune chance que l'on oublie que cet enfoiré l'est !

Tant de dégoût, c'est dur à supporter.

Dans le couloir, Roddy regarde partout, dans toutes les salles, pour tenter d'apercevoir Mike, mais celui-ci reste invisible. Peut-être est-il rentré chez lui ? Peut-être est-il libre ?

Grâce à Roddy. Parce que Roddy est peut-être un voleur armé, voire un meurtrier potentiel, mais il n'est pas un traître. Personne n'en saura rien et, dans ce contexte, cela peut sembler dérisoire, mais il est convaincu que, de toute façon, c'est quelque chose de bien.

Gendarmes et voleurs

Dans toute son existence, Isla n'avait été confrontée à des policiers qu'à deux reprises, il y a très longtemps : la première fois, quand elle avait été arrêtée pour excès de vitesse, la seconde parce qu'elle ne s'était pas suffisamment arrêtée à un stop. C'était le temps de l'innocence. Si leurs visages n'avaient pas une expression à proprement parler amicale, du moins celle-ci n'était-elle ni hostile ni d'une stupidité inquiétante. Ceux qui sont à ses côtés aujourd'hui font leur travail, mais – comment dire ? – ils ont l'air plutôt sympathiques. Leurs yeux expriment une pitié de mauvais aloi, ils modulent le son de leurs voix avec humanité. Ils semblent ainsi essayer de lui faire comprendre qu'ils sont de son côté. C'est réconfortant. Elle n'a aucune raison d'être en colère contre eux, si ce n'est que leur boulot est d'empêcher que les gens se fassent tirer dessus et qu'ils ont échoué.

En levant les yeux, elle voit des poils osciller dans les narines de l'un des policiers, au rythme de sa respiration.

– Nous avons arrêté le suspect, dit-il. Il a tenté de s'enfuir, mais il était si gauche qu'il n'est pas allé bien loin. Nous l'avons inculpé pour tentative de meurtre et vol à main armée, et il a fini par tout avouer, du moins en ce qui concerne son rôle dans cette affaire. C'est le meilleur ami du vendeur qui travaillait alors chez Goldie et nous avons toutes les raisons de penser que celui-ci est dans le coup, mais le gamin que nous avons arrêté ne l'a pas dénoncé. Nous voulions que vous sachiez que celui qui vous a tiré dessus est derrière les barreaux.

Tentative de meurtre. Oui, c'est sûrement ça. En réalité, il n'avait pas l'air de tenter de faire quoi que ce soit, mais aucun autre chef d'inculpation qui engloberait la surprise, la peur et le choc qui conduisent à tirer ne pouvait, assurément, être invoqué. Dans les yeux de ce gamin — elle s'en souvient maintenant — se lisaient à la fois la férocité et la terreur, une alliance malheureuse. Elle imagine qu'il est rassurant de savoir qu'il est en prison et qu'il ne peut plus faire de mal. Pourtant, cela semble trop simple. Elle aurait préféré une chasse à l'homme plus longue, plus dangereuse, plus effrayante, plus menaçante.

— À quoi ressemble-t-il? demande-t-elle.

Et elle voit ces deux hommes en uniforme bleu, arborant moult badges et ceintures, échanger des regards. Le plus âgé, qui est aussi le plus grand, hausse légèrement les épaules. Il lui fait penser à l'expression *bien en chair*. Elle se dit que certaines personnes ont un physique qui évoque la nomenclature des morceaux de viande que l'on débite: flanchet, filet, rôti. Celui-ci serait un rôti moelleux, très persillé.

Tout le contraire du gamin, qui n'avait que la peau sur les os.

— Il a eu de petits ennuis auparavant, dit-il. Il a été soupçonné plusieurs fois de vol, de vol à l'étalage, a participé à des bagarres, ce genre de choses. Mais il n'a jamais été inculpé et n'a commis aucun acte de violence grave. Rien qui le prédestinait à se comporter de cette façon.

C'était également l'impression qu'elle avait eue lorsqu'elle l'avait vu déambuler en ville avec ses copains. Juste un gamin désœuvré, mais sans mauvaises intentions.

– Je crois qu'il est, euh! surtout *surpris*. Du déroulement tragique des événements. De la situation dramatique dans laquelle il se trouve.

Le garçon imagine-t-il la surprise d'Isla? À quel point ce qui s'est passé a été terrible, aussi, pour elle et dans quelle effroyable situation elle se trouve?

– Quel âge a-t-il?

– Dix-sept ans. Il est arrivé quelque chose à sa mère, et il est venu vivre chez sa grand-mère avec son père. Ils n'ont rien vu venir, eux non plus.

Isla sait ce qu'ils peuvent ressentir. Parfois, notre regard sur certaines personnes se trouble, parce qu'elles sont trop proches de nous. On se fait des idées à leur encontre qui peuvent conduire à la négligence. C'est ainsi que l'on a parfois des surprises.

– Comme il a avoué l'essentiel des faits, nous n'aurons sans doute pas à vous importuner davantage. Nous tenions à vous informer que le gamin était sous les verrous et que l'affaire suivait son cours. Vous pouvez donc vous détendre et consacrer tous vos efforts à l'amélioration de votre état de santé.

Il a l'air mal à l'aise. Peut-être s'est-il rendu compte combien nombre de ces mots, comme se *détendre*, sont tout à fait déplacés et dépassent largement le cadre de ses compétences. Décidément, ces temps-ci, tout le monde se bat avec les mots et remarque, souvent trop tard, que les verbes impliquant un mouvement, si minime soit-il, comme *agir, se détendre*, sont, pour le moment, à proscrire de leur langage. Elle a déjà connu ce genre de situations où les gens n'avaient pas su quels mots prononcer sans risque – des mots inoffensifs. James, notamment, était un sujet de conversation qui réduisait la plupart des gens au silence, du moins dans son entourage.

Ce désastre-là était-il plus ou moins choquant que celui-ci? Cela reviendrait à comparer l'incomparable. Si l'on avait tiré sur James, et non sur elle, la réponse serait totalement différente.

— Merci d'être venus, dit-elle aux policiers.

— Oui, bon, on reste en contact. Bonne chance, hein?

À dix-sept ans, les êtres sont bêtes. Ils ne se rendent pas compte que la vie est faite de hauts et de bas dont les conséquences à long terme ne sont pas négligeables. Assurément, ils ne savent pas reconnaître une blessure mortelle, même si — c'est le cas d'Isla, par exemple — leur père est mort pratiquement sous leurs yeux. S'ils perçoivent l'espoir, il est flou. À dix-sept ans, on est sans pitié. Le reste du monde n'existe pas véritablement. Certaines personnes dépassent cet état, d'autres pas. À cet instant précis, elle aussi a dix-sept ans d'âge mental : elle s'intéresse beaucoup plus à elle-même qu'aux autres âmes de l'univers.

Bon, pourtant, ce gamin qui a été pris et a avoué, il doit bien ressentir le contrecoup de son acte ? — elle éprouve une certaine curiosité à son égard. Des souvenirs. Un lien, qui n'a rien d'affectif, évidemment.

La trajectoire d'une balle peut difficilement établir un lien affectif.

Lorsqu'elle eut dix-sept ans, Isla n'avait plus de père. Il était mort doucement, dans la douleur, à quarante-cinq ans, ce qui est beaucoup trop jeune. Sa maladie évolua alors qu'elle était âgée de quinze et seize ans et n'avait aucune expérience de la disparition, et encore moins de celle d'un être cher. Isla fut donc, bizarrement, bêtement prise au dépourvu. La maladie se propagea lentement. Les symptômes et les différentes phases du mal suivaient leur cours inéluctable, mais Isla refusait d'y croire. Elle pensait — c'était une idée d'adolescente, confuse et présomptueuse — que, en refusant de reconnaître quelque chose, on pouvait s'en prévenir, l'éviter.

À l'évidence, elle s'était trompée.

Son père commença à devoir s'asseoir pour tousser un long moment. Puis il toussa si fort qu'il crachait ses poumons dans des mouchoirs qu'il transportait désormais partout avec lui. Ensuite, il n'alla plus travailler et resta couché des journées entières. Parfois, ses yeux devenaient exorbités et hallucinés tant il lui fallait faire d'efforts pour respirer. Malgré tout, elle ne s'attendait pas qu'on lui dise de s'asseoir sur le lit de ses parents pour apprendre qu'il était temps qu'il aille à l'hôpital. Ils furent surpris de son étonnement. Elle ne comprit pas ce qu'ils voulaient dire par *il était temps*. Son père prit les doigts d'Isla dans ses mains, noueuses et frêles. Il y avait beaucoup de choses qu'elle ne maîtrisait pas.

Presque tous les jours, après l'école, elle allait lui rendre visite à l'hôpital et elle vit ses efforts pour sourire, parler, sortir de son état, mais il se perdit finalement dans la brume des substances qui échouèrent à restaurer ses fonctions organiques. Elle était en cours lorsqu'on l'appela dans le bureau de la direction. Sa mère l'y attendait. Elle lui dit :

— Je suis désolée, ma chérie. Ton père est mort. Il a eu une crise cardiaque. C'était inattendu, tu sais. Nous pensions avoir encore un peu de temps, avec l'*autre*.

L'*autre*, c'était le cancer.

— Quoi ? avait répondu Isla, en chancelant.

Elle chancela *véritablement* en se dégageant des bras de Madeleine, car à quoi avait-elle pensé ? Pourquoi personne ne lui avait-il dit : « Regarde ce qui va se passer. Regarde. Regarde. Regarde » ?

Peut-être quelqu'un l'avait-il fait.

— La fin a été très rapide, expliqua Madeleine.

Elle pleurait, bien sûr, mais, bien vite, elle sembla également soulagée, débarrassée d'un fardeau insupportable. Isla fut, aussi, choquée par cette réaction.

Néanmoins, en entendant sa mère pleurer la nuit, Isla se rendit compte qu'elle ne savait pas grand-chose sur ses parents. De leur vie, la vie qu'ils partageaient tous les deux. C'était une chose à laquelle elle n'avait jamais pensé.

La mort de son père, c'était comme un tour de magie : celui dans lequel, d'un mouvement rapide du poignet, on fait disparaître une serviette de dessous une pile de vaisselle et de couverts, en les faisant trembler tout en les laissant en place, comme s'il ne s'était rien passé. Pourtant, elle savait bien que cela ne s'était pas passé ainsi. Elle savait que ce n'avait pas été rapide, et qu'elle était la seule à être aussi surprise.

La vie était *imprévisible*. Il lui était difficile d'intégrer cette notion et pendant un certain temps, elle se montra froide et distante, affichant un visage impassible. Elle n'arrivait pas à accepter l'idée de perte irréversible, bien que, apparemment, elle n'ait pas le choix.

Comme sa mère l'avait fait.

— La vie continue, avait finalement dit Madeleine. (Elle avait l'air vieillie et amaigrie.) Il le faut, on n'a pas le choix.

Du jour au lendemain, elle alla travailler dans un magasin de vêtements pour femmes. Elle y vendait des robes et des corsages, des pulls et des pantalons, des écharpes et des soutiens-gorge. À peu près un an plus tard, au cours de leur rituel dîner en tête à tête du dimanche soir, elle regarda Isla, qui avait alors dix-sept ans, et lui dit avec un air très étonné, et même heureux :

— Tu sais que ça me plaît ? J'aime vraiment passer ma journée avec des gens et les aider à trouver ce qui les embellira ou — elle rit —, du moins, sera le moins laid possible. J'aime qu'ils me racontent pourquoi ils ont besoin d'une nouvelle tenue : si c'est pour un mariage ou une conférence, un nouvel emploi ou un premier rendez-vous. J'aime aussi observer la façon dont ils se regardent dans le miroir, en essayant de faire leur choix.

Elle était tirée à quatre épingles. Elle allait chez le coiffeur toutes les semaines et se mettait de nouveau du vernis sur les ongles. Elle était devenue très amie avec un membre du club de bridge qu'elle fréquentait désormais, un homme sympathique qui se prénommait Bert.

C'était vrai, la vie avait repris son cours, mais cela semblait déloyal, tant de la part d'Isla que de sa mère. Il y avait néanmoins d'immenses vides et d'énormes manques, des gestes et des habitudes qui avaient disparu, des câlins perdus, des histoires, des sons et des moments dont il fallait se remettre, mais, pour Isla, il y avait aussi la classe, les examens, la danse, les amis. À dix-sept ans, elle commença à travailler à mi-temps dans la boutique de fournitures de bureau du père de James, bien que, à l'époque, elle n'ait pas soupçonné un instant que le seul intérêt de cet homme était justement qu'il était le père de James.

Elle vendait des stylos, des carnets, des trombones, des classeurs ainsi que les fournitures d'école telles que les sacs à dos ornés de bandes dessinées pour les enfants. Elle découvrit qu'elle aimait le contact du papier, des classeurs et des calepins. Elle conserva ce travail tout le temps qu'elle étudia vaguement à l'université, en vue d'une carrière tout aussi vague. Elle aurait besoin — sa mère le lui avait sérieusement conseillé, et elle était sans doute bien placée pour le savoir — de savoir se débrouiller par ses propres moyens, d'être responsable d'elle-même.

Isla l'avait compris. Elle attendait — s'imaginant que cela se produirait en cours ou lors d'un imprévisible entretien d'embauche avant l'obtention de son diplôme — qu'une occasion se présente, qui l'intéresserait vraiment. La vie de son père aux quatre coins du pays, les histoires avec lesquelles il revenait à la maison — elle se sentait attirée par les mots, irrésistiblement, mais ça ne lui déplaisait pas d'attendre pour voir ce qui émergerait. Elle avait bien compris cependant que, comme sa mère le lui avait dit, il n'y avait pas de temps à perdre, et elle était impatiente que commence enfin sa nouvelle vie, réelle, libre, sans attache.

— Nous aurions sans doute agi différemment, ton père et moi, si nous avions su que le temps nous était compté.

Elle parla de vacances plus aventureuses, plus lointaines, d'une plus grande attention portée au quotidien. « Vis l'instant présent », lui conseilla-t-elle, et Isla considéra que c'était, plus ou moins, ce qu'elle faisait.

Isla travaillait au magasin tous les samedis. Un samedi, puis tous ceux qui suivirent, il y eut James.

Il était allé à l'université à l'autre bout du pays pour faire des études commerciales. Il revint chez lui diplômé et sûr de sa valeur. Il était maigre et, au travail, il portait des costumes sous lesquels transparaissaient ses os. Jusqu'alors, Isla n'avait jamais remarqué qu'un costume puisse être beau ou présenter un attrait ; maintenant, elle le savait. Il avait cinq ans de plus qu'elle et se déplaçait dans le magasin tel un cours d'eau langoureux et dangereux. Lorsqu'il lui demanda de sortir avec lui la première fois, en réalité ce n'était pas exactement une question. Il avait dit : « J'aimerais t'emmener dîner vendredi. »

Ils allèrent dans un restaurant où le linge de table était blanc, le service, simple, avec des bougies dans des photophores sur les tables qui donnaient une note intimiste au cadre. Un restaurant *sérieux*, pensa-t-elle. Il parla de ses projets pour le magasin de son père, qu'il n'exprima pas comme des espoirs, ni même des intentions, mais bien comme des projets. Son assurance lui semblait stupéfiante, et quand il lui demanda : « Et toi, que vas-tu faire ? », elle fut embarrassée par ses incertitudes.

Elle haussa les épaules, qui bougèrent sous le tissu fin et délicat de sa nouvelle robe. Elle l'avait achetée grâce à Madeleine qui avait des réductions dans le magasin où elle travaillait. C'était essentiellement une boutique pour dames, mais de temps en temps, il y avait de jolis vêtements pour les jeunes, comme cette robe, bleu pâle, sans ceinture, avec un discret motif de fleurs jaune pâle.

— Je ne sais pas encore. J'aime les mots, je crois, et la persuasion.

Aucun d'eux, sans doute, ne comprit ce qu'elle voulait dire, bien qu'il y ait du vrai dans cette affirmation. Aucun d'eux, sans doute, n'était particulièrement intéressé non plus.

Il est bien connu que le pouvoir agit comme un aphrodisiaque. Même le pouvoir, si petit fût-il, de James dans cette entreprise semblait important aux yeux d'une jeune fille, d'une jeune femme qui était une simple employée. Il avait un menton fait pour être caressé comme celui d'un chat, une chevelure noire abondante, des yeux très expressifs et des cuisses qui n'en finissaient pas. Il lui apparaissait comme un homme de métamorphoses et d'extrêmes. Elle était attirée, non seulement par son regard sérieux et profond, mais aussi par son torse pâle et sculpté, ses longues jambes, et tout le reste de sa personne. Son attraction pour elle se manifestait dans l'enchantement qu'il semblait avoir à la toucher, à la caresser, à la pénétrer. « Tu es belle », lui disait-il, et il semblait à Isla que lorsqu'il la regardait ainsi, elle était effectivement belle, pas seulement jolie ou attirante. Elle se dit que ces éloges, et le puissant désir qu'il manifestait, étaient suffisamment différents de ce qu'elle avait connu auparavant pour qu'elle puisse le considérer comme un véritable « adulte ». Ses caresses étaient tout ce qu'il peut y avoir d'extraordinairement réel.

La vie était courte. L'amour était précieux.

Alors qu'Isla poursuivait sa lente avancée vers un diplôme et un avenir flous, James avançait à pas de géant. Au travail, il poussa son père dehors sans ménagement. Il avait compris que le monde des affaires changeait et il prétendait que son père était incapable de suivre cette évolution, que seuls des jeunes pouvaient aller de l'avant. Sa prise de pouvoir ne sembla brutale ni à James ni à Isla : elle était nécessaire, comme il l'avait dit. Quoi qu'il en soit, elle approuvait ses choix, c'était une question de principe et aussi, à l'époque, d'amour.

Le père de James, lui, n'apprécia pas la brutalité de la méthode et lui ferma sa porte. Sa mère était peut-être du même avis, mais aussi terriblement anxieuse parce qu'elle voulait leur bonheur à tous les deux et s'inquiétait certainement de sa sécurité financière. Deux de leurs plus anciens partenaires et amis, un vieux fournisseur et un banquier, s'offensant de ce qui arrivait au père de James, créèrent quelques difficultés à James, qui se contentait de répondre : « Cela passera. Pendant ce temps, je dois garder le regard tendu vers mes objectifs. » Il ajouta : « Le vieil homme surmontera, il verra que j'avais raison », et ne semblait pas troublé le moins du monde de ne plus être reçu chez ses parents. Il avait raison, ils surmontèrent. Même s'ils ne n'oublièrent pas totalement, ils passèrent à autre chose. Lorsque James et Isla se marièrent, c'est Bert, l'ami de Madeleine, qui accompagna fièrement la mariée jusqu'à l'autel. Les parents de James étaient là. Sa mère pleura, tout comme Madeleine. C'était normal que des mères réagissent ainsi. Pendant la réception, le père de James serra la main de son fils et posa une main sur l'épaule d'Isla : « Bonne chance, jeune femme », lui dit-il.

Elle était jeune. Elle était follement heureuse d'épouser James.

Et à la naissance de Jamie, elle devint gaga ! Cette peau ! Ces petites lèvres rondes ! Ces cheveux doux, noirs et brillants ! La famille se reforma alors autour de la petite merveille.

— Que feras-tu quand il sera suffisamment grand ? avait demandé Madeleine, qui semblait toujours plus soucieuse d'Isla que de sa famille.

Isla haussa les épaules.

— Peut-être de la publicité, avait-elle répondu, faute d'une meilleure idée, bien qu'elle se sentît encore beaucoup trop jeune et assurément pas encore prête.

Elle regardait la télévision et lisait des journaux, mais son intérêt se portait plutôt sur les spots et les encarts publicitaires que sur les émissions et les articles. Elle examinait la structure, le dessin, les différents attraits, ce qui était drôle, sentimental, simple ou soigné. Elle avait l'impression que, à sa manière, elle était encore en apprentissage, en quête d'un avenir au-delà de son foyer.

Elle avait une maison en brique, dont les fenêtres et les portes étaient bordées d'un encadrement couleur chocolat, agrémentée de beaux jardins et de grands arbres. Pour une aussi jeune famille, ils étaient vraiment bien logés. Certains disaient « joliment installés ». C'était comme un jeu d'aller dans les magasins, parfois avec James, pour rechercher des meubles qui conviendraient, choisir les vases, les bougies, les sets de table, de petites sculptures et d'autres éléments décoratifs. Elle avait l'impression qu'ils réalisaient une œuvre de concert — sans parler, bien sûr, de Jamie. Lorsqu'elle rentrait chez elle — après avoir fait les courses, qu'elle rangeait dans le coffre de la voiture, au supermarché —, avec Jamie ceinturé dans son siège d'enfant, en montant le chemin privé, en actionnant la porte du garage, Isla se disait parfois que leur maison était une forteresse particulièrement attirante, parfaitement adaptée pour éviter tout ce qui pourrait être désagréable ou bouleversant, excessivement triste ou douloureux.

L'affaire de James prospérait. Il avançait beaucoup plus vite que n'aurait pu le faire son père en matière d'ordinateurs, de nouveaux types de logiciels, obtenant des contrats pour fournir des bureaux et des écoles avec une audace dont il n'aurait jamais rêvé. Il portait toujours ses costumes fins, mais ne se déplaçait plus avec la fluidité d'un cours d'eau langoureux: il était désormais trop occupé pour être aussi gracieux. Elle admirait sa prise de risque: « Nous nous développons ou nous disparaissons », aimait-il à répéter. Il voulait constamment être confronté à de nouveaux défis, toujours plus importants. Des stimulations. De son côté, elle attendait. Ses journées étaient bien remplies et elle ne semblait pas s'ennuyer, bien que, parfois, seule avec Jamie, elle les trouvait extraordinairement mornes, en particulier sur le plan intellectuel.

Certaines nuits, lorsque James, avec son énergie et son ambition, se retournait vers elle, ses yeux emplis de confiance et de tendresse, ou qu'elle le touchait et le caressait pour qu'il le fît, elle pensait qu'il s'agissait là d'un bon moyen de communiquer et que c'était l'aspect essentiel d'un pacte d'amour. Elle avait alors supposé qu'ils comprenaient les messages muets qu'ils s'adressaient ainsi par corps interposés, et sa surprise serait grande de découvrir un jour qu'elle s'était trompée.

Jamie avait un peu plus de deux ans, il courait déjà et faisait déjà des cauchemars lorsque Isla fut de nouveau enceinte. James avait, à ce moment, le projet de transformer son affaire en une petite chaîne, puis une grande. Ce qu'ils entreprenaient l'un et l'autre était parfois périlleux, risqué, mais elle n'avait pas imaginé qu'il se serait senti menacé par ce qu'elle venait de lui annoncer.

— Bon sang! où avais-tu la tête, on arrive tout juste à contrôler Jamie, qu'est-ce que ça va être avec un autre enfant? dit-il en apprenant la nouvelle.

Il était en colère et ne ressemblait plus du tout, alors, à l'homme tendre qui était aux anges, envahi par l'émotion, à l'annonce de sa première grossesse.

— Tu sais combien cette période est délicate!

Il parla même de *sabotage*.

Elle fut d'abord déçue, puis blessée, avant que, sans transition, la rage l'envahît.

— J'imagine que tu sais ce qui entraîne une grossesse? La plupart des gens sont déjà au courant, en tout cas, depuis un certain nombre d'années, bien que j'aie cru comprendre qu'il y a eu une époque — était-ce Neandertal? — où l'on n'avait pas encore établi de lien entre la cause et l'effet. Il est avéré que c'est donc une action commune. Un acte, deux personnes, tu vois ce que je veux dire?

Il la regarda comme s'il la trouvait déplaisante, à peine supportable. Elle n'arrivait pas imaginer la façon dont elle le fixait.

Dans un premier temps, il lui tourna le dos, se dirigea vers le meuble où étaient rangés les alcools et se servit un whisky.

— Désolé! dit-il, sans y mettre aucun sentiment.

— Moi aussi.

Elle ne pensa pas une seconde que l'un ou l'autre s'excusait, mais simplement qu'ils émettaient des regrets à l'issue d'un échange désagréable. Peut-être exprimaient-ils aussi la tristesse d'avoir abîmé ou réduit quelque chose sur lequel ils comptaient.

L'accouchement dura beaucoup plus longtemps pour Alix que pour Jamie – quinze heures –, ce qui allait à l'encontre de la normale dans ce domaine. James resta auprès d'elle, bien que parfois il semblât trop fatigué pour l'aider. Par moments, quand elle retrouvait ses esprits, elle arrivait à penser que c'était naturel : elle était pleinement occupée, alors qu'il ne faisait qu'attendre, ce qui peut être aussi très fatigant. Au moment où Alix fit son apparition, ils étaient tous deux au bord de l'évanouissement, même s'ils reprirent vie brièvement, avec bonheur, en la voyant. Sa petite peau rouge et plissée, ses bouclettes rousses et fragiles! Ses petits doigts et orteils dodus! Ses yeux obstinément fermés, sa petite bouche dévorante!

— Elle est superbe! avait constaté James.

— Parfaite, avait acquiescé Isla, avant de s'endormir, épuisée.

Avoir plus d'un enfant fait toute la différence du monde, conclut-elle quelques mois plus tard. Avec un enfant, la vie semblait présenter encore des ouvertures, comme si tous les choix, toutes les décisions n'étaient pas encore faits, comme si de nombreuses possibilités restaient offertes. Avec deux enfants, une porte se fermait à clé.

Et c'était bien ainsi, à ceci près que certains choix avaient été faits de manière irréversible.

Il s'avéra que Jamie n'était pas pleinement satisfait d'avoir une sœur. On peut s'attendre à ce genre de réaction, pourtant Isla avait l'impression de l'avoir préparé assez longuement, puis rassuré. Elle dut donc le surveiller lorsqu'il commença à jouer avec les doigts et les orteils d'Alix, afin de s'assurer qu'il n'en profitait pas pour frapper ses petites joues ou refermer ses propres doigts autour de la gorge délicate de sa cadette.

« Je la déteste », avait-il déclaré à plusieurs reprises, et Isla lui sut gré d'être, au moins, honnête.

Mais il était aussi hypnotisé. Il pouvait rester à regarder Alix pendant de longs moments, comme si elle était apparue par magie et qu'il restait pour apprendre le truc. Et il pouvait aussi la toucher avec énormément de tendresse et de concentration.

Isla supposait que, comme chez tout être humain, l'ambivalence ne cessait de croître et qu'il ressentait avec force deux ou trois sentiments contradictoires de façon très aiguë, mais aussi embrouillée et hésitante. Du moins, il était capable d'éprouver ces deux ou trois émotions contradictoires, ce qui lui apparaissait comme une réussite.

La plus grande surprise vint de James.

— Mon ange, murmurait-il, mon petit cœur !

Qui ne se serait gorgé d'une telle tendresse ? Isla l'aurait fait et, assurément, Alix le fit.

Son expansion se poursuivit : il passa de trois à cinq, puis huit magasins dans différentes villes du pays. Il partait souvent plusieurs jours d'affilée. Isla se rendit compte, à sa grande surprise, qu'elle ne se sentait pas seule. Elle se liait d'amitié et avait une famille. Pour l'essentiel, elle aimait être avec Jamie et Alix. Celle-ci commença à parler très tôt, peut-être à cause de son frère, car l'une de ses premières phrases, parmi d'autres plus agréables, était : « Je te déteste. »

Isla était aussi assez contente lorsque James rentrait le soir, car il apportait une bouffée d'air frais dans un espace qui lui semblait parfois un peu confiné. Elle se souvenait que la situation était similaire lorsqu'elle était enfant et restait seule avec sa mère jusqu'à ce que son père revienne avec plein d'histoires du monde extérieur à leur raconter. Elle espérait que Jamie et Alix ne la trouveraient jamais pathétique, comme il lui était parfois arrivé de percevoir Madeleine.

Quand il rentrait de son travail, James lisait des histoires à Alix et à Jamie — lorsque celui-ci était là, car il devenait un petit garçon et avait ses propres amis. Alix montait sur les épaules de James et hurlait tandis qu'il la balançait très haut ou l'attrapait au bas du toboggan. Il rapportait à la maison des tonnes de papier de la boutique principale et des crayons de couleur, des pastels qu'il prenait dans les fournitures scolaires, désormais séparées du reste de la papeterie. Les deux enfants possédaient tout le matériel dont on peut rêver pour s'occuper à ce genre de passe-temps. Selon Isla, cela risquait même de les pousser à prendre les choses trop à la légère. James les regardait dessiner et essayait de jouer au morpion avec Alix. Dans son bureau à l'étage, ils jouaient à des jeux éducatifs sur l'ordinateur. La nuit, Alix se relâchait telle une poupée de chiffon, sur le dos, bras et jambes mêlés, bouche ouverte, respirant profondément dans un sommeil né de l'épuisement, pleinement satisfait et dépourvu de cauchemars.

Parfois, James dissertait sur les inventaires, les agrandissements, les nouveaux produits, les espoirs de contrats — Isla était d'accord avec lui sur la vitesse avec laquelle l'informatique évoluait, la rapidité avec laquelle il fallait reconnaître, intégrer et manipuler des mots importants, comme *ergonomie* ou *virus*. Sinon, il n'avait pas grand-chose à dire. Elle pouvait le comprendre. Il était fatigué et, de toute façon, il y avait de nombreux aspects de son quotidien dont elle ne connaissait rien, sur lesquels elle ne pouvait agir, qui ne l'auraient pas intéressée et auraient été pénibles à expliquer. C'était la même chose de son côté : trop de petits détails épuisants.

Parfois, il invitait à dîner des gens importants de la profession. Jamie avait six ans et Alix trois, le jour où il invita Martin Amery. « Vous avez des points communs, avait dit James en les présentant. Martin a travaillé dans la publicité et maintenant il se lance seul dans l'aventure. Nous avons pensé que nos métiers respectifs pourraient nous aider à nous développer. » Il expliqua à Martin : « Ma femme s'est toujours intéressée à la publicité. Elle en parlait déjà lors de notre premier rendez-vous. »

C'est vrai ? Et pensait-il que quelque chose sortirait de cette rencontre ? Non. Il souhaitait seulement fournir un sujet de conversation pour le dîner et n'avait assurément pas vu plus loin. Mais elle apprécia Martin, qui lui parut être un homme sérieux, dynamique, avec des ambitions à l'avenant, assez peu différent de James, bien que la ressemblance physique fût inexistante – il était petit, gras et blond. Qui plus est, il la prit au sérieux. Il téléphona la semaine suivante et proposa qu'ils se rencontrent : « Si ça vous intéresse, lui dit-il, j'ai une offre que vous aimeriez peut-être considérer. »

Et c'est ce qu'elle fit. Cette porte fermée – il lui semblait désormais qu'elle s'était ainsi retranchée dans une base d'où elle pourrait mener ses recherches dans le monde extérieur.

Madeleine dit qu'Isla avait de la chance qu'une possibilité lui soit offerte « sur un plateau », et elle avait raison. Qui aurait pu refuser une opportunité de ce genre ?

James, pour commencer.

– Tu veux faire quoi ? demanda-t-il en s'asseyant brutalement.

Les enfants dormaient et ils étaient seuls dans le salon ; elle sur le canapé doux et profond à motifs de fleurs pastel, lui, en face, sur une chaise assortie de l'autre côté de la table basse.

— Quand as-tu échafaudé ce rêve ? reprit-il.

— Pendant le déjeuner. Cela ne marchera peut-être pas, je serai peut-être incompétente, on ne s'entendra peut-être pas, je déciderai peut-être que j'avais eu tort de penser que ça m'intéresserait, mais je veux travailler et cela me semble une excellente opportunité.

— Il n'y aura personne à la maison pour les enfants.

— Les enfants vont de moins en moins être à la maison. Il faudra juste trouver quelqu'un lorsqu'ils y seront et que nous nous absenterons tous les deux.

Elle pensa qu'il pourrait être utile de lui faire entendre qu'il aurait ainsi la possibilité de s'en occuper autrement qu'en jouant avec eux. Elle pensa que ce pourrait être positif pour tout le monde, et particulièrement pour James. L'allusion lui échappa totalement. À moins qu'il ait choisi de l'ignorer.

— Mais si tu travailles pour Martin alors que je lui ai confié toutes mes affaires, cela sentira mauvais. Cela *sent* mauvais. Je ne veux pas qu'il pense que je ne laisserais pas tomber si ça ne marche pas. Je ne veux pas qu'il pense qu'il détient une sorte d'atout. As-tu pensé à la véritable raison pour laquelle il s'intéresse à toi ? Ce n'est pas comme si tu avais une expérience quelconque.

— Oh ! j'y ai pensé. Nous en avons parlé.

Cependant, elle n'avait pas envisagé le profond désaccord de James, ni jusqu'à quel point il serait prêt à s'incliner.

— À l'évidence, c'est une façon de gagner de l'expérience. Je continuerai ou non, j'arrêterai peut-être tout, qui sait ? Son affaire peut aussi péricliter. Aucun de nous ne pense avoir un pouvoir sur toi. Martin s'apprête seulement à flotter ou couler, et moi aussi. Nous nous entendons bien, apparemment, c'est pourquoi nous avons pensé monter sur le même bateau, qu'il coule ou qu'il flotte.

La dernière phrase était mal formulée, mais Isla pensait que James comprendrait ce qu'elle avait voulu dire.

— Tu ne penses pas que nous aurions dû parler de tout ça ?

— Nous en parlons.

— Quoi qu'il arrive, tu as décidé que tu allais le faire ?

— Je ne sais pas si c'est vraiment « quoi qu'il arrive ». Certains problèmes peuvent survenir, j'imagine.

Elle ne voulait pas se sentir en colère ou blessée. Elle ne voulait pas non plus que James puisse ressentir ces sentiments. Elle lui toucha le genou par-dessus la table basse.

— Il faut que j'aie une activité, poursuivit-elle, sinon, un de ces quatre matins, ni toi ni moi n'allons plus beaucoup m'apprécier.

— Tu peux faire du bénévolat. Ou reprendre des études. Il y a même d'autres agences de publicité.

— C'est sûr, acquiesça-t-elle.

Il soupira.

— Je vois que tu as pris le parti de n'en faire qu'à ta tête et que les autres importent peu. Je te souhaite donc bonne chance, mais ne viens pas pleurer lorsque tout cela t'explosera à la figure.

— Ne t'inquiète pas.

Elle était plutôt fière d'elle-même et avait le sentiment d'avoir démontré au cours de cet échange certaines des qualités professionnelles dont elle aurait besoin. Naturellement, James l'avait déçue. Non seulement parce qu'il manifestait une réelle opposition, mais aussi parce qu'il s'était montré très désobligeant et n'avait fait preuve d'aucun intérêt pour le sujet. Quand il commença à lui caresser les seins, cette nuit-là, ils finirent par faire l'amour avec une passion inhabituelle, animée d'une force et d'une colère communes. Ce fut très agréable.

Le travail d'Isla le fut aussi. Elle commença par écrire des textes publicitaires et se découvrit un singulier talent pour le choix des adjectifs, tels *vital* ou *sélectif*. Elle acquit également une belle maîtrise des verbes, bien qu'ils soient secondaires dans ce domaine, du moins sur un support écrit, et pourraient même être occultés. Elle dit à James : « J'ai l'impression de faire travailler une partie de mon cerveau dont j'ignorais l'existence. Il s'agit vraiment d'un exercice, comme de faire du jogging ou de soulever des poids. »

James n'était pas le seul client de Martin. Et pas le plus gros. Lorsque Martin s'était installé à son compte, certains clients de l'agence où il était employé l'avaient suivi et il avait travaillé dur pour en gagner de nouveaux. Isla l'observait et pensait comprendre mieux ainsi à quoi pouvaient ressembler les journées bien remplies de James. Martin supervisait le travail d'Isla et lui répétait souvent qu'il allait falloir recommencer. Tous les vendredis, au cours d'un long déjeuner, ils parlaient des clients, testaient sur l'autre des slogans et des idées de présentation. Il fut très satisfaisant de constater la progression du chiffre d'affaires à l'issue de certaines campagnes. Deux cerveaux valaient mieux qu'un. Martin, l'artiste, couvrait les serviettes de petits dessins, lui montrant des formes et des situations et comment les mots pourraient venir s'y insérer, tant à l'intérieur qu'à l'extérieur. Il lui dit que les clients communiquaient facilement avec Isla, la trouvaient intelligente et rapide, avec un charme rassurant.

— Tu serais fâchée, si je disais « maternel » ?

Évidemment, elle n'assistait à aucun des entretiens entre Martin et James. Elle avait l'impression que James n'était pas mécontent qu'elle soit occupée par un travail intéressant et qu'elle rentre le soir aussi enthousiaste et fatiguée qu'il pouvait l'être, avec des histoires à raconter, des informations divertissantes — bref, elle ne provoquait plus ni tension ni apathie. De plus, ses revenus n'étaient pas négligeables, ce qui n'avait peut-être aucune importance pour lui, mais beaucoup pour elle — cela ne manqua pas, d'ailleurs, de la surprendre. Les enfants ne semblaient pas s'en plaindre non plus. Elle avait lu un jour qu'une éducation réussie consiste à leur faire accepter avec délicatesse une succession de séparations. Cette idée lui avait d'abord paru incroyablement triste, elle s'était imaginée le cœur perpétuellement déchiré, figée en un éternel adieu.

Madeleine lui avait dit: « Ton père aurait adoré les enfants, il aurait été si heureux de voir comme vous avez tous réussi. » Comment Madeleine avait-elle réussi à surmonter la mort de son mari? Isla observait parfois James alors qu'il regardait le dernier journal télévisé ou qu'il était endormi et elle se demandait quels seraient ses sentiments s'il disparaissait. Elle pensait que sa témérité et sa détermination, son impatience lui manqueraient. Certaines de ses habitudes. Sa chaleur dans le lit. La certitude d'avoir quelque chose, quelqu'un vers qui se tourner si le besoin s'en faisait sentir.

Entre Bert et son travail, Madeleine était trop occupée, mais les parents de James se seraient volontiers occupés de Jamie et d'Alix si Isla avait jugé que c'était sage.

« Pourquoi prendre une baby-sitter alors que vous nous avez »? avait demandé la mère de James, et il n'y avait pas de bonne ou de gentille réponse possible.

— Je sais, et c'est très généreux de le proposer, mais nous voulons qu'ils n'aillent pas trop loin après la sortie de l'école. De plus, la maison de Mavis est pleine d'enfants, c'est bon pour eux.

Mavis, qui était imposante, habitait dans le bas de la rue. Elle avait le visage rouge et mangeait beaucoup de chocolat, une drogue préférable à beaucoup d'autres — une sorte d'attachement joyeux au sucré. Isla avait l'impression que Mavis avait le physique d'une personne qui aime les enfants, les prend dans ses bras, mais ne leur ferait pas de mal, ne les abîmerait pas. Les parents de James lui semblaient moins fiables; après tout, ils avaient élevé un fils qui avait retourné sa veste avant d'écarter son père de l'entreprise qu'il avait créée.

Isla se rendit compte qu'elle ne trouvait plus un tel comportement admirable ou inévitable. Maintenant, elle envisageait sans doute les événements du point de vue du parent et non de l'enfant, en personne vulnérable et non en héros naturel.

Quoi qu'il en soit, Jamie, alors âgé de dix ans, était chez Mavis en cette fin d'après-midi, avec une bande de gamins qui faisaient les fous dans le jardin. Mavis appela Isla du service des urgences de l'hôpital.

— Il va s'en sortir, mais ç'aurait pu être grave. Il faut que vous veniez.

Martin lui dit simplement : « Vas-y ! »

Elle se dit qu'elle appellerait James de l'hôpital, pour gagner du temps.

Mavis retenait une Alix agitée et bouleversée tout en essayant de garder le contrôle de son petit Tim, lorsque Isla pénétra en courant dans la salle d'attente.

— Je leur avais dit de ne pas courir avec des bâtons à la main, lui expliqua Mavis, mais ils l'ont fait quand même. Il a trébuché et il a une vilaine entaille sur le front, mais l'œil est intact d'après ce que j'ai vu. Je crois qu'ils lui font des points de suture. Je suis désolée, Isla. Je leur avais dit de ne pas courir avec ces bâtons. Ils jouaient avec comme si c'étaient des fusils.

C'était la faute d'Isla. Elle ne voulait pas qu'il ait d'armes pour jouer, car elle avait le sentiment que les jeux d'ordinateur étaient suffisamment néfastes, et, bêtement, n'avait pas pensé que Jamie créerait des armes imaginaires.

— Ce n'est pas ta faute, dit-elle à Mavis.

Même si ça l'était, en réalité, l'accident aurait tout aussi bien pu se passer dans son propre jardin.

— Arrête de bouger, Alix, s'il te plaît. Tu ne nous aides pas !

Jamie eut dix-huit points de suture. Son front n'était plus qu'une vilaine blessure enflée et décolorée. Cela fut une grosse surprise pour James, lorsqu'il rentra, car, dans la panique, Isla avait oublié de lui téléphoner. Une omission difficile à justifier. « Mon Dieu, Isla! », lui dit-il, et s'adressant à Jamie:

— Ça t'apprendra à faire attention et à obéir quand on te dit quelque chose. Les règles ont une utilité. Peut-être feras-tu plus attention la prochaine fois.

Il prit Alix sur ses genoux:

— Tu ne seras pas aussi bête, n'est-ce pas? », demanda-t-il, et elle fit non de la tête d'une manière solennelle.

Isla pensa que c'était gratifiant. Un peu malsain, aussi.

— Je crois que nous avons tous appris une leçon aujourd'hui, dit-elle. (Elle prit un Jamie désespéré dans ses bras.) C'était une dure leçon, pas vrai chéri?

Le lendemain matin, Martin lui demanda si tout était arrangé, et elle hocha la tête. Il avait quatre gamins et savait de quoi il retournait:

— Ce genre d'accidents arrivent. C'est plutôt effrayant, n'est-ce pas, de ne pas être capable de les protéger à chaque instant?

Cela résumait parfaitement la situation.

Jamie et Alix ne cessaient de changer. Cela apprenait aux parents, semblait-il, à prendre du recul. Une année, une saison, un jour, Jamie était bruyant et maladroit, de sorte que chaque fois qu'il se déplaçait un objet tombait d'une table ou se détachait du mur et l'instant d'après il était calme, précis dans ses mouvements, son corps tendu même lorsqu'il courait. Il eut un bouton sur le menton, sa voix mua et changea, il fut à nouveau maladroit, mais calme aussi, parla en salves courtes et souvent avec tristesse. Tout cela devait sans doute obéir à un rythme que nous ne maîtrisons pas. Il fallait néanmoins en tirer une leçon essentielle, à savoir que rien ne dure.

Alix était sûre d'elle, elle dominait la situation – comme lorsque son père la prenait sur ses épaules –, puis elle traversa une période d'incertitude et de timidité. Elle avait une kyrielle d'amis bruyants, qui passaient leur temps à rire au sous-sol ; elle hurlait de plaisir comme le font les petites filles, mais elle pouvait aussi passer des week-ends mélancoliques sur le canapé, submergée par des chagrins dont elle ne voulait rien dévoiler.

Chacun des deux enfants, jamais simultanément, exprimait la joie, s'enfermait dans la tristesse, plongeait dans une colère sourde, pour rebondir à nouveau dans la joie. Il n'y avait guère de conclusions à en tirer sur leur tempérament, pas grand-chose à retenir. Isla pensait que Jamie pourrait avoir plus de suite dans les idées, être aussi plus gentil et responsable. Elle eut l'impression qu'Alix devenait une personne au cœur tendre, mais encline à penser que son désir, quel qu'il soit, serait toujours vainqueur. Elle supposa qu'ils deviendraient, à leur manière, des individus qu'elle serait plutôt heureuse de connaître.

Les espoirs, l'investissement, l'amour étaient énormes – elle mourrait plutôt qu'il n'arrive du mal à l'un de ses enfants. Jamie avait gardé une cicatrice blanche, discrète mais permanente, sur le front comme pour lui rappeler que l'on pouvait frôler le désastre dans un moment d'insouciance, d'imprudence. « Nous avons de la chance », disait James de temps en temps, et elle touchait immédiatement du bois. Elle aurait souhaité qu'il ne dise rien de semblable.

Elle se demandait s'il lui arrivait parfois d'imaginer que ses enfants pourraient le regarder et lui dire quelque chose comme : « Dégage de là, le vieux ! » Sans doute pas. Sinon, il se méfierait d'eux et serait soupçonneux.

Son propre père avait été pris au dépourvu.

James possédait désormais dix magasins et, de temps en temps, les événements le rappelaient à l'ordre lorsqu'il était sur le point de dépasser les limites. Même s'il ne lui parlait pas de ce qui s'était passé, elle pensait savoir quand cela se produisait. Les muscles de sa mâchoire se tendaient davantage et plus souvent. Il était impatient, non seulement avec elle, mais parfois avec Jamie, et même avec Alix. Lorsqu'il était très cassant, elle savait qu'ils étaient peut-être sur le point de tout perdre.

À cette nuance près qu'ils ne pouvaient pas tout perdre, puisqu'elle travaillait aussi. Avec ses économies et un emprunt relativement modeste, elle était devenue partenaire dans l'affaire de Martin. Ils purent ainsi embaucher du personnel. À l'instar de James, ils avaient pris leur envol, toutes proportions gardées – ils étaient beaucoup plus près de la surface du sol. Martin et elle ne se voyaient pratiquement qu'à l'agence. Chacun avait d'autres préoccupations, d'autres priorités, mais ils s'appréciaient et se faisaient confiance et, assurément, ils accomplissaient du bon travail. C'était sûrement un avantage qu'ils ne soient pas attirés l'un par l'autre. Et, également, qu'il ne soit pas possible de ralentir le rythme. Il leur fallait toujours apprendre, créer, lancer des campagnes, avoir des idées, être les pionniers dans des domaines vierges. Ils avaient du succès, et cela en soi produisait sa propre adrénaline, une excitation précieuse. Isla se sentait comblée par tout ce qui lui était littéralement tombé dessus – *tout rôti dans le bec*, comme disait Madeleine.

James n'avait pas toujours l'air de s'amuser. Son menton fait pour les caresses se fit plus lourd, ses longues jambes s'épaissirent. Il ne serait jamais gros, mais il avait pris du ventre et il ne pensait pas toujours à le rentrer. Ce qu'il y avait de positif dans ces changements était qu'il avait désormais l'apparence d'un homme important.

Elle changeait, elle aussi pourrait avoir du ventre si elle n'y prenait garde, des cernes marquaient ses yeux et des plis, les côtés de sa bouche. De temps en temps, un cheveu blanc apparaissait dans sa chevelure rousse, mais elle n'avait pas l'intention de faire quoi que ce soit, du moins jusqu'à ce que des mèches ou d'étranges motifs ne se forment. Elle s'inscrivit dans un club sportif et se leva une demi-heure plus tôt pour avoir le temps de s'entraîner brièvement. Ses deux grossesses avaient élargi ses hanches, mais elle considérait qu'il fallait voir cela davantage comme un insigne, une médaille, et ne trouvait pas ça vilain.

Elle s'imagina une dizaine d'années plus tard, lorsque James et elle resteraient seuls, après que les enfants seraient devenus adultes et auraient quitté la maison. Ce ne serait pas une période particulièrement passionnée, tragique ou marquant le début d'un nouvel amour, mais sans doute une étape parfaitement tolérable. Il s'agirait alors simplement de déterminer si « tolérable » suffirait et elle supposait que, le moment venu, elle saurait que ce ne l'était plus. Ils se disputaient parfois aussi âprement que lorsqu'il s'était opposé à ce qu'elle travaille, mais généralement pour des détails de la vie quotidienne : les dates des vacances qui leur conviendraient le mieux à tous les deux, lequel d'entre eux irait à la fête de l'école. Elle pensait qu'ils étaient partenaires, un peu à la façon de ce qui se passait avec Martin, les scrupules et la politesse en moins, dans une entreprise d'un tout autre genre.

Une fois les enfants partis, elle s'intéresserait à d'autres choses. Pour le moment, James et elle se tournaient encore parfois l'un vers l'autre dans leur lit et se murmuraient alors des « Je t'aime » qui, pour sa part, n'étaient plus sincères, du moins pas comme autrefois – ça n'était plus avec loyauté, confiance, ni complètement. Il était là. C'était l'un des points positifs de sa théorie de la porte fermée : ils étaient là, tout simplement.

Martin eut une liaison avec l'une de ses clientes. Parce qu'il s'agissait d'un client, peut-être aussi parce qu'il ne pouvait garder pour lui des informations aussi excitantes, il en parla à Isla, qui lui recommanda la prudence. Elle voulait dire que, non seulement leur entreprise pourrait en pâtir, si les événements tournaient mal, mais aussi que Martin aimait sa famille et n'était pas le genre d'homme qui s'accommoderait d'une situation inconfortable sur le long terme. L'inconfort, bien sûr, est très différent de l'excitation. Isla se demanda si une liaison pourrait lui apporter quelque satisfaction. En tout cas, Martin y puisait vitalité et jeunesse. Elle ne voyait pas, de toute façon, avec qui elle pourrait avoir une liaison qui ne demanderait pas plus d'efforts ou ne serait plus dangereux que cela n'en valait la peine. Sans parler du temps qu'elle devrait dégager dans son planning si elle décidait de prendre un amant.

Quoi qu'il en soit, ça ne l'intéressait pas de tromper James, même si la cure de jouvence de Martin était en quelque sorte une vivante publicité des bénéfices potentiels qu'elle pourrait en tirer.

Le sexe – peut-être, les jours heureux, l'amour –, du moins y penser, devait être dans l'air – une explosion d'hormones, une éclosion et un renouvellement qui troublaient la vue, modifiaient l'air, créaient des vagues de chaleur, provoquaient des hallucinations d'oasis à l'horizon. Une atmosphère bouillante, où l'on n'arrive plus à respirer. Martin n'était pas le seul touché. Et il ne s'agissait pas uniquement des élucubrations d'Isla, qui n'avaient rien à voir avec de véritables désirs. Quelles que soient les aspirations de Jamie à quinze ans, peut-être simplement des espoirs, il les poursuivait essentiellement en dehors de la maison, amoureux hésitant et transi, pour la première fois, d'une fille filiforme, Bethany, dotée d'une petite poitrine, d'un regard vif et s'exprimant avec douceur, qui venait parfois dîner à la maison ou faire ses devoirs sur la table de la salle à manger avec Jamie mais qui ne croisait que rarement le regard d'Isla. Il était difficile, et déconseillé, d'imaginer son petit garçon turbulent faire l'amour, mais elle devait supposer que, même s'ils ne le faisaient pas, Jamie en aurait envie, voudrait essayer. Il y avait eu un changement brutal en lui, une modification de ses hormones qu'il ne semblait pouvoir dissimuler ou contrôler.

À douze ans, Alix commençait à avoir des idées personnelles. Ce n'était pas Isla qui les lui avait données. La discussion obligée sur la biologie, l'attirance, l'affection n'avait, bien sûr, apporté aucune donnée nouvelle à Alix. Comment l'aurait-elle pu ? Isla aurait aimé lui apprendre plus clairement qu'il y avait beaucoup plus en jeu qu'un menton fait pour les caresses ou de longues jambes, mais elle entendit sa propre voix s'adoucir et elle pensa qu'elle n'était pas vraiment crédible en la matière.

— Je sais ! avait dit Alix avec une tolérance lasse.

Peut-être savait-elle. Cependant, elle n'en savait pas suffisamment pour suivre l'exemple de Jamie en dehors de la maison.

James était rentré. Ils avaient fini de dîner. Jamie était sorti avec Bethany. Alix était au sous-sol avec Tim, le fils de Mavis, avec lequel elle jouait pratiquement depuis le jour où Isla avait commencé à travailler. Ils avaient joué au papa et à la maman, à des jeux informatiques et au foot, avec des prises de bec, des bagarres et des secrets murmurés en riant. C'est ainsi que l'on grandit, pensait Isla en les regardant. Il n'y a là rien de mystérieux qui puisse faire perdre la tête sans bonne raison. Du fait qu'elle était amie avec Tim et partageait la salle de bains avec Jamie, Isla pensait que l'attraction masculine ne ferait pas trop fantasmer Alix et qu'elle saurait à quoi s'en tenir.

À l'évidence, elle s'était trompée.

Elle entendit un hurlement venu du sous-sol. Au moment où elle arrivait au bas de l'escalier, James tirait un Tim longiligne et pâle de dessous la table de billard avec une telle férocité, agrippant son bras tout mince, que sa tête heurta violemment le dessous de la table. Alix y était encore.

– Que se passe-t-il ? demanda Isla qui voyait très bien de quoi il retournait mais essayait de briser les tensions, de faire en sorte que James relâche son emprise.

Pendant un moment encore, alors que le garçon se stabilisait sur ses pieds, James continua de le tenir. Quand il lâcha Tim, il eut alors les deux mains libres pour claquer sa tête, qui semblait danser pour les esquiver. Tim était méconnaissable au centre de ce drame joué dans la pénombre ; il était gêné par son pantalon déboutonné qui tombait sur ses cuisses. Évitant l'une des mains de James, il le releva et prit ses jambes à son cou. Paniqué, ne pensant qu'à fuir, il frôla Isla, monta les marches à toute vitesse, franchit la porte d'entrée et disparut.

Alix se dépliait de dessous la table d'une façon beaucoup plus tranquille. James haletait. Alix regardait son père calmement, sa chevelure rousse dans la lumière pareille à celle, embrasée, d'un ange. Sa petite jupe en écossais vert, sa vieille jupe préférée, était un peu ouverte et pendait. Elle n'avait pas encore de poitrine ! Si Tim la caressait, que pouvait-il bien caresser ?

James tremblait. Lorsqu'il hurla, tous ses mots s'engouffrèrent en même temps dans l'oreille d'Isla. Alix eut peut-être la même impression, car elle le regarda, gravement, fermement, sans un mot, sans un geste, jusqu'au moment où il s'arrêta. Puis elle hocha la tête, le contourna, contourna Isla et remonta dans sa chambre en silence. Ne voyant pas ce qu'elle pourrait ajouter, Isla remonta elle aussi. Elle entendait James, toujours au sous-sol, faire les cent pas et frapper de son poing tout ce qui était à sa portée. Cet emportement, cette fureur l'étonnèrent, mais elle resta ébahie devant l'attitude d'Alix.

Plus tard, au lit, James, toujours furieux, lui dit :

– Il faut que tu fasses quelque chose. Arrange-toi pour que ce gamin ne mette plus les pieds à la maison.

– Non, je ne pense pas que ce soit possible. Ils sont amis depuis longtemps, ils ne voudront jamais.

– Débrouille-toi pour trouver un moyen. Tu as vu ce qu'ils étaient en train de faire ?

Elle soupira.

– Ils explorent. Il faut effectivement que nous lui parlions, mais, tu sais, c'est juste le début. Le travail des hormones n'est pas fini. Et toi aussi, tu pourrais lui parler, je veux dire sans hurler et te fâcher. Ce n'est pas seulement à moi d'agir.

En vérité, elle ne savait pas ce qu'elle pourrait dire à Alix. Elle n'était pas déconcertée par son désir, mais par l'expression gentille et détachée qu'elle avait affichée en fixant son père. Elle avait alors semblé totalement étrangère. Elle avait semblé intouchable.

Si Tim avait le droit de la toucher, elle lui souhaitait bonne chance – ce qui la fit rire. James se retourna, la regarda et dit sur un ton blessant :

– Il n'y a rien de drôle là-dedans.

C'était sans doute vrai.

– J'essayais juste de me souvenir à quoi ça ressemble d'avoir douze ans. Beaucoup de confusion, si je me souviens bien. On se sent pris au milieu de quelque chose. Entre deux choses.

– Les choses ne me semblaient pas confuses.

C'était vrai pour sa fille, mais pas pour le pauvre Tim.

– J'imagine qu'il est suffisamment terrorisé pour laisser ses mains tranquilles pendant un moment. Et tout le reste.

Elle s'entendit rire à nouveau et, à nouveau, James la regarda sévèrement.

– Mais Alix n'était pas vraiment contre, apparemment ? C'est surtout cette façon bizarre qu'elle avait de te regarder. (Isla entendit dans sa voix un soupçon de satisfaction, mais qu'est-ce que cela signifiait ?) J'imagine qu'il faudra éclaircir tout cela mais, James, tu ne peux pas me dire simplement de m'en débrouiller.

Il bougea dans le lit, mécontent.

– Je pensais juste que, comme vous êtes des femmes, vous sauriez comment parler de ça.

– Du sexe ? Du désir ? De quoi ? Je l'ai *déjà* fait. Peut-être est-ce un avis masculin qui lui manque ? Ce que Tim avait peut-être en tête et ce à quoi il lui faudra prêter attention à l'avenir. Peut-être a-t-elle besoin de faire le point là-dessus.

C'est à ce moment-là que leurs vies furent totalement bouleversées, et ce à quoi Alix aurait peut-être dû prêter attention à l'avenir, selon Isla, se modifia radicalement. Cela fut aussi vrai pour elle, pour Jamie et, assurément, pas dans des proportions moindres, pour James.

Comment avait-il réussi à faire cela ? Son cerveau ne s'était-il pas senti sur le point d'exploser ? Rempli jusqu'à l'éclatement de ses petits secrets immondes et dégradants ?

Quel chef-d'œuvre de volonté d'arriver à mener une vie normale, à développer son affaire, à s'énerver sur les petits et les grands événements de la vie professionnelle, dîner à la maison, emmener de temps en temps ses enfants au cinéma, surveiller de temps en temps leurs devoirs, se tourner de temps en temps vers Isla dans leur lit, sans donner aucun signe, absolument aucun indice !

Il finit par avouer que c'était une minuscule facette de sa vie, bien séparée du reste. Peut-être est-ce ainsi qu'il concevait les choses, bien que le fait qu'il puisse avoir une telle conception était en soi – quoi ? Le signe d'une grave maladie.

Cette facette de sa vie était, non seulement minuscule et séparée, mais aussi criminelle. Pour ne pas dire que c'était vicieux, immoral – tous ces mots que l'on n'entendait guère dans leur foyer, ni dans la plupart des autres foyers, d'ailleurs –, d'après ce qu'elle savait. Il devait le savoir, il aurait fallu qu'il soit monstrueusement stupide pour l'ignorer.

C'était la troisième fois de sa vie qu'elle avait affaire à des policiers.

C'est à ça qu'elle pense quand elle prétend que les êtres de dix-sept ans sont bêtes.

Ils sont si bêtes qu'ils ont des lubies, des désirs qui, des années plus tard, les conduisent à agir comme James.

D'autres gamins de dix-sept ans sont si bêtes que, pour effacer le souvenir de pères comme James, ils absorbent de dangereuses substances ou commencent à se perdre, sans rien en laisser paraître, dans les insondables labyrinthes d'une foi ridicule.

Ou ils sont si bêtes qu'ils tirent sur les gens sans véritablement, nécessairement le vouloir.

Ils sont si bêtes, pense-t-elle, que l'on se sent presque obligé d'être désolé pour eux. Ils sont sans défense dans leur bêtise, et arrogants aussi. Ils ne savent rien des mères de trente-neuf ans qui font de leur mieux pour s'accoutumer aux humiliations et à l'horreur, ou des femmes de quarante-neuf ans qui commencent à s'habituer au bonheur. Ils ne savent rien et s'en fichent complètement.

Ils sont abîmés et dangereux.

Ils ont besoin qu'on les étreigne, qu'on les serre fort, qu'on les retienne. Ils ont besoin qu'on les empêche de se faire du mal tant que le danger est présent. Ils agissent au hasard et sans réfléchir – ils ont besoin que l'on s'occupe d'eux. D'autres personnes qui lui sont étrangères ont à l'évidence échoué, elles aussi, et aujourd'hui – après une nouvelle entrevue avec des policiers –, dans cette chambre d'hôpital, elle sait précisément quelles sont les conséquences de ces échecs – dans leur globalité et leur désespérance.

Une assez bonne punition

Roddy aurait pensé qu'être en prison consisterait pour l'essentiel à rester assis sans faire grand-chose, si ce n'est surveiller ses arrières, mais il n'en est pas ainsi. C'est brusque, effrayant, bruyant, mais, assurément, on ne s'ennuie pas. Il ne s'agit pas exactement d'une prison, d'ailleurs, mais d'un centre de détention. Comme l'a expliqué Ed Conrad, l'avocat engagé par son père, ici, certaines personnes, condamnées pour des crimes relativement mineurs, des cambriolages avec effraction, et non des tentatives de meurtre ou des vols à main armée, purgent de courtes peines. D'autres, comme Roddy, sont retenus en ce lieu jusqu'à leur convocation au tribunal, car ils n'ont pas encore été reconnus coupables, à moins qu'on ne leur accorde la liberté sous caution, et qu'ils soient en mesure de payer la somme requise. Roddy ne remplit aucune de ces deux conditions : la liberté sous caution lui a été refusée, mais, même s'il l'avait obtenue — Ed Conrad avait dit que le montant pouvait être de dix, vingt ou cinquante mille dollars —, ni sa grand-mère ni son père n'auraient pu se procurer une telle somme, si tant est qu'ils aient été d'accord, ce qui n'était pas sûr.

C'est son troisième jour. Ici, les journées sont organisées, et l'avenir aussi, même si personne ne sait encore ce que

161

sera ou combien de temps durera la prochaine tranche de son avenir. C'est incroyable qu'un acte qui semble extraordinaire à Roddy puisse être perçu comme normal et fasse partie intégrante d'un processus déjà rodé – telle une voiture sur une chaîne de montage dont les différentes parties auraient été assemblées comme sur tous les autres véhicules, avec seulement une ou deux options en sus.

La nuit est le seul moment où rien ne semble se passer et, même alors, tout n'est pas parfaitement tranquille et des lampes restent allumées. Il fait des cauchemars. Chaque matin, il se réveille en étant bouleversé et effrayé. C'est un peu comme dans un film où un personnage monte un escalier sombre et que l'on voudrait le prévenir que quelque chose de terrible va se produire en lui criant : « Non ! Attention ! Faites demi-tour ! », mais il poursuit son ascension et le drame a lieu. Ce genre de cauchemar.

Mais, bien qu'il soit bouleversé lorsqu'il se réveille, il n'est pas perdu. Depuis sa première matinée en ce lieu, il sait parfaitement où il se trouve. En fait, il serait difficile d'avoir des doutes à la vue de cette petite pièce grise et nue, meublée d'un lit en fer, d'un petit lavabo et de toilettes sans abattant – absolument rien à voir avec sa chambre pentue aux murs tapissés d'images, avec son lit profond, où il devrait être, allongé sur un sac rempli d'argent dissimulé sous le matelas. Ça, c'est dans l'autre vie, la vie parallèle qui se déroule dans sa tête.

Il imagine que certains événements se produisent pendant le sommeil. Par exemple, passer en une nuit d'un monde à un autre. Sa vie d'avant semble réduite à l'état de souvenir, à tel point qu'il a l'impression qu'il s'agit de souvenirs qui ne sont pas les siens. Le présent est instable et l'avenir, assurément inconnu, mais le passé ? – il voit, en même temps, un lieu et une personne inconnus. Tout cela est si étrange que la tête lui tourne.

Il y a plus, cependant : il sait instantanément où il est avant même d'ouvrir les yeux. Peut-être est-ce l'air, les sons, la lumière ? À moins que ce ne soit parce que, au plus profond de lui-même, il sait que, ici, il est à sa place.

Comment Mike peut-il supporter d'être dehors, libre, en sachant qu'il n'est pas à sa place ? Peut-être qu'il ne le sait pas. Sans doute a-t-il d'autres choses en tête.

Il n'était pas au tribunal en même temps que Roddy. Cela s'est passé pendant la première matinée. D'autres personnes sont venues, sa grand-mère et son père, Ed Conrad bien sûr, mais pas Mike.

Roddy a été amené ici dans un fourgon avec d'autres types et deux gardes, des flics sans doute. Les conversations étaient rares. Il ne connaissait personne. Le palais de justice, où il n'avait encore jamais été, se trouve à côté du siège du gouvernement régional ; il ressemble à n'importe quelle administration, si ce n'est que, au deuxième étage, où on le conduisit, il y a deux grandes salles de tribunal et une enfilade de pièces plus petites. Il vit son avocat dans l'une d'elles qui riait avec d'autres hommes et deux femmes.

De grands portraits lugubres, sans doute d'anciens juges, étaient accrochés aux murs. Rien que des hommes. Roddy se demanda si tout se passerait mieux si le juge était une femme, une personne qui ressemblerait à sa grand-mère, par exemple ? Mais il était vraisemblable qu'elle ressemblerait plutôt à la femme qui était entrée chez Goldie. Elle ne l'aimerait pas du tout. Un homme comprendrait sans doute mieux comment les choses peuvent mal tourner, accidentellement, en quelques secondes. Ou, du moins, comment peut survenir un événement qui n'était pas prévu.

Et qu'il était infiniment désolé. Cela pourrait-il compter ?

Quoi qu'il en soit, rien ne compta, et il n'y avait même pas de juge, juste un juge de paix, et ce n'était pas non plus un véritable tribunal, mais un lieu destiné aux renvois et, pour certains, à la liberté sous caution. Son père et sa grand-mère étaient au deuxième rang, d'où ils le fixaient. On aurait dit qu'ils étaient restés debout toute la nuit : ils avaient un air avachi et le teint gris. Peut-être étaient-ils restés assis dans la cuisine sans cesser de se demander où ils avaient fait une erreur ? Roddy aurait aimé être capable de leur assurer qu'ils n'avaient pas fait d'erreur, mais aussi que tout en était une. « Qu'est-ce que ça peut foutre ? », avaient-ils l'habitude de dire avec Mike. Comme si ce qu'ils faisaient, que ce soit bien ou mal, ou entre les deux, pouvait avoir une quelconque importance ! Entre un vaste monde qui offrait d'infinies possibilités et une petite ville où elles étaient pratiquement inexistantes, se dire *qu'est-ce que ça peut foutre ?* les rendait potentiellement invisibles, sans substance, et libres.

Ils avaient tort, et Roddy en faisait les frais. Aujourd'hui, *qu'est-ce que ça peut foutre ?* ne collait pas à la réalité.

Tout se passait très vite au tribunal, une affaire après l'autre, un type après l'autre, vol avec effraction, attaque sans violence, conduite en état d'ivresse. Quand vint le tour de Roddy, un greffier, ou son équivalent, lut les inculpations – *tentative de meurtre, vol à main armée* – et son avocat dit en soupirant :

– Nous comprenons qu'il s'agit là de charges très graves, mais mon client n'a jamais eu de problème avec la justice auparavant. Il n'a que dix-sept ans, et sa famille s'engage à garantir sa seconde présentation à la Cour et sa bonne conduite entre-temps, aux conditions que la Cour jugera bon de poser, si elle accorde la liberté sous caution.

L'espace d'un instant, Roddy voulut s'exprimer à son tour. Il voulait promettre qu'il jurait devant Dieu de ne plus quitter sa chambre si on le laissait rentrer chez lui maintenant. Personne n'aurait à se plaindre qu'il soit libre, et encore moins qu'il se conduise mal. Mais, bien sûr, il ne dit rien. Bien sûr, il ne pouvait pas rentrer chez lui. Il n'y avait plus sa place.

« Liberté sous caution refusée », prononça le juge de paix d'une voix sèche en fixant la prochaine comparution une semaine plus tard. Et voilà. C'était aussi bien. Il aurait aimé, cependant, parler à sa grand-mère et à son père. De l'autre bout de la pièce, il ne pensa à rien de mieux que de leur faire un clin d'œil, ce qui était stupide – il donnait sans doute l'impression de ne pas se rendre compte de ce qu'il avait fait. Il pensa qu'il ratait les choses importantes. Il se demanda si tout le monde ne souhaitait pas sa mort, qu'il ne soit pas né et que ce n'aurait pas été une grosse perte.

Peut-être que l'un des enfants de cette femme sur laquelle il avait tiré – Ed Conrad lui a dit qu'elle en avait deux, adultes – lui tirerait dessus, au tribunal, la prochaine fois. Cela arrive parfois, il l'avait vu à la télévision. Cela serait rapide et inattendu, et il quitterait ce monde sans presque s'en rendre compte.

Roddy rassembla tout son courage pour demander à Ed Conrad : « Et la femme ? » Il savait seulement qu'elle était vivante – parce qu'il était accusé de tentative de meurtre, et non de meurtre.

L'avocat soupira. Roddy trouve qu'il soupire beaucoup, pour le peu qu'il connaisse de lui.

– Elle va rester un moment à l'hôpital, pour sûr. Tu savais qu'elle était paralysée ? C'était un tir malheureux, si tu veux mon avis, pour un type qui prétend ne pas savoir se servir d'une arme.

Paralysée. Merde ! Il n'y avait presque pas de mépris dans le ton de Conrad lorsqu'il lui donna cette information. Il dégoûtait son propre avocat. Que devait-il en être pour les proches de cette femme !

Et pour sa propre famille !

Il avait fait ça ? Lui qui n'avait jamais rien fait de grand ni d'important dans sa vie, il avait provoqué ça ? Souvent, lorsqu'il était petit, il avait rêvé d'être quelqu'un d'autre ou, du moins, d'accomplir des actes inhabituels pour un garçon comme lui. Il avait imaginé les circonstances : si Mike ou un gamin se noyait, il serait le héros qui plongerait dans l'eau – tempétueuse, hérissée de rochers – et le ramènerait sur la rive. Il serait un héros, avec sa photo dans le journal, quelqu'un qui aurait accompli une action mémorable, remarquable, importante. Aujourd'hui, il est quelqu'un d'autre. Il a accompli quelque chose de mémorable, de remarquable, d'important. Sa photo est peut-être même dans le journal ? Il ignore comment cela se passe. Il n'avait pas l'intention de faire ça, c'était aux antipodes de ce qu'il voulait.

Ici, la journée commence par une bruyante sonnerie de réveil qui se déverse par les haut-parleurs placés dans les plafonds du couloir. Jusqu'à présent, Roddy était toujours réveillé avant. On entend beaucoup de cris, de jurons, le bruit des hommes qui se lèvent. Chacun doit faire son lit, s'habiller et ranger un peu sa cellule. Tout le monde porte une combinaison marron. Roddy n'a pas la carrure adéquate. Certains types la remplissent, ils ont l'air de durs, mais la sienne est lâche.

Les détenus disposent d'une vingtaine de minutes, après la sonnerie, pour effectuer ces tâches. Ensuite, les portes des cellules s'ouvrent, ils se placent en ligne dans le couloir et sont menés comme un troupeau – du moins, c'est son sentiment – jusqu'à la cafétéria où ils font la queue pour obtenir des céréales ou des œufs brouillés, des toasts, du lait et du jus de fruits. Comme à l'école, sauf qu'ici on n'a pas de choix. C'est une caractéristique de cet endroit : on n'a pratiquement aucun choix.

Roddy se dit que, si les responsables voulaient que les gens se rendent compte du pétrin dans lequel ils se trouvent et prennent conscience de ce qu'ils ont fait, ils devraient les forcer à rester au lit en début de journée, après la sonnerie. Tout le monde serait contraint de rester allongé, et de réfléchir à sa condition pendant quelques heures tristes et stupides – quelques-uns, du moins, se sentiraient tristes et stupides. Cela constituerait une assez bonne punition. Mais la personne qui décide de leur emploi du temps pense peut-être que la nuit est plus propice à la réflexion, et cela n'est pas faux : chaque nuit, Roddy est resté éveillé longtemps, se tournant, s'efforçant de trouver une position qui changerait le cours des événements, comme par magie. Si une douleur pouvait en effacer une autre, il se taperait volontiers la tête contre les murs.

Il n'est donc pas surpris que d'autres aient recours à la violence. Rien de très important – du moins, il n'a rien vu de tel jusqu'à présent –, parce qu'il y a toujours des gardes à proximité, mais des éclats fugitifs : deux types font en sorte de heurter violemment un troisième, des queues de billard s'entrechoquent, des menaces sont murmurées dans les douches. Les signes de la colère sont perceptibles : on les sent. Le comportement d'un prisonnier ressemble beaucoup à celui d'un animal sauvage – méfiant, en état d'alerte maximale au moindre mouvement d'herbe, à la moindre odeur. Les lapins fuient. Sous ses pattes, des taupes et des marmottes creusent un tunnel pour s'abriter. Les crapauds et les insectes, prudents, se fondent à l'arrière-plan. Dehors, il ne s'agit pas de colère, pas de rage intérieure qui jaillit, mais de survie.

Ici aussi, c'est la survie, sans doute, mais d'une autre manière. Bien qu'il ne soit pas baraqué, Roddy est protégé par une armure invisible : les mots *tentative de meurtre, vol à main armée*. Même ici, leur pouvoir est considérable. Il tente de se remémorer l'image de Sean Penn, ou de quelqu'un de ce genre, un petit gars jouant au prisonnier. Il faut crâner un peu, mais pas trop, pour ne pas avoir l'air de défier les autres. Il s'est rebaptisé Rod. Il n'y a pas de place ici pour un gamin nommé Roddy. Rod pourrait être un meurtrier potentiel, un voleur à main armée. Rod pourrait être ce que Roddy est ou, du moins, ce qu'il devient.

Après la rapide comparution du premier jour — cela n'avait pas duré plus de cinq minutes, alors que le transfert et l'attente avaient été beaucoup plus longs —, on l'avait ramené au centre de détention. Un garde lui dit alors qu'il avait rendez-vous avec un type, un conseiller d'orientation, et le conduisit dans un des bureaux sur le devant du bâtiment. L'homme avait un dossier devant lui et une pile d'imprimés et de formulaires. Il leva les yeux et dit :

— Salut, Roddy, je m'appelle Stan Snell. Nous allons travailler ensemble pour comprendre certaines choses te concernant, faire des projets.

— Rod, corrigea-t-il, pour la première fois.

— OK ! comme tu veux.

Ce type pouvait avoir dans les trente-cinq ans. Quelles ambitions le motivaient, pour faire ce boulot de merde ? La réponse à cette question n'avait strictement aucune importance, si ce n'est que la vie de Roddy était entre les mains de cet étranger.

Il voulait qu'ils fassent des projets ? Cette idée n'avait même pas effleuré son cerveau. Il n'avait rien pensé *faire* de particulier, mais simplement se trouver quelque part : ici d'abord, ailleurs ensuite.

— Je vois que l'affaire a été renvoyée à la semaine prochaine. (Roddy se rendit compte que les nouvelles allaient vite.) J'ai déjà une partie de ton dossier scolaire. On va voir où tu en es, puisque, où que tu ailles, tu suivras des cours. (Il pouvait obtenir le dossier scolaire de Roddy ? Mais n'étaient-ce pas les vacances d'été ?) Nous allons parler aussi de ce qui t'intéresse, de tes capacités, parce qu'il est possible également de t'orienter vers des travaux manuels — travailler le bois, faire de la mécanique, de la cuisine, ce genre de choses. Car (il se pencha en avant, l'air sérieux et ennuyeux jusqu'à la pointe de ses cheveux blonds et de sa cravate bleu foncé serrée contre le col de sa chemise bleu clair), à l'évidence, tu as besoin d'avoir un but, sinon tu n'aurais pas atterri ici. Il faut que tu veuilles être quelque chose, c'est ainsi que tu éviteras les ennuis. C'est le fait de tourner en rond, de ne pas savoir vraiment ce que tu veux qui t'a conduit ici, j'imagine.

Roddy aurait du mal à expliquer comment il en est arrivé là. Un vrai désastre.

— Y a-t-il quelque chose que tu aimerais faire en particulier? As-tu une ambition? Un souhait, un espoir?

Sous-entendu, hormis être en prison, être un voleur à main armée ou un meurtrier potentiel, crut décrypter Roddy.

— Je ne sais pas.

Il ne savait vraiment pas. Il lui semblait que de nombreuses années s'écouleraient avant qu'il ait à penser à être quelque chose, même s'il savait que, bien sûr, ce ne serait pas le cas. À dix-sept ans, son père travaillait déjà à plein temps.

L'idée de vouloir quelque chose, puis d'être ce quelque chose, semblait étrange. D'après ce qu'il pouvait en juger, sa mère avait été la seule de la famille à avoir un grand projet et, en se jetant d'un pont, à l'avoir réalisé.

— Parce que c'est le moment, poursuivit Stan Snell. Malgré les apparences, cet endroit peut en effet être un moyen de te remettre sur le droit chemin. (Il ouvrit un dossier.) J'ai vu que tu as été suspendu plusieurs fois, que tu as été absent souvent au cours des dernières années. À part ça, tu ne t'en es pas trop mal sorti, du moins, tu n'as pas eu d'échec. À l'évidence, tu n'es pas idiot. (Sans savoir pourquoi, Roddy fut content d'entendre ça.) Pourquoi manquais-tu?

Pour se balader. Pour voler à l'étalage. Pour flâner. Roddy haussa les épaules.

— Parce que ça semblait plus facile que de travailler, pas vrai?

— Pas aussi ennuyeux.

Stan Snell se pencha en avant.

— Je ne sais pas si ce sera ennuyeux, mais voilà comment ça marche ici, et là où tu iras ensuite. Si tu es reconnu coupable. Si tu veux bien, on va faire comme si, juste pour élaborer un plan. (Reconnu coupable? mais Roddy *était* coupable. Il voyait mal comment il pourrait échapper à ça.) Comme tu le sais déjà, le réveil est à six heures. Petit déjeuner. Exercices. Puis tu vas en cours ou en formation trois ou quatre heures par jour, y compris le week-end. Tu participes également aux tâches quotidiennes (dans la cuisine, par exemple), par roulements, à raison également de trois ou quatre heures par jour. Il y a des séances d'aide psychologique, de thérapie — appelle-les comme tu voudras —, mais je ne sais pas à quel rythme, ni quand elles commenceront. J'ignore si tu seras seul ou dans un groupe, cela dépend de nombreux facteurs. Après le dîner, tu disposes de temps pour regarder la télévision ou pour jouer au billard. À vingt heures trente, tu retournes en cellule et tu es censé faire tes devoirs pour le lendemain et étudier jusqu'à vingt-trois heures — heure de l'extinction des lumières. L'idée, tu comprends, c'est que tu as besoin de travailler dur. Avec routine et discipline. Étant donné ce qui s'est passé (il regarde à nouveau le dossier), tu pourrais être là un moment. Mais ça te donnera la possibilité de penser à ce que tu veux faire à ta sortie, avec l'espoir que tu ne récidives pas.

Oh! Roddy n'y avait pas pensé. La possibilité de commettre d'autres crimes. Il ne s'était pas projeté si loin dans l'avenir. Ce n'est pas comme s'il désirait faire du mal aux gens. Il ne pourrait imaginer avoir envie de faire ce qu'il avait fait et le planifier à l'avance. Ou planifier quoi que ce soit qui pourrait avoir ce genre de conséquences. Il ne pourrait imaginer une chose pareille.

Mais cela arrive sans doute à certaines personnes. Elles s'endurcissent. Deviennent indifférentes. Dans une vraie prison, il y aurait plus de vrais durs, sans doute, plus de types immergés dans le monde du crime.

Comme une tentative de meurtre, un vol à main armée ?
Sa mémoire lui faisait encore défaut.

— Ces formulaires (Stan Snell prit un tas de papiers qu'il plaça dans une grande enveloppe marron) sont des tests d'intelligence, d'aptitude et de personnalité. Tu peux les remplir d'ici à la semaine prochaine. Cela nous aidera à savoir qui tu es, et à quoi tu serais bon. Je dois les récupérer avant ta prochaine comparution au tribunal. Demande un stylo à un garde — tu devras le lui rendre et ne l'utiliser que sous son contrôle. (Pour ne pas s'en servir comme d'une arme, contre lui-même ou quelqu'un d'autre, supposa Roddy.) Et attention où tu mets les pieds. On ne plaisante pas, ici. Tout abandon de la ligne droite est puni. Si tu t'en écartes, tu découvriras les punitions. Des questions ?

Roddy n'en avait pas, du moins pour l'instant.

— Jack ! (Stan s'adressa au garde dans le couloir.) Tu peux ramener ce jeune homme dans le foyer. Explique-lui comment ça fonctionne.

Roddy pouvait imaginer. C'était un peu comme de commencer l'école à sept ans, alors qu'il venait d'arriver en ville, mais il connaissait déjà Mike, ce qui lui suffisait. Le premier jour, sa grand-mère lui avait dit : « Tu ferais bien d'observer pendant un moment, de voir comment sont les gens, de ne pas t'enthousiasmer trop vite. Tu te feras de meilleurs amis par la suite. » Elle ne voulait pas dire jouer au dur et avoir l'air en colère. L'essentiel était d'être ce qu'elle appelait *réservé*. « Tu auras peut-être l'air réservé, mais ça n'est pas plus mal. »

Que devrait donc faire un Rod réservé à l'entrée du foyer, avec des postes de télévision dans chaque coin de la pièce, de gros postes suspendus, hors d'atteinte, avec des filets autour des écrans, une table de billard, un jeu de palets, des tables et des chaises en bois avec des revues, des jeux de cartes, un grand meuble de bibliothèque défraîchi contenant de rares livres de poche et des vidéos, deux canapés et quelques fauteuils, deux gardes et un tas de types ayant à peu près son âge?

Un Rod réservé s'appuierait négligemment contre un mur. Il regarderait attentivement ce que chacun était en train de faire. Ses bras seraient croisés sur sa poitrine. Pas un cil ne trahirait sa crainte de s'asseoir, sans le faire exprès, à la place de quelqu'un, de gêner ou d'attirer l'attention de qui il ne fallait pas. Les premiers moments sont essentiels.

Il n'imaginait pas pouvoir se faire d'ami – peut-être plus jamais. La pensée de Mike, les images de leurs balades, Mike sur le trottoir, la tête en arrière et riant, riant, de ce rire sonore qu'il avait depuis que sa voix avait changé – juste un moment dans cette longue période où ils avaient appris à se connaître. C'est drôle: ce qui devrait être un torrent de souvenirs précis se résume à quelques images qui provoquent à chaque fois une sorte de choc électrique dans le crâne de Roddy.

Les gens disparaissent, c'est tout. Ils s'en vont. Les images, c'est de la merde, les gens s'en vont.

Rod ne pouvait pas rester éternellement appuyé contre le mur, tout réservé qu'il fût, les bras croisés, à regarder la pièce en évaluant la situation et, avec un peu de chance, en ayant l'air menaçant. La tête lui tourna lorsqu'il se dégagea du mur. Comme s'il voyait la pièce de très près et de très loin en même temps, comme si c'était aussi vrai et tranchant qu'une lame de rasoir, et aussi plat qu'une image sur un écran.

Était-il fou?

Cela pourrait expliquer ce qui s'était passé chez Goldie. Peut-être que seul un fou peut laisser les événements lui échapper de cette façon, sans le faire exprès, alors que ce n'était pas prévu – mais ce moment ineffaçable existait bien.

Il se balança légèrement sur ses pieds, la démarche assurée, espéra-t-il, pour donner l'impression qu'il était prêt à bondir. Il était difficile de savoir si quelqu'un lui prêtait attention. C'était sans doute le cas. L'évaluation d'un inconnu qui arrive dans un groupe est quasi systématique. C'est comme l'émission d'une odeur, de signaux. Les siens devaient être dangereux, mais pas provocateurs. Il fallait sembler décidé à être calme, mais pas forcément à le rester.

Du moment qu'il n'avait pas l'air d'un con resté scotché trop longtemps au mur !

Ici, les gardes ne semblent pas particulièrement attentifs ou sur le qui-vive, bien qu'ils le soient certainement, et ils affichent une expression ennuyée et absente vraisemblablement tout aussi étudiée que leur démarche assurée. Ici, les gardes portent un uniforme bleu marine, avec une large ceinture noire où sont accrochés toutes sortes d'objets, des lampes de poche notamment, ce qui ne se justifie guère, à moins qu'elles ne soient plutôt utilisées pour tabasser les gens que pour l'éclairage. Non seulement la plupart des gardes ont l'air de s'en foutre, mais on dirait également des types que l'on aurait appelés pour un dépannage, de plomberie par exemple. Des types aux préoccupations limitées : maintenir, plus ou moins, la paix – un but qui n'était pas négligeable pour Roddy non plus.

Quand il se lança dans le foyer pour la première fois, il y avait deux gardes, l'un à droite de l'entrée, l'autre près des fenêtres hautes et grillagées, à l'autre bout de la pièce. Entre les deux, trois types jouaient au billard, deux autres étaient en pleine discussion autour d'une table, deux regardaient une émission pourrie à la télé, quatre faisaient une partie de cartes – un poker apparemment. Un gars était assis dans un fauteuil avec un bloc de papier quadrillé sur les genoux et il écrivait. Rapportait-il un crime, se confessait-il, prenait-il des notes pour son procès ? Pour Roddy, il pouvait tout aussi bien être en train d'écrire un poème sur un coucher de soleil, car c'était une gageure de savoir ce que faisaient vraiment les gens rien qu'en les regardant.

Il y avait un marcheur, un type qui parcourait la moitié de la pièce, revenait sur ses pas puis repartait en fronçant les sourcils. De grands sourcils. Il était large de partout, mais Roddy remarqua surtout ses sourcils, lourdement suspendus au-dessus de ses petits yeux bleus. Avec ces tout petits yeux, ces sourcils épais, il avait l'air trop stupide pour planifier des actions cruelles ou méchantes, mais prêt pour celles que le hasard mettrait sur son chemin.

Roddy entreprit de traverser la pièce jusqu'aux fenêtres, histoire de dire qu'il avait fait ses débuts, que sa présence était reconnue et qu'il pouvait maintenant continuer, doucement. Mais le type aux sourcils épais en avait décidé autrement. Au milieu d'un aller et retour, il fit quelques pas de côté et vint se placer dans la trajectoire de Roddy, qui ne pouvait l'éviter sans avoir l'air de se dégonfler – c'est, en tout cas, ainsi qu'il voyait les choses.

— Larry. (Roddy supposa que c'était son nom.) File-moi tes clopes.

OK ! Roddy comprit ce qui se passait.

— Non. (Larry s'approcha si près que leurs poitrines se touchaient presque.) « Recule, connard ! » se sentit obligé d'ajouter Roddy.

Il le fixait droit dans les yeux, les jambes écartées, faisant tout son possible pour ressembler à l'image de Sean Penn qu'il gardait présente à l'esprit.

Le type hocha lentement la tête. Il avait l'air d'essayer de penser. Lorsqu'il ouvrit la bouche, Roddy eut l'impression qu'il aurait pu tout aussi bien lui lancer : « T'es un homme mort ! » que les paroles qu'il prononça :

— T'as pas intérêt à me faire des cachotteries.

Le fait est qu'il recula et reprit sa marche. C'était bien ainsi… et un soulagement, mais la confiance de Roddy en fut ébranlée, car il se demandait dans quelle mesure il était capable d'évaluer ce que quelqu'un était susceptible de faire.

— Rod ! lança-t-il dans le dos de Larry, en se demandant si son ton trahissait le fait qu'il n'était pas cool ou bien qu'il était dans la merde et désespéré.

Cela se passait trois jours plus tôt, quand il n'était vraiment pas cool et se sentait dans la merde et désespéré. Depuis, il a, plus ou moins, pris ses marques. Il peut être conduit dans le foyer et aller vers la table de billard, prendre une queue pour faire une partie et regarder alentour, quelqu'un, alors, se joindra à lui. Il peut s'écrouler dans un siège et regarder une émission de télévision stupide pendant une heure sans être dérangé, ou il peut dire, comme quelqu'un d'autre l'a fait : « Quelle merde, hein ? » Des moments sans problèmes, à défaut d'être conviviaux. Tout ce qu'il veut, c'est survivre. Que l'intérêt se fixe ailleurs et porte la poisse à quelqu'un d'autre.

Mike ressent peut-être la même chose. S'il correspondait un tant soit peu à la personne que Roddy imaginait qu'il était, il devait souffrir, lui aussi, à sa façon. Cependant, les gens s'habituent très rapidement à une situation – ainsi, Roddy s'habitue à cet endroit, à l'existence de contraintes, de rythmes, d'usages. De ce point de vue, c'est comme le monde extérieur, à la différence que la discipline est plus stricte et que tout est verrouillé. Les gestes se font dans un certain ordre et d'une certaine façon, et c'est plutôt apaisant de savoir que certains sont sacrés – une sorte de réconfort.

Roddy en est là dans ses pensées, quand on lui tape sur l'épaule alors qu'il ne s'y attend pas. Il sursaute, se tourne rapidement sur sa chaise en sautant légèrement, prêt à... à quoi ? Pas prêt, seulement surpris. Il n'est donc pas aussi détendu qu'il le pense.

Un garde se trouve derrière lui : « Suis-moi », lui dit-il, et lorsque Roddy est debout, il l'attrape par le bras :

– Allons-y.

– Où ?

Comme s'il avait le choix, comme s'il s'agissait d'une invitation qu'il pouvait décliner si ça ne lui disait rien. De toute façon, la réponse ne vient pas. Dans l'ensemble, les gardes sont plus indifférents qu'inamicaux, du moins ceux des équipes de jour, plus âgés que le personnel de nuit, donc plus accoutumés aux mauvais garçons et aux histoires tristes. Celui-ci l'emmène dans le long couloir en direction de la partie avant du bâtiment, où se trouvent les bureaux, mais, cette fois-ci, il ne va pas voir Stan Snell, car, après un brusque virage à droite, il se retrouve dans une petite pièce où sont déjà assis, l'un à côté de l'autre, son père et sa grand-mère, séparés de la porte d'entrée par un bureau.

Il devrait y avoir un avertissement dans ces cas-là.

Bien sûr, il avait pensé qu'ils viendraient dès qu'ils y seraient autorisés, mais il imaginait qu'on l'aurait prévenu au préalable. Il n'avait pas imaginé, en revanche, qu'il les verrait de si près et serait seul avec eux, et pensait se retrouver dans une salle emplie de gens, du bruit des familles, et qu'ils seraient peut-être même séparés par un panneau de verre ou de métal, comme dans les films. Et ils étaient là, face à lui, dans une petite pièce, eux deux seulement, sans espace pour que les regards se fuient, sans autres sons que leurs paroles à écouter.

Il reste debout. Ils lèvent tous deux la tête pour le regarder, sans rien laisser paraître. Difficile à déchiffrer. Son père porte un costume, comme s'il allait à l'église. La grand-mère de Roddy est, elle aussi, endimanchée dans une robe bleu marine qu'elle ne met pratiquement jamais, avec un collier de perles et des clips blancs. Roddy se sent nu dans sa combinaison, et il a l'impression de ne pas avoir respecté l'étiquette imposée par la circonstance.

Il est surpris de constater combien sa grand-mère, plutôt pathétique dans cette lumière fluorescente, est grosse. C'est comme si elle était quelqu'un d'autre, une étrangère, ses chairs semblent déborder. de chaque côté de la chaise, mais, dans le même temps, elle paraît sans substance.

— Eh bien! fiston, commence son père. (Ça fait des siècles qu'il ne l'a pas appelé *fiston*. Son ton est aussi plat que son expression est vide.) Un beau gâchis!

Roddy n'a rien à ajouter à cela, contrairement à sa grand-mère.

— Pourquoi ? demande-t-elle.

Ses mains épaisses sont posées à plat sur la table, ses doigts ressemblent à des boudins. En vérité, l'un et l'autre ont l'air perdu, comme si la vie, telle une lame de fond, les avait submergés et renversés.

Oh ! Roddy est en colère. Il détourne son regard d'eux et le fixe dans un coin de la pièce pour qu'ils ne voient pas sa rage. Ici, tout a été peint en gris ou en vert. Des couleurs censées éteindre les flammes, peut-être ?

C'était précisément ce à quoi il avait essayé d'échapper. Exactement ça. Une fois loin, il aurait pu se construire sans risquer d'être contaminé par le plus beau costume noir, la plus belle robe bleu marine, cette chair ruisselante, la déception. Tout cela. Regardez ce qu'ils ont fait !

— Arrête de nous regarder comme ça, dit son père. (Et maintenant, il y a un ton dans sa voix, celui de la colère. Sa voix en tremble.) Comment oses-tu nous regarder avec cet air furieux ? Après ce que tu as fait ! Mais, bon sang ! qu'est-ce que tu croyais faire ?

— M'éloigner, lâche Roddy. (C'est sorti tout seul et, maintenant, ce qu'il ne voulait pas dire sort aussi.) De vous.

Le visage de sa grand-mère s'effondre, comme un soufflé.

— Qu'avons-nous fait de si mauvais ? Qu'est-ce que nous n'avons pas fait pour toi ? demande-t-elle, si doucement, si tristement qu'il a du mal à l'entendre, même dans cette petite pièce. Que voulais-tu que nous ne t'ayons pas donné ?

Ce sont vraiment des questions de perdants. Il ne peut pas répondre à de telles questions. Il ne le fera pas.

— Exprime-toi, lui dit son père. Mais qu'est-ce qui t'as pris ? Est-ce que tu te rends compte de ce que tu as fait ? Et je ne veux pas dire seulement à toi-même, ce qui est suffisamment terrible, car tu as détruit ta vie, petit con !

– Frank, murmure sa grand-mère. Nous n'allons pas gâcher ainsi le temps qui nous est alloué pour cette conversation, n'est-ce pas ?

Quoi qu'il en soit, cela fait beaucoup de mots, de la part de son père. C'est un peu tard, ils expriment le malheur, la colère, mais cela fait néanmoins beaucoup de mots.

Roddy plisse les yeux. Bien sûr qu'il sait qu'il a foutu sa vie en l'air !

– Tu auras de la chance si tu sors un jour d'ici, poursuit son père. Toi et ton ami Mike – il a une responsabilité dans cette histoire, n'est-ce pas ? Tu ne vas pas prétendre que tu as élaboré tout seul un projet aussi horrible ? (Roddy ne lui dira rien, surtout pas ça.) Et si l'état de santé de la femme ne s'améliore pas, Ed Conrad dit que ce sera bien pire. Pas de liberté sous caution, bien sûr. (Il enlève brutalement les mains de ses genoux : est-il désespéré, dégoûté ou déconcerté ?) Je n'arrive pas à comprendre comment tu as pu agir ainsi. Tu n'as pas été élevé comme ça. Est-ce la drogue ? Tu es accro à une substance ?

Non. Ce n'est pas la drogue. C'est l'espoir. L'ouverture. Le refus de l'échec. Mais son père ne semble pas imaginer que Roddy possède son propre potentiel, soit capable de penser seul, de passer seul à l'acte. Il suppose sans doute que Roddy n'a pas de but dans la vie et se laisse écarter du droit chemin le cœur léger. Il n'a même pas ce respect-là pour son fils.

– Tu sais qu'elle est paralysée, n'est-ce pas ? Qu'est-ce que tu as cru ? Que c'était comme à la télé, que tu tires sur des gens et qu'ils se relèvent ? Que ça ne compte pas, que c'est comme s'il ne s'était rien passé ?

Honnêtement, c'était un peu ça.

– Quoi qu'il en soit, Ed dit que tu ne pourras jamais bénéficier d'une libération conditionnelle si son état ne s'améliore pas. Non pas que nous ayons l'argent, de toute façon. Un avocat est suffisamment coûteux et nous devons vider les fonds de tiroir, car on n'obtiendra pas d'aide légale. Et comment ta grand-mère et moi pourrions-nous apporter des assurances sur ton comportement, si tu es capable d'un tel acte ?

Soudain, son père semble prodigue. Où étaient-ils passés ? Les gardait-il au chaud pour une bonne occasion, rangés avec l'amertume de toute une vie ? Comme s'il était celui qui avait été trahi ?

— Il dit aussi que tu pourrais accélérer le processus en plaidant coupable et en accomplissant ta peine. Il dit que, de toute façon, tu as pratiquement avoué. La seule façon pour que les choses s'arrangent, maintenant, est que l'état de cette femme s'améliore très rapidement ou que tu reconnaisses que ton ami Mike est également coupable dans cette histoire. Pour le coup de feu, tout le monde sait qu'il n'y est pour rien, mais le vol ! Vous aviez manigancé ça tous les deux. Bon Dieu ! Roddy !

Cette fois-ci, son père frappe du poing sur la table.

— Pas étonnant, s'entend prononcer Roddy, ma mère a sauté d'un pont.

Sa grand-mère s'étouffe et dit : « Non. »

Son père change de couleur et passe du gris au rouge. Il se lève rapidement. C'est un type costaud. Roddy recule un peu, bien qu'il se trouve de l'autre côté de la table. La bouche de son père s'ouvre, puis se referme. Il secoue la tête. Il baisse les yeux pour regarder la grand-mère de Roddy et dit :

— Allons-nous-en ! Laissons-le se débrouiller !

Le regard de sa grand-mère va de Roddy à son père, qui fait déjà le tour de la table, passe devant Roddy sans le regarder, puis devant le garde, avant de franchir la porte. Elle se lève, les larmes aux yeux. Elle a du mal à faire passer la masse de son corps entre le mur et la table. Elle s'arrête devant Roddy et pose une main sur son bras en lui disant :

— Oh, mon chéri !

Derrière les grosses lèvres tremblantes et les yeux emplis de chagrin, elle est seule. Quand il était plus jeune, Roddy pensait que sa chair était un lieu où il pouvait se cacher, où il serait en sécurité. Aujourd'hui, il a l'impression que, s'il s'y cachait, il n'en ressortirait plus.

Tout cela est presque aussi terrible que ce qu'il a fait à la femme. Il est sur le point de répondre à sa grand-mère, lorsque la voix de son père retentit dans le couloir : « Allons-y. » Elle se détourne alors et suit son fils.

Question de loyauté, suppose Roddy.

Que vient-il de se passer ? Une nouvelle fois, rien de ce qu'il avait voulu, pas ce qu'il avait en tête. Le garde lui prend le bras :

— Bon ! on y va. T'es vraiment un sacré petit con !

Comme si ça le regardait !

On frappe à la porte : c'est sa grand-mère qui a fait demi-tour. Elle pose une main sur le bras de Roddy, sous l'œil désapprobateur du garde qui fronce les sourcils.

— Roddy chéri. Je sais que tu ne voulais pas dire ce que tu as dit. Tu as toujours été un garçon intelligent, avec un bon fond, et je ne peux pas croire que tu aies changé. Je t'en prie, chéri, ne laisse pas une erreur détruire tout ça, d'accord ?

Elle serre son bras de sa grosse main et s'en va. Merde ! Il voudrait courir derrière elle, se jeter sur ses genoux et pleurer, comme quand il était gamin. Il a un bon fond. Il ne ferait pas de mal à un crapaud, ne tirerait pas sur une marmotte, comment en est-il arrivé à faire du mal à des gens ? S'il a un bon fond, de quel recoin de son âme une telle horreur a-t-elle surgi ?

Sa grand-mère porte un parfum fleuri dont la note dominante est le lilas. Il lui en a souvent offert des flacons, pour ses anniversaires, pour Noël. La fragrance flotte dans l'air, près de la porte, dans le corridor, alors que le garde le ramène vers sa nouvelle vie, le foyer, où les gars jouent encore au billard et aux cartes, regardent la télé. Son nouveau territoire, étrange et étranger, avec des pièces comme celle-ci.

Il se souvient de ses rares moments agréables dans les champs, quand il fixait le ciel, se sentait pleinement satisfait et heureux. Il n'arrive pas à relier l'instant présent à ce qui s'est passé quelques jours plus tôt. La femme au tailleur ajusté et froissé n'y parvient sans doute pas non plus. Il espère que cette femme n'est pas sympathique. Il espère même qu'elle mérite ce qui lui arrive, qu'elle devait être punie, de sorte que cet accident n'ait pas tant à voir avec lui qu'avec elle, et qu'il aurait simplement été choisi, sans raison particulière, pour exécuter cette punition.

Tout pourrait être de sa faute. Est-ce que ça changerait quelque chose ?

Le crime de James

Il pourrait sembler insolite, même s'agissant d'une femme aussi paisible qu'Isla, d'atteindre trente-neuf ans et de n'avoir été confrontée que deux fois à la police – pour excès de vitesse et d'un arrêt trop bref à un stop. James allait lui permettre de se rattraper. Un soir de mars, il rentra chez lui livide et lui dit :

– Il faut que nous parlions.

Naturellement, elle s'alarma et, naturellement, pensa qu'il avait eu des problèmes au travail. Il allait lui annoncer qu'il avait tout perdu et qu'ils étaient pauvres – cela aurait été très relatif, étant donné que sa propre affaire était florissante.

– Les enfants sont-ils hors d'écoute ?

Jamie faisait ses devoirs à l'étage et Alix était au sous-sol, seule, en train de regarder la télévision. Isla aurait imaginé qu'ils étaient suffisamment grands pour être associés à une discussion sur un désastre financier, mais elle ne dit rien. James s'effondra sur sa chaise favorite, dans le salon, sans avoir pris la peine d'ôter son manteau. Il se pencha en avant, fixant des yeux la carpette ovale qu'elle avait choisie, trois ans plus tôt, lors d'un voyage en pays Amish. Il allait ouvrir la bouche pour parler, lorsque la sonnette de la porte retentit. Déjà penché en avant, il se contenta d'ouvrir la bouche pour vomir sur le tapis. Isla ouvrit la bouche d'étonnement. Il tremblait, il avait l'air grippé.

Deux policiers, un homme et une femme, frigorifiés en cette fin d'après-midi hivernale, demandèrent à parler à James. Isla leur fit un signe en direction du salon. « Là-bas », dit-elle en percevant dans sa voix l'annonce qu'une nouvelle expérience était sur le point de faire irruption dans leurs vies. Alix monta, Jamie descendit. James apparut dans l'encadrement de la porte du salon, en se tenant, comme s'il allait tomber.

La femme déclina l'identité de James, sa qualité et l'adresse de son lieu de travail. « Vous comprenez pourquoi nous sommes ici », dit-elle. Toutes ces paroles étaient des affirmations, bien que le ton sur lequel elle les prononça ait pu les faire entendre comme des questions. Le policier plaça James contre le mur, le palpa et sortit des menottes en plastique qu'il lui fixa aux poignets. Il sembla à Isla que James avait placé ses mains dans le dos de lui-même, prêt à être entravé, sans qu'on ait eu à lui demander. Elle pensa à tous les feuilletons qu'ils avaient vus à la télévision dans lesquels se déroulait cette même scène. Pourtant, cela ne se passait généralement pas en silence : des questions étaient posées avec force, des dénégations étaient hurlées. Les témoins apportaient leur contribution, et elle réalisa que c'était précisément ce que Jamie, Alix et elle-même n'étaient pas en train de faire.

Le policier se plaça derrière James et, en lui tenant une épaule, le fit tourner avec habileté vers la porte. La femme resta en arrière.

— Vous savez de quoi il s'agit, j'imagine ? demanda-t-elle.

Isla secoua la tête. Si elle avait parlé, elle aurait dû dire : « Non, de quoi s'agit-il ? », et elle voulait gagner autant de temps que possible pour ne pas entendre la réponse. Elle eut le sentiment d'un moment ultime, décisif, entre une existence ordinaire, sans grandes surprises, très confortable et le gouffre dans lequel elle allait être précipitée.

Elle entendit James prononcer, depuis le palier, un faible et haletant : « Je suis navré ». Pas « Je suis innocent », ou « Je jure que ce n'est pas vrai », ou « C'est un scandale ! ». Il arriva à dire : « Préviens mon avocat », avant de partir. Isla vit les lumières des phares se refléter dans la porte d'entrée, sans doute ceux de la voiture de police, mais sans le gyrophare. Pas d'urgence, dans ce cas-là, personne ne s'enfuit ni ne se défend, personne ne constitue une menace ni ne cause de trouble. C'est juste un autre silence, malsain, qu'on ne peut briser.

Finalement, Jamie appela : « Maman ? » Il avait quinze ans, une voix profonde mais qui résonnait comme celle d'un enfant, son petit garçon terrifié. Celui de James aussi. Et là-bas, Alix, la *petite chérie* de James, son *ange*, ainsi que son adversaire au cours d'un récent épisode muet ; elle était debout, en haut de l'escalier menant au sous-sol, les yeux écarquillés et un doigt dans la bouche, qu'elle mâchouillait. Une habitude enfantine.

— Ça va, répond Isla. (Mais elle entend la voix de quelqu'un qui s'adresse à des enfants en bas âge.) Bon, à l'évidence ça ne va pas. Mais quoi que ce soit, nous nous en occuperons. Je dois parler avec cette femme pendant quelques minutes, puis nous nous assiérons et discuterons tous les trois. Pourquoi n'allez-vous pas m'attendre dans la cuisine ?

— Vous souhaiterez peut-être vous rendre au poste. Vous n'aurez peut-être pas le temps.

De quoi ? De parler aux enfants ?

— James peut attendre. Quels que soient ses besoins pour le moment, il n'a qu'à attendre.

Car les choses se présentaient ainsi : s'il avait été accusé à tort, il aurait été furieux. Il aurait hurlé, donné des coups dans les murs, il se serait répandu en injures. Il n'aurait pas eu cet air abject, coupable, d'échec, de perdant. Il n'aurait pas vomi. Il n'aurait pas été silencieux et pâle. Il ne se serait pas contenté de dire : « Je suis désolé » et « Préviens mon avocat ».

Elle le connaissait suffisamment pour comprendre cela. Elle savait qu'elle allait en apprendre davantage.

— Excusez le désordre. Je vais juste me débarrasser du tapis. (Elle le roula et le porta à la cuisine où les enfants étaient assis à la table, l'un en face de l'autre, sans rien faire, sans même se parler.) Cela ne prendra que quelques minutes. Ne vous inquiétez pas, il s'agit sans doute d'une erreur stupide en rapport avec son travail. (Elle saisit un sac poubelle sous l'évier, y enfourna le tapis, le ferma et le donna à Jamie.) Tu peux mettre ça dans le garage ? Et toi, Alix, tu sais préparer le café, n'est-ce pas ? Ça ne t'ennuierait pas de le faire pendant qu'il fait ça ? C'est pour moi. Vous pouvez prendre ce que vous voulez.

— Papa a dit d'appeler son avocat. (C'était Jamie.)

— Oui, je sais. On va y venir, mais il faut d'abord savoir de quoi il s'agit. Entre-temps, tout ira bien pour votre père. Il y a des procédures, ce n'est pas comme à la télévision.

Comme si elle en avait la moindre idée.

De retour dans le salon, elle s'assit au bord du canapé, alors que la femme, apparemment mal à l'aise, s'était installée sur la chaise de James. Elle se présenta : « Agent Donnelly, Sylvia si vous préférez. » Elle essayait de garder un visage impassible. Peut-être les policiers essaient-ils toujours d'avoir ce visage-là.

— Bon ! commença-t-elle. (Elle prit une inspiration et fixa Isla droit dans les yeux). Votre mari est accusé de trois abus sexuels, dont un sur mineure. Pour l'essentiel. Ce sont les principaux chefs d'accusation jusqu'à présent. Il pourrait y en avoir d'autres – et il y en aura sans doute. Mais il y a d'autres charges, associées à l'abus sexuel – *incluses*, comme on les appelle.

Ces mots, ce type de mots, une fois prononcés, continuè-
rent à se répandre pendant un moment. Il sembla à Isla,
dans la partie de son cerveau qui observait la scène, que
l'agent Sylvia aurait pu continuer dans la même veine, mot
après mot, mais elle s'était rendu compte qu'Isla avait du
mal à respirer et elle s'interrompit. Elle lui donnait du
temps. Elle observait aussi l'impact du choc sur Isla.

Elle devait se demander s'il était possible d'ignorer que
son mari fût capable de telles choses. S'il était possible de
partager une vie, quelle qu'elle soit, avec quelqu'un et de
ne pas le savoir. Isla pourrait répondre : *Oui, c'est possible. Je
pense que ça l'est.*

Elle n'aurait pu dire quelle tête elle faisait. Le reste de
son corps était figé mais, au moins, elle savait où il était.
Ses pieds et ses genoux étaient ensemble, ses mains, accrochées aux seconds, une pose sérieuse pour écouter des nouvelles sérieuses. En s'asseyant ainsi, elle était assurée de son
immobilité, d'une capacité à absorber les coups sans tomber ni se replier. Elle découvrit qu'elle avait des taches de
rousseur, inconnues jusqu'alors, sur le dos des mains.

– Les charges, poursuivit Sylvia, concernent trois jeunes
filles qui travaillent dans deux des magasins de votre mari.
C'est l'une des raisons pour lesquelles j'ai dit qu'il pourrait
y en avoir d'autres – l'enquête se poursuit et peut-être
d'autres filles viendront-elles nous voir en apprenant ce qui
se passe. Je vous dis cela pour que vous compreniez, et j'en
suis navrée, que ce n'est que le début, et non la fin.

Assurément la fin d'autres choses, néanmoins.

– La plus jeune plaignante a quinze ans, les deux autres,
dix-huit, bien que la question se pose de l'âge d'une des
victimes au moment où les faits se seraient passés, navrée.

C'était gentil de sa part ; une gentillesse d'être navrée.

Quinze ans ? L'âge de Jamie. Pas beaucoup plus qu'Alix.

– Bon, bien sûr, ce que nous entendons par abus sexuel
peut avoir toutes sortes de significations et, d'après ce que

je sais, il ne s'agit pas de viol. Jusqu'à présent, les inculpations concernent des pratiques agressives, des baisers, des caresses, ce type de comportement. Mais ça s'est fait par la force. Il s'agit d'employées à temps partiel travaillant dans les magasins de votre époux, je vous l'ai déjà dit? Des boulots qu'elles font après l'école, pendant les week-ends.

Comme Isla qui, vingt ans plus tôt, avait regardé James déambuler, langoureux et fluide, avec ses costumes couvrant son corps effilé, dans les magasins de son père et l'avait désiré.

— C'est la plus jeune des filles, ses parents, en fait, qui ont porté plainte les premiers. Les deux autres, plus âgées, se sont présentées ensuite, quand elles ont entendu parler de l'affaire. Elles sont à l'université, toutes les deux. Elles ont expliqué qu'elles avaient essayé de se débrouiller seules, car elles avaient besoin de ces emplois pour pouvoir avancer. Elles travaillaient dans des magasins différents, ne se connaissaient pas et, apparemment, les possibilités de collusion sont très minces.

Depuis combien de temps James savait-il qu'il était dans le pétrin? Un moment, assurément. Plusieurs jours, de toute façon.

Est-ce que l'une de ces jeunes filles, de ces jeunes femmes, une seule, était attirée par James? L'aurait-elle séduite délibérément, le frôlant, lui offrant un sourire radieux lorsqu'il pénétrait dans le magasin où elle travaillait?

Est-ce que, si c'était le cas, cela changerait quelque chose?

— Pour l'essentiel, elles affirment qu'il les coinçait dans des locaux fermés — un bureau, une arrière-boutique — et se jetait sur elles. Il touchait leurs poitrines et les caressait ailleurs avec ses mains. L'une des trois, pour le moment, a dit qu'il avait sorti son sexe et attiré sa main dessus. Nous les avons longuement entendues et pris leurs déclarations. Qui sont très détaillées.

Tous ces mots frappaient comme des grêlons. Chacun d'eux laissait une trace. Le problème, c'était d'imaginer. Le problème, c'était de pouvoir s'imaginer James dans sa tête.

Car elle pouvait l'imaginer. Elle n'aurait pu penser à un tel acte mais, maintenant, elle voyait James caresser, chercher à prendre des jeunes femmes par la force. Comment était-ce possible ? Elle vit de jeunes corps s'arc-bouter vers l'arrière ou se recroqueviller. Elle le vit, exigeant, dominateur, submergé par un simple désir − pas une nécessité, juste un désir −, ses traits tordus en une expression qu'elle-même n'avait jamais vue, mais que, soudain, elle ne pensait plus être de l'ordre de l'impossible.

Sa trahison revêtait des facettes qu'elle ne pouvait encore distinguer vraiment, ni énumérer, mais toujours est-il qu'elle pouvait voir l'acte. Ce qui était aussi une trahison fatale. « Les choses en sont là », pensa-t-elle.

Une partie de son cerveau, comme figée dans la glace, reprit peu à peu le dessus. Cela permettait de commencer à s'habituer à la douleur. Cela aidait à déplacer le choc. Isla put ainsi accomplir quelques gestes basiques. Elle se leva. Elle aurait serré la main de l'agent de police, si elle avait été sûre que celle-ci eût envie de serrer la sienne. Certains imaginaient-ils qu'elle avait pu prendre part, coopérer, voire encourager les explorations de son mari dans de la jeune chair ? Peut-être. De telles histoires arrivent, et ce pouvait être une direction que la police souhaiterait suivre. D'autres la blâmeraient pour des raisons différentes.

Si elle devait se reprocher quelque chose, ce serait son manque d'attention, de ne pas avoir imaginé qu'un acte horrible pouvait arriver, et encore moins celui-ci.

− Voulez-vous que quelqu'un vienne et reste avec vous ?

Cela résonnait comme un décès familial. L'agent Sylvia Donnelly imaginait-elle que la famille et les amis allaient se précipiter pour venir la réconforter ?

− Non, merci. Pas maintenant. Je dois parler à mes enfants.

— Voulez-vous que nous le fassions ensemble ?

— C'est très gentil. Cela pourrait être une bonne idée, mais je ne crois pas. Je pense que nous avons besoin de rester seuls, afin que je puisse leur dire (l'amertume commençait à lui transpercer la peau tel un os brisé) que leurs vies sont sens dessus dessous. Il y a une heure, ils regardaient la télévision et faisaient leurs devoirs. Ils étaient des enfants. Il y a une heure, nous menions une vie ordinaire. Rien de particulier, une vie normale, un peu terne. (Sa voix se brisa. Elle ne pleurerait pas.) Mais j'imagine que, maintenant, elle va être particulière, n'est-ce pas ?

— J'en ai peur, dit doucement l'agent Donnelly. (Elle toucha le bras d'Isla. Celle-ci pensa qu'elle ne devait donc pas être considérée comme une pestiférée.) Voulez-vous savoir ce qui va arriver à votre mari ce soir ? La procédure ?

— Pas vraiment. Son avocat saura, sans doute.

— Très bien. Mais il faut que vous sachiez que, une fois officiellement mis en accusation, certaines informations seront divulguées par les médias. Le nom, l'adresse, les motifs d'inculpation. Sa première audience aura lieu demain. Cela sera bref, j'imagine. Une formalité. En revanche, il est impossible de savoir si quelqu'un — des reporters ? — relèvera les faits. Ça dépend. Mais vous souhaiterez sûrement vous préparer, ainsi que vos enfants. Alors, annulez la distribution de journaux, si vous en recevez, et n'allumez pas la télévision.

Oh, James ! C'était suffisamment effroyable d'imaginer ce qu'il avait pu faire à ces jeunes filles, ces jeunes femmes, néanmoins, même si elles travaillaient dans ses boutiques, elles lui étaient à peu près étrangères — mais qu'avait-il fait à ses propres enfants !

— Merci pour l'avertissement.

Sur le seuil de la porte, l'agent Donnelly sortit une carte d'une poche de son uniforme et la tendit à Isla.

— Votre avocat aura besoin de nos noms et numéros de poste, vous aussi, peut-être.

– Oui, merci.

Elle ferma la porte d'une main ferme et, en regardant autour d'elle, elle n'eut plus l'impression que l'intérieur de la maison était plus sûr que l'extérieur. Tout était sali, sans protection.

Alix et Jamie sortirent de la cuisine. Alix tenait délicatement la tasse bleue préférée d'Isla dans ses mains aux longs doigts :

– Tiens, maman. Je crois que c'est comme ça que tu l'aimes.

Elle lui présenta la tasse de café en un lent cérémonial, comme si elle remettait une récompense ou un cadeau. Elle éprouvait sans doute, à l'instar de Jamie, ce qu'Isla avait ressenti auparavant : le besoin de savoir tout en essayant de ne pas obtenir les informations par de petits gestes désespérés.

Isla les prit tous les deux par l'épaule.

– Allons nous asseoir dans le salon, d'accord ?

Elle pensait que la cuisine, pièce commune, chargée d'histoire familiale, ne devait pas être à jamais gâchée pour eux. Ils utilisaient rarement le salon, ce ne serait donc pas une grosse perte s'ils découvraient que, ensuite, ils ne pouvaient plus y pénétrer. C'était la pièce où James et Isla lisaient, regardaient des cassettes et la télévision, grignotaient des cochonneries, se tenaient parfois la main. Le salon était désormais perdu pour elle. Elle pensa à la façon, méticuleuse et circonspecte, avec laquelle elle devrait désormais approcher et choisir certaines parties de la maison qui survivraient peut-être à tout cela. Les angles les moins contaminés, c'est là qu'ils devraient se réfugier.

Mais où donc allait-elle dormir ? Pas dans cette chambre à coucher.

Elle s'assit, sciemment, sur la chaise de James, encore chaude de la présence de l'agent Connelly pour qui elle avait sûrement été chaude aussi à cause de James. Si Jamie et Alix, assis au bord du canapé, avaient des images de James sur cette chaise, le temps était venu de les effacer.

Elle se demandait comment elle pouvait avoir conscience de l'importance de ces petits détails, alors que des faits autrement plus importants lui avaient échappé.

Sous la glace, un incendie faisait rage !

— Je vais vous expliquer ce qui se passe dans les grandes lignes.

Alix commença à pleurer. Jamie se pétrifia. Isla quitta la chaise et alla vers eux. Elle prit Alix par un bras et plaça l'autre sur le dos de Jamie, agrippant son épaule. Il ne fallut pas longtemps pour leur apprendre ce qu'elle savait. Elle sentait que des digues se brisaient, lâchaient, s'effondraient en eux.

— Il l'a fait ? demanda Jamie.

Alix leva les yeux, le visage rougi par les pleurs, avec un air tragique.

— C'est possible, répondit Isla. (Ne devrait-elle pas donner plus de place à l'espoir ? L'air dans la maison, ce soir, était lourd des mensonges, repoussant, comme moisi, mais c'était leur père. Ils avaient leurs propres liens avec lui.) Pour l'instant, bien sûr, on n'en sait rien, et parfois la police fait de graves erreurs.

Le visage d'Alix s'éclaira timidement, mais pas celui de Jamie. Isla prit une profonde inspiration et sentit la glace se répandre dans sa poitrine.

— Ce qu'il faut faire, c'est résoudre les problèmes un par un et être solidaires. Bon, maintenant, réfléchissez si vous préférez ne pas aller à l'école demain, pendant que j'appelle l'avocat de votre père. D'accord ?

Il fallait procéder par petites étapes pour leur rendre la vérité supportable. C'était comme s'ils devaient avancer sur une plaque de verre fragile et fêlée. Un saut, un bond et ils risqueraient de passer à travers. C'est, du moins, ainsi qu'elle ressentait les choses. Elle ne voulait assurément pas que ces enfants soient à nouveau coupés par des éclats de verre.

Mais ils le seraient. Il n'y avait plus désormais aucun moyen de stopper le processus.

Elle aurait voulu savoir ce qu'il fallait faire. Elle aurait souhaité que James ait su ce qu'il fallait faire avant qu'il ne commence à mettre la main sur des jeunes filles dans des réserves ou des bureaux.

— Il faut d'abord que j'appelle Bethany, dit Jamie tout à coup.

Isla était surprise. Elle ne pouvait pas encore appeler Madeleine ou Martin, sûrement pas les parents de James, et parvenait à peine à envisager de tout raconter à l'avocat de James — qui devrait passer l'affaire à un confrère plus spécialisé que lui en droit pénal.

— Je n'en ai pas pour longtemps. Je ne veux pas lui parler, je veux juste savoir s'il l'a approchée.

Oh!

— Pas papa, il ne ferait jamais ça! cria Alix. C'est dégueulasse!

C'était comme les métamorphoses d'*Alice au pays des merveilles*: Alix rétrécissait pour devenir une petite fille, tandis que Jamie vieillissait. Isla se demanda ce qu'elle était en train de devenir. Pas belle à voir, mais elle s'accrochait avec ses doigts gelés.

— Vas-y, dit-elle à Jamie. L'avocat peut attendre.

Elle garda Alix enlacée, caressa sa chevelure flamboyante, la sentant se soulever contre sa main.

— Ça va aller, chérie, ne t'inquiète pas, nous allons faire face. C'est normal que tu sois bouleversée, mais tout va s'arranger, c'est sûr.

Elle ne savait pas ce qu'elle disait, si ce n'est qu'elle mentait.

Jamie le savait aussi.

— Tu parles! dit-il en quittant la pièce pour aller téléphoner à Bethany.

Mais qu'aurait dû dire Isla à une enfant en pleurs, une petite fille au cœur brisé? Devait-elle être réaliste?

En tout cas, elle devait être quelque chose. Accomplir des actes maternels, au moins, l'occupait.

– Comment va Bethany ? demanda-t-elle à Jamie quand il revint dans le salon.

– Bien.

Ce qui, elle le supposait, répondait à la question.

Elle n'eut pas la force de l'empêcher de monter, sombre et silencieux, dans sa chambre. Elle appela l'avocat de James, lui relata brièvement les faits et lui communiqua les numéros de téléphone des agents de police. Alix gémissait sur le canapé – cette enfant qui avait autrefois nagé dans ses rêves, épuisée de bonheur. Isla la recouvrit d'une couverture et s'assit pour l'observer, mais elle se réveilla, raide et courbatue, sur la chaise aux premières lueurs du jour. Elle était étonnée qu'ils aient tous pu dormir, mais le sommeil est comme un anesthésique, il procure l'oubli.

James avait-il dormi ? Dans quelles conditions ?

Alix et Jamie n'allèrent pas à l'école. Alix, qui avait l'air d'un faon, d'un chiot – une vie jeune et pathétiquement vulnérable – refusa de prendre son petit déjeuner. Jamie but un jus d'orange. Isla prit un toast nature.

– Votre père, dit-elle avec délicatesse, car la blessure devait être rouverte, comparaîtra aujourd'hui au tribunal. Si vous avez envie de le voir, l'un ou l'autre, cela devrait être possible.

– Non, dit Jamie, pas moi.

Alix regardait son frère.

– Moi non plus, dit-elle résolument.

Lorsque Isla appela Martin pour l'informer qu'elle ne viendrait pas travailler et lui expliquer rapidement pourquoi, il s'écria : « Mon Dieu ! Je n'arrive pas à y croire ! » Il était donc plus gentil qu'elle. Sauf que ce n'était qu'une façon de parler. Il aurait tout aussi bien pu répondre : « Tu plaisantes ! », bien que, à l'évidence, ce ne soit pas le cas.

Elle prit les devants, pour qu'il n'ait pas à le faire :

– Il va falloir que tu penses aux répercussions que cet événement va avoir sur nous. Si les faits deviennent publics, d'abord. Tu te rends compte, avoir une partenaire mariée à un homme accusé d'abus sexuels en série ! Sur des enfants. Tu imagines ? Pour la majorité de nos clients, cela ne sera pas vraiment un plus.

Il était suffisamment gentil pour répondre vivement :

— Ne pense pas en ces termes, Isla. Fais ce que tu as à faire, on ne va nulle part sans toi. Tu prendrais un verre, si je passais dans la journée ?

C'était fort possible.

— Tu es un ami.

Martin était peut-être un mari infidèle, mais il savait se montrer compréhensif avec les gens. Aujourd'hui, cela le plaçait très haut dans sa liste des hommes vertueux.

Elle appela Madeleine qui, évidemment, en eut le souffle coupé :

— Oh ! mon Dieu ! Oh ! ma chérie ! C'est incroyable. Tragique. Je viens dès que possible, tu peux tenir le coup ?

— Bien sûr. Merci. Je te demanderais peut-être de rester avec les enfants pendant quelques heures, tu le pourras ? Ils ne sont pas allés à l'école et je vais devoir m'absenter un moment.

— Tout ce que tu veux. Tout ce que tu veux. Fils de pute !

— Oui.

Il n'était pas un fils de pute, pourtant, mais de deux parents fragiles qui devaient être informés. Était-ce à elle de le faire ? Tic-tac, tic-tac, tic-tac, le temps passait — une horreur après l'autre ?

L'avocat de James appela. Pas celui à qui elle avait téléphoné la veille, mais un expert en criminologie. Il se présenta, Stephen Godwin, et dit :

— J'aimerais que vous veniez à mon bureau dès que possible. Je vais parler longuement avec votre mari aujourd'hui même. Il va comparaître cet après-midi. Je compte demander la liberté sous caution, j'ai donc besoin de savoir quelles sont vos possibilités pour ce faire et d'avoir certaines précisions à son sujet. Le fait qu'il ait un foyer, soit bien implanté dans la communauté, n'ait pas de casier, mais la confiance de sa famille, ce genre de choses. Par la suite, nous devrons avoir des conversations plus approfondies, plus personnelles : des tendances, par exemple, que vous auriez pu remarquer. Je sais que c'est un moment difficile pour vous, mais plus vite on s'y mettra, mieux ce sera, je pense. Onze heures ? Onze heures trente ?

Comme il est revigorant d'avoir une conversation avec Stephen Godwin ! *Des tendances ?*

— En fait, non, dit-elle. Voyons, comment dire ? (Elle arpentait l'entrée avec le téléphone portable, faisant des allers et retours, martelant le sol au rythme de ses paroles, envahie d'une colère très rafraîchissante.) Il n'a plus de foyer, il n'y aura pas un penny pour qu'il puisse être libéré sous caution, et il se trouve que je n'ai pas absolument aucune idée de ce que peuvent être ses *tendances*.

Les enfants étaient restés dans la cuisine mais écoutaient sans doute. Il y avait une limite à ce qu'elle pouvait prendre en charge ou empêcher.

La voix devint mielleuse, comme s'il avait affaire à un gros animal sauvage, dangereux.

— Je sais ce que vous ressentez. (Vraiment ?) C'est un moment terrible et vous êtes, bien sûr, bouleversée. Croyez-moi, cependant, lorsque je vous dis, car j'ai une grande expérience en la matière que, par la suite, vous regretterez de n'avoir pas agi immédiatement. Vous et votre mari êtes ensemble depuis longtemps. Et puis, vous devez penser à vos enfants. Des faits de ce genre ont tendance à échapper rapidement à tout contrôle s'ils ne sont pas maîtrisés rapidement. La meilleure défense est une bonne attaque, voilà ce que je prétends.

— Je n'ai pas besoin, répondit-elle, glaciale, d'instructions pour penser à mes enfants. J'ai pris des dispositions pour que vous puissiez agir et je n'irai pas plus loin. Oh ! et j'ai besoin de savoir si les médias vont s'intéresser à l'affaire. La police a évoqué cette éventualité.

— Je vois. Oui. C'est bien possible. Tout ce que je peux vous dire, c'est que cela dépend de l'actualité. Mais il est vraisemblable que, à un moment ou à un autre, ils s'y intéressent. Un homme d'affaires respecté, de jeunes employées... Sachez, néanmoins, qu'il serait très imprudent de parler aux journalistes.

— J'en ai bien conscience. De toute façon, je n'aurais rien à leur dire.

— S'il vous plaît, laissez-moi vous répéter de ne pas laisser la colère, aussi naturelle soit-elle, brouiller vos décisions. Pardonnez-moi cette question, mais vous avez l'air de penser qu'il est coupable : avez-vous des raisons particulières pour cela ?

— Pas de raisons particulières, non.

Elle pouvait difficilement lui confier qu'elle pouvait imaginer James coupable. Ou qu'il l'avait admis d'une façon répugnante lorsque la sonnette avait retenti. Elle se dit que Stephen Godwin devait hocher la tête en raccrochant son téléphone et penser qu'il n'était guère étonnant que James se soit rabattu avec force sur des femmes moins inflexibles.

— Papa ne peut pas rentrer à la maison ? demanda Alix de la cuisine.

Ils étaient donc en train d'écouter.

— Tu as envie qu'il revienne ?

C'était injuste de poser une telle question. Que devrait répondre la gamine ? Elle n'eut pas le temps de dire quoi que ce soit, car Jamie s'exclama d'une voix qu'elle ne lui connaissait pas, grondante et menaçante :

— Il n'a pas intérêt !

Oh ! mon Dieu ! Isla tira une chaise de cuisine. Le hasard fit que c'était celle de James. La lumière du soleil donnait un éclat doré au-dessus de table en érable, comment ce jour terrible pouvait-il être aussi douloureusement ensoleillé ?

— Écoutez, dit-elle. Je ne sais pas trop quoi vous dire. Je ne sais pas comment vous aider. Vous êtes tous les deux tristes, furieux, perdus, tout comme moi. Mais je vous dirais ceci : on va tenir bon. À la maison, on peut pleurer, crier, jurer ou faire ce que l'on veut et prendre soin les uns des autres. Je ne vais pas vous dire que ce n'est pas grave, parce que ça l'est, et je ne peux pas vous dire ce qui va se passer, car je n'en sais rien. Mais on s'en sortira. Et il nous faudra penser aux autres, aussi. Vos grands-parents — votre père est leur fils —, par exemple. Je vais devoir leur annoncer cette chose terrible, et c'est une tâche difficile. L'essentiel est de rester solidaires, de veiller les uns sur les autres, et tout ira bien.

Ce n'était pas vraiment une exhortation, mais, lorsqu'elle eut fini, ils se tenaient plus droits sur leurs chaises.

Sur ces entrefaites, Madeleine arriva. Elle ouvrit les bras et Isla, en s'y précipitant, sentit qu'il ne faudrait pas grand-chose pour qu'elle se dissolve en autant d'atomes et de molécules. Elle aurait pu se désintégrer totalement dans les bras solides de sa mère, mais elle ne le ferait pas, évidemment. Elle aussi avait des enfants. En un instant, elle se redressa et dit simplement : « Merci. »

Madeleine hocha la tête et toucha le bras d'Isla :

— Je sais, dit-elle, et Isla pensa que c'était peut-être vrai.

Elle laissa Madeleine jouer au Scrabble d'un air absent avec Jamie et Alix, avec la télévision allumée en fond sonore.

— Pas de nouvelles, cependant, chuchota Isla à sa mère.

Ce fut abominable d'être debout dans ce salon familier, celui des parents de James, et de leur annoncer.

— Oh ! mon Dieu ! dit son père en pâlissant.

L'homme vieillissant qu'il était devint brutalement un vieillard. Isla comprit que, lui aussi, avait des images dans la tête. Sa mère réagit comme Alix — le visage qui se ferme, la tête dans les mains.

Ce n'était pas de mauvaises gens. Il était leur unique enfant. Toutes les fondations d'une vie s'écroulaient.

Subitement, sa mère réagit brutalement, devint féroce, sévère et extrêmement déterminée. Son esprit, un moment plongé dans le doute, s'était éclairci, mais d'une façon totalement différente de celle d'Isla.

– Bon! dit-elle, qu'allons-nous faire? C'est ridicule. C'est atroce. Il faut nous occuper de ça sur-le-champ. Nous en débarrasser. D'une manière ou d'une autre.

Son père, galvanisé, peut-être aussi alarmé et aveuglé, se rallia à son avis. Il trouva les mots, et la colère également.

– Quelle folie! dit-il, le nom d'un homme est mis en pièces, et pour quoi?

Bien entendu, c'était aussi son nom. Il était normal qu'il soit sensible à son devenir.

Isla était incapable d'aider, d'expliquer, de justifier ou de réconforter. Elle arrivait à peine à se protéger elle-même. Elle les laissa ériger tous les murs possibles. C'est ce que font les parents, contrairement à l'épouse, qui conclue trop rapidement. Elle leur laissa aussi le nom et le numéro de téléphone de Stephen Godwin. Malgré ce qu'elle savait et son indifférence sur le sujet, ils essaieraient de faire libérer James sous caution et ils réussiraient sans doute.

– Comment peut-on faire en sorte que les enfants n'en sachent rien? demanda la mère de James sur le seuil de la porte. (Un intérêt plutôt tardif – pensa Isla – pour le bien-être de ses petits-enfants.)

– Ils savent déjà à peu près tout ce que je vous ai appris. De toute façon, ils étaient là au moment où James a été arrêté. (Sa mère frissonna en entendant ce mot, imaginant ce que « arrêté » impliquait, et Isla lui toucha la main.) Tout ira bien. Ils n'ont pas été à l'école, bien sûr. Oh! j'ai oublié de vous prévenir que la nouvelle est susceptible d'être annoncée aux informations, j'en ai bien peur. Il faut vous y préparer.

La mère de James semblait accablée.

– Oh, non !

Son père avait les mains sur ses épaules, il semblait accablé, lui aussi, mais n'était-ce pas le cas de chacun ?

– Que veulent ces filles ? demanda-t-il. Quel est leur but ?

Il avait dû oublier la nature impitoyable de son fils, la façon dont il s'y prenait pour obtenir ce qu'il avait décidé d'avoir.

Isla rentra chez elle. Le temps semblait suspendu, vide. Il n'y avait rien à faire – et tout. Alix errait, pâle et sans but, dans la maison. Jamie regardait la télévision au sous-sol, les bras croisés, en proie à la fureur. Madeleine préparait des œufs dans la cuisine.

– J'ai pensé que nous pourrions manger des sandwiches, dit-elle. (Elle regardait Isla, éperdue.) Je ne sais pas quoi faire. Je ne sais pas comment aider.

– Juste en étant là. Merci. À ceci près : sais-tu comment j'ai pu commettre une pareille erreur ? Aurais-tu pu dire quel homme c'était ?

– Oh ! chérie, non ! Qui aurait pu le dire ? Ne te rends pas malade. Quoi que ce soit, ce qui ne fonctionne pas est dans son cœur, pas dans le tien. Et, tu sais, il y a une leçon que j'ai bien apprise : il est impossible de voir ce qu'il y a vraiment dans le cœur d'une personne. Si quelqu'un est suffisamment déterminé à cacher quelque chose, il n'existe aucun moyen d'en connaître la nature.

Comment Madeleine a-t-elle appris cela ? À quelle expérience fait-elle allusion ? Isla ne peut se résoudre à le lui demander. Elle ne pense pas que son cerveau soit en mesure de recevoir un supplément d'informations, encore moins des révélations.

– Au moins, j'imagine (Madeleine suivait le cours de sa pensée) que nous devons rendre grâce au ciel qu'il ne s'agisse pas de garçons ! Ça aurait été encore plus choquant.

Elles se regardèrent fixement. Isla vit que sa mère commençait à chercher ses mots et sentit en elle un bouillonnement inhabituel. Elle s'entendit éclater de rire. Puis elles rirent, crièrent, des larmes coulèrent sur leurs joues.

— Oh! mon Dieu! oui, dit Isla en haletant, ça peut toujours être pire!

C'était irrésistible. Elles n'arrivaient pas à s'arrêter.

— Maman, grand-mère!

Jamie les calma instantanément. Il avait l'air furieux.

Madeleine retrouva son souffle la première.

— Ne sois pas fâché, lui dit-elle, on lâchait un peu de lest. Tout le monde doit faire ça, tu sais.

— Je sors, dit-il en leur tournant le dos.

La porte d'entrée claqua derrière lui.

— Merde! dit Isla.

Alix entra dans la cuisine:

— Vous étiez en train de rire? (Son ton annonçait qu'elle était prête à rejeter le témoignage de ses oreilles, si besoin était.) Il est parti où, Jamie?

— Il avait besoin de marcher, répondit Madeleine. Tu as faim? J'ai préparé des œufs pour faire des sandwiches. Ta mère et moi discutions simplement. Nos voix sont montées et nous nous sommes peut-être laissées emporter.

Isla n'était pas sûre de garder ce qu'elle mangerait, mais les sandwiches étaient bons — un goût d'enfance, un déjeuner ordinaire fait par une mère. Alix y toucha à peine.

— Tu vas voir papa? Parce que, peut-être, il pourrait te dire quelque chose.

Qu'il n'avait rien fait, supposa Isla. Alix devait penser qu'il pourrait dire ça. Ou que le malentendu, la mauvaise interprétation, l'horreur à l'état pur, se trouvait ailleurs. Ou que son papa magique pouvait contraindre les événements à faire machine arrière, et leur redonner à tous le bonheur relatif, les belles certitudes, magnifiquement anodines, d'il y a vingt-quatre heures.

— Éventuellement, dit Isla, s'engager sur le fait que, peut-être, il pourrait s'expliquer ou qu'elle pourrait aller le voir et lui demander.

Pauvre Jamie, il était dehors, en train d'essayer de courir plus vite que les images dans sa tête, plus vite que le rire idiot mais nécessaire de sa grand-mère et de sa mère ! Isla comprit son impulsion. Si elle n'avait pas d'enfants, pas de responsabilités, elle se précipiterait dans sa voiture et s'en irait, pied au plancher, n'importe où, sur un autre continent, vers n'importe quel endroit où elle pourrait arriver avant d'être rattrapée par ses images. Mais elle avait Jamie et Alix, elle était responsable. Ses choix, comme les images dans sa tête, étaient limités. Ils dépendaient aussi de James, et de ce qu'il avait fait. Du sel sur ses blessures, assurément. Elle rit à nouveau, cette fois d'un rire aigu et solitaire. Alix et Madeleine semblaient effarées.

Quels choix James pensait-il avoir ? Il y a peu de temps encore, ils devaient lui sembler illimités, en pleine phase exponentielle — un buffet de délices dont il pouvait se goinfrer. Elle se rendit compte qu'elle s'était levée :

— Je vais au tribunal.

Et, comme Jamie, elle était partie.

Il était urgent, soudain, de bien regarder James, de le scruter pour voir s'il existait un lien quelconque entre ce qu'elle avait pensé et ce qu'elle savait maintenant. Elle aurait souhaité qu'il existe un moyen de l'épingler, à la manière dont les collectionneurs écervelés fixent les papillons : pour eux, afin de détailler les éléments de leur beauté, pour lui, ceux de son ignominie, sournoise et insaisissable. Une histoire de camouflage. Comme ces créatures dont les formes et les couleurs se modifient, pour leur permettre de passer inaperçues et d'éliminer les obstacles qui se dressent sur leur chemin — tout à coup, cela correspondait parfaitement à James, avec un côté malsain.

Au bureau d'accueil du tribunal, une femme aida Isla à trouver la bonne salle d'audiences. La procédure était plus simple qu'elle ne l'avait imaginé : un espace large, rempli de monde, destiné aux premières comparutions, lui avait-elle expliqué. Est-ce qu'elle pourrait bientôt prononcer des expressions comme « premières comparutions » avec autant d'aisance ? Elle en doutait.

Elle se glissa dans une rangée proche du fond de la salle. D'autres personnes allaient et venaient. Elle voyait l'endroit où les avocats prenaient place et le banc où les prisonniers étaient amenés lorsque c'était leur tour. D'autres accusés arrivèrent, avec ou sans avocat, du monde extérieur, par la porte qu'Isla avait franchie. L'assistance était moins importante qu'elle ne l'aurait imaginé, pas de kyrielles de familles éplorées, par exemple. La pièce était sobre et fonctionnelle. Pas de boiseries luxueuses et travaillées, pas de sculptures de la balance du jugement, mais une pièce nue, peinte en gris, avec des tables et des bancs. Elle identifia un rituel, une sorte de système à la chaîne : un nom était appelé, un homme – c'était généralement un homme – était identifié, on lisait les charges, en énonçant les arguments pour ou contre sa libération sous caution, il y avait quelques accrochages entre le juge et les avocats, mais plus souvent des accords sans dispute, et des voix habituées, qui s'ennuient, suivent des scénarios familiers. Pour Isla, c'était un monde étonnant qui lui était étranger : toutes ces vies, tous ces projets de vol, de trafic de drogue, ces soirées tranquilles à la maison qui avaient mal tourné ! Quel spectacle violent, quel drame vicieux ! Et tout cela était accompli dans le plus grand calme !

Et ce fut le tour de James, l'un des rares prisonniers à porter un costume, même si, bien sûr, c'était celui de la veille. Dans l'ensemble, il n'avait pas l'air trop mal. Elle se rendit compte qu'elle avait espéré des yeux au beurre noir, des lèvres entaillées, une vengeance indirecte dans ce goût-là. Elle aurait aussi préféré qu'il ait le dos voûté, le regard fuyant, alors qu'il était assis bien droit, grand, et presque fier. Quoique, non, sûrement pas fier. Il parvenait simplement, à l'aide de son costume sur mesure, à se camoufler encore. Quels nerfs! Et quelle énergie il faudrait dépenser pour tenter de faire sauter son camouflage!

Stephen Godwin s'avéra être un homme soigné aux tempes argentées qui entra rapidement et resta pendant les quelques secondes que dura la comparution de James, sans que la liberté sous caution soit accordée. Les avocats arrivèrent à un accord rapide, murmuré... et c'était terminé. Le monde du crime murmurait, imagina Isla, et James figurerait parmi ses créatures les plus insignifiantes, mais aussi les plus répugnantes.

De son côté, elle n'était pas plus avancée. Aussi choquée qu'elle puisse être, aussi grand que soit son mépris, elle avait néanmoins un besoin immédiat, comme de manger ou de respirer, une nécessité, de le voir et d'entendre ce qu'il avait à dire. À nouveau, le système fonctionna d'une manière étonnamment simple. On la dirigea vers la prison où il était détenu, à quelques kilomètres du tribunal. Qui était au courant de tous ces détails? Et elle était partie.

À la prison, il y avait des formalités à accomplir pour s'identifier, laisser ses effets personnels et passer par ce qui ressemblait au détecteur de métaux des aéroports. Il n'y eut pas de fouille au corps et le parloir était une véritable salle, pas une de ces pièces grillagées, fermées par un écran de verre comme l'on voit dans les films, mais un autre espace nu, rempli de simples chaises, avec un garde.

James apparut à la porte et s'écria:

— Isla, merci mon Dieu! (En d'autres circonstances, ces paroles auraient semblé presque touchantes. Et il aurait dû s'arrêter là.) J'espère que tu m'as apporté de quoi me changer et me raser. Je n'arrive pas à croire que l'on ne m'ait pas libéré sous caution, mais tant que j'ai des affaires propres, je peux rester ici quelques jours de plus.

De telles capacités de résistance, de retomber sur ses pieds...

Il était véritablement extraordinaire. Il avait fière allure, bien que son menton soit moins ferme et ses traits plus profondément marqués qu'autrefois, mais ce n'était pas un bel homme. L'avait-il jamais été? Y avait-il eu une phase de transformation qu'elle avait manquée?

— Écoute, poursuivit-il en baissant la voix et en faisant un signe en direction du garde, je ne peux pas te parler comme je le voudrais ici. Ce n'est pas vrai, rien de tout cela n'est vrai, c'est très exagéré. En vérité, je n'ai jamais voulu te bouleverser, c'est stupide. Et cela n'a rien à voir avec toi, rien à voir avec mes sentiments pour toi, sincèrement!

Sincèrement! Comme si elle était trop bête pour remarquer que, même en niant, il se confessait. Comme si elle avait pu avoir une idée de ce qu'étaient ses sentiments pour elle avant et maintenant. Ce dont elle était sûre, en revanche, c'est qu'il ne voulait pas qu'elle pense du mal de lui, c'était la seule chose qui comptait. D'une manière générale, il n'aimait pas cela, mais en ce qui la concernait, c'était même une question de fierté.

Encore une chose, parmi de nombreuses autres, à laquelle il aurait dû penser au préalable.

— C'était juste une minuscule facette de ma vie, bien distincte du reste. Mais, je te jure, rien qui puisse justifier ce qui est en train de se passer, crois-moi. Je suis désolé de ne pas avoir eu le temps de t'en parler l'autre soir. De t'avertir plus tôt. Je te raconterai tout quand je rentrerai à la maison, d'accord? Les faits ne sont pas ce qu'ils semblent être, d'accord?

Elle avait le regard fixe. Finalement, elle secoua la tête.

— Tu es un homme incroyable, James. Très impressionnant dans ton genre. (Il allait commencer à parler, puis, peut-être après avoir vu son expression, se ravisa.) Mais, puisque tu es si incroyable, as-tu quelques conseils à me donner pour que je puisse aider ton fils et ta fille à comprendre que leur père a molesté des enfants?

Il eut l'air horrifié.

— Bon sang ! Isla. Je n'ai pas molesté d'enfants. Mon Dieu ! Comment peux-tu dire une chose pareille ?

— Sans doute parce que j'ai entendu les chefs d'inculpation. Jusqu'à présent. J'ai cru comprendre qu'il pourrait y en avoir d'autres. Comment qualifies-tu ça, alors ?

Elle était curieuse. Peut-être n'avaient-ils pas parlé le même langage pendant longtemps ?

— Pas des enfants, insista-t-il. (Il semblait imaginer qu'il avait le droit d'insister.) Comment peux-tu penser une chose pareille ? Nous *avons* des enfants. Tu es trop intelligente.

— Donc, dit-elle doucement, tu comprendrais qu'un homme d'âge moyen embauche Alix dans trois ans et lui saute dessus ensuite. Ça te conviendrait, ça serait parfaitement compréhensible et n'aurait rien à voir avec le fait de molester des enfants ? (Sa voix se durcit.) Puisque tu me le demandes, sache qu'Alix et Jamie sont bouleversés et perdus. Il faut que j'aille les retrouver.

Elle regarda sa montre – c'était celle en argent, avec ses initiales gravées, qu'il lui avait offerte comme cadeau de Noël deux ans plus tôt. Elle comprit qu'elle commençait à faire l'inventaire des objets dont elle devrait se débarrasser. Dommage ! Elle aimait bien cette montre.

— Isla, dit-il sur un ton implorant.

Implorait-il sa miséricorde, son empathie, une réaction douce de ce type ? Apparemment, il arrivait à faire faire à sa voix tout ce qu'il jugeait utile. À moins que son nom ne fût le dernier objet familier auquel il puisse s'agripper. Cela serait triste.

— Il faut que j'y aille. J'ai juste deux ou trois choses à te dire. La première : si tu es libéré sous caution – ce qui ne se fera pas grâce à moi –, tu ne reviens pas à la maison. La deuxième : je ne suis pas ta bonne, si tu as besoin de sous-vêtements et de mousse à raser, il faudra t'adresser à quelqu'un d'autre. Et la troisième (elle se pencha en avant, le regarda avec dureté – dernière possibilité désespérée de voir ce qui pouvait se cacher derrière ses yeux) : que pensais-tu être en train de faire ? Quel démon t'a possédé ? Qu'est-ce qui t'a fait croire que tu avais un droit de mettre tes enfants en péril de cette façon, sans parler de moi ? Et quelle partie de ton cerveau t'a dit qu'il était juste de se jeter sur des jeunes filles ? Bon sang ! que pensais-tu être en train de faire ? Qui pensais-tu être ?

Elle n'avait plus de souffle.

Ses yeux s'étaient plissés. Lui aussi se pencha en avant — vraiment un homme étonnant ! —, comme s'il était prêt à sauter sur elle. Le garde émit un petit son pour le rappeler à l'ordre. Ils se regardaient avec dureté. Rien n'était plus familier. Une longue histoire venait de s'effacer.

— Tu devrais faire attention, dit-il doucement, sur un ton monocorde, le ton froid d'une véritable colère, à ne pas poser des questions auxquelles tu ne veux pas vraiment obtenir de réponses.

Ce n'était pas la première fois qu'elle l'entendait lui dire ça, mais ce serait la dernière.

Elle se leva, fit demi-tour et s'en alla. En arrivant à la porte, elle s'arrêta et se retourna brièvement. Elle esquissa alors un large sourire et attendit juste le temps nécessaire pour voir qu'il reprenait espoir, que ses yeux commençaient à s'éclairer et se remplir de soulagement et que l'affection, réelle ou fabriquée, adoucissait les angles de sa bouche.

Ce large sourire lui permit de rentrer chez elle saine et sauve — merci, mon Dieu !

Comme un secret

Les questions, qui semblent tout à la fois difficiles et généralement sans intérêt, ont au moins permis à Roddy de s'occuper pendant la nuit. Formulaire après formulaire, page après page, elles l'aident à réduire sa perception de l'intensité sonore, les cris et les insultes qui s'échangent, les menaces qui volent en prévision du lendemain flottant le long du couloir de la cellule d'un fou à celle d'un autre.

Il y a pire : les plaintes occasionnelles ou les chagrins sonores.

Il a du mal à imaginer que l'on puisse s'intéresser autant à lui, à ses désirs, ses souhaits, ses dons, et il ne peut pas croire que quelque chose de positif sortira de ces questionnaires. Toutes ses réponses vont certainement être analysées par un ordinateur qui recrachera un plan d'action simple et dépouillé dans lequel, et malgré l'abondance des questions, il ne sera pas véritablement pris en compte. De toute façon, comment serait-ce possible ? Comme à l'école, il s'agit presque uniquement de questions à choix multiples. Comme à l'école, elles sont plus difficiles qu'elles n'en ont l'air et lorsqu'elles semblent particulièrement simples, c'est sans doute qu'il y a un piège ; avant de répondre, il lui faut donc tourner autour, tourner encore, comme un chien martelant l'espace sur lequel il va se coucher.

La plupart des réponses ne peuvent être justes, aussi attentif soit-il, car les nuances ne sont pas prises en compte. Ainsi, à la question : « Préférez-vous : a) jouer au hockey, b) nager, c) regarder la télévision ? », il aurait tendance à répondre qu'il préférerait regarder le hockey à la télévision, comme cela lui arrivait certains soirs avec son père, tous deux silencieux, sauf lorsqu'il y avait un bon but ou une mauvaise bagarre. Une autre question est plus précise : « Quand vous regardez la télévision, aimez-vous les émissions : a) sportives, b) sur la nature, c) de fiction ? » Cela exclut beaucoup de sujets. Il se sent acculé à faire des choix qu'il n'aurait pas faits dans d'autres circonstances.

Les tests d'intelligence comportent de nombreuses questions sur les modèles et les formes : quel mot n'appartient pas à cette série ? Quel aspect aurait cette forme si elle était renversée ou placée sur un côté ? Des trains et des avions se précipitent les uns vers les autres à des vitesses précises, à quel moment aura lieu la collision ? Il se débrouille bien avec les suites de mots. Il arrive à transformer les formes dans sa tête et à voir à quoi elles ressembleraient si elles étaient renversées ou mises sur un côté. L'évaluation est plus difficile, en revanche, lorsque intervient le critère de vitesse. Une chose est sûre : la collision aura lieu. Ce serait l'élément déterminant, si tout cela avait de l'importance.

Au moins, ces tests, qu'ils soient tordus, déroutants ou seulement difficiles, exigent des réponses simples. D'autres, en revanche, le mettent mal à l'aise : il aimerait sauter les questions sur le type de personne qu'il est ou développer ses réponses. Par exemple, à la question : « Quand vous êtes en colère, êtes-vous plus enclin à : a) crier, b) frapper un objet, c) frapper une personne ? », il n'y a pas de place pour répondre « aucun des trois », pour dire que, la plupart du temps, il va dans sa chambre ou sort, seul ou avec Mike, en ville ou dans la campagne, c'est selon. S'éclaircir les idées, apaiser la colère, adoucir les angles. Mais frapper quelqu'un serait inutile et un peu factice ; il n'a, d'ailleurs, pratiquement jamais frappé quelqu'un parce qu'il était en colère. Il s'agissait plutôt de se défendre, de marquer son territoire, de ne pas être évincé, écarté ou noyé.

Certains crient lorsqu'ils sont en colère. C'est le cas de Mike. Il l'a vu trépigner, agiter les bras, insulter le ciel pour un pneu de bicyclette crevé, des broutilles sans importance. Les cordes vocales de Roddy ne fonctionnent pas ainsi, ses bras sont incapables de grands gestes. Crier, c'est trop s'impliquer. C'est trop s'exposer.

Les tests d'aptitude sont étranges, eux aussi. « Préférez-vous travailler avec : a) des chiffres, b) des mots, c) vos mains ? » – celle-là, elle est facile. Mais que penser de : « Quand vous pensez à un animal dangereux, c'est plutôt : a) un chien, b) un léopard, c) un putois ? » Avec quoi peut-on relier une telle question ? À moins que Stan Snell, le conseiller, thérapeute, ou quelle que soit sa fonction, puisse l'entraîner à devenir dompteur dans un cirque ou gardien de zoo, qu'est-ce que ça peut lui apporter de savoir quel animal il considère comme le plus dangereux ?

La femme travaille avec les mots, imagine-t-il, si elle est dans la publicité. Elle est sans doute riche et, pour faire ce genre de travail, nécessairement intelligente. Il doit être particulièrement difficile, lorsque l'on est intelligent, de devoir rester parfaitement immobile, sans rien ressentir. Peut-être, puisqu'ils sont dans une situation analogue, sur ce point, éprouvent-ils tous les deux le même type de difficultés : être incapable d'empêcher son cerveau de penser. Il l'imagine sur son lit d'hôpital, qui doit avoir à peu près les dimensions de son matelas de cellule. Même si Roddy reste allongé sans bouger, il ressent la dureté du matelas sous lui, l'aspect rêche de la couverture au-dessus, il entend son cœur qui bat, de petits grouillements dans son ventre alors que la digestion est en cours. Il sent aussi l'endroit où reposent ses talons, et le tremblement de ses cils lorsqu'il se concen-

211

tre – peut-elle ressentir l'une de ces choses-là ? Et, si ça la démange, ne peut-elle bouger pour se gratter ? Oh ! mais elle ne doit pas ressentir non plus de démangeaisons.

Parce qu'il a été si foncièrement stupide en provoquant tout cela, Roddy est précisément à l'endroit qu'il mérite, avec son petit lit, ses murs gris, ses toilettes sans abattant. Il doit appartenir à ce monde des faibles d'esprit, des bouchés, des brimés. Ils ne sont pas tous forcément mauvais – lui-même ne l'est pas, et il ne doit pas être le seul –, mais un peu gauchis, tordus, décolorés. Ici, il y a des types qui ressemblent à des serpents écrasés par des camions et desséchés par le soleil. Certains sont même monstrueux, comme... des écureuils albinos.

Les sons, l'incessant bruit de voix qui monte et descend, l'écho des bottes, de la vaisselle et des boules de billard, le hurlement de la télévision et même le simple fait de tourner des pages forment un pan de la réalité. Les odeurs en constituent un autre. Cet endroit pue le désinfectant et l'enfermement : cette odeur de frustration qui rend fou et les conduit tous à un état de rage, qui se manifeste d'une façon ou d'une autre. Au milieu de la nuit, les types crient, qu'ils soient éveillés ou non, c'est de la douleur en continu vingt-quatre heures sur vingt-quatre. Roddy imagine que lui aussi pourrait se comporter ainsi, s'il le voulait, s'il se fichait que d'autres puissent savoir ce qui se passe dans sa tête.

S'il pensait qu'ils s'y intéressaient.

Il a désormais plus d'informations sur le déroulement des événements. Stan Snell et Ed Conrad lui ont tous deux expliqué que, une fois condamné – sans doute dans quelques semaines –, il passerait de l'unité de détention au centre d'éducation surveillée. *Éducation surveillée*, l'expression semble appropriée – promesse d'avenir, d'une vie qui change, de modifications positives, mais, bien sûr, il n'en est rien.

La question ne se pose pas de savoir s'il plaidera coupable, comme il le fera aujourd'hui avec Stan Snell, parce qu'il est coupable et que, la première nuit, il a tout avoué aux flics, jusqu'à préciser ce que lui-même, son père et sa grand-mère avaient mangé au dîner. Il avait tout avoué, sauf Mike. Il n'est guère étonnant qu'Ed Conrad soupire beaucoup. S'il le pouvait, Roddy compterait sur la compréhension, la compréhension officielle d'un événement arrivé par erreur et qui a tout brisé. « Tu peux toujours espérer, lui avait dit Ed Conrad, mais, à ta place, je n'y compterais pas trop. »

Roddy avait l'impression que la justice avançait à pas lents, mais son avocat lui expliqua que ce n'était pas le cas : « Le fait de plaider coupable accélère le processus. C'est de passer en jugement qui dure une éternité. » Ed Conrad a établi un marché, un échange pour Roddy. Il est fier d'avoir réussi à arranger ça : « Tu plaides coupable pour le vol à main armée, et l'inculpation pour tentative de meurtre est abandonnée. C'est un bon échange, tu sais, d'échapper à une telle inculpation. Je leur ai dit que, s'ils la maintenaient, il faudrait que tu sois jugé, car tu ne plaiderais pas coupable, et il y aurait de bonnes chances que tu nies farouchement. Mais, s'ils l'abandonnaient, tu plaiderais coupable pour le vol à main armée et ce serait fini. Tout le monde économiserait du temps et de l'argent, tu bénéficierais du fait de ne pas avoir fait traîner les choses en longueur, ce qui signifie ne pas entraîner avec toi des témoins dans le processus, comme cette femme, et cela vaut mieux pour toi et pour tout le monde. (Il sourit.) Sauf pour moi, qui aurait pu faire de lourdes notes de frais pour ton père, en essayant de te défendre d'une façon ou d'une autre. »

Formidable !

Il a sans doute raison, néanmoins, il a passé suffisamment de temps à défendre des types coupables des accusations dont ils sont l'objet pour savoir qu'il peut seulement les aider à passer cette étape dans les meilleures conditions possibles. Peut-être n'est-ce pas sa faute si le cœur n'y est pas, du moment qu'il fait son boulot. Peut-être est-ce bien ainsi, du moins juste ce qu'il faut. Roddy est heureux de ne pas avoir à faire de déposition et de ne voir personne le faire non plus, pas tant la femme paralysée — de toute façon, comment le pourrait-elle? —, mais d'autres, comme son père, car c'était son fusil, ou comme Mike. Ce serait dur d'entendre Mike, quoi qu'il ait à déclarer.

D'après ce qu'Ed Conrad a expliqué, les inculpations seront lues, les flics auront leur mot à dire, les faits pour l'essentiel, « rien de très important ». Il a dit qu'il était possible que la femme ou un membre de sa famille souhaite faire une déclaration avant que le jugement ne soit prononcé. « Il faut que tu penses à ce que tu pourrais dire à la Cour, en soulignant que tu es vraiment un gentil garçon et terriblement navré. »

La voix d'Ed Conrad prend un ton de métal rouillé parfois. Est-ce seulement pour Roddy ou est-ce que, généralement, il n'aime guère ses clients?

— Rédige quelque chose par écrit, dit-il, au moins le début.

Et Roddy a essayé. Il a beau repérer facilement quel mot ne fait pas partie d'une série, lorsqu'il s'agit de pensées concernant des faits importants, il manque totalement d'inspiration. Il a écrit: « Je suis navré », mais ensuite, que faudrait-il ajouter? Qu'il changerait tout si c'était possible? Qu'il n'avait jamais voulu qu'un tel événement arrive? Les mots ne changent rien, ils ne réparent pas et ne sont jamais suffisamment grands pour contenir la réalité.

Peut-être est-ce la raison pour laquelle il y a ici tant de cris et de souffrances transformés en sons — bien pires, car les mots se sont révélés impuissants. Avec le temps, il est possible que Roddy aussi perde ses mots et en soit réduit à montrer du doigt ou à grogner.

Ce matin, quand la sonnerie du réveil a retenti dans le couloir, la routine de Roddy a été brutalement modifiée. Un garde est venu le chercher, de sorte qu'il n'a pas rejoint les autres dans la file pour la cafétéria. Il est accompagné, avec trois autres types, vers les douches. Ensuite, on leur donne de véritables vêtements au lieu de leurs combinaisons marron. C'est sa grand-mère ou son père qui ont dû les laisser. Son seul pantalon habillé gris foncé, qu'il n'a pas porté une seule fois depuis que sa grand-mère lui a acheté, l'année dernière, à bon marché « car tu auras des occasions de le porter dans la vie ».

Et voici donc une occasion.

Il y a aussi une chemise blanche qu'il n'a jamais vue avant. Neuve. Achetée spécialement ? Mais qui porte une chemise blanche ?

Les gens accusés de crimes importants, imagine-t-il.

En réalité, il ne se trouve pas trop mal. Son corps est plus adapté à porter des pantalons élégants et des chemises blanches qu'à flotter dans des combinaisons.

L'un des types n'a rien d'autre, pour s'habiller, que la combinaison. C'est pathétique de n'avoir personne qui ait suffisamment d'affection pour vous apporter des vêtements.

— Va te faire foutre, dit le type, qu'est-ce tu regardes ?

— Du calme, intervient un garde.

On les entasse dans un fourgon pour retourner au tribunal. C'est comme une drogue, sentir pendant quelques instants l'air chaud, libre, inspirer profondément, flash-back de la vie d'il y a une semaine, deux semaines, de dix-sept années passées à respirer cet air qui semblait normal, respirable, aller de soi. Et, juste dans l'intervalle entre la porte d'entrée et le fourgon, sentir la chaleur peser sur le sommet de son crâne. Une journée pour aller à la campagne, à la piscine pour siroter une bière, fumer un joint ou sucer une glace.

Non, pas de glace.

Il est emmené avec les autres dans la salle du tribunal par un ascenseur auquel on accède depuis le parking en sous-sol — pas de moment à l'air libre durant cette partie du voyage. Ils passent l'un derrière l'autre par une porte latérale et sont assis côte à côte sur un banc. Comme des oiseaux sur un fil à haute tension. La grand-mère de Roddy et son père sont assis au deuxième rang, du côté du public – si, du moins, on appelle ainsi ceux qui observent les débats. Il y a beaucoup d'inconnus assis, sans doute présents pour l'un des autres types, ou juste par curiosité, pour assister à n'importe quelle affaire, fascinés par la malchance des autres. La sienne, notamment, semble particulièrement accablante.

À moins que – oh! mon Dieu! – certains ne soient liés à cette femme. Il se demande s'il reconnaîtrait son mari s'il le voyait à nouveau. À la porte de Goldie, c'était juste une silhouette, pas une personne dotée de traits précis dont il pourrait se souvenir, alors que le drame se jouait. Et elle a deux enfants. Ed Conrad a dit qu'ils étaient plus âgés que lui. Peut-être que deux, trois ou vingt personnes assises dans la salle du tribunal sont de sa famille. Il a en tête cette image folle de l'une d'entre elles sortant un revolver et lui tirant dessus. Cela ne lui semble pas totalement impossible, bien que ce le soit. Il ne veut pas mourir. Le simple fait de respirer est important. La femme a-t-elle la même impression? C'est peu probable. Elle pense sûrement que le simple fait de respirer ne vaut pas grand-chose.

Est-ce que quelqu'un est chargé de surveiller ces personnes?

Son père et sa grand-mère le regardent. Elle lui sourit et fait de petits signes de tête, puis leurs yeux se séparent. Ils sont venus endimanchés, lui payent un avocat, mais peut-être ne lui ont-ils pas pardonné. Du moins, pas son père, et sa grand-mère a tranché en faveur de celui dont la loyauté est sûre.

Les gens commettent parfois de grosses erreurs par loyauté. Cela peut leur valoir toutes sortes d'ennuis. Ainsi lui, par exemple: le jour dit, il ne se sentait plus le cœur à mettre leur projet à exécution, mais il n'a pas reculé. Sinon, il aurait eu le sentiment de laisser tomber Mike.

Ce n'est pas totalement vrai. Il n'a pas reculé, parce qu'il ne voulait pas perdre l'estime de Mike, ce qui n'est pas exactement de la loyauté.

Une nouvelle fois, Mike est absent. Roddy regarde ailleurs, vers ses genoux, ses fins poignets sans menottes.

Cette fois-ci, il y a un vrai juge, en robe noire, la totale. Lorsqu'il pénètre dans la pièce, tout le monde se lève pour se rasseoir ensuite. Il parcourt la salle des yeux, sans s'arrêter sur quelque chose ni quelqu'un de particulier. Pour lui, il ne s'agit peut-être que d'une autre journée de travail. Tout comme le père de Roddy qui se lève tous les matins, peut-être ne fait-il ce travail que parce qu'il a des responsabilités, des êtres dont il a la charge. La salle ne semble guère l'intéresser, bien qu'il soit difficile de lire de la gentillesse ou de la cruauté sur ce genre de gros visage avec des cheveux grisonnants. C'est la robe noire qui exerce le plus grand impact, de toute façon. Elle donne un air vraiment sérieux.

Au moment où l'affaire de Roddy est appelée, il a l'impression de monter sur scène. On l'éloigne des autres, du banc, pour le mener jusqu'à une chaise à côté d'Ed Conrad, derrière l'un des bureaux faisant face au juge. À un autre grand bureau, il y a une femme et l'un des policiers qui l'ont arrêté. Le plus grand, le plus âgé, le plus gentil, bien qu'il ne soit pas, à l'évidence, du côté de Roddy.

Roddy se retrouve alors dans une situation qu'il n'aurait jamais imaginée : il se lève en reconnaissant le vol à main armée. « Coupable », s'entend-il prononcer quand le juge lui demande ce qu'il plaide. Ed Conrad lui avait conseillé de s'exprimer clairement au tribunal, c'est ce qu'il fait, et le mot « coupable » fait des ricochets et se répercute dans toute la pièce, comme s'il en était fier.

Tous les mots résonnent mal. La femme, l'avocat de l'autre partie, assise avec le policier, raconte une partie de l'histoire. Puis le policier poursuit en énonçant les faits, notamment tout ce que Roddy leur a raconté.

Le policier lit aussi des passages d'autres dépositions : le mari de la femme était dehors dans une camionnette, il a entendu un coup de feu, il a couru jusqu'au magasin où il a vu Roddy. Il l'a vu donner le fusil à Mike, vomir et s'enfuir. C'est embarrassant, la partie où il vomit et s'enfuit.

— Nous n'avons pas pu déterminer si l'accusé a agi seul.

Il ne faut qu'une seconde pour analyser cette phrase. Ils ont essayé d'incriminer quelqu'un d'autre, Mike, mais n'ont pas réussi et conservent cette hypothèse. Peut-être Mike n'est-il pas encore sorti des bois ? Peut-être est-ce pourquoi il n'est pas là ? Quand même !

Ed Conrad se penche avec une expression amicale, comme s'il allait poser une question anodine à son client, et murmure : « Assieds-toi. Décroise les bras. Change l'expression de ton visage. »

S'il veut dire que Roddy devrait arrêter de loucher, c'est impossible. C'est suffisamment moche que tout le monde soit au courant qu'il ait vomi. Ce serait pire s'il pleurait.

Le policier poursuit :

— La victime reste à l'hôpital, avec un diagnostic indéterminé sur ses chances de rétablissement total ou partiel.

Ce qui signifie que Roddy n'est pas le seul à ne pas être absolument certain de ce qu'il a fait. C'est si étrange qu'il y ait cette femme – une personne qu'il ne reconnaîtrait sans doute pas dans la rue, à moins qu'elle ne porte à nouveau son tailleur bleu – et que leurs deux vies soient soudainement bouleversées à cause de l'autre. Roddy secoue la tête, car il n'arrive pas à s'éclaircir les idées. Ed Conrad se racle la gorge, bouge dans son siège et fronce les sourcils.

Le policier donne des indications sur Doreen : elle était partie quelques jours chez sa sœur, les voleurs imaginaient sans doute qu'elle agirait de la même façon que l'année précédente où elle avait laissé l'argent s'accumuler dans le magasin, seulement, cette fois-ci, elle avait changé d'avis.

Le policier continue :

– Le déroulement montre qu'il s'agit d'un scénario conçu à l'avance, un projet où Goldie fut choisi délibérément, et non par hasard.

Ed Conrad émet une objection : cette affirmation ne peut être prouvée et ne fait pas partie de l'exposition des faits telle qu'est censé la faire le policier. Le juge est d'accord. Ed hoche la tête pour lui-même, comme s'il venait d'agir de façon vraiment intelligente.

C'est à son tour de poser des questions. Ed Conrad se contente de soulever le problème de l'endroit où le père de Roddy conservait son arme et ses munitions.

– Mon client n'a que dix-sept ans, après tout, dit-il. Les adultes présents dans sa vie ont la responsabilité de le protéger, même de lui-même.

– Était-ce une question ? demande le juge.

– Oh ! non, dit Ed Conrad en s'asseyant.

Si cela ne concernait pas Roddy, ce serait presque drôle. Ed Conrad a, finalement, un sacré culot. C'était assez courageux de sa part de suggérer qu'une partie de la faute de Roddy pourrait être celle de son père quand on sait qui le paie. À moins qu'il ne soit stupide. Peu importe.

Et c'est pratiquement terminé, sauf pour les deux avocats. Ed Conrad et l'avocat de la partie adverse donnent leurs conclusions. Celle qui est contre Roddy fait un développement sur un crime vicieux, la violence juvénile, le comportement brutal et insouciant, la victime innocente, la nécessité d'un châtiment sévère qui puisse servir d'exemple. Tout cela semble très général à Roddy, et ne pas lui être spécifiquement adressé.

Ed Conrad plaide différemment. D'abord, il parle lentement et doucement de la mère de Roddy, mais que sait-il d'elle ? Il parle d'un garçon arraché à un lieu et à un environnement pour être introduit dans un contexte nouveau à la suite d'une tragédie familiale. Une famille qui travaille dur mais connaît d'importantes difficultés, une grand-mère et un père aimants qui font de leur mieux, de bonnes perspectives, donc, pour une personne bénéficiant de ces soutiens. Un acte irréfléchi, immature, tragique, mais un garçon qui reste prometteur et qu'un châtiment trop dur pourrait détruire. « Il a commis un acte terrible, dit Ed Conrad, mais ce n'est pas un enfant terrible. Un acte totalement isolé ne devrait pas détruire un tel potentiel. »

Mais que s'imagine-t-il savoir sur Roddy? Lui-même n'en sait trop rien. Pas plus qu'il ne connaît son potentiel. Il ne veut même pas penser à ce mot qui se réfère à un avenir désormais perdu, à ce qu'il aurait pu faire – quelle que soit la nature de ses activités – s'il avait étudié la question.

Cela dit, Ed Conrad n'avait aucun droit de parler de la mère de Roddy. S'il avait su que l'avocat allait développer des données personnelles, il lui aurait demandé de la laisser en dehors de ça. Elle avait eu suffisamment de problèmes sans devoir encore être entraînée dans celui-là. Et blâmée, d'une certaine façon, bien qu'Ed Conrad ne l'ait pas dit explicitement. « Ma mère était formidable, nous avons eu de grands moments. Je lui faisais confiance. » Il aimerait se lever et interrompre Ed Conrad pour lui dire ça. Il est furieux, et réduit ses yeux à deux fentes aussi fines possibles. Ed Conrad fronce les sourcils, rapidement, c'est un avertissement.

– J'annoncerai la sentence dans huit jours à dix heures, dans cette salle, dit le juge.

Ed Conrad avait supposé que ce serait une question de quelques semaines, mais le juge ne pense pas que cette affaire lui demandera beaucoup de réflexion. Peut-être condamnerait-il Roddy immédiatement si, en agissant ainsi, il ne donnait pas l'impression de précipiter les choses.

– Je vais entendre la déposition sur les conséquences de cette affaire pour la victime, ainsi que celle que l'accusé jugera bon de faire.

Le juge a l'air de s'ennuyer. Comme si tout ce qu'il allait entendre, il le savait déjà. C'était sans doute vrai. Rien de tout cela n'est sans doute neuf pour personne, sauf pour Roddy.

Il entend Ed Conrad soupirer et voit s'avancer un grand type plus âgé en costume, pas un costume comme celui du père de Roddy, beaucoup plus raffiné, gris foncé, trois-pièces au lieu d'un costume deux-pièces noir. Il passe derrière Roddy et va jusqu'à l'avant de la salle. Il ne semble ni bouleversé ni nerveux, mais a l'air vraiment sérieux. Son visage est familier, ou ses traits : la dernière fois qu'il l'a vu, il se trouvait dans l'encadrement de la porte de chez Goldie.

— Identifiez-vous pour la Cour, demande le juge.

Il donne son nom et son adresse. C'est lui, le mari. C'est aussi un juriste. Il donne le nom d'une compagnie portant un nom à rallonge où figure le sien. Il a l'air beaucoup plus futé – et beaucoup plus coûteux – qu'Ed Conrad.

— Je serai bref, dit-il, car je ne pense pas que ce jeune homme (en faisant un signe dans la direction de Roddy, mais sans le regarder) mérite que la Cour lui prête une grande attention. Ma femme, en revanche, le mérite. (Ça fait mal, même si c'est logique que le type soit amer.) Je veux donc parler un peu d'elle pour que vous compreniez quel genre de personne a été atteinte par tout ceci, sans avoir commis de faute ou pris une initiative personnelle. (Bon, c'est vrai. Elle n'a rien fait, si ce n'est surgir au plus mauvais moment.)

Nous sommes mariés depuis tout juste six ans. Son premier mariage s'était très mal terminé et elle a eu beaucoup de mal à connaître le bonheur après cela. Mais nous avions réussi. Nous avons réussi. (Bravo ! – Ed Conrad fronce à nouveau les sourcils à l'intention de Roddy.)

Elle a deux enfants, tous deux de jeunes adultes qu'elle a beaucoup aidés à passer des années difficiles à la fin de son premier mariage. Je ne suis pas ici pour dévoiler sa vie pri-

221

vée, mais je tiens à dire que pendant toute sa vie de femme, elle a été une mère dévouée, ainsi qu'une femme d'affaires inventive et talentueuse, cogérante et vice-présidente d'une agence publicitaire réputée. Mais, bien sûr, le plus important pour moi (et sa voix douce se perd, devient rude et heurtée), c'est qu'elle est ma partenaire. Nous nous sommes tous deux donné une seconde chance, ce qui est une victoire formidable à cette étape de nos vies.

On pourrait penser qu'il connaît la valeur des secondes chances. On pourrait penser qu'il en garderait une au chaud pour quelqu'un d'autre, mais Roddy comprend que c'est beaucoup demander à cet homme.

— Nous aimons notre vie. Ma femme est une personne qui connaît toute la valeur des célébrations et c'est ce que nous étions partis faire — célébrer un moment heureux avec une glace. Voilà tout ce qu'elle faisait : elle allait chercher une glace.

Sa voix semble se briser à ce moment-là. Si le cœur de Roddy déborde de sentiments, qu'en est-il des autres ?

— Mais maintenant, à cause de ce gamin ici présent, elle est sur un lit d'hôpital, incapable de bouger ou de sentir quoi que ce soit. Elle est paralysée. Même entre les mains des meilleurs médecins, l'issue la plus heureuse nécessitera des mois, peut-être des années. Ce garçon (et, soudain, il regarde Roddy droit dans les yeux, un regard brûlant qui s'enfonce dans le sien et l'empêche de se détourner), ce garçon a fait exploser sa vie, il a fait exploser nos espoirs, il a accompli un acte plus horrible qu'il ne peut même imaginer.

Comment peut-il savoir ce que Roddy imagine ?

Mais il a raison.

— Il n'existe aucun moyen de remédier à cette situation. Il n'y a pas de condamnation qui répare. Il n'existe pas de justice possible. Je veux juste vous demander, votre Honneur, de garder à l'esprit, pendant vos délibérations, l'image d'une femme aimante et courageuse qui était finalement heureuse.

Merde ! Heureuse. Aimée.

En retournant s'asseoir, le type marche de façon raide, un peu saccadée, et il ne regarde pas dans la direction de Roddy. Celui-ci se sent petit, écrasé, comme un insecte, le genre d'insectes que personne n'aime mais dans lesquels, lui, voit de la beauté.

Maintenant, il entend quelqu'un d'autre se déplacer derrière lui, arriver à ses côtés, en faisant de petits bruits courts et assourdis. Une fille. Une jeune femme est à ses côtés, presque à portée de main, s'il se penchait légèrement et tendait le bras. Et comme si elle avait envie de se pencher légèrement, d'étendre son bras et de le toucher, elle fait une pause dans son trajet vers l'avant de la salle. Elle le regarde d'une bien étrange façon.

Elle a des cheveux roux, flamboyants, libres, et magnifiques. La robe qu'elle porte ne semble pouvoir appartenir à une personne dotée d'une telle chevelure. Elle est longue, marron, et à travers, il distingue la forme de ses jambes jusqu'en haut. Elle est vraiment mince. Elle a l'air... faible n'est pas le mot qui convient, mais elle ressemble aux animaux de verre que sa grand-mère conserve sur le dressoir. Elle a l'air de pouvoir se casser. Ou être renversée.

Sa peau est pâle et pure, il a l'impression de voir à travers, elle est transparente, comme sa robe.

Mais c'est surtout son regard qui le frappe : vif, fixé sur lui. Pas comme si elle était en colère ou s'apprêtait à sortir son revolver, mais plutôt comme si elle essayait de comprendre ce qui peut se passer dans sa tête. Il lui fait presque un signe, gravement, pour lui dire : *Viens, tu es la bienvenue, mets-toi à l'aise, fais le tour. Sauve-moi.*

Quelque chose est en train de se passer, léger et terrible à la fois : il est baigné, de tout son être, des pieds à la tête, par l'amour chaleureux, sincère et parfait de cette fille.

Quand elle se retourne pour faire face au juge, il se sent relâché, libre, soulagé, mais aussi plus perdu qu'il ne l'était auparavant.

Sa voix est claire et haut perchée. Elle dit qu'elle est sa fille et donne son nom : Lumière d'étoile. Le juge demande :

— Votre nom légal de baptême, s'il vous plaît.

Elle soupire et répond :

— Alix.

Elle regarde à nouveau Roddy, ses yeux sont sérieux. Elle lui dit qu'elle ne le déteste pas. Si ce n'est pas de la haine, c'est quoi ? De l'amour ? Non, ça c'est lui. Pitié ne convient pas non plus vraiment.

Elle dit qu'elle veut seulement expliquer que sa mère est une personne dotée d'une bonne âme :

— Elle est paralysée dans son corps, dit-elle lentement. (Elle parle à Roddy comme si elle le touchait, de sorte que sa peau semble vouloir se dresser et se détacher de lui.) Dans son corps, mais pas dans son esprit. Ma mère a reçu la promesse de la sérénité et, peut-être, une révélation de la paix spirituelle. C'est très dur, mais pour quelque chose d'aussi important, les résultats ne peuvent être obtenus facilement. Je veux juste dire qu'il s'agit là d'une promesse. Elle se répand sur tous ceux qui le souhaitent.

Elle continue de regarder Roddy. Oh ! bien sûr qu'il le souhaite ! Il pense même avoir une vague idée de ce qu'elle veut insinuer par *quelque chose d'aussi important* et *paix spirituelle*. Mais c'est comme dans un rêve. Ce qu'elle veut dire et qu'il comprend est difficile à retenir et s'échappe.

Sa tête tourne, il se sent mal, comme s'il allait s'effondrer juste au moment où elle passe près de lui pour aller se rasseoir. Tout le monde semble froncer les sourcils, s'agiter, se réinstaller — y compris le juge. Dans toute cette assemblée, il semble que Roddy ait été le seul à avoir compris ce qu'elle disait. Pendant quelques secondes, il a eu le sentiment de tenir quelque chose.

— Merci, dit finalement le juge sur un ton où se mêlent l'étonnement et l'irritation.

Roddy est offensé pour elle, bien que, de sa part, ce soit sans doute faire preuve d'étroitesse d'esprit. Elle est large d'esprit, avec un cœur énorme, une compréhension immense et n'en a que faire.

— Bon! (le juge se tourne vers Ed Conrad), votre client a-t-il quelque chose à ajouter avant que la séance ne soit ajournée?

Ed regarde Roddy, qui se retrouve debout. C'est comme chez Goldie, il a accompli un geste sans l'avoir décidé ou y avoir pensé.

Et maintenant, qu'est-ce qu'on fait?

Et maintenant, il est debout avec son pantalon habillé et sa chemise blanche, regardant un homme en robe noire qui attend ses paroles, mais l'essentiel, c'est la fille. Elle lui a dit quelque chose d'important, même s'il n'arrive pas tout à fait à en saisir le sens, et il éprouve le besoin de lui répondre. Un message entre eux.

— Je suis navré, dit-il. Je suis terriblement, infiniment navré. Je ne l'ai pas voulu. Je ferais n'importe quoi pour que ce ne se soit pas passé. J'ignore comment tout cela est arrivé. Je suis juste profondément navré.

Ah! non, il a tout raté! C'est exactement ce qu'il avait jugé inutile de déclarer, et cela ne se rapproche même pas de ce qu'il avait envie de lui dire. Comment se fait-il qu'il n'y ait pas de mots pour ce qu'il voulait dire, l'étendue de ses regrets, sa peine, son amour soudain et étrange?

Sa gratitude aussi.

« Et, dit-il en se tournant légèrement pour l'apercevoir, merci. »

C'est mieux, ça se rapproche.

Tout le monde se lève. Un flic apparaît pour emmener Roddy. En se retournant vers la salle qui se vide, il voit sa grand-mère et son père le regarder, impuissants, avec des expressions qui seraient insupportables s'il les cherchait du regard, mais c'est la fille qu'il cherche. Elle suit le mari de sa mère, son beau-père, suppose-t-il. Elle ne se retourne pas, mais, assurément, la façon dont elle se déplace, la solidité de sa colonne vertébrale, la fermeté de ses pas, la transparence et jusqu'au mouvement de sa robe, tout lui indique qu'elle a entendu, non ses paroles, mais ses intentions. De la même façon qu'il est le seul à avoir compris ce qu'elle voulait dire.

Il se sentirait bien s'il pouvait continuer à la regarder. Pas besoin de parler, bien qu'il aimerait qu'elle le fasse, car ses mots ont un sens. *Lumière d'étoile*, se dit-il, en ajoutant *Alix*, mais suffisamment fort pour que le flic lui demande : « Quoi ? », et il se sent bête, mais pas tant que ça.

Non que tout ce qui vient de se passer soit clair, c'est même plutôt le contraire. Pendant son retour en fourgon, il ne se sent pas heureux, mais presque apaisé. Il garde les yeux fermés pour se concentrer sur la façon dont elle l'a regardé, comme si elle le serrait fort avec ses yeux. Ces cheveux, ce corps mince, ces paroles dont il n'arrive plus à se souvenir, si ce n'est que lorsqu'elle les prononçait, il se sentait fort et presque sûr de quelque chose. Et la façon dont sa peau semblait vouloir se soulever et quitter son corps.

Catapultes et huile bouillante

— Tu es réveillée, maman ?

En fait, non, elle n'était pas réveillée, mais, parce que c'est la voix de Jamie et parce que cela correspond précisément à ce que, petit, il faisait certains matins, se faufilant jusqu'à son côté du lit, elle s'arrache au sommeil. Elle a un peu l'impression de nager dans du beurre de cacahuètes.

— Coucou ! dit-il, comment te sens-tu ?

Elle se sent impuissante, voilà comment elle se sent. Elle se sent dépendante et maudite, désespérée et bridée par divers appareillages et incapacités. Elle sent la rage se faire plus forte et plus rapide que la flamme éternelle que lui souhaitait Alix. Voilà ce qu'elle ressent, qu'imagine-t-il ?

— OK ! dit-elle, fatiguée.

— J'ai pensé que tu aimerais savoir que grand-mère et Bert sont en chemin ou le seront bientôt.

Ah bon ? Elle pensait qu'ils étaient d'accord pour laisser Madeleine et Bert dans une heureuse ignorance aussi longtemps que possible, les laisser faire ce voyage d'un mois soigneusement planifié, tant espéré, dans l'une de ces petites îles des Caraïbes particulièrement difficiles d'accès. Et, une fois arrivé, il est aussi difficile d'en repartir, surtout si vous êtes âgé, avec un cœur fragile, comme Bert, ou si c'est un voyage organisé avec un vol charter que l'on ne peut modifier, comme ils ont pris. Pourquoi les bouleverser, alors qu'ils sont si loin et qu'ils ne peuvent rien faire ? C'est ce qu'elle pensait qu'elle, Lyle, Jamie et Alix avaient décidé. Qu'est-ce qui a changé ? Et pourquoi ?

Pourtant, il est vrai qu'il serait particulièrement réconfortant d'avoir sa mère à ses côtés tout de suite.

Madeleine a soixante-quatorze ans, Bert, soixante-seize et quand ils sont partis, le seul souci était de savoir ce qui se passerait si l'un d'entre eux avait un problème grave et qu'ils fussent coincés sans les secours adéquats. « Arrête de t'inquiéter, avait dit Madeleine. Tout ira bien et, si ce n'est pas le cas, ce serait un endroit merveilleux pour des funérailles. » Au cours des dernières années, Madeleine est devenue plus insouciante – comme si elle mettait en application une certaine façon de vieillir.

Elle mérite mieux que cela, bien sûr. Et Isla aussi.

Madeleine a vécu plus longtemps avec Bert qu'avec le père d'Isla. Lorsque Isla avait épousé James, que Madeleine avait pleuré, c'est Bert qui avait joué le rôle du père de la mariée. C'est un homme bien. Il est gentil. Petit, rond, il s'est dégarni lentement au fil des décennies. Isla imagine que les envies et les désirs de sa mère, s'ils existent, doivent être bien différents des siens. Il ne s'agit pas d'un sujet qu'elles aient véritablement abordé, bien qu'elles aient toutes deux souri en constatant le goût de Bert pour les rayures, ses petites jambes pâles et courtes en short, la façon dont ses yeux se ferment quand quelqu'un éternue – une habitude étrange et charmante. Quand Madeleine dit : « C'est un homme bon », Isla comprend que cette phrase a une acception très large et englobante. En l'absence de papiers administratifs et de vœux solennels, Madeleine et Bert semblent avancer ensemble avec bonheur, avec affection. Ils se cajolent encore souvent, l'épaule, le genou... Bert semble considérer Isla, avec ses enfants difficiles et son histoire malheureuse, comme un bagage encombrant avec lequel Madeleine voyage et qui doit être pris en compte dans l'intérêt supérieur de son affection.

S'ils connaissent des disputes, des troubles, quelque tremblement de terre, ils les gardent pour eux. Depuis qu'ils sont tous deux retraités, ils ont voyagé dans différents coins d'Europe et beaucoup aux États-Unis. Ces derniers temps, pourtant, ils ont plutôt choisi des voyages organisés – depuis que Madeleine a appris à plonger, la sécurité ne semble plus être l'une de ses priorités. Bert, lui aussi, est devenu plus aventureux ou, du moins, il suit Madeleine sous l'eau avec ferveur, malgré son cœur défaillant. Apparemment, tout le monde avait tort de s'inquiéter qu'il puisse arriver quelque chose à l'un d'entre eux pendant le voyage. Il semble aussi ne pas exister de terme à l'issue duquel une mère prend sa retraite. Aussi âgées soient-elles, aussi loin puissent-elles partir en voyage, elles restent toujours susceptibles de recevoir un coup de fil qui les ramènera à la maison.

Jamie doit lire sur le visage d'Isla une partie de tout ce qu'elle pense :

– Nous avons décidé qu'elle devait être mise au courant, maman. Nous ne pouvions garder cela plus longtemps, elle nous aurait tués.

Est-ce qu'Isla n'a, désormais, plus son mot à dire ? Mais de voir Madeleine soudain apparaître à son chevet... Elle a de nouveau les larmes aux yeux. Mon Dieu, qu'elle est sentimentale ! Ou, pour le moins, agitée.

Lorsque Jamie et Alix étaient petits, Isla se serait précipitée s'ils avaient été coincés dans un incendie ou un bouchon. Elle le ferait encore, mais elle se demanderait pourquoi ils n'avaient pas réussi à éviter une telle situation. C'est la maternité qui veut ça : Isla n'imaginerait jamais se sauver au détriment de Jamie ou d'Alix, Madeleine échangerait sa place avec Isla sur-le-champ.

Il ne s'agit là que de théorie, bien sûr. Mais, dans certaines familles, ce serait positif de réagir ainsi, car tous les parents ne sont pas solides comme des rocs.

Cependant, Isla échangerait volontiers sa place avec le fils d'une autre mère — en une seconde, avec ce petit morveux qui lui a tiré dessus.

Oh! Elle se souvient de ce qu'elle voulait demander à Jamie, sur les drogues. Comment il avait réussi à se débarrasser totalement, au plus profond de lui, de ce désir d'une plongée dans d'onctueuses ténèbres. Son autre univers.

— Comment vont-ils rentrer?

— Lyle dit qu'ils reviennent sur un gros radeau fait de billets de banque. En fait, il s'agit d'un petit avion privé (pauvre Bert!), puis d'une sorte de bateau et d'un avion jusqu'à Miami. Il y a plusieurs heures d'attente, mais ils devraient être bientôt là. Lyle s'en est occupé.

Madeleine sera désespérée.

Lorsque Jamie eut quinze ans — il était devenu grand et mince —, on décelait parfois encore cette expression enfantine, ouverte, parfois maladroite, parfois exigeante. Il avait dit un jour qu'il aimerait enseigner, mais il était difficile de l'imaginer en professeur, un homme d'autorité, n'importe quel homme d'ailleurs. « Le temps est venu, lui avait dit Isla, parce qu'elle pensait que c'était le cas, tu peux faire tout ce que tu auras décidé de faire. » Elle aurait dû formuler sa phrase autrement. Elle voulait dire des actes positifs, dans un monde dont les possibilités s'ouvraient à lui. Elle n'avait pas pris les événements abominables en considération.

Son père aussi avait imaginé qu'il pouvait faire tout ce qu'il avait décidé. Elle n'avait pas pensé à cela, non plus, mais peu de temps après sa conversation avec Jamie, elle y fut contrainte. Maintenant, penché au-dessus de son lit d'hôpital, Jamie avait retrouvé son expression enfantine, maladroite, exigeante. Mais c'est désormais un homme. Certaines pertes sont irréparables.

Et voici un autre phénomène étrange : elle souhaite ardemment le prendre dans ses bras, mais oublie déjà ce que signifie sentir ses pieds sur le sol, remuer la tête ou enlacer quelqu'un. Elle oublie l'air, le mouvement et la solidité. Comme c'est étrange de perdre le contact aussi rapidement et, en même temps, de vouloir avec une telle intensité ce qui a été perdu !

Elle veut sa mère. Madeleine ne peut pas réparer cela : personne ne peut jamais réparer quoi que ce soit pour autrui, c'est l'une des dures leçons que l'on apprend lorsque l'on est adulte. Mais elle peut constituer une présence sûre, terriblement forte, sur laquelle on peut compter.

La police et l'avocat de James avaient raison : ses crimes présentaient un intérêt, pas énorme mais suffisant, pour les journaux. Il y avait son nom, celui de son entreprise et ses nombreuses adresses. Il était précisé qu'il avait une femme et deux enfants, des adolescents, qui, bien sûr, n'étaient pas nommés. Néanmoins, tous ceux qui les connaissaient les avaient reconnus.

Mavis avait accroché du fromage et de la viande froide à la porte. D'autres voisins et des amis étaient passés ou avaient téléphoné. Isla se sentait pathétiquement reconnaissante. Mais qu'auraient-ils pu dire d'autre que : « Je suis désolé » – désolé pour, désolé de, en un mot désolé ? Et quoi d'autre ?

Pendant les premières semaines, les plus difficiles, Madeleine prit un congé et vint habiter avec eux. Elle cuisinait, jouait aux cartes et répondait au téléphone – elle filtrait les appels, dont certains étaient particulièrement déplaisants. C'est ainsi qu'elle apprit que James avait été libéré sous caution, à condition de vivre chez ses parents. Isla essaya d'imaginer – sans devoir faire beaucoup d'efforts – la vie dans cette maison, le fils ruiné et déshonoré de retour au nid.

Elle se demanda aussi si James essayait de penser à la vie qu'elle devait mener avec Alix et Jamie dans leur maison, mais, bien sûr, il y pensait. Il téléphona à plusieurs reprises. Lorsque Madeleine demandait si quelqu'un voulait lui parler, il n'y avait pas de volontaire. Alix regardait Jamie et faisait comme lui. Isla avait l'impression qu'Alix aurait bien eu envie de parler à son père et se demandait si elle devrait intervenir, mais n'en fit rien.

Parfois, lorsqu'elle passait devant la chambre de Jamie, elle entendait qu'il était plongé dans une longue conversation téléphonique avec Bethany. Isla, que le choc avait laissée sans voix, se demandait ce qu'il avait à dire, ce qu'il pouvait lui confier. Elle éprouvait une admiration nouvelle pour Bethany, qui savait si bien écouter. Elle s'interrogeait sur la façon dont ses parents voyaient leur relation.

Madeleine s'arrangea pour que James et Alix puissent changer d'école. Elle expliqua, en voulant bien faire : « Personne ne vous connaîtra. Vous pourrez recommencer de zéro. »

James avait-il envisagé ces bouleversements avant de se précipiter sur les jeunes poitrines de ses employées ? Deux autres filles s'étaient présentées, des charges supplémentaires étaient venues s'ajouter. Il devenait difficile de suivre le fil de ses exactions, et, à un certain stade, les détails n'avaient plus guère d'importance. Il plaiderait non coupable, avait dit Madeleine après avoir parlé à la mère de James. Stephen Godwin arguerait du fait que, pour les plus jeunes filles, rien ne s'était passé et que, pour les plus âgées, non seulement, elles étaient consentantes, mais elles l'auraient même encouragé. « Consensuel » : tel était le mot sur lequel il avait l'intention de s'appuyer, à l'évidence. « Il s'agirait, avait ajouté Madeleine, que les plaintes soient retirées plutôt qu'il y ait un procès. » La mère de James était fermement convaincue désormais que son fils était innocent de tout, sauf, peut-être, de pensées impures. Forte de cette conviction, elle était très en colère contre Isla : pour sa faiblesse, pour son manque de confiance. « Je lui ai donc dit, continuait Madeleine, que je n'avais aucune envie d'écouter ce genre de bêtises et que si c'était là son seul sujet de conversation, il était inutile de rappeler. Je suis désolée si j'ai fait ce qu'il ne fallait pas, mais cette femme s'est complètement fourvoyée et je n'ai pas à supporter qu'elle t'insulte par la même occasion. »

À plusieurs reprises, tard dans la soirée, le téléphone avait sonné et, sans réfléchir, Isla avait décroché : « Isla, ne raccroche pas, il faut que je te parle. » Elle était tentée. Elle pensait avoir beaucoup à dire, mais une fois lancée, parviendrait-elle à s'arrêter ? Et James avait l'air d'avoir seulement envie d'être écouté. De plus, il avait oublié de dire « s'il te plaît ».

D'un point de vue global, elle était arrivée à la conclusion que les mots n'y suffiraient pas, qu'ils n'étaient pas suffisamment gros ou compliqués, ou peut-être les années passées dans le monde de la publicité avaient-elles simplifié son vocabulaire, devenu inadapté pour un sujet aussi complexe que ses sentiments. *Trahie* ne s'en approchait guère, pas plus que *furieuse*. Blessée au point d'être réduite à une incapacité d'expression désarçonnante ? C'était quelque chose dans ce goût-là. Elle n'arrivait pas à se réchauffer, parvenait à peine à se déplacer, passant des heures recroquevillée dans son lit sous les couvertures. Elle pensa que c'était le chagrin. Elle n'avait pas imaginé qu'il était possible, quand on avait le cœur brisé, d'éprouver un sentiment aussi douloureux.

Ce n'était donc pas tant qu'elle n'avait rien ou trop à lui dire, mais qu'elle ne pouvait commencer à exprimer sa pensée ; elle raccrochait donc sans parler.

Avec le temps, cependant, un autre élément se fit jour. Lorsqu'elle parvenait finalement à se tirer hors du lit, elle avait l'impression d'avoir perdu beaucoup de poids. Il lui fallut un moment pour comprendre de quoi il s'agissait : un petit coin de son cœur était soulagé, presque reconnaissant que James ait commis tous ces crimes avec autant de clarté.

Ce qu'il avait fait était si limpide, si net qu'elle évita ainsi la rupture qui broie, celle qu'elle avait vaguement envisagée avec quelques années d'avance, quand elle voudrait le quitter, sans raison particulièrement bonne ou évidente. Désormais attrapé, crucifié, coupable, il l'avait déchargée de toute décision difficile. Le bouleversement d'habitudes communes, l'absence de certains sons constituaient des douleurs perturbantes, mais un matin, au réveil, elle se rendit compte qu'elle souriait et il en fut de même un autre matin. Pour Isla, ce fut une information peu agréable à intégrer, car cela signifiait sans doute que, bien que leur trahison, leur manque d'attention l'un envers l'autre fussent différents dans le détail, leur ampleur était équivalente. Une conclusion difficile, mais vraie.

Toutes ces considérations n'enlevaient rien au fait qu'elle était littéralement assommée chaque fois qu'elle imaginait James se penchant sur des jeunes filles dans les arrière-boutiques et les bureaux. Bien sûr, il y avait des questions, par exemple : pourquoi ? Y a-t-il des ordonnances pour l'amour, pour le jouer, des symptômes fatals de la fin d'un amour et toutes les façons tordues et enchevêtrées d'atteindre cette fin ? Et l'amour avait-il de l'importance ? Si tel était le cas, alors, pourquoi ? Ces questions étaient tout à la fois essentielles et négligeables : auparavant, elle n'aurait pas cru que ce point de vue soit possible ou raisonnable, mais c'était pourtant la réalité.

Madeleine dormait – sans problème – dans l'ancienne chambre de James et d'Isla. Celle-ci avait déménagé dans ce qui avait été le bureau de James. Elle se souvenait avoir considéré la maison comme une sorte de forteresse, et il était vrai qu'elle les enfermait tous. Ils auraient pu tout aussi bien placer des baquets d'huile bouillante sur les appuis des fenêtres et des catapultes aux entrées.

Bert venait souvent voir Madeleine. Martin passait aussi : c'était une gentille attention, puisqu'il négligeait alors et sa femme et sa maîtresse. Il lui faisait part des discussions du bureau et des décisions à prendre et, si Isla ne voulait pas sortir du lit, il montait et la forçait à descendre. Ils passaient en revue les contrats et les campagnes publicitaires, en étalant les documents sur la table basse, et il lui disait : « Dès que tu te sentiras prête, tu peux revenir. »

Jamie sortait souvent et, à la maison, se réfugiait dans un mutisme inflexible. Isla sortait de son silence pour entrer en contact avec lui, essayait de le faire, mais ignorait si elle y parvenait réellement. Elle vit la prudence dans ses pas légers, et peut-être aussi la dissimulation. « Parle-moi », lui disait-elle, et aussi « Écoute-moi », mais il ne voulait, ou ne pouvait, faire ni l'un ni l'autre. Elle s'imagina que, comme elle, il faisait un travail intérieur pour absorber les différents chocs, évaluer la confiance placée dans les êtres. Il prenait soin de sa personne à sa manière et, finalement, ce n'était pas si différent de ce qu'elle-même faisait. Alix, pour sa part, prit l'habitude de traîner dans le salon. Soudain rajeunie, plus proche de neuf que de douze ans, elle s'asseyait sur le canapé dans son pyjama de flanelle rose, tandis que Bert et Madeleine regardaient la télévision ; de leur côté, Isla et Martin travaillaient, de façon désordonnée, leurs campagnes et leurs contrats. Parfois, si elle avait pu regarder ces scènes tel un observateur extérieur, elle aurait sans doute jugé qu'elles étaient très confortables, pas vraiment familiales, mais très confortables.

Mais Isla n'accordait désormais plus aucun crédit à ce qu'elle voyait. Si James pouvait la surprendre, et si elle-même pouvait le faire, n'importe qui, assurément, pouvait dissimuler n'importe quoi de choquant en lui. Bert pourrait bien être un abominable psychopathe, sous ses chemises rayées. Le fait qu'elle sache que Martin dissimulait de graves secrets signifiait qu'il savait agir intelligemment avec le mensonge. À l'évidence, son jugement était faussé. Ce qu'elle pensait voir ne ressemblait pas forcément à ce qui se trouvait juste sous son nez. Tout cela était fou. Le fait même de penser au mot *fou* suscitait quelque peu la folie, mais aussi une réalité hardie et dangereuse.

Ce qui avait franchi la porte avec James, menotté, n'était pas, à l'évidence, sa vie, mais ce qu'elle pensait être sa vie. Car une vie n'était pas seulement faite de circonstances, mais de dizaines d'années passées à assembler les pièces d'un puzzle – informations, indices, bribes de connaissance et d'observation, sensations, tons de voix, odeurs et couleurs – en un ensemble qui venait s'ajouter à ce qui était fiable, ce qui était vrai, peut-être pas pour tout le monde mais, du moins, pour elle-même. « Comment a-t-il pu ? », avait-elle crié à Madeleine, et elle ne voulait pas parler du harcèlement des jeunes filles, mais du fait qu'il n'ait pu se contenter de dire des mensonges, ce qui était suffisamment horrible, au lieu d'en être un lui-même.

Alors, Madeleine s'était mise en colère et avait parlé d'une voix basse – un signe qui ne trompe pas. La bouche serrée, ses cheveux roux devenus plus sombres, tout comme ceux d'Isla, mais teints désormais, ébouriffés, comme si elle y avait passé les doigts. Les mains posées à plat sur la table de la cuisine, elle était debout et s'appuyait fortement dessus.

– Isla, écoute-moi. Les personnes comme nous ne peuvent reconnaître des personnes comme lui, et nous ne devrions pas pouvoir le faire. Cela ne veut pas dire que nous soyons stupides, mais que nous sommes bonnes et emplies d'espoir. Tu dois t'accrocher à cette idée et ne jamais en douter. Tu ne vas pas le laisser gâcher cela. Impossible !

Elle avait été impériale, faisait apparaître la confiance et l'espoir comme des vertus, pas des bêtises, sans aborder la troisième éventualité... qu'ils soient les deux.

C'était une mère, bien sûr. Et, on voit bien la mère de James défendre son gamin maltraité, incompris et trahi.

– Peut-être sur le long terme, avait répondu Isla. C'est juste que, dans l'immédiat, je n'entrevois pas de long terme.

— Moi, j'en vois un. Maintenant, va prendre une douche! Tu as une sale tête. Les enfants vont bientôt rentrer et je veux que tu sois propre et habillée. Ensuite, commence à t'organiser pour retourner au travail. Martin t'a dit de revenir une fois que tu te sentirais prête, mais à ce rythme, tu vas l'être de moins en moins. Tu as raison de penser que certains ne sauront pas comment te regarder, quoi te dire, mais plus tu laisses passer de temps, plus les choses empirent. Toi y compris. (C'était dur et brusque, aux antipodes d'un discours maternel. Prise dans son angoisse, Isla se mit à bouder. Et, à l'évidence, ça se voyait.) Tu n'es plus une adolescente, ne me fais pas cette tête-là!

Et pourtant, elle fronçait les sourcils et faisait la moue, sa lèvre commençait à trembler... Quand les enfants arrivèrent, Madeleine et elle en riaient encore.

Au dîner, Madeleine avait une nouvelle à annoncer:

— Vous savez que j'aime passer mes journées ici. Hormis le fait que vous êtes ma famille, et donc formidables par définition, je penserais que vous êtes des personnes intelligentes et formidables si je ne vous connaissais pas depuis toujours. (Isla remarqua que les enfants avaient arrêté de manger. Ils regardaient leur grand-mère avec méfiance, comme s'ils attendaient que le ciel leur tombe sur la tête. Eux non plus ne prennent plus leur bonté comme allant de soi, ni peut-être, d'ailleurs, celle de quiconque.) Je suis tentée de rester, mais je pense qu'il serait plus sage de garder cela pour mon vieil âge, lorsque je devrai demander à l'un d'entre vous de s'occuper de moi. (Tous sourirent.) Dans l'immédiat, il vaudrait mieux que chacun reprenne le cours de sa vie. Vous aussi, enchaîna-t-elle en regardant Jamie et Alix, vous avez l'école et votre mère doit retourner travailler, alors que ma maison et mon travail me manquent. Bon, Alix! (Elle avait remarqué les larmes qui montaient dans ses yeux.) J'ai suffisamment parlé pour aujourd'hui. (Elle-même avait les larmes aux yeux et Isla lui toucha le bras.) Imaginez comme je serai bavarde quand le temps sera venu que l'un de vous doive prendre soin de moi !

— Tu pourras venir vivre avec moi, grand-mère. (Cette tendre Alix !) Je prendrai soin de toi pour toujours.

— J'en suis sûre, chérie. Espérons, pour toi, que le moment ne viendra pas trop tôt.

Jamie était silencieux, comme d'habitude. Comme d'habitude, il partit dès que le dîner fut terminé.

— Il va falloir que tu gardes un œil sur lui, avertit Madeleine alors qu'elles remplissaient le lave-vaisselle.

— Je crois qu'il parle avec Bethany. Je l'entends parfois au téléphone. Mais tu as raison, bien sûr, je vais garder un œil sur lui.

Elle ne s'est pas révélée très efficace, cette idée de garder un œil sur lui, pas vrai ?

Car, ici même, penché au-dessus d'elle, voilà ce qu'est devenu son fils. Dix ans plus tard, c'est un homme, même si c'est encore un jeune homme dont les grands yeux noirs reflètent des béances profondes et, quelque part en elles, un océan de chances manquées, mais aussi la connaissance qu'il ne devrait pas avoir d'actes affreux, dont il s'est rendu coupable ou a été la victime.

Pendant une période, lorsqu'elle pensait qu'il sortait voir Bethany presque tous les soirs, c'était effectivement le cas. Puis ce ne le fut plus. Il fallut du temps, cependant, avant qu'Isla apprenne qu'il se rendait dans des endroits, des passages souterrains, des allées, des pièces et des appartements où il était possible de trouver des substances qui lui permettaient de se sentir mieux. Ou de ne plus rien sentir. Sentir, de toute façon, comme il le décrivit beaucoup plus tard, équivalait à se sentir voler vers un autre univers, brillant, kaléidoscopique et indolore. Il était difficile d'y rester, et il essaya donc avec un acharnement croissant de se propulser dans ces mondes où les couleurs étaient les plus riches, l'action rapide, sans souci d'aucune sorte, absolument aucun.

Tout cela se passa dans un laps de temps réduit. Apparemment, il ne faut pas beaucoup de temps, si une personne est suffisamment déterminée. Et, si elle l'est – à l'image de James, supposait-elle –, elle peut garder certains travers, vices, manques pour elle-même pendant assez longtemps.

Jamie était perturbé, elle le savait. Alix et elle aussi. C'était normal, d'après ce qu'Isla pouvait en juger, et si les notes de Jamie plongèrent, ce n'était guère surprenant. Ce ne fut pourtant pas le cas de celles d'Alix, qui, à l'inverse, montèrent, car celle-ci se concentra sur ses devoirs et ses projets. Isla avait du mal à se concentrer dans son travail et comprenait que Jamie ait les mêmes problèmes. C'est Alix qui la stupéfia.

– J'aimerais déménager, dit Isla un soir, pendant le dîner. Que penseriez-vous de trouver un autre lieu de vie, de louer un appartement, jusqu'à ce que la situation s'éclaircisse ?

Elle essayait de parler d'un ton léger, comme si le débat restait totalement ouvert, mais sa décision était bien arrêtée. Il ne lui restait guère d'espaces sans fantômes dans la maison – une chaise ici, un coin là –, et encore étaient-ils limités et ne cessaient-ils de se réduire. Elle avait l'impression que c'était mélodramatique, mais, à ce moment de leur vie, qu'est-ce qui ne l'était pas ?

Jamie répondit :

– Ouais ! Je m'en fiche !

Alix semblait troublée et sur le point de protester, mais répondit simplement :

– Est-ce qu'il faudra encore changer d'école ?

– Non, si tu ne le veux pas. (Alix soupira.) Bon, j'imagine que ce serait possible, alors ?

Quand ils avaient emménagé tous les trois dans un duplex de location, rénové, fonctionnel, confortable, un lieu de vie temporaire proche du centre, elle pensait que ce serait mieux pour eux aussi – un voisinage où l'on n'avait vu personne sortir les menottes aux poignets, être embarqué dans une fourgonnette et disparaître à jamais du paysage.

Ce furent des mois, des semaines, des jours et de longues soirées où elle n'avait pas dû être là pour eux, pour aucun des deux. Cette période charnière au cours de laquelle, si elle avait été plus avisée, ou un peu plus lucide, elle aurait pu les orienter vers une voie meilleure. Lorsqu'ils étaient petits, qu'ils dévalaient les toboggans comme des fous, hurlant et riant, elle était une bonne mère et les attendait en bas pour les rattraper, mais, le jour où ils ont glissé, elles les a ratés, ils lui ont échappé des mains.

La thérapeute – l'initiative d'un suivi psychologique lui sembla évidente – avait dit à Isla qu'il était difficile d'obtenir des informations tant d'Alix que de Jamie : « Ils semblent refermés sur eux-mêmes, alors qu'il est très important qu'ils s'ouvrent, surtout en ce qui concerne leur père. Ce type d'événement peut entraîner des dommages permanents. »

Pas possible ! Mais Isla non plus n'avait pas envie de parler de James. Elle se sentait solidaire de ses enfants. Jamie frappa finalement du pied et refusa d'y retourner. Alix, comme c'était alors devenu habituel, fit de même.

Il n'autorisa cependant pas Alix à le suivre le soir. Isla lui demanda où il allait, ce qu'il faisait, qui il retrouvait, puisque ce n'était plus Bethany, une perte qui avait dû lui donner beaucoup de raisons de se sentir en deuil, bien qu'il ait refusé de raconter ce qui s'était passé, se contentant de hausser les épaules en disant : « Rien de très important (même si ça devait l'être). Affaire privée. Mon problème. » Isla avait l'impression qu'il la blâmait, elle, et non son père, pour tout ce chaos et cette douleur. D'accord, elle était à portée de main, présente et blâmable.

— Je retrouve des mecs de l'école. Des nouveaux potes. On se balade.

Il était agité, irritable, mais pourquoi ne l'aurait-il pas été ?

Chacun avait un anniversaire. Deux anniversaires. Deux Noëls. James téléphonait à chaque fois, où qu'il se trouvât – il passa peu de temps en prison. Sa condamnation, la partie légale, n'était guère sévère, bien qu'il ait semblé trouver que la perte de sa famille avait été une peine trop dure. La deuxième année, Jamie et Alix lui parlèrent brièvement. Jamie partit fâché et Alix fut triste. S'il est de règle qu'un parent ne dise jamais de mal de l'autre, Isla était à court de mots, mais elle fit de son mieux.

– Il vous aime, vous savez. Cela n'a pas changé. (Elle n'était pas sûre que ce soit vrai. Qui pouvait parler au nom d'un être tel que James ?) Chacun fait des bêtises dans sa vie, simplement certaines sont plus bêtes que d'autres. Et vous savez, les gens évoluent, ils apprennent.

Assurément, elle avait changé – peut-être pas de la façon la plus anodine qui soit.

– Tu serais prête à le voir ? demanda Jamie.

– Mon Dieu, non ! Mais c'est différent pour vous, il est votre père.

Jamie lui tourna le dos.

– Merci de me le rappeler !

Il avait dix-sept ans, l'âge difficile, et il était dur. Elle ne parvenait pas à le voir véritablement, mais comme à travers des briques de verre – elle entrevoyait parfois son ombre, sa forme.

– Je n'arrive pas à déterminer, expliquait-elle à Madeleine, la part de comédie et dans quelle mesure je devrais m'inquiéter. Dans tous les cas, que puis-je faire, alors qu'il m'adresse à peine la parole ? C'est presque un adulte, il a le droit d'être lui-même. Quoi que cela implique.

Dans tous les domaines, il ressemblait de moins en moins au Jamie brillant, au petit garçon qui lui était autrefois si familier.

– Je ne sais pas non plus. Tu n'étais pas facile à cet âge.

Ah bon !

Isla ne se souvient pas d'avoir été difficile. C'est plutôt rassurant.

– Je n'aurais jamais imaginé, lui dit plus tard Madeleine, pas une seule fois, qu'il y avait anguille sous roche. En fait, ça peut paraître extrême, mais relativement ordinaire, étant donné les circonstances. Je suis vraiment infiniment désolée.

Au moins, Jamie a eu de la chance que Lyle soit entré en scène. Cette horrible nuit, lorsque Alix le surprit dans la salle de bains en train de se faire une injection. Lyle avait trouvé un centre de désintoxication et il y emmena Jamie en plein de milieu de la nuit, pour qu'il reçoive une aide, de courte durée cette fois-ci – Lyle fut alors une véritable bénédiction.

S'il y a des surprises effroyables, des éclairs qui frappent des foyers innocents, des miracles peuvent aussi s'accomplir. Le salut, la rédemption – quels que soient les mots pour ces réalités-là – prennent des formes variées. Lyle et Isla se heurtant de plein fouet dans la porte pivotante d'un hôtel-restaurant de la ville. Un cliché, une rencontre sortie d'un film à la guimauve. Lui, faisant un signe à quelqu'un placé derrière le comptoir, elle, tête baissée, cherchant ses clés de voiture dans son sac, alors que tous deux terminent un déjeuner d'affaires, avec des clients différents, où ils ont abordé des sujets distincts. Qu'aurait-elle fait, comment les événements se seraient-ils déroulés si ce moment n'avait pas eu lieu ?

Pour commencer, elle ne serait pas allongée ici et paralysée.

« Oh, désolé ! » Et il l'avait attrapée par l'épaule, la remettant d'aplomb plus que nécessaire. Dans le même temps, elle avait dit : « Oh, désolée ! » Ils s'étaient souri, puis avaient ri. Deux ans après James, horriblement inquiète pour Jamie et ses vagues, mais apparents, ennuis, bêtement inconsciente des dangers encourus par Alix, ayant toujours à lutter pour se concentrer sur son travail,

Isla n'avait guère envie de rire. Elle avait souri surtout à cause du plaisir esthétique qu'elle avait ressenti en observant son allure élancée, ses os saillants, ses yeux profonds. Il n'était pas vraiment beau mais avait l'aura de ceux qui ont une vie intérieure riche. Il pleuvait assez fort et aucun d'eux n'avait de parapluie ni d'imperméable. Lyle lui dit alors : « Vous voulez attendre un peu au bar ?, et elle répondit : « D'accord, j'ai juste un coup de fil à passer ».

C'est ainsi qu'ils passèrent l'après-midi ensemble, bien que celui-ci se déroulât de façon assez impersonnelle. Il lui parla de ses affaires et elle remercia le ciel qu'il ne soit pas spécialisé dans les délits sales et abjects, comme les harcèlements d'employées. Elle lui parla des slogans et de la façon dont on arrive à introduire une marque de couches jetables sur le marché – un marché déjà inondé, qui plus est, ajouta-t-elle, et il trouva sa remarque plus drôle qu'elle ne le méritait sans doute.

– Vous pourriez utiliser cela dans une campagne publicitaire un peu loufoque. (Elle fut du même avis, la nota et l'utilisa avec d'autres phrases légères. Martin et elle furent d'ailleurs récompensés pour cette approche inhabituelle des couches jetables.) Cela doit être amusant de jouer avec les mots. Je n'ai pas l'occasion de faire ça. Il n'y a guère de facéties possibles dans une salle de tribunal.

Elle le savait, mais n'avait aucune intention d'expliquer pourquoi.

Quand la pluie s'arrêta, ils regardèrent tous les deux leur montre. Une fois dehors, ils se serrèrent la main et Isla se rendit compte que sa démarche était soudain beaucoup plus légère. « C'était agréable », pensa-t-elle.

Quelques jours plus tard, il l'appela au travail :

– Je sais qu'il ne pleut pas, j'ai essayé de penser à un autre prétexte pour vous donner envie de prendre un verre avec moi, mais je n'ai rien trouvé de bien, si ce n'est que ça me ferait plaisir.

Cette fois-ci, ils parlèrent des enfants, de ses enfants à lui surtout. Deux adolescents, un garçon et une fille, un âge difficile, c'est à peu près tout ce qu'elle eut besoin de dire de Jamie et d'Alix. Lyle était heureux de parler de William et de Robert, un peu plus âgés et déjà à l'université. « Imagine ça ! », pensa-t-elle avec amertume.

Ils ne parlèrent pas de mariage, de leurs mariages respectifs. Ils dirent juste : « Veuf », lui, « Divorcée », elle, sa « Sandy », son « James », son « cancer », auquel elle répondit par un haussement d'épaules silencieux.

Ils allèrent plusieurs fois au cinéma, prirent ensuite un verre en discutant des intrigues et des personnages. Elle ne voyait aucune raison de l'inviter chez elle, dans son duplex de location. De fait, c'était plutôt agréable de le garder pour elle toute seule : c'était son jardin secret, intact et inchangé par sa vraie vie, de la même façon que sa vraie vie restait intacte et inchangée par son existence. Il lui dit : « Vous ne parlez pas beaucoup de vous, n'est-ce pas ? », mais il ne semblait pas attendre de réponse ou de raison. Il était reposant d'être en compagnie d'un homme qui venait de faire une observation, sans juger.

Ils célébraient ses succès au barreau. Le jour où il gagna une affaire où il avait défendu un laboratoire pharmaceutique et ses responsables accusés d'avoir délibérément permis, encouragé, et gagné de l'argent avec des distributions massives de médicaments périmés de longue date, elle resta interdite. À l'évidence, elle était capable d'induire en erreur, avec des slogans forts et des spots d'une minute, mais quand même… Elle voulait penser que Lyle était au-dessus de ça. Et irréprochable.

— Qui refuseriez-vous de défendre ?

Elle supposait l'existence de limites et voulait juste savoir où elles se situaient.

— Hitler, dit-il en esquivant la question avec un sourire. Et vous ?

— Staline. Pol Pot.

— Eh bien, voilà (et il avait levé son verre), au moins nous savons que nous avons des valeurs repoussoirs !

Et il en plaisanta. Ce qui était peut-être aussi bien.

Après quelques semaines de ces dîners détendus, de cinéma, de verres et de discussions, il lui dit : « Tu sais, j'aimerais que tu voies ma maison. Je pense qu'elle te plairait. Pourquoi ne viendrais-tu pas passer un week-end à flâner, manger, boire en regardant de beaux objets qui ne soient pas en ciment ? »

Oui, pourquoi pas ? Elle le trouvait attirant, intelligent et bon, facile à vivre. Elle pensait que cette invitation n'interférerait pas trop avec la vie et que, d'autre part, ça ne la dérangerait pas de voir ses cuisses, de toucher ses côtes. Les choses commençaient à prendre forme. La confiance et même l'affection n'ont parfois pas grand-chose à voir avec le désir. — Si tu crois que nous reviendrons amis, avait-elle répondu, je suis d'accord.

Réponse un peu énigmatique, sans doute. Comment était-il supposé savoir ce qu'elle voulait dire ? Il rit et répondit :

— Pourquoi n'en serait-il pas ainsi ?

Alix et — théoriquement — Jamie devaient passer le week-end avec Madeleine. Isla partit avec Lyle et tomba amoureuse de sa maison, au sommet de l'allée. Il monta son sac dans la chambre d'amis, geste qu'elle trouva inhabituel, sinon étrange, mais il dit :

— On y va doucement, d'accord ?

Il l'emmena dehors, sur le balcon, avec ses chaises profondes, lui buvant une bière, pieds nus (de longs orteils arqués, remarqua-t-elle) sur la balustrade, elle, du vin blanc, pieds nus (des orteils plutôt plats et courts) à côté.

— Là-bas, indiqua-t-il en pointant l'endroit du doigt, il y a un petit cours d'eau. Il est plutôt agressif à cette période de l'année, mais loin de ressembler à une rivière, même pendant sa meilleure période. Là, il y a un hangar, la vieille ferme tombait en ruine, j'ai récupéré autant de bois que possible et construit cet édifice beaucoup plus petit. Le terrain mesure huit hectares depuis la route, jusqu'ici. Les vingt autres, derrière cette petite colline, je les loue à un voisin. Je ne suis pas fermier, mais je ne voulais pas que ces terres se perdent. C'est déjà suffisamment préjudiciable que des gens comme moi achètent ce genre d'endroits, alors autant ne pas les laisser se dégrader.

– Pourquoi est-ce préjudiciable? Qu'entends-tu par « des gens comme moi »?

Des jonquilles ouvraient leurs corolles à la base de la balustrade, des tulipes en bouton et de petites fleurs bleues étaient disséminées dans l'herbe. Cet homme assis à ses côtés avait peut-être planté ces bulbes, s'était agenouillé, ses mains avaient creusé la terre, en espérant des beautés à venir, en les planifiant.

– Des gens qui ne sauraient pas ce qu'est une journée de travail même s'ils y étaient confrontés. Des types dans mon genre, pour mes voisins. J'imagine que c'est là une attitude assez raisonnable. Il faut du temps pour se sentir bien ici ou, du moins, pour que les gens se sentent suffisamment bien pour ne pas être trop hostiles. Quand on s'installe tardivement, on ne devient jamais partie intégrante d'un lieu. Ce qui est normal. Je n'en ai jamais eu l'intention. Je ne saurais pas comment faire et n'ai pas de temps à y consacrer. Pourtant, les gens ont apprécié, je crois, de constater que je respectais l'endroit, que je lui aie donné meilleure allure, que je l'aie remis en forme. À l'évidence, il ne s'agit pas simplement d'un passe-temps, c'est ma maison. Je ne me sens pas romantique non plus, il ne s'agit pas du rêve d'une ferme, du retour à la terre, les gens d'ici l'ont bien connu et en ont par-dessus la tête. Je ne suis pas un fermier du dimanche qui organise des fêtes ou ce genre d'activités. Il y a quelques personnes comme ça dans les environs. C'est l'endroit où je vis et que j'ai mis en forme par mes propres moyens. (Il sourit soudain.) Chaque foutu clou…

Une brise soufflait. L'air semblait avoir une odeur étrange, être empli de bruits étranges aussi.

— Tout le monde n'aime pas cet endroit, poursuivit-il. Être au milieu de nulle part n'est pas du goût de chacun. C'est trop tranquille pour certains, trop retiré.

Qui étaient *tout le monde* et *certains* ? Voilà une question qu'elle ne pouvait poser.

— Tranquille, rétorqua-t-elle, avec ce boucan ?

Il y avait des oiseaux tapageurs, surtout des canards et des corneilles, mais aussi de petits oiseaux noirs et hardis qui étaient des mainates, d'après Lyle, des geais brillants et des cardinaux, quelques rouges-gorges, des merles aux ailes rouges, des nuages entiers d'oiseaux marron parcourant le ciel, emplissant l'air de leur clameur, prenant de la hauteur avant de s'éloigner. Il identifia un chœur doux et âpre qui, contrairement à celui des oiseaux, se poursuivrait tard dans la nuit, comme celui des grenouilles.

— Mon Dieu ! dit-elle, combien de grenouilles ?

— Des milliers, répondit-il en souriant, des millions peut-être !

Il est possible que s'il n'avait pas été là, tout cela aurait été angoissant, mais sans lui, elle n'aurait aucune raison de se trouver à cet endroit. Elle avait l'habitude des voitures, des camions, des ambulances, des taxis, des freins qui crissent et des sirènes, toutes ces sonneries et ces sifflets de la ville, le bruit infernal des hommes, qui étaient parfois dangereux mais relativement prévisibles. Des hordes d'oiseaux, des « millions » de grenouilles – du fait de leur nombre, elle ne voyait pas pourquoi ils ne s'abattraient pas sur les intrus humains, plongeant, sautant, grimpant, nageant, sur l'herbe, jusqu'aux balcons, sous les portes, à travers les grillages des fenêtres, les tourmentant et les poursuivant afin de les contraindre à fuir.

– Non, poursuivit-il sur un ton sérieux, c'est plutôt ce que des humains feraient. Les animaux – et j'y inclus les oiseaux et les grenouilles – sont plus généreux.

Sa méfiance envers les êtres humains la rassura. Elle imagina pouvoir s'appuyer, un tout petit peu, sur cette méfiance, bien qu'il soit encore trop tôt pour en juger.

Il expliqua qu'il faisait encore des travaux à l'intérieur de la maison : il réparait les sols et les portes, les polissait pour retrouver le chêne d'origine, trouvait progressivement les couleurs, car il peignait et posait du papier pièce par pièce.

– Je sais instinctivement quand ça va convenir. J'attends donc jusqu'au moment où je trouve.

Rien de ce qu'il avait dit ne lui semblait choisi au hasard ou insignifiant.

– J'aime aussi mon petit confort. Ce qui signifiait refaire l'électricité et la plomberie, mais je peux me le permettre. J'ai mon bureau ici et suis donc relié au monde. C'est indispensable, sinon je ne pourrais vivre ici.

Il aimait le bois, apparemment, les panneaux de chêne massif rutilants dans son bureau par exemple, et il n'y avait aucun élément de qualité moyenne ou médiocrement réalisé. Elle n'avait rien vu de mièvre en passant dans les différentes pièces, pas de motifs de fleurs sur le papier peint, très peu de pastels. La cuisine et ses placards étaient dépouillés, en noir et blanc, contrastant avec les planchers en érable, le salon peint en bordeaux foncé avec un haut plafond ivoire, le canapé jaune vif et les chaises assorties, qui semblaient extrêmement confortables. Elle comprenait pourquoi un homme grand et étroit, sans guère de chair, recherchait un grand confort, des fauteuils dans lesquels il pouvait se plonger sans se cogner les os.

Peut-être que, pour la même raison, son corps plus dodu, dans la même veine que ses meubles, lui plairait – qui pourrait le dire ?

– La maison était très délabrée lorsque je l'ai achetée, dit-il. Un vieux couple l'avait léguée à ses enfants qui n'arrivaient pas à se mettre d'accord sur ce qu'ils voulaient en faire. Elle est donc restée vide un moment. Les propriétés se dégradent rapidement, et s'écroulent de l'intérieur. Tu t'attends aux souris, aux écureuils et aux petits rongeurs. D'autres choses sont plus surprenantes : lorsque j'ai ouvert la porte de la seconde salle de bains, et alors que je commençais à penser à l'achat, j'ai découvert de grandes moisissures sur les murs, des moisissures roses, pas des petits champignons anodins. (Il secoua la tête.) Je suis prêt à voir de la beauté dans les endroits les plus inattendus, mais ces moisissures n'en faisaient pas partie. J'ai failli vomir. J'ai fermé rapidement la porte et essayé d'ôter cette vision de mon esprit momentanément. C'est la tâche la plus pénible que j'ai dû accomplir, arranger cette salle de bains, mais cela m'a permis aussi de faire baisser le prix d'achat.

— Depuis combien de temps en es-tu propriétaire ?

— Cela fait trois ans. Après tout le reste. (Après la mort de sa femme, bien sûr.) Une période difficile. Elle était à la maison. C'était dur, mais aussi positif pour des tas de raisons.

Ou il était à court de mots pour décrire des expériences importantes, ou il était sûr qu'Isla était suffisamment intelligente pour remplir les blancs. Elle espérait que la seconde hypothèse fût la bonne. Assurément, il avait vécu des épreuves qui lui étaient étrangères – elle aurait sûrement souhaité que James meure, mais c'était par amertume et, de toute façon, ça n'avait pas été le cas. Elle sentait qu'il serait possible de véritablement admirer un homme de la trempe de Lyle, un homme sorti de l'horreur avec une grâce acquise dans la douleur, les larmes et la réflexion. S'il s'avérait qu'il était bien ce qu'il semblait être.

— La salle à manger est la dernière sur ma liste, et j'aurai encore quelques retouches à faire dans les chambres et les salles de bains. Ensuite, le temps sera sans doute venu de tout refaire. Tu arranges un endroit et ça commence à se dégrader à côté. (C'est bien vrai.) Je pensais auparavant que si j'arrivais à modeler les choses selon mon souhait, elles resteraient en place — c'était l'idée, en tout cas. Et j'étais aussi persuadé d'avoir toujours envie à peu près des mêmes choses. Aucune de ces deux idées ne s'est révélée exacte. J'aurais dû m'en douter, mais il faut faire sa propre expérience, n'est-ce pas?

C'était évident. Elle acquiesça.

— C'est drôle, fit-elle, car cela avait un lien avec ce qu'il venait de dire, la façon dont la peine semble plus puissante que le bonheur. Le bonheur suit son petit bonhomme de chemin, mais c'est la douleur qui fait sortir quelqu'un du chemin pour le placer sur un autre.

Il réfléchit un moment.

— C'est ainsi que les événements semblent se dérouler, mais je reste sceptique. Peut-être est-ce dû au fait que le bonheur ne s'extériorise pas brutalement, ne provoque pas de douleur, alors que l'affliction n'est que douleur. La leçon est donc plus évidente, c'est sûr, mais je ne pense pas qu'elle soit plus importante que celle dérivant d'un grand bonheur.

En abordant les événements de cette façon, c'est sûr... elle comprit qu'elle pourrait supporter de repenser certaines de ses idées. Ce qu'il avait dit était beau, une belle façon de voir la vie.

— Mais, inversement, j'ai ressenti une telle rage lorsque Sandy est tombée malade, je ne pourrais pas te l'expliquer. (Non... et est-ce qu'Isla avait envie de l'entendre?) Je ne lui étais guère utile durant une période où elle aurait pu espérer d'autres réactions de ma part. Cette colère m'a littéralement submergé, comme si j'étais devenu aveugle. J'étais aveugle, je me débattais et plus rien d'autre n'avait d'importance. J'en suis arrivé à frapper un mur avec le poing. Ça m'a fait du bien. Tout ce que j'avais planifié et considéré comme allant de soi: une belle famille, une bonne carrière, une belle vie aussi loin que je pouvais voir et puis... la fin de tout.

Isla se rendit compte qu'elle hochait la tête. Elle n'aurait pas pu mieux le dire.

— Le pire — j'entends pour moi, pas pour Sandy — fut de m'être éloigné d'elle pendant un moment. Elle partait en voyage, je ne partais pas, mais cela perturbait chacune des facettes de ma vie, les grandes et les petites. Je lui en ai sans doute voulu. Je ne sais pas si elle l'a ou non ressenti. Dans des circonstances pareilles, des rapprochements ont lieu, j'imagine, mais nous nous sommes éloignés l'un de l'autre momentanément. Comme si nous avions de moins en moins de sujets de conversation qui puissent être exprimés à haute voix. Je sais que je lui faisais cruellement défaut — ce qui me mettait encore plus en colère —, mais je n'arrivais pas à agir mieux. À être meilleur.

— Puis, cela semble étrange, nous avons dépassé ce stade quand la fin devint évidente et inéluctable. J'imagine que nous étions tous deux épuisés d'essayer de faire bonne figure — quoi que nous essayions de faire, d'ailleurs — et que nous avons abandonné, nous nous sommes écroulés. Ce fut, continua-t-il en regardant ailleurs — au loin, en voyant des images invisibles pour Isla, qui ne souhaitait d'ailleurs pas les voir —, une période étrange. Étrangement bonne, aussi, d'une certaine façon.

— Et puis ?

Idiote ! Elle voulait juste qu'il sorte de cette histoire, de ses anciennes souffrances.

— Et puis, elle est morte, répondit-il platement. Nous savions tous que c'était imminent, mais lorsque c'est arrivé, les garçons ont eu besoin d'être beaucoup soutenus et j'ai ainsi dépassé le moment le plus dur. D'une curieuse façon, Sandy m'a aidé aussi. Elle s'est éteinte avec une telle grâce, autant de grâce qu'elle pouvait rassembler, et cela aurait été mesquin de la laisser tomber. Mais tu n'as sûrement pas envie d'entendre tout ça !

Non, pas vraiment ; mais aussi, oui, bien sûr. Ils en étaient au début de leur relation, quand il est nécessaire d'échanger des informations nombreuses, rapidement, des faits situés à des niveaux variés, en faisant des allers et retours, en construisant une échelle de compatibilité, de possibilités. Son tour viendrait, et que dirait-elle ? De quelle façon raconterait-elle son histoire ? Sans émotion, avec hauteur, comme Lyle, ou d'une manière plus incohérente, dramatique ? Comme si le style révélait le contenu. Cela voulait-il dire que Lyle était un homme hautain et sans émotion ?

– Bien sûr, répondit-elle en lui touchant la main.

Le problème – l'un des problèmes –, quand on avance en âge, est que, s'il reste d'intéressantes perspectives d'avenir, le passé est lourd, avec beaucoup d'informations à rattraper, à imaginer, à essayer de reconstituer, sans toujours y parvenir. Les parfums et les sensations parfaitement familiers à une personne, et peut-être à quelques proches, sont inconnus, étrangers – un territoire inaccessible – à un être que l'on a rencontré depuis peu.

Et cela, bien sûr, est réciproque – ce n'était pas réconfortant.

Devaient-ils essayer de remplir ces blancs, de faire des esquisses – à l'aide d'images et de mots – des multiples joies éprouvées jusqu'à ce jour, mais aussi des douleurs, dont il racontait la plus aiguë dans son style dépouillé ? Valait-il mieux énoncer les faits, la chronologie des événements, en y mettant le moins d'émotion possible, afin de la réserver précieusement pour ce qui était aujourd'hui le plus important pour des gens comme eux, l'avenir ?

Naturellement, il était important qu'elle sache combien il avait aimé et pris soin de sa femme défunte. Non seulement parce que cela constituait un grand pan, disparu, de sa vie, mais aussi parce que, s'il n'en avait pas parlé, qu'aurait-elle pensé de lui ? Elle n'aurait pas eu envie de se retrouver seule à la campagne, tout un week-end, avec un homme dont le cœur était de marbre et cicatrisait trop facilement.

Quoi qu'il en soit, ils avaient tous les deux une quarantaine d'années, et non soixante-dix, soixante, ni même cinquante ans. C'était toujours autant de faits en moins à raconter, décrire, expliquer. On peut imaginer ce qu'il en serait pour deux personnes qui se rencontreraient dans une maison de retraite – quoique, à cet âge-là, on soit peut-être doté d'une exceptionnelle patience et que, en tout cas, on ait du temps pour parler de soi et de sa vie.

Elle prit une expression – du moins, l'espérait-elle – d'attention solennelle. Que voyait Lyle sur son visage, tandis qu'il évoquait sa femme mourante, ses deux fils en deuil, qu'Isla n'avait pas encore rencontrés – tout comme il ne connaissait pas non plus Alix et Jamie –, les hauts et les bas de sa propre crise, si difficile à vivre ? Elle essaya d'avoir l'air chaleureux. Empathique. Sympathique. Tout cela était suffisamment réel, authentique, il était inutile d'essayer d'en faire la démonstration – elle avait remarqué que, généralement, cela avait tendance à émousser la douceur des véritables sentiments.

– La mort, poursuivit-il en ouvrant une autre bière, te stoppe brutalement. (Isla n'en doutait pas, mais c'était loin d'être le seul événement qui produise cet effet.) Je ne pensais pas vraiment m'être trompé de vie, car j'aime beaucoup mon métier, j'adore mes garçons et je suis fier de la façon dont ils ont tout surmonté, ces années difficiles au cours desquelles les adolescents sont susceptibles de dérailler dans les meilleures des circonstances – ce qu'elles n'étaient pas, pour aucun de nous trois, d'ailleurs –, il était hors de question que j'abandonne tout cela. Mais les garçons partiraient et auraient leur vie. Sandy et moi avions imaginé un avenir où les événements se dérouleraient d'une certaine façon, mais du jour où elle disparut, il devint hors de question pour moi de mener cette vie, et ce n'était pas qu'elle ne me convenait pas. Elle ne me correspondait plus lorsque je me suis retrouvé seul.

Il fit une pause. Isla le questionna :

— Mais qu'est-ce qui ne te correspondait plus ? Quels avaient été tes projets ?

Honnêtement, elle était contente de poser la question. Cela constituait des indices, pour elle, mais aussi des rêves perdus et lointains, pour lui.

— Oh ! Nous avions pensé que, dès que les garçons seraient à l'université, nous prendrions une année sabbatique pour voyager. Nous avions envie de découvrir de nouveaux lieux et d'en revoir d'autres. C'était Paris, pour moi, et un hôtel minable perdu dans un petit État africain pour Sandy, mais aussi des endroits où nous n'étions allés ni l'un ni l'autre et qui nous tentaient, comme l'Inde ou la Chine. Nous nous apprêtions donc à prendre douze mois de congé, grâce à une partie de notre pécule, et comptions le refaire régulièrement.

Tu sais, j'aurais vraiment aimé voyager avec Sandy, car elle avait l'esprit aventureux, curieux et intrépide. Cela aurait été un moyen de découvrir même des endroits que je connaissais déjà. Sans elle, en revanche, j'aurais passé mon temps à me dire que cela aurait été mieux si elle avait été là et j'aurais été très malheureux pour mille raisons, notamment — et ce n'est pas la moindre — parce que je ne suis pas un grand voyageur.

Cette remarque surprit Isla. Elle avait imaginé qu'un homme qui était la parfaite image du cow-boy – du moins, à cet instant –, un type maigre en jeans, aurait les qualités du cow-boy. Un voyageur sillonnant de vastes contrées, un vagabond qui aurait peut-être été, pour parfaire le tableau, laconique. Elle était également déconcertée par l'évocation du caractère de sa femme qui ne reflétait pas ce qu'Isla avait imaginé : selon elle, une personne prénommée Sandy offrait une sécurité sans mystère – ce qu'elle avait peut-être interprété, par erreur, comme une sécurité sans intérêt.

Comment imaginer une personne dont on peut dire qu'elle est morte avec toute la grâce qu'elle pût rassembler ?

Aux ultimes instants de la première soirée, après s'être réchauffés dans le salon de la fraîcheur du soir, Lyle caressa le cou d'Isla, ses bras, sa gorge. Les doigts d'Isla firent des tentatives sur les os de la colonne vertébrale de cet étranger.

Ce fut elle qui dit :

– On va se coucher ?

Et il acquiesça.

Ce dont elle se souvient avec le plus de précision de ces premiers jours, c'est le plaisir intense qu'elle éprouva, au point de provoquer la surprise, l'ahurissement même. Elle se dit, alors, qu'il était ancré dans cette sensation de liberté absolue – rien n'en dépendait, rien n'était exigé, ni n'en résulterait – qui lui donnait toute sa force. Cependant, quelques semaines plus tard, ce sentiment, s'il avait été vrai un temps, ne l'était plus. La familiarité engendrait des émois dont elle ne se serait jamais crue capable – badiner, s'abandonner, s'ébattre. Il s'avéra que le simple plaisir était une affaire sérieuse.

Le jour où il demanda finalement, très calmement : « Parle-moi de ton mari », ils étaient au lit. Dans son lit à elle, cette fois – les enfants étaient avec Madeleine. Il avait attendu longtemps avant de poser la question. Peut-être la pensée de l'ex-mari venait-elle d'effleurer son esprit parce qu'il pouvait supposer qu'il reposait entre des draps qui avaient été ceux de James ? Ce n'était pas le cas, bien sûr. Tous les draps avaient été jetés à la poubelle depuis longtemps – et non donnés aux pauvres, car, à l'époque, elle s'était dit qu'aucune personne, si démunie qu'elle fût, n'avait besoin de draps imprégnés de la corruption de James, aussi légère soit-elle.

– Ce n'est pas une belle histoire.

– Oh ! à nos âges, nous avons des tas d'histoires qui ne sont pas belles.

Mais pas comme celle-là... Elle avait la main sur sa poitrine, sentait sa respiration et les battements de son cœur s'accélérer, puis se calmer, rapides, puis lents. C'était une histoire à raconter allongée dans la pénombre et sans le regarder.

— Je vois, dit-il lorsqu'elle eut achevé son récit. C'est très moche. Maintenant, je comprends mieux pourquoi tu ne me fais pas confiance. Ce qui serait étonnant, c'est que tu me fasses confiance après tout cela.

À partir de ce moment, naturellement, et après tout cela, elle commença à avoir confiance.

Cet homme extraordinaire sembla s'adapter à son histoire. Il mettait un point d'honneur à téléphoner s'il était retardé, à ne pas faire de projet qu'il ne mettrait à exécution et, autant qu'elle puisse en juger, n'inventait pas de mensonges. Cet homme était attentif à toute interprétation possible de trahison.

Il a sauvé son fils, du mieux qu'il a pu, et il en ferait assurément autant pour sa fille, s'il existait un moyen de le faire.

Après la cure, très onéreuse, de six semaines dans un centre de désintoxication, Jamie passa plus de temps à la maison. Il avait parfois des conversations qui semblaient sérieuses avec Lyle — les deux hommes d'Isla côte à côte, étendus sur des chaises longues, une bière entre eux. Elle ne demanda pas de quoi ils parlaient; Lyle n'en disait rien. Encore une démonstration de droiture.

Mais Jamie rechuta. Il recommença à sortir de plus en plus souvent. Il rentrait tard. Sa peau redevint grise.

— Il se drogue, dit-elle à Lyle.

— Ça ne m'étonne pas.

Quand elle affronta Jamie, il lui dit :

— Je ne retournerai pas en centre de désintoxication. Je vais bien, crois-moi. J'ai appris la leçon. Je ne me drogue pas, je le jure.

Elle cherchait d'autres centres, d'autres possibilités, prenait les avis de professionnels, lorsque le téléphone sonna.

C'était Jamie, il avait une toute petite voix. Il venait d'être arrêté pour trafic de drogue. Il demandait de l'aide.

Ironie du sort, il resta plus longtemps en prison que son père. James y passa six mois en tout et pour tout. Bien sûr, il perdit son entreprise, mais pour des raisons financières qui n'avaient rien à voir avec la légalité ni la moralité. Jamie passa plus d'un an derrière les barreaux et, d'après Lyle, il eut de la chance. Il était dans une situation très grave, car il ne s'agissait pas seulement d'avoir absorbé des drogues comme le crack, l'Ecstasy, la cocaïne, avec quelques soupçons d'héroïne, mais d'en avoir vendu. Le gamin d'Isla qui, cette fois, faisait le trafic de ses sachets de plaisirs coûteux, ses univers parallèles de lubies, d'attentes, de désirs – rôdant dans des bas-fonds faits de seringues et de cuillères, de tremblements et de vomissements, de pièces sales, d'allées dangereuses. Sa quête de soulagement, sinon de joie, avait très mal tourné.

– Tu savais qu'il trafiquait ? demanda-t-elle à Alix.

– Non, je savais qu'il était retombé. Mais tu le savais aussi.

Isla ne parvient toujours pas à se rappeler grand-chose de l'Alix de cette période, si ce n'est qu'elle était discrète, travaillait dur et réussissait bien. Cela devait être au moment où son état de transparence s'amplifia considérablement – cette faculté qu'elle avait de disparaître, de sorte que l'on pouvait voir à travers elle. Cette transparence apparaît aujourd'hui dans sa peau, dans ses yeux, larges et emplis de ferveur.

Qui pourrait croire à autant de malchance ?

Lyle trouva à Jamie le meilleur avocat, le plus expérimenté en la matière. Il assista au procès avec Isla, qui apprenait les détails sordides de la vie secrète de son fils. Il la laissa serrer très fort sa main pendant qu'elle regardait Jamie trembler de peur à l'annonce de la condamnation à deux ans de prison, plus trois ans de liberté conditionnelle.

Il la laissa pleurer dans ses bras pour un événement qui n'avait aucun rapport avec lui, n'était ni sa faute ni son problème. Cet homme merveilleux lui avait dit : « Arrête de te torturer, je ne crois pas que tu aurais pu faire grand-chose pour l'arrêter... ou l'aider. Ce n'est pas ainsi que les choses se passent. » Isla avait du mal à le croire, bien sûr, mais elle restait convaincue de sa bonté absolue. De sa loyauté.

En prison, Jamie vécut beaucoup d'expériences, certaines auxquelles il était préparé, d'autres, pas. Parfois, elle en avait connaissance tout de suite, d'autres fois, bien plus tard. Sûrement, des événements n'ont-ils jamais été abordés – elle n'en a jamais entendu, ni n'en entendra jamais parler. Mais, au cours des quatorze mois que dura son incarcération, il frappa et fut frappé, il fut blessé, coupé, cassé et Dieu sait quels actes trop affreux à énoncer ! Les gardiens lui racontèrent aussi que Jamie se frappait la tête contre les murs, transpirait dans ses draps, vomissait par terre. Il passa un certain temps à l'infirmerie pour diverses raisons, entre autres des accès de fièvre et des refroidissements. Dans les premiers temps, on lui dit qu'il se frappait si violemment qu'il devait être attaché. Lorsqu'il fut en état de recevoir des visites, elle le vit devenir de plus en plus pâle et décharné, et, parfois, il avait des blessures bien visibles : une lèvre ouverte, un œil au beurre noir.

Puis, peu à peu, il commença à reprendre le dessus. Ses yeux s'éclaircirent, sa peau retrouva un peu de rose. « Je fais de l'exercice, lui dit-il fièrement. Je suis nettoyé, tu me crois, cette fois ? » Cela semblait vrai, avait l'air vrai. Qui l'avait aidé ? Pas elle, en tout cas.

Grâce, de nouveau, aux efforts de Lyle et aux programmes particuliers destinés à d'anciens détenus prometteurs, Jamie trouva un travail – son premier et seul véritable emploi, à son âge ! – chez un fleuriste.

Il prend les commandes, effectue les livraisons et traite une partie de la paperasserie. Il ne compose pas les bouquets et ne s'occupe pas des plantes, puisqu'il faut pour cela certains talents et avoir fait des études spécifiques. Il explique que les odeurs deviennent parfois entêtantes jusqu'à la nausée, mais il a acquis des connaissances sur les fleurs, certains noms par exemple. Il apprécie les personnes pour qui il travaille et, aussi, la régularité de la paye – mais pas le montant !

– Je vais te dire, le fait d'être honnête a d'impitoyables répercussions sur le porte-monnaie !

C'est une blague, mais cela n'en reste pas moins vrai.

C'est le genre de travail qu'un garçon de vingt ans peut faire pour payer ses études ou une location, pas un adulte de vingt-cinq ans. Il a la vague idée de travailler un jour avec des personnes en difficulté, sans doute des drogués. Quand il aborda l'idée pour la première fois, Isla – bêtement – demanda :

– Ce n'est pas dangereux ?

– Tu veux dire, de côtoyer des drogués ?

Ils en rirent, mais oui, c'est exactement ce qu'elle voulait dire. Les tentations ont mille visages et il est difficile d'être sûr de la rédemption.

Elle dit aujourd'hui – et cela semble sortir de nulle part – au jeune homme soucieux qui se penche au-dessus d'elle avec sa bouche de petit garçon :

– Je suis si fière de toi !

Une affirmation simple, vraie, difficile à dire – elle est étonnée de voir les yeux de son fils déborder de larmes. Oh !...

Les gens parviennent à se reconstituer.

Peut-être y arrivera-t-elle aussi.

– Où sont Alix et Lyle ?

Maintenant, il a l'air gêné.

– Au tribunal. Le type, tu sais, celui qui t'a tiré dessus, repasse aujourd'hui. Je crois qu'il plaide coupable.

C'était ce qu'il devait faire. C'est ce qu'il doit faire.

Tout cela l'a peut-être bouleversé, lui aussi. Pas nécessairement. C'est peut-être juste un mauvais garçon.

— Et Martin ?

N'aurait-il pas envie de la voir ?

— Il a essayé, mais ils n'admettent que les membres de la famille.

Mais Martin *fait partie* de la famille : c'est un frère fort et bienveillant. Il lui était resté loyal, alors que, dans un premier temps, certains clients s'étaient éloignés d'elle, comme elle l'avait prévu. Elle considérait que James était une sorte de catastrophe nucléaire, un Tchernobyl de la contamination morale. Peut-être d'autres clients ne voyaient-ils rien d'extraordinaire dans ce qu'il avait fait, sa malchance résidant dans le seul fait d'avoir été attrapé, auquel cas ils souhaiteraient éviter la contamination de la malchance.

— Qu'ils aillent se faire foutre ! avait dit Martin, cet homme aux mots rares mais d'une efficacité redoutable.

Il l'avait aussi aidée à faire ses cartons quand elle avait emménagé dans le duplex avec Jamie et Alix. Il l'avait serrée dans ses bras, lui avait offert un verre le jour où elle lui avait enfin avoué l'existence de Lyle. Et, bien qu'elle ne puisse le plaindre, elle avait été loyale envers lui lorsque son ménage avait volé en éclats. Sa femme avait appris l'existence de sa maîtresse, et cette dernière avait su que sa femme était enceinte. « Mon Dieu, Isla ! Elles m'ont quitté toutes les deux ! Mes enfants, elle a pris mes enfants. » C'était une véritable angoisse, à laquelle elle compatissait. Elle ne savait pas bien comment il avait imaginé que les événements se dérouleraient. Sans doute avait-il pensé qu'il ne se passerait rien, n'avait pu imaginer qu'il se passerait quelque chose. Elle en avait beaucoup appris là-dessus. Elle lui donna à manger, à boire, l'écouta. C'est ce qu'il avait fait pour elle et, bien qu'il ne s'agît pas de rembourser une dette, elle avait conscience de la valeur de ces gestes.

Récemment, Martin avait décrété qu'il ne serait pas fâché de vendre l'agence, du moins ses parts dans l'affaire, où il était majoritaire.

– J'aimerais bien avoir de l'argent et partir. Voyager, m'offrir un cadeau avant qu'il ne soit trop tard. Je suis fatigué, tu sais, d'essayer de garder la tête haute. Il y a eu tant de changements !

Elle n'avait pas eu le temps de lui donner son opinion sur la question, mais aujourd'hui, elle voudrait lui dire, bien sûr, de vendre, de partir, de s'offrir tout ce que son cœur pourrait désirer. Car ce n'est pas un coup de baguette magique qui va la remettre en selle comme si rien ne s'était passé.

En cet instant, elle n'a pas de plus grand désir que de s'enfuir en hurlant, en abandonnant son enveloppe corporelle, sa vie même.

Elle ne peut même pas se tuer. Elle ne peut même pas lever un doigt pour faire ça. Qui accepterait de l'aider ?

– Si tu veux voir Martin, nous essaierons de trouver un moyen, ne t'inquiète pas, lui dit Jamie.

Quelle assurance, quelle confiance dans la voix de ce jeune homme ! Son fils remis sur pied et efficace ! Alix pourrait être sauvée, elle aussi. Pas grâce à la communauté de la Sérénité, pas en tant que Lumière d'étoile. Alix a un atout, cependant. Elle a un aperçu de la foi, même si celle-ci est aveugle, bornée, stupide… d'où cela vient-il ? Avec les répercussions de l'histoire de son père, sans parler de celle de son frère, ni, peut-être, de celle de sa mère, comment est-elle parvenue, tranquillement, l'air de rien, à croire ?

Un inconnu satisfait de sa personne et sûr de lui a dû lui sembler de très bon aloi. Un Maître Ambrose, prêchant la sérénité, qu'aurait-il pu y avoir de plus attirant ? Quel être, confronté à un choix entre l'histoire d'une Alix tendre au cœur brisé et celle d'une Lumière d'étoile paisible, aérienne, légère, pouvant devenir transparente, n'aurait pas opté pour la seconde? Jetant ainsi au rebut un passé douloureux. Optant pour un avenir inconnu, mais lumineux.

À l'heure qu'il est, Lyle et Alix se trouvent au tribunal. C'est gentil à eux, bien qu'ils n'aient sans doute pas le même point de vue sur la question. Et Madeleine se trouve quelque part au-dessus de l'eau, dans les airs. Chacun tente de reformer les rangs, avec un nouvel objectif.

Son fils lui tient la main en silence, ou, du moins, c'est ce qu'il semble être en train de faire, et il regarde au loin, ou par la fenêtre, elle ne peut le dire.

Elle s'entend émettre un son, semblable à un rire, et Jamie la regarde intensément. Elle se remémorait comment, au cours de ces premières semaines horribles après James, elle avait souhaité, espéré, désiré désespérément ne plus sentir. Et une nouvelle fois avec Jamie. Ce vœu de longue date lui avait été finalement accordé, à cette différence près qu'elle souhaitait ne plus éprouver de sentiments, cela n'avait rien à voir avec son corps. Cet accomplissement arrivait beaucoup trop tard, et il ne correspondait pas au souhait formulé!

Elle aurait dû être plus attentive, non seulement aux nombreuses collectes de fonds organisées par cet hôpital à l'issue des différents miracles accomplis, mais aussi aux histoires de douleur en général. Ce n'est pas comme si elles venaient à manquer, comme si des centaines d'entre elles n'atterrissaient pas à sa porte chaque matin avec les journaux. Il est vraisemblable que des victimes de tortures prient pour que leurs nerfs ne réagissent plus, ne se tordent plus, ne puissent plus être touchés par un courant électrique, un fil, un tison. Il faudrait qu'elle sache s'il existe, quelque part, des personnes qui, dans des circonstances particulières, jugeraient qu'elle est bénie des dieux. Il faudrait qu'elle sache aussi si des personnes arriveraient à se dépasser dans de telles circonstances et, si oui, comment elles le feraient. Elle est, quant à elle, trop ordinaire pour y parvenir. Des événements extraordinaires arrivent régulièrement à des personnes ordinaires – comment sont-elles alors supposées réagir ? Comment apprennent-elles ce qu'il faut faire ? Sur le tas ?

Son esprit est trop limité pour cela. Elle est épuisée. Elle n'est pas à la hauteur. Lyle et Alix franchissent le seuil de la porte à ce moment-là, se penchent à côté de Jamie alors qu'elle s'entend dire : « Aidez-moi ! »

Elle ne s'est pratiquement jamais entendue prononcer une chose pareille auparavant. N'est-ce pas étrange ? Quel genre de personne ne dit pratiquement jamais : « Aidez-moi » ? Ils ont l'air étonnés, eux aussi.

Qu'imaginent-ils qu'elle ressent ? Elle est dépendante, assurément, et maudite, et désespérée. Terrifiée, pour tout dire. « Aidez-moi ! », répète-t-elle, mais elle-même n'a aucune idée de ce qu'ils pourraient faire. Elle aimerait être désolée et tendre face à leur effroi, au souci qu'elle lit sur leurs visages aimés, ils ont assurément vraiment envie de faire ce qu'elle demande et de l'aider, de l'aider vraiment, mais comment ? De plus, chacun d'eux peut faire demi-tour et s'en aller. Ils ont ce choix et elle ne pourrait les arrêter.

Elle doit fermer les yeux, car ce serait vraiment trop moche, trop cruel, qu'ils puissent voir à quel point, à cet instant, elle déteste son Lyle, beau et loyal, son Jamie, dur et faible, son Alix, légère, douce de cœur et faible d'esprit. Il existe une fichue flamme intérieure, si jamais quelqu'un en cherche une.

Et pourtant. « Aidez-moi ! », crie-t-elle – ses yeux s'ouvrent à nouveau, essayent d'exiger, espèrent insister, mais sont prêts, à cet instant précis, à supplier.

Un regard clair et assuré

Elle est présente le jour de l'annonce du verdict. Lorsqu'il franchit la porte latérale du tribunal, avec quatre autres jeunes prisonniers anxieux, Roddy scrute la salle et l'aperçoit au troisième rang en partant du fond. Elle a le même regard que la semaine précédente. Sa robe est également la même.

Sa peur s'apaise mais ne disparaît pas tout à fait. L'incertitude de sa présence – ou de son absence –, qui faisait trembler ses mains, s'est dissipée, mais celle de son avenir, tel que le juge va le définir, demeure. Dans les deux cas, il n'a aucun contrôle. De toute façon, pour ce qu'il a fait de ce pouvoir quand il l'exerçait – ou pensait l'exercer...

Sa grand-mère et son père sont aussi présents ; ils le regardent entrer avec les autres, l'air triste et énervé d'avoir causé tant de douleur, fait honte à sa grand-mère et mis son père en colère. Il leur fait un signe de la tête et s'efforce de sourire. Sa grand-mère répond à son sourire, son père hoche la tête. Aussi étonnant et bizarre que cela puisse paraître, il a besoin de poser à nouveau son regard sur la fille.

L'image qu'il avait gardée d'elle au cours de la semaine écoulée est parfaitement exacte.

Il a eu des périodes de doute. Il avait un peu peur d'avoir trop misé sur elle et, d'abord, de l'avoir enjolivée.

Mais non, voilà sa peau pâle, très pâle, comme si elle n'était pas vraiment humaine. Ses yeux graves, capables de voir en lui, à travers lui.

Peut-être serait-ce trop poignant de se trouver plus près d'elle – une sorte de choc. Pourtant, s'il pouvait toucher sa peau, placer simplement le bout des doigts sur ses seins, si elle le laissait faire, prenait sa tête entre ses mains et la laissait reposer sur ses genoux en le regardant avec ses yeux assurés alors qu'il fixait son regard dans le sien, ce serait peut-être la chose la plus importante au monde. Il a l'impression que cela pourrait arriver. Tout a déjà été bouleversé, tout est imprévisible, comment donc pourrait-il savoir ce qui est possible et ce qui ne l'est pas ? Regardez-la qui le regarde ! Que voit-elle donc ?

Cela semble fou, même dans sa tête, mais il faut se rendre à l'évidence : il est tombé, a trébuché, a plongé dans une sorte d'amour.

Il ne doit pas s'agir, cependant, de ce à quoi se réfèrent les autres personnes quand elles parlent d'amour, car, si elles éprouvaient le même sentiment que lui, le monde entier serait lumineux, l'air y serait partout radieux.

Il réussira à passer cette épreuve.

Oh ! Il ne s'était pas rendu compte qu'il n'en était pas sûr jusqu'alors.

Il est assis très droit sur le banc, beaucoup plus droit que les quatre autres. Il n'est pas grand, pas large, mais il peut occuper de l'espace, avoir de l'importance. Aux yeux de la fille, il a de l'importance, avec ou sans amour. Il l'avait oublié.

Pendant la semaine, longue et courte à la fois, entre la plaidoirie et le verdict, il a acquis quelques certitudes.

Qu'il ne peut pas compter sur la pitié, car, bien que son action ait été fulgurante – quelques secondes seulement –, elle fut d'une telle envergure que les résultats sont effroyables. Il ne peut imaginer une peine susceptible d'assurer l'équilibre entre ces deux facteurs.

Que, même en un lieu très animé, bruyant, et sans doute dangereux, où fourmillent une multitude de questions auxquelles on doit répondre et où de longues heures sont totalement remplies, il reste inévitablement des moments au cours desquels émergent à nouveau des images. Trop souvent, mais pas toujours, ce sont celles de chez Goldie, ces secondes qui ne s'effaceront jamais, quel que soit le nombre de fois où il verra la scène se dérouler mentalement. Il s'agit parfois d'images de chez sa grand-mère, le chemin de pierre menant de la rue à la simple maison de stuc gris, la porte d'entrée en aluminium et les marches de l'escalier recouvertes d'un tapis chiné dans les tons de marron et de jaune menant à sa chambre, avec ses couleurs et ses images de créatures compliquées, à métamorphoses, accrochées au mur, alors que sa vie ne lui appartient plus, comme s'il était mort ou en route pour une nouvelle réincarnation.

Qu'il n'y a pas de sécurité dans le sommeil: celui-ci apporte rapidement plus d'inquiétudes que l'éveil. Car il fait des rêves, des rêves horribles sur sa mère, aussi terribles que lorsqu'il était enfant, après le déménagement avec son père. Cette semaine, même les rêves qui commençaient bien – sa mère jouant avec lui ou le prenant dans ses bras alors qu'ils sont tous deux jeunes et heureux – tournaient mal et, quand il se réveillait, il avait peur d'avoir pleuré pendant son rêve, pleuré pour de bon. La nuit dernière, sa mère était paralysée. Elle ne pouvait même pas parler. Elle se trouvait sur le parapet supérieur de ce qui semblait être un pont, mais, à part ce parapet, il ne distinguait rien, pas d'autoroute, de voie ferrée ou de rivière au-dessous. Elle portait un vêtement scintillant, une robe, à moins qu'il ne s'agisse de sa peau brillant dans la lumière lunaire. Elle le regardait. Elle lui demandait, avec ses yeux, d'agir, de l'aider. Il ne savait pas – et elle ne pouvait le lui dire – s'il fallait la tirer vers lui ou la pousser par-dessus bord. Il aurait à prendre une décision, car il fallait agir, il faisait nuit et froid, elle ne pouvait rien faire et cela lui revenait donc, à lui. Dans le rêve, il pensait : « Ma mère ». C'était un être familier, sans défense, effrayé, étrange et particulièrement triste. Dans le rêve, il essayait de comprendre ce qu'il devrait faire : pousser ou tirer. Finalement, il la toucha de la plus délicate des manières, la poussa le plus doucement possible, et elle tomba – elle tomba en s'évanouissant sans un bruit dans l'obscurité.

Mon Dieu ! Il s'était réveillé en pleurant. Et glacé. Avec l'espoir que, dans son rêve, il avait fait aussi peu de bruit que sa mère. Il essuya les larmes dans ses yeux, sur ses joues.

Il avait ensuite entrepris de restituer, à la place du rêve, les détails de chaque trait, de chaque forme, ombre et mouvement de la figure salvatrice et rassurante qu'il avait vue pour la première fois une semaine plus tôt. Et, maintenant, il se rend compte que la vision est bien réelle, et juste, car elle est là, dans cette salle, à quelques pas de lui – cet être brillant auquel se raccrocher, ce visage lumineux.

Que voit-elle quand ses yeux purs se posent sur lui ? Généralement, il n'aime pas qu'on le regarde fixement. Il n'est, bien sûr, pas si attirant que cela… Cette fois, c'est différent. Les yeux d'Alix ne s'arrêtent pas à sa peau, ni même à ses os.

S'il pouvait l'entendre parler à nouveau de cette voix céleste, que pourrait-elle dire ? La culpabilité ou la peur ne semblent pas être des sujets qui la concernent, et il n'arrive pas à l'imaginer prononçant des mots comme : « Je te pardonne. » Il s'agirait, alors, de mots appartenant au passé ? Mais elle avait eu l'air d'une personne beaucoup plus intéressée par l'avenir…

Elle pourrait prononcer des mots d'amour, romantiques. Ils seraient agréables, mais ce serait sans doute un miracle trop éclatant, trop improbable pour le seul pouvoir des mots.

Ou peut-être des mots plus simples, plus vraisemblables. « Je t'aime bien, Rod. » Ou : « Je crois que tu es quelqu'un de bon. »

Elle est seule aujourd'hui, pas de beau-père maigre, avocat méprisant, mari aimant, apportant des détails insupportables dans cette salle au plafond haut. Était-elle présente pour lui, pour la famille de cette femme, sa mère tournoyant dans son tailleur bleu froissé ? Ou peut-on se fier aux apparences et penser qu'elle se trouve là pour concentrer toutes ses pensées sur Roddy ? La salle ne semble pas réelle – c'est comme s'il se trouvait dans un autre rêve, mais celui d'un autre. Comme s'il pouvait s'en aller en flottant. Tout cela – chaque détail, son exaltation et les pouvoirs du regard clair et assuré de cette fille – pourrait sembler absurde, il le sait. Mais c'est la confirmation de ce qu'elle a déclaré la semaine passée au tribunal, lorsque personne ne semblait comprendre, sauf lui.

Quand on appelle finalement son nom, il doit, comme la dernière fois, aller s'asseoir à côté d'Ed Conrad, se lever pour le juge, s'asseoir – et essayer d'écouter. Mais elle est là, derrière lui. Il ne sait pas quel nom lui donner, même dans ses pensées. *Lumière d'étoile* semble assez juste, mais *Alix* est plus réel.

Peut-être à la manière de Rod et Roddy. Le juge, lui, utilise *Rod* :

– C'est un événement particulièrement malheureux et imprévisible. Sans avoir commis aucune faute, une femme se retrouve paralysée parce qu'un jeune homme a perpétré un acte criminel. Pour lequel il n'a fourni aucune bonne raison. Je vais vous dire, jeune homme (il baisse les yeux en direction de Roddy d'une manière tout à fait différente de la fille, il est en colère, bien que, si quelqu'un devait éprouver un tel sentiment, c'était bien elle), je suis vraiment fatigué d'avoir affaire à des gens comme vous, qui pensent pouvoir s'emparer de ce qu'ils veulent sans se soucier des victimes. Vous qui croyez avoir le droit d'obtenir ce que vous voulez sans travailler ou le mériter, et qui n'avez aucune considération pour ceux qui se trouvent sur votre chemin.

Mais ce n'est pas vrai! Roddy veut se lever pour protester. Que quelqu'un soit blessé a de l'importance. Il y aurait réfléchi à deux fois, s'il avait su qu'il devrait faire ça! Il ne se sent pas le droit d'obtenir tout ce dont il a envie. Seulement, ça avait l'air facile, c'est tout. Et c'était lié à son amitié avec Mike: non pas tant ce qu'il avait fait, pas le vol, mais les semaines de planification, toutes ces conversations, toutes ces répétitions… C'était un acte qu'ils avaient accompli ensemble, comme ils avaient toujours tout fait ensemble, mais, cette fois-là, pour un avenir en forme de gratte-ciel blanc et chrome et pour la liberté.

— Franchement, j'aurais aimé faire un exemple. De façon que tous ceux de votre espèce comprennent clairement que personne n'a le droit de recourir à la violence ou de s'emparer d'un bien sans l'avoir gagné. Mais le fait que vous n'ayez pas de casier judiciaire et que, malgré les difficultés familiales, vous soyez soutenu par vos proches m'en empêche. J'ai donc essayé de trouver un équilibre entre la gravité de votre crime et vos perspectives de réinsertion, et je vous condamne à dix-huit mois de prison ferme, suivies de deux années de mise à l'épreuve. Mon espoir et ma volonté sont que, pendant cette période, vous receviez une aide et un enseignement qui vous permettront d'avancer positivement dans la vie. Vous avez beaucoup à vous faire pardonner, jeune homme. Et une possibilité vous est offerte, dont, j'espère, vous saurez tirer parti et que vous apprendrez à apprécier.

Tout ce que Roddy entend, c'est *dix-huit mois*.

Dix-huit mois, c'est une éternité! Alors que tout le monde se lève à nouveau, Roddy se tourne, cherchant désespérément ses yeux. Ils sont sur lui. Ils le calment. Comment va-t-il survivre pendant dix-huit mois?

Ed Conrad se penche vers lui et explique:

— Cela reviendra sans doute à douze mois, tu sais. Peut-être même dix, si tu te tiens bien. Tu as de la chance, cela

270

aurait pu être bien pire. Ce juge, il peut se comporter comme un vrai salaud. Tu t'en es mieux tiré que tu ne pouvais l'espérer. Quoi qu'il en soit, fais bon usage de ton temps et tout ira bien.

Ce sont les mots les plus gentils, ou, du moins, le ton le plus doux, qu'Ed Conrad ait jamais eus à son égard.

Roddy a de la chance? Même douze mois, cela correspond à un dix-septième de sa vie partie en fumée. Un temps effroyablement long.

Un policier le prend par le bras en lui disant:

– Viens, tu dois te présenter à plusieurs endroits.

Roddy a le plus bref, le plus infime désir de dégager son bras, de sauter, de prendre la main d'Alix et de s'enfuir, en sautant par-dessus les bancs et en évitant les gens, dont sa grand-mère en larmes et son père, qui a passé un bras sur son épaule. Ils franchiraient la porte, traverseraient les couloirs jusqu'au soleil, dans la ville, dans la campagne – courir, courir, sans jamais s'arrêter. Il pourrait faire cela avec elle. Elle serait son bouclier, ou quelque chose de ce genre.

Il l'a déjà fait, n'est-ce pas? Il s'était enfui de chez Goldie, en courant, comme toujours, mais il était seul. Il avait terminé sa course allongé, pendant quelques instants précieux, dans l'obscurité sous les étoiles, pleinement heureux et apaisé.

Elle a déjà disparu. Alors qu'on le fait repasser par la porte latérale du tribunal et qu'il se retourne pour la voir une dernière fois, cette peau, cette chevelure mouvante et flamboyante, cette colonne vertébrale fine et droite, ces yeux qui savent tout se dirigent vers d'autres portes de la salle, celles qu'utilisent les gens libres et innocents.

Il a un instant de doute. Ne sait-elle pas?

Bien sûr, elle sait. Mais elle est beaucoup plus âgée que lui et elle sait ce qui est nécessaire et ce qui ne l'est pas, et un dernier regard aurait été possible mais ne devait pas être nécessaire. Elle doit être convaincue qu'il est prêt, ou quelque chose comme ça. Il se redresse, comme s'il n'avait pas peur et n'était pas coupable, même s'il l'est, bien sûr, et qu'il est si effrayé par ce qui va se passer qu'il pourrait tomber comme une masse sur le sol carrelé.

Au lieu de cela, il marche vers un avenir où il est supposé payer pour sa culpabilité, être puni pour son péché, mais qui ne pourra pas le sauver. Personne ne croirait à ce qu'il pense pouvoir le sauver — mais qui, de toute façon, pourrait en avoir la moindre idée ? Il n'y a qu'elle. Eux deux, seuls, le savent. Mais elle est partie et il est menotté. On l'a amené jusqu'au fourgon pour le conduire vers sa prochaine destination. Ne pas regarder en arrière, ne pas avoir besoin de dire au revoir.

De nombreuses allées et venues

Tout le monde dit qu'elle reçoit ici les meilleurs soins possibles, mais Isla se trouve dans une étrange situation, puisqu'elle n'a véritablement aucun moyen d'en juger. Elle comprend néanmoins que l'hôpital est doté d'un équipement à la pointe du progrès, tel le matelas sur lequel elle repose qui permet à sa peau de rester pratiquement à l'air libre, les irritations et les plaies étant ainsi réduites au minimum. Elle passe des scanners dans des machines brillantes qui laissent toujours voir le fragment de balle logé dans un recoin de sa colonne vertébrale. Elle a vu des images. Un minuscule dard sombre.

Le docteur Grant lui rend souvent visite, parfois pour surveiller ou évaluer un test pendant lequel elle ne ressent rien, parfois juste pour lui demander son opinion sur son état. Son opinion est simple et strictement verticale, mais emplie de peur aussi, bien sûr.

Il n'a que quelques années de plus que Jamie, n'est pas très différent physiquement et pourrait être son fils, le frère plus avisé, plus intelligent de Jamie. Il a confiance en ses capacités, ce qui est plutôt rassurant, et pense que la médecine va faire d'énormes progrès, dans un avenir proche, dans le traitement des traumatismes de la colonne vertébrale. Elle apprécie le fait que, lorsqu'il lui montre les scanners, il semble avoir le même respect qu'elle pour les dégâts provoqués par un élément quasi invisible.

Autant qu'elle le sache, tout le personnel, y compris celui de la nuit – et pas seulement Charlie, Charles, le docteur Grant –, est attentif, gentil et compétent. Bien sûr, elle ne peut pas réellement en juger, elle ne sent même pas ce que les médecins et les infirmières font, encore moins la manière dont leurs mains la touchent.

Elle ne les voit qu'à partir de la taille et jusqu'à la tête, et seulement s'ils se penchent selon un angle qui se trouve dans son champ de vision. Il est étrange de ne voir les gens que sous une unique perspective. Étrange, aussi, de réaliser combien, dans la vie normale, nos appréciations tiennent compte de la mobilité : un haussement d'épaules, un mouvement de hanches, la longueur d'un pas, sa vitesse, sa grâce. Elle en prend conscience en voyant les rides d'expression, le mouvement des paupières, les sourires aussi, leur intensité ainsi que la façon dont ils voyagent entre les lèvres et les yeux.

Elle aime bien Janet, la jeune infirmière de jour qui s'occupe essentiellement d'elle ; son maquillage – rouge à lèvres, trait de crayon et ombre à paupières – est toujours impeccable après huit ou dix heures de travail : assurément, c'est le gage qu'elle porte le même soin à ses patients, et donc plus encore à Isla. En outre, rien de ce qui se passe dans le corps d'Isla, quelque mystérieux que ce soit, ne fait sourciller Janet.

Olga, l'infirmière en chef de la plupart des nuits, est plus âgée et, donc, plus expérimentée, plus endurcie, mais il lui arrive de soupirer lorsqu'elle se penche sur l'une ou l'autre des extrémités d'Isla. Ce qui semble, d'une certaine façon, plus proche de la réalité et plus crédible. Isla imagine qu'Olga a des jambes courtes et des hanches épaisses. Son mari souffre d'un cancer de l'estomac et ses enfants vivent loin d'ici. La voix d'Olga s'égaye quand elle montre les photos de ses enfants et de ses petits-enfants, en les plaçant dans l'étroit champ de vision d'Isla. Celle-ci admire la façon dont Olga parvient à dépasser sa fatigue. Peut-être même a-t-elle franchi le seuil de l'épuisement.

Peut-être tout le personnel de l'hôpital fait-il de même, les divers spécialistes, les infirmières, les internes, les aides soignantes, les personnes chargées de l'entretien qui passent avec leurs grands appareils pour nettoyer les sols, qui vident les poubelles et essuient les lavabos – une véritable ruche, une fourmilière laborieuse consacrée aux soins.

Elle suppose qu'ils savent ce qu'ils font, même si cela lui a paru léger, déplacé, non professionnel que Lyle soit sorti chercher une infirmière, lorsqu'elle leur a demandé: « Aidez-moi! », et revenu avec un Ben au visage rond, à la barbe bien taillée et à la main douce qui lui dit: « Je sais que ce n'est pas facile, mais il faut essayer de ne pas vous agiter », et, à l'aide de sa seringue toute prête, l'a envoyée au pays des songes.

Ils font cela de temps en temps. Des sédatifs coulent parfois dans ses veines, mais, pour une action rapide, ils ont recours à la seringue. Cela, d'ailleurs, n'a guère d'importance, ce n'est pas comme si un trop grand nombre de piqûres pourrait la faire souffrir. Même Jamie, qui a quelques notions sur le corps humain et une certaine dextérité en matière de veines et de seringues, pourrait lui faire aisément cette piqûre, pour peu qu'on l'y autorisât. Cependant, cette fois-là, être brutalement endormie n'était pas ce qu'elle avait sous-entendu en demandant de l'aide. Avaient-ils tous compris de travers? Lyle, le premier, avait-il décidé que la demande était trop lourde, convaincu que chacun donnait déjà plus d'aide qu'elle ne pouvait en espérer?

Ce qui n'est pas faux. Sur ce point, elle a beaucoup de chance.

Pourtant, plonger dans l'oubli procure une sensation agréable, de même que le doux processus de reprise de conscience, de réveil. Tout est embrumé et généralement gris, flou, avec des touches de rose qui adoucissent les angles et l'horizon : c'est un peu comme lorsque l'on est dans un bateau à rames attaché dans un port, cette douce impression de roulis, d'avant en arrière, très reposant.

Chaque mouvement vers l'avant nous projette vers le haut, dans une lumière brillante, tandis que le mouvement inverse réduit ces deux sensations à néant. On ressent un rythme et un réconfort apaisants – c'est comme d'être bercé ou tenu dans des bras. C'est l'instant où tout est encore sûr, et inconnu.

Le temps commence à reprendre son cours. Le néant se dilue, des formes, des limites apparaissent. La clarté s'insinue. Le rythme se rompt.

Puis Isla se souvient – insupportable moment de solitude – que personne n'est capable de lui venir en aide, personne ne peut l'atteindre.

Oh ! viens vite, Madeleine, s'il te plaît !

Elle est seule dans la chambre. L'air est différent quand il n'y a personne, même pas une présence cachée – quelqu'un assis dans un coin et qu'elle ne peut voir. C'est moins « embué », non seulement par la respiration, mais aussi par l'émotion. C'est ainsi qu'elle fait la distinction.

Ils ont chacun leur vie. Lyle doit s'occuper de ses dossiers, Jamie aller à son travail – qui sait ce qu'il en est d'Alix ? Mais, d'une certaine façon, Isla est soulagée de ne pas voir ces corps penchés au-dessus d'elle. Cette inquiétude. Cet amour. C'est moins culpabilisant d'éprouver de la gratitude pour des personnes qui sont rémunérées pour accomplir des tâches précises, qui ne se contentent pas de se pencher au-dessus d'elle avec bravoure ou douleur. Les liens d'épouse, de mère, de fille, aussi, quand Madeleine sera là, sont plus exigeants. Lyle, Jamie, Alix, s'ils lui apportent, certes, force et soutien, ne se rendent sans doute pas compte qu'ils attendent de pareils témoignages en retour, et c'est difficile pour elle – ça n'est même pas possible.

Ils l'aiment, mais ils doivent aussi lui en vouloir : jusqu'à quel point ? C'est sûrement ce qu'elle ressentirait à leur place : amour et aversion. Une combinaison ambiguë, sinon ambivalente.

Elle a l'impression de sentir son visage se tordre de douleur. Cela arrive parfois, quand elle ne doit se cacher de personne.

Plus tard, une fois ce moment passé, elle sera prodigue de son courage, de son empathie. Mais pas maintenant. Maintenant, la famille semble juste un malheur de plus.

Le service où elle se trouve est spécialisé en neurologie et dans la chirurgie osseuse. La femme de la chambre voisine, dotée d'une nouvelle hanche et d'un nouveau genou, mais peut-être dépourvue d'une famille aimante, loyale ou non, ne cesse d'appuyer sur le bouton d'appel – la veinarde ! –, en quête de petites attentions. Isla se dit que c'est une pratique dangereuse : en supposant que, à chaque fois, elle ne veuille qu'un nouveau magazine ou que l'on arrange ses oreillers, les infirmières vont finir par se plaindre entre elles et répondre moins rapidement, si elles répondent... Un jour, cette femme pourrait vraiment avoir besoin d'elles, et où seront-elles, alors ?

Elles seront peut-être en train de s'occuper d'Isla, qui, bien qu'elle soit un cas difficile, ne les dérange pas pour un oui ou pour un non. Elle pourrait le faire, néanmoins, si elle en était capable.

À l'évidence, elle ne peut pas demander de l'aide en appuyant sur un bouton. Cependant, les appareils auxquels elle est reliée : écrans de contrôle, régulateurs, dispositifs pour lui fournir air et nourriture, la réveiller ou la plonger dans l'inconscience – une machinerie bourdonnante et cliquetante –, fournissent des informations vitales sur son corps, lesquelles sont transmises, d'après ce qu'elle a compris, en un flot continu de données dans le bureau des infirmières qui jouxte sa chambre.

Parfois, elle les écoute parler. Elle est délibérément indiscrète. Maintenant, elle arrive à associer les visages, les voix et les histoires grâce à la vue et à l'ouïe, sauf lorsqu'une personne d'un autre service vient combler une absence, un jour de congé, un départ en vacances. Il y a un médecin, un homme qu'elle n'a jamais vu, qui semble sec et méprisant. Il se borne à indiquer les soins à donner à ses patients et ne se mêle pas aux conversations des employés, qui évoquent leurs enfants, plaisantent et colportent les ragots. Isla est heureuse de ne pas faire partie de ses patients. Elle imagine que son attitude doit avoir un effet – limité, involontaire, mais un effet quand même – sur la façon dont les malades sont traités par les soignants. Peut-être n'y a-t-il rien de personnel dans ces échanges, encore que, elle en est certaine, tout le devienne un peu lorsque des personnes passent beaucoup de temps ensemble. Il devrait en être conscient. Elle aimerait lui dire de changer de ton, de se détendre, de leur donner juste un petit aperçu de sa vie à lui, d'écouter un peu la leur.

Isla entend la voix de Rachel, ce matin, une aide soignante, quelque chose comme ça, une petite maigrichonne aux cheveux décolorés en blond paille qui a une dizaine d'années de moins qu'Isla et qu'Olga décrit comme « pétillante ». Elle l'est, en effet, malgré deux adolescents difficiles et un ex-mari qui a « déconné, s'est tiré et hop! » quelques années plus tôt. Avoir des enfants difficiles est un problème familier, un ex-mari au destin mystérieux, attirant, mais Isla n'en a jamais bavé comme Rachel pour gagner sa vie – elle lave son corps, son visage, et accomplit d'autres tâches ingrates. Rachel, qui à cet instant emplit l'espace entre l'entrée de la chambre et le côté du lit d'Isla, lui dit :

– Bonjour, j'ai entendu dire que vous étiez seule. Vous voulez vous faire une beauté ?

Voilà une idée divertissante, mais qu'est-ce que ça va changer ? Il y a un seuil où même l'aide la plus optimiste ne peut plus faire grand-chose.

— J'ai appris que le docteur Grant allait venir dans un moment et j'ai pensé que vous auriez peut-être envie de vous faire belle avant sa visite. D'autant que vous êtes seule.

Isla se demande si ses visiteurs agacent le personnel. Comment Rachel est-elle au courant que le docteur Grant va passer la voir, alors qu'Isla l'ignorait, et cela revêt-il une signification particulière ? Elle doit savoir beaucoup de choses sur elle, et sur ce qui l'attend, dont Isla n'entend jamais parler. En fait, ce qu'elle sait se résume aux bribes d'informations qu'elle parvient à capter, outre celles qui lui sont données, à ce qui jaillit de façon inopinée — tels des os que des chiens seraient venus déposer à ses pieds.

— On va commencer par une épilation, d'accord ? Je vous ai déjà dit, n'est-ce pas, que vos jambes sont absolument parfaites ?

Elles le sont. Ou elles l'étaient. Des membres que l'on n'utilise plus se détériorent très vite. Et si sa peau se flétrissait ? Le docteur Grant, si jeune qu'il pourrait être son fils, se demandera peut-être, en la regardant, pour quelle raison elle souhaite retrouver ses sensations, quel motif justifie qu'il fournisse tous ces efforts.

— Je m'occupe aussi de vos cheveux ? demande Rachel

— S'il vous plaît. Ça serait formidable. Et du maquillage ? Vous avez le temps ?

Comme les handicapés deviennent rapidement soumis, comme ils perçoivent les autres avec intelligence !

Mais aussi, et il ne pourrait en être autrement, comme ils deviennent volontairement dépendants, manquant délibérément, totalement de modestie.

— Pas de problème ! Est-ce que vos cheveux étaient aussi brillants que ceux de votre fille à son âge ? Elle a une sacrée chevelure !

— Pas tout à fait. Ceux de ma mère l'étaient aussi plus ou moins, mais la brillance s'estompe avec l'âge. Alix a des cheveux exceptionnellement beaux. Est-ce que vos enfants vous ressemblent ?

— Sean, mon fils, oui. Il a mes yeux et mon nez. Janie a plus les traits de son père. Tout se fait de travers dans notre famille. (Rachel sourit.) Dans tous les domaines.

— Je sais. Il y a des années difficiles.

— Oh! ça oui, elles le sont vraiment! Parfois, je suis contente de faire deux services d'affilée. Le plus souvent, c'est moins dur ici qu'à la maison.

Isla, si elle le pouvait, acquiescerait avec vigueur.

— Vous savez, tout finira par s'arranger.

— Je l'espère.

Rachel n'a pas l'air persuadée. Mais, pendant des années, Isla n'avait pas été sûre non plus qu'il en irait ainsi. Et il y a encore Alix. Avec un peu de chance, son futur prendra une autre tournure qu'aujourd'hui. Ça veut dire qu'il y a de l'espoir.

— Votre peau est très douce.

Rachel applique une crème sur son visage, qu'elle masse délicatement du bas vers le haut, soulignant ainsi gentiment comment il faut procéder pour éviter que la peau ne se relâche.

— On ne croirait jamais que vous avez la cinquantaine! (Elle connaît même l'âge d'Isla! Quoi d'autre?) Vous voulez de l'ombre à paupières bleu-vert ou marron-gris?

— Marron-gris, s'il vous plaît. Cela ne vous ennuie pas de faire ce genre de choses?

— Mon Dieu, non! J'aime ça. À une époque, j'avais pensé faire une école de maquillage ou d'esthétique, je ne sais pas comment on appelle ce genre d'établissements... Quand j'étais gamine, ce que je préférais faire avec mes poupées, c'était leur donner un air différent de celui qu'elles avaient quand on me les avait offertes. Les résultats étaient surprenants. Vous serez heureuse d'apprendre que j'ai beaucoup progressé depuis!

Elle bavarde pour le plaisir, elle est pleine de bonnes intentions, elle ne penserait pas une seconde à comparer Isla à une poupée: raide, sans vie, soumise à n'importe quel désir.

– Voilà, dit Rachel. Vous voulez voir ?

Non. Oui. Oh ! mon Dieu !

Bon, voilà le travail : elle a désormais de très grands yeux, ses pommettes sont joliment soulignées, sans excès. Et Rachel a raison, sa peau semble douce ; mais n'est-elle pas sur le point de devenir flasque ? Son aspect s'est considérablement amélioré par rapport à la première vision qu'elle a eue d'elle-même dans cette lumière d'hôpital.

Il y a néanmoins quelque chose qui cloche avec ses yeux. Ou qui a changé. Ce sont ceux d'une personne effrayée, inconnue et farouche. Elle les voit s'agrandir, avec cette nouvelle peur irraisonnée d'être observée, découverte et examinée. S'agit-il des yeux que Lyle, Jamie et Alix ont regardés jour après jour ? « Ça suffit ! » Et elle entend sa voix résonner brutalement.

– C'est très bien, merci.

Peut-être James avait-il raison : il y a des choses qu'il vaut mieux ne pas regarder, ne pas examiner de trop près.

C'est terrible de vivre de cette façon. Terrible d'être capable de voir les bras de Rachel, mais pas ses mains, qui étalent sans doute de la crème sur les siens, faire des mouvements rapides d'avant en arrière et de ne rien sentir. Savoir sans ressentir – elle est comme électrique ! Tout cela est monstrueux. Et fait peut-être d'elle un monstre.

En général, on s'habitue même aux faits les plus monstrueux, elle en sait quelque chose. Elle écoute le frottement régulier des vêtements de Rachel en train de la masser, quel que soit le membre dont elle s'occupe. Elle entend le léger crachotement de la crème qui passe du tube dans ses paumes, le léger craquement de la colonne vertébrale de Rachel qui se redresse, le grincement du bouchon qu'elle revisse sur le tube, les petits bruits lorsqu'elle remet les produits en place dans la boîte qu'elle transporte avec elle. Le sourire de Rachel s'élargit à nouveau au-dessus d'elle :

– Vous êtes superbe. J'ai fait du bon boulot, pas vrai ?

— Vous êtes la meilleure, assurément.

— Comme ça, vous vous sentirez bien lorsque le docteur Grant passera, n'est-ce pas ?

Mais pourquoi devrait-elle se sentir particulièrement bien ? Elle se méfie. Elle se souvient de ce qu'elle sait déjà : si elle baisse la garde, elle n'est pas vraiment en mesure de se remettre plus tard en position.

Elle s'entend soupirer. Quelle journée bien remplie ! Avec de nombreuses allées et venues ! Car elle entend — quand on parle du loup... — le docteur Grant frapper à la porte avant d'entrer. Il s'éclaircit la gorge. Son visage sérieux se penche au-dessus d'elle, avec ce regard particulier de l'homme qui a une idée précise en tête. De quoi s'agit-il ?

Curieusement, elle est l'hôtesse en ce lieu, et l'art de celle-ci consistant à permettre aux invités de se sentir à l'aise semble de mise. C'est pourquoi elle lui dit :

— Pourquoi ne prenez-vous pas une chaise ? Vous serez plus à l'aise. Vous devez être fatigué d'être debout toute la journée.

Étant donné les circonstances, c'est sûrement ce qu'elle peut lui proposer de mieux.

Il s'installe tout près du lit, croise les bras sur l'un des côtés de sûreté en chrome, pose son menton dessus, tendu en avant, immobile, à la manière d'un enfant curieux. Quelques secondes s'écoulent avant qu'il ait trouvé sa position. Les lignes aux coins des yeux et de la bouche sont à peine esquissées, les rides du front, légères. Il est marqué par l'absence, par toutes les expériences qu'il n'a pas encore eues ou celles qui ne sont pas parvenues à s'imprimer en profondeur.

— Bon ! voilà comment les choses se présentent. Vous aurez compris que ce petit fragment de balle n'a pas fait ce que nous espérions. C'était un pari de penser qu'il pourrait se déloger tout seul, et nous sommes convenus (qui sont donc les personnes formant ce *nous* ?) qu'il ne serait pas prudent de retarder son extraction plus longtemps. Comme l'une des salles d'opération vient de se libérer inopinément, que penseriez-vous de passer en chirurgie après-demain ? À la première heure, jeudi matin.

Mon Dieu !

– Si vite ?

– Oui. Nous ne pouvons plus laisser ce fragment en place, sinon nous serons confrontés à d'autres types de problèmes. Je sais que vous êtes surprise, mais ce n'est pas uniquement parce qu'une opération a été annulée, ce que j'interprète au demeurant comme un bon signe, qu'il faut agir vite. Surtout, essayez de ne pas vous inquiéter. Car, vous le savez, le corps fait alors appel à toutes ses forces avec audace.

Elle médite sur *fait appel à ses forces*, sur *audace*, et comprend que le médecin est à la fois optimiste et poète.

Elle se rappelle qu'il faut respirer. L'inspiration se fait avec un léger sifflement, accompagné par un son plus marqué sur sa gauche.

– Bien sûr, poursuit-il, ce que nous cherchons à faire, dégager ce petit salopard, va être un peu compliqué. Ou délicat, plutôt. Mais, d'une certaine façon, vous avez de la chance d'avoir été touchée à cet endroit. (Oui, oui, elle a déjà entendu cela… beaucoup trop souvent.) Parfois se produit un effet ricochet qui complique les choses. (Qui sont déjà, comme il l'a précisé précédemment, *un peu compliquées* et *délicates*.)

– Et ensuite ?

– Eh bien… (Il fait une pause.) Nous verrons à ce moment-là. Le fait est que nous n'en savons rien. Sortir ce fragment pourrait – pardonnez-moi l'expression – faire l'effet d'un tour de balle magique. À moins que nous ne découvrions des lésions supplémentaires. Cela dépend. Nous ne le saurons que lorsque nous serons dessus.

Elle devait déjà savoir tout cela, à ceci près que jusqu'à présent il n'était pas question d'« après-demain ».

— En tout cas, vous ne pourriez pas être dans un meilleur endroit.

Si, elle pourrait. Elle pourrait être dans la véranda avec Lyle, en train de déguster de la glace sortie du congélateur, au sous-sol. Il y avait de la glace dedans, pas toute fraîche, mais encore bonne, et il y avait des cônes dans le placard au-dessus du four à micro-ondes. Ils n'avaient pas besoin de sortir, absolument aucune raison, même pas pour de la glace.

— J'imagine que vous avez des questions à me poser, n'est-ce pas ?

Ne pose pas de questions auxquelles tu ne veux pas vraiment obtenir de réponses. La vérité sortie de la bouche de James. Jusqu'à quel point pouvait-elle poser des questions et supporter les réponses ?

— Les chances ?

Il fronce à nouveau les sourcils, légèrement. Les petites rides de son front vont se creuser plus profondément dans les toutes prochaines années.

— C'est difficile à dire. (Bien sûr que ça l'est !) Nous sommes à peu près certains de parvenir à extraire le fragment de balle, ce n'est pas la manipulation la plus compliquée que nous ayons dû accomplir.

— Mais…

— Mais ce qui va se passer ensuite, les chances, honnêtement, je ne peux pas les évaluer. Je pense que ce que vous pouvez faire de mieux, même si cela n'a rien de scientifique, est de vous concentrer sur des pensées positives, sur les personnes qui vous aiment et, au-delà de ça, d'avoir confiance dans la qualité de notre travail. Nous sommes bons, croyez-moi ! Je suis convaincu qu'avoir la conviction d'une issue positive peut permettre de faire la différence.

Est-ce que cela signifie qu'avant, avant tous ces événements, elle avait, sans en avoir conscience et à de rares exceptions près, une foi aveugle dans les issues négatives ?

— En dehors de cela, abandonnez-vous entre nos mains, conclut-il.

Tous deux regardent ses mains. Des mains si jeunes, si humaines ! Et, en cet instant, elle préférerait qu'elles soient plus vieilles et peut-être, aussi, dotées d'un pouvoir surnaturel, voire extra-terrestre, en tout cas douées au-delà de leurs limites humaines.

Imaginez faire un travail dont la vie d'êtres humains dépend ! Il y a bien longtemps, tandis qu'elle traversait une période optimiste, Isla avait envisagé de faire du volontariat au standard de numéros de détresse. Les gens l'auraient appelée pour lui faire part de leurs problèmes insurmontables – un mariage difficile, des parents mourants, leur propre maladie et leurs fardeaux, le poids écrasant de la solitude – et elle leur aurait répondu avec générosité, compassion, essayant de les aider en pleine nuit. Elle avait pensé que son cœur s'en trouverait allégé. C'était aussi une bonne façon de conjurer le malheur. Et, pour être honnête, de rendre sa vie plus intéressante et variée.

Ce qu'elle est devenue depuis, par ses propres moyens.

Mais, en y réfléchissant, que ferait-elle si quelqu'un l'appelait pour lui dire qu'il a placé une lame de rasoir sur son poignet ? Lui confesser, d'une voix incohérente, le besoin de se procurer des médicaments, pour mourir ou pour tuer quelqu'un ?

Que se serait-il passé si elle avait échoué ? Si quelqu'un était mort ?

Elle avait découvert qu'elle n'avait pas suffisamment de cran pour affronter l'échec… ou la mort. Pour orienter, d'un mot ou d'un souffle mal placé, une vie dans une direction ou une autre.

Ce jeune médecin le fait tous les jours. Comment peut-il dormir ? Comment parvient-il à se lever le matin ? Comment peut-il empêcher ses mains de trembler ? Quel sens donne-t-il au mot *confiance* pour pouvoir le prononcer si facilement, comme si c'était quelque chose que l'on obtient ou que l'on donne aisément ?

Il place le dos de sa main sur la joue d'Isla. Dans d'autres circonstances, il s'agirait de la caresse d'un amant.

— Restez encore un peu avec nous. Vous êtes une dure à cuire, vous en êtes capable. Tout le monde, ici, est impressionné par la façon impériale avec laquelle vous avez réagi jusqu'à présent.

Vraiment ? Alors, ils n'ont pas dû être très attentifs… !

Il dégage ses bras du côté de sûreté et se déplie de toute sa hauteur, qui n'a rien d'exceptionnel.

— Ne vous inquiétez pas, essayez de ne pas vous laisser gagner par la mélancolie, d'accord ? Concentrez-vous sur les issues positives.

Oui, c'est entendu. Quel imbécile ne s'inquiéterait pas de savoir que sa vie est en jeu ? Pourtant, *mélancolie, mélancolique* sont de jolis mots, agréables à l'oreille, aux résonances riches, sombres et séduisantes à la fois.

À cet instant précis, elle ne refuserait pas de s'accrocher à lui. Elle ne dédaignerait pas la possibilité d'être enlacée par ce jeune corps robuste. Ou, si elle éprouvait des sensations, elle aimerait qu'il lui tienne la main. Elle aimerait ressentir le contact de ses mains.

— Merci, lui répond-elle.

Il sourit – un sourire de gamin au cœur léger.

— Je vous promets de bien dormir la nuit précédente pour être en pleine forme et impatient de démarrer l'opération. (Tout à coup, il devient grave et lui touche, sans doute, le bras.) Je vous donne ma parole de ne rien laisser de mauvais vous arriver.

Les docteurs ne sont pas supposés dire ces mots-là. Et Lyle a déjà prononcé un discours approchant, par lequel il s'engageait, au moins, à ne pas être James, mais un événement terrible avait néanmoins eu lieu qu'il n'avait pu empêcher. Il était sincère et aurait dû empêcher ce drame d'arriver, seulement il ne l'avait pas fait. Ces promesses ne sont pas honnêtes. On ne peut pas les tenir.

Isla aimerait dire à nouveau : « Aidez-moi », mais n'ose pas, à cause de ce qui s'est passé la dernière fois qu'elle a prononcé ces mots. Et, de toute façon, il est déjà parti.

Mon Dieu ! Jeudi.

La conscience de la mort, ou de sa possibilité, ou de l'éventualité de n'importe quelle catastrophe imminente, est supposée aiguiser la pensée. Assurément, tout cela aurait pu aiguiser la sienne tandis qu'elle pénétrait chez Goldie. Mais qui peut être conscient en permanence de ce qui peut arriver ? Peut-être le serait-elle dorénavant, si la chance lui en était donnée.

Et qui est si consciencieux ? Qui n'a pas des milliers de détails à régler à l'issue de chaque journée ?

Après-demain : quelques heures seulement, beaucoup trop peu de temps et, à la fois, beaucoup trop. Elle n'est pas prête du tout, mais elle souhaite cependant que tout soit terminé, pour enfin savoir si l'issue est positive ou non.

Que se passera-t-il si c'est un échec ?

Et qu'en sera-t-il si c'est une réussite ?

Quelques mots bien choisis

« Devine qui j'ai amené ? » (Si Alix était infirmière ou une gentille aide soignante comme Rachel, elle apparaîtrait peut-être spontanément au-dessus d'Isla sous les traits d'un ange déroutant. Elle resplendit effectivement, à sa façon – *lumineuse* est le terme qui conviendrait. Entre une infirmière et un malade, ce pourrait être réconfortant. Entre une mère et sa fille, c'est étrange. Et effrayant.) Oh, désolée ! Tu dormais ?

– Je me reposais juste les yeux.

C'était la réalité, mais Isla ne put s'empêcher de penser que cette phrase était aussi une blague familiale : en effet, c'est toujours ce que répond Bert lorsqu'il est pris en flagrant délit de sieste et qu'il est vexé d'avoir été ainsi surpris pendant un moment innocent.

– Tant mieux, parce que regarde qui est ici !

– Chérie, dit Madeleine en s'avançant. Oh ! ma chérie !

Alix applaudit, réjouie comme une gamine.

– Je viens d'aller chercher grand-mère et Bert à l'aéroport. Tu es surprise ?

Oh ! oui, elle l'est ! C'est une vraie surprise. Elle fait un sourire radieux – ou croit le faire.

– Oh ! oui, mon Dieu ! Je suis si heureuse que tu sois là !

Si elle en était capable, elle se précipiterait dans les bras salvateurs de sa mère.

Si elle en était capable, elle enfouirait sa tête dans ses mains pour ne pas voir le choc qu'elle cause à Madeleine sur son visage.

— Moi aussi. Mais je suis si furieuse !

— Moi aussi.

Bien qu'elle soit bronzée, après ses vacances sous les tropiques, Madeleine a l'air, non seulement choquée, mais aussi épuisée, et vieille comme elle ne l'avait encore jamais été. Tout comme chez Lyle, elle voit distinctement, et sous un angle nouveau, les chairs tombantes et ridées, l'émaciation de l'âge. Sa peau semble presque hors d'usage et l'on dirait qu'il ne reste plus grand-chose pour maintenir Madeleine en un seul morceau.

Quand tout cela est-il arrivé ?

Peu à peu, pense Isla, d'une façon sournoise et quotidienne, mais aussi brutalement, récemment.

Les mains de Madeleine se trouvent où ont tendance à aller celles des gens étourdis, à l'endroit où doivent être les siennes. C'est difficile, pour ceux qui ont l'habitude de la toucher, de se souvenir de tout ce qu'elle ne peut plus ressentir. Pour ce qu'elle en sait, Madeleine lui serre la main très fort. Cela lui ressemblerait bien de tenter de redonner force et vie à sa fille, une nouvelle fois.

— J'aurais aimé le savoir tout de suite. Mais, de toute façon, il faut tant de temps pour faire le voyage ! Alix était à l'aéroport. De toute ma vie, je n'ai jamais été aussi heureuse de voir quelqu'un !

— Où est Bert ?

— Il va venir avec notre voiture. Alix nous a conduits à la maison pour poser nos valises, mais, naturellement, j'ai voulu venir te voir immédiatement. Je l'ai laissé mettre un peu d'ordre avant de venir me chercher. Oh ! chérie, pourquoi ne m'as-tu pas prévenue tout de suite ? La pensée que j'étais absente m'a rendue malade. Puis j'ai enragé de me trouver si loin.

– Je suis désolée. Nous ne savions pas trop ce qu'il fallait faire. Nous ne voulions pas que tu sois bouleversée, il était donc difficile de trouver le bon moment.

Madeleine hausse les sourcils :

– Le *bon* moment ? Et quand pensais-tu qu'il arriverait ?

Oh ! elles sont toutes deux trempées dans le même métal. Elle est blessée et sa douleur engendre progressivement la colère. Isla pensait jusqu'alors que ce processus était utile pour évoluer, mais elle n'est plus certaine de ses bienfaits.

– Tu as raison, je suis désolée. Mais maintenant tu es là, merci, mon Dieu ! Ma maman me manquait terriblement.

Isla essaie de détendre l'atmosphère, mais c'est précisément ce qu'elle ressent. Et sa mère est là. Un autre *bon signe* dirait le docteur Grant ?

– Et tu arrives au bon moment. (Tout juste.) Le docteur est passé me voir il n'y a pas longtemps pour me dire qu'ils ont programmé l'opération pour après-demain à l'aube. C'est un peu une surprise, mais j'imagine que c'est bien que les choses avancent.

– Oh ! là ! là ! (C'est Alix, bien sûr, qui s'avance derrière sa grand-mère.) Jeudi ?

– Au moins, je n'ai pas raté ça ! Je n'aurais pas supporté d'avoir été si loin à un tel moment.

Les yeux de Madeleine se remplissent de larmes – Isla n'avait pas vu sa mère pleurer depuis les nuits qui suivirent la mort de son père, lorsqu'elle était parfois réveillée par des sons désespérés, à fendre l'âme.

Elle ne s'était pas préparée à devoir prendre sur elle avec sa mère.

– Je t'en prie, ne pleure pas ! Tout le monde s'accorde à dire que c'est le meilleur hôpital du pays et le docteur a beaucoup d'espoir. Il attendait de voir si le fragment de balle allait se détacher tout seul, mais cela n'a pas été le cas. C'est absolument minuscule, j'ai vu des clichés. Tu devrais regarder. C'est vraiment incroyable.

Madeleine caresse le front d'Isla qui ferme les yeux. La tendresse tremblante de Madeleine, c'est presque ce qu'elle avait espéré.

Au bout d'un moment, pourtant, cela commence à devenir morbide: c'est comme si Madeleine pleurait un décès. Isla ouvre brutalement les yeux:

— Comment s'est passé le voyage de retour? J'ai cru comprendre que c'était assez compliqué.

— C'était carrément l'aventure. Lyle avait tout parfaitement coordonné, un petit bateau ici, un petit avion là, des hôtels étonnants. Bert clame qu'il ne montera plus jamais dans un petit avion, bien que, à mon avis, nous ayons plus souffert des turbulences dans de gros appareils.

— Pauvre Bert!

— Oui, et il va arriver. Oh! Isla, je reviendrai dès que possible, mais il faut que je parte, pas pour longtemps. Je mourais d'envie de te voir dès que possible.

Elle s'arrête, ne sachant pas — c'est du moins ce qu'Isla imagine — comment enchaîner après avoir parlé de mourir.

— Je suis heureuse de savoir que tu n'es pas loin. Mais tu dois être épuisée, pourquoi ne pas rester à la maison plutôt que de revenir ici? Fais ce que tu as à faire, dors bien et nous nous verrons demain. Nous aurons tous besoin de nos forces.

— Tant de choses se sont passées!

— Finalement, il y en a eu beaucoup et en même temps très peu. Mille détails, mais seulement quelques faits essentiels. Tu connais les grandes lignes. En tout cas, maintenant que je sais que tu es revenue, je suis heureuse. C'est vrai.

C'est presque vrai. Suffisamment proche de la réalité pour le lui dire.

– Oh, ma chérie! Tu dois avoir raison. Je m'inquiète un peu pour Bert et il vaut peut-être mieux que je m'en occupe à la maison. Je vais voir si je peux revenir plus tard, sinon je serai ici demain matin à la première heure. Oh, Isla! (Elle s'ouvre un chemin à travers les appareils pour toucher le front d'Isla de ses lèvres pourpres.) Prends bien soin de toi.

C'est peut-être un peu tard pour cela.

– Oui, maman, toi aussi.

Alix irradie.

– N'était-ce pas formidable de voir grand-mère? J'ai failli ne pas arriver à l'heure, une vraie course pour aller à l'aéroport après le tribunal. Oh!

À l'évidence, le mot lui a échappé.

– Le tribunal?

Isla a hérité le don de Madeleine pour hausser les sourcils.

– Eh bien! oui. (Le regard d'Alix se perd au loin quelques instants, puis se pose de nouveau sur Isla.) Je voulais t'en parler, mais peut-être pas maintenant. Je ne savais pas que l'opération aurait lieu si tôt.

– Il n'y aura donc sans doute pas de meilleur moment, n'est-ce pas?

Car peut-être n'y aura-t-il pas d'autre moment – est-ce cruel? Peut-être que tout cela dépasse Alix.

– Bon, OK! Je me demandais si tu aurais envie d'entendre parler du drame, et de ce garçon – ça ira? Je crois que c'est assez important.

Regardez-la: sous la légèreté, la transparence, elle a toujours été une enfant, une jeune fille, une jeune femme capable, si elle le veut, de prendre des décisions dures! Ce ne sont pas toujours des décisions avisées, mais elles peuvent être assurément drastiques. Et elle revoit Alix à douze ans, se relevant doucement du dessous de la table de billard, la jupe de travers, fixant son père d'un regard tout à fait déconcertant. Plus récemment, elle a pris ses décisions en fonction de la foi, du désir, de la croyance. Peut-être s'agit-il d'une fausse foi, d'un désir absurde, d'une croyance fourvoyée, mais elle semble avoir des notions sur les moyens, si elle est déficiente en matière de fins. Un cœur tendre pour commencer et, récemment, une volonté de parvenir à une sérénité qu'elle a peut-être considérée, à tort, comme la paix intérieure.

Regardez sa peau, ses yeux, sa superbe chevelure ! Et ses aspirations. Ne sont-elles pas aussi celles d'Isla ?

— OK ! dit Isla avec méfiance.

— Il s'appelle Rod. Tu le sais sans doute déjà. J'ai entendu son père et sa grand-mère l'appeler Roddy dans l'antichambre et il est Roderick sur les papiers officiels — tu sais ? l'acte d'accusation —, mais les avocats et le juge l'appelaient Rod.

C'est un développement un peu long sur le prénom. Surtout quand on sait qu'Isla a fait de son mieux pour éviter de le connaître et que, maintenant, il semble en avoir trois. Peut-être est-ce un sujet qui intéresse Alix, puisqu'elle avance dans la vie avec un nom de trop.

— Je ne sais pas si tu te souviens de son apparence. (Très mince. Sans attrait. Se déplaçant rapidement et stupidement. C'est à peu près tout.) Il est plutôt mince. Sa grand-mère est très forte et son père, baraqué, mais Rod ne ressemble à aucun des deux.

Il ressemble sans doute à sa mère, et où donc est-elle ? Isla sait très bien que quoi que fasse un fils, sa mère est présente. Elle se trouvait elle-même dans la salle du tribunal, quelques années plus tôt, assise deux rangs derrière Jamie, écoutant les charges, entendant sa repentance, supportant sa punition.

— Et j'ignore quels sont tes sentiments envers lui.

Vraiment ? C'est le moment de hausser à nouveau les sourcils.

– Combien a-t-il pris ?

Voilà quels sont les sentiments d'Isla à un peu plus d'un jour de son opération, voilà ce qui l'intéresse dans ce garçon : l'étendue et le degré de la punition.

– Oh ! Dix-huit mois. Et deux ans de mise à l'épreuve.

Le ton d'Alix ne laisse pas deviner si elle pense que c'est trop ou trop peu. Il ne suggère même pas d'intérêt en la matière, comme si la punition n'était pas le point important. Il l'est, en revanche, pour Isla. Dix-huit mois ! Le petit salaud aura à peine l'âge de voter quand il sortira.

Dieu seul sait où elle sera !

Bien sûr, il est très jeune pour être confronté à une vie anéantie. Si elle est anéantie. Il a sûrement beaucoup plus d'années à vivre qu'elle. Le temps d'Isla est resserré, sans doute même à une seule journée, alors que celui de Roddy, à dix-sept ans, est extensible. Tout comme Jamie, il pourra recommencer. Abîmé, trop expérimenté, son fils a eu néanmoins cette chance. Il y avait du temps. Tout comme il y en a pour ce garçon, mais pas autant pour elle.

– Je vois, dit-elle.

– En ce qui concerne ce garçon, maman, dit Alix (avec plus de courage qu'elle n'en a sans doute conscience, pense Isla), il a cet air... (c'est exact : celui de la panique, du choc, de l'inéluctabilité.) Il a l'air perdu. Comme s'il ne comprenait pas qui il était ou ce qui s'est passé. Comme s'il était perdu dans l'immensité, tu vois ce que je veux dire ?

Si elle veut dire que le garçon est frappé par les événements, écrasé par les remords, abasourdi par ses actions, effrayé par des issues imprévues, alors, oui, Isla voit.

– Est-ce que Lyle t'a parlé de la première fois où nous avons été au tribunal ensemble ?

– Un peu.

Que le garçon avait plaidé coupable, avait en fait tout avoué instantanément à la police, à l'évidence, qu'Alix et lui avaient fait une déposition. D'après son récit, la déposition de Lyle avait beaucoup trop ressemblé à un panégyrique. De celle d'Alix, il avait dit : « Je suis désolé, mais je n'ai pas compris un traître mot. Je crois que ça me dépasse totalement. »

— Lyle a dit ce qu'il fallait, mais moi j'ai complètement foiré. Je voulais dire combien tu étais une bonne mère, comme tu avais toujours été solidaire quoi qu'il nous arrive, etc., mais je suis passée devant lui, Rod, et c'était étrange. Je me suis tout simplement arrêtée. Il émanait quelque chose de lui et je ne cessais de le regarder, j'imagine que je voulais voir quel genre de personne c'était, et tu sais quoi ?

Non, Isla ne sait pas quoi. En revanche, elle sait que sa tolérance pour écouter Alix déblatérer sur ce petit connard est limitée. Comme s'il était intéressant ! Comme si cela avait un sens. Comme si elle avait le temps !

— Nous nous sommes regardés pendant quelques secondes, comme si nous étions seuls au monde. Il était complètement vide et perdu. Soudain, j'ai réalisé que j'avais eu cet abominable attachement à la colère, que je l'avais vraiment détesté, que c'était là un sentiment horrible, que ce garçon devait être monstrueux, puisqu'il avait accompli cette horrible action et que tu t'étais retrouvée ici, oh ! tu sais ? que tout était bousillé. Mais quand je l'ai vu, je me suis rendu compte qu'il n'est pas monstrueux du tout, il est plutôt pitoyable, et dès que j'ai compris cela, j'ai senti la colère et la haine s'éloigner, comme si elles s'échappaient de moi. Nous étions totalement immobiles, nous fixant du regard, et c'est comme s'il avait été vide et était en train de se remplir. Oh ! (elle agite son bras) je ne sais pas trop bien comment décrire cela. (Cela paraît évident.) Mais, finalement, j'ai dit quelque chose, je crois, sur ton courage, et qu'il s'agit d'un défi mais que ton esprit te donne ton intégrité, t'offre ta rédemption, quoi qu'il arrive. Ne t'inquiète pas. (Et Alix esquisse un sourire coquin.) Je n'ai pas dit qu'il s'agissait d'une bénédiction que tu sois confrontée à un tel défi ou que tu avais de la chance qu'il se présente.

Une blague! Alix a fait une blague, aussi faible et sombre soit-elle!

— Je n'ai cessé de réfléchir sur ce qui s'était passé et, tu sais, parfois, quand tu penses trop à un sujet précis, il devient flou et peut-être erroné. Le souvenir, j'entends. J'ai donc eu besoin d'y retourner aujourd'hui, en partie pour entendre le verdict, mais essentiellement, je dois avouer, pour le regarder à nouveau. Pour voir si je le percevais de la même façon et ce que je ressentais.

— Et?

Qu'aimerait-elle qu'Isla ressente? Qu'elle soit désolée pour lui? Elle avait une vie pleine, agréable, gagnée à la sueur de son front et parfaitement méritée, jusqu'à ce que cette coque vide décide de jouer avec. La pitié ne fait pas vraiment partie de son répertoire.

— Et l'important, c'est qu'il en a été ainsi. Je veux dire que je l'ai vu de la même façon. Et, donc, je voulais t'en parler ou te demander, je ne sais pas trop (froncement de sourcils, respiration angoissée), de le revoir. Je voulais savoir ce que tu penserais du fait que j'aille le voir en prison.

Si Isla était capable de ressentir quoi que ce soit, ce serait plutôt dans la catégorie « coup de poing à l'estomac ».

Y a-t-il quelque chose en elle qui pousse ceux qu'elle aime vers des versions diverses et variées de la trahison?

— C'est juste parce que je crois que je pourrais apprendre ainsi une leçon importante, pour moi, je veux dire. Il a l'air tellement…, je ne sais pas, empli de *besoins*. Je me suis demandée comment il pourrait s'habituer un jour à l'idée qu'il a commis cet acte épouvantable, et comment il pourrait vivre avec. Il ne semble y avoir personne pour l'aider non plus.

Isla n'avait pas envisagé qu'il puisse un jour s'habituer à l'idée qu'il a commis cet acte horrible. Elle avait imaginé que cette action fulgurante et stupide le hanterait à jamais. Qu'il soit hanté et enfermé dans une prison infernale pour très longtemps : cette alliance lui aurait parfaitement convenu.

— Eh bien ! commence-t-elle prudemment, mais tu as dit qu'il avait de la famille. Grand-mère, père, peu importe ! Ce serait plutôt à eux de l'aider, tu ne crois pas ? (Bien que, à l'évidence, ils l'aient déjà aidé en le menant droit dans le crime, directement à la punition.) Et où est sa mère ?

— Là aussi, c'est triste. Quelqu'un a dit qu'elle s'était suicidée, elle avait sauté d'un pont, ou quelque chose comme ça, quand il était gamin.

C'est encore un gamin. Mais c'est triste.

— Son père et lui avaient déjà emménagé chez sa grand-mère avant que cela arrive. Ils n'en ont pas bougé depuis.

Conclusion : que peut-on faire d'autre que de blâmer la mère ? Si elle n'avait pas déconné, Isla ne serait pas ici. Tout serait différent. Et qui aurait su à quoi ils avaient échappé ? Pas Isla, c'est sûr.

— Je ne disais pas qu'il était seul au monde, au sens propre, mais qu'il a l'air seul. Comme s'il n'y avait rien de *vrai* dans sa vie, tu comprends ce que je veux dire ?

Oh ! Soudain, Isla comprend. Elle comprend qu'Alix vient de lui donner une clé, mais pas à propos de ce garçon. Alix perçoit sa solitude et son vide intérieur parce que ce sont des éléments qu'elle est capable de reconnaître, avec lesquels elle est familiarisée.

Quelle mère horriblement égoïste elle a été : reconnaissante, satisfaite même, que durant les périodes les plus douloureuses, Alix ait été plus solide que Jamie, travaillant dur, réussissant, ne faisant pas de vagues.

Elle attendait tranquillement son tour. Elle était en réserve. Elle cultivait, en attente et en réserve, ses désirs et ses envies. Ses *aspirations*.

– Oui, répondit Isla doucement, je crois que je comprends en partie ce que tu veux dire.

– Et donc, cela ne te contrarierait pas trop? Je ne veux pas compliquer davantage ta vie, mais je dois t'en parler. Tu connais ces instants, quand tu *sais* que c'est ce qu'il faut faire?

Pas vraiment. Ces instants-là semblent n'arriver qu'aux autres. Comme lorsque Lyle a découvert la maison de ses rêves: une sorte de tour de magie.

Maintenant, elle doit donner son opinion sur le fait que sa fille se lie ou non – peu importe, d'ailleurs, la nature du lien – avec un gamin qui tire sur les gens. Qui a tiré sur la mère d'Alix, sur une seule personne, donc.

Qu'en serait-il si Alix avait rencontré par hasard quelqu'un de normal, sans soucis, sans doute aussi bien peu intéressant? Mais, dans le regard vif et ferme de sa fille, Isla voit que ce n'est guère probable. Et, de fait, il faut assurément qu'il y ait sur terre des personnes aux regards vifs et fermes.

– C'est assez perturbant, je mentirais si je te disais autre chose. Mais je te fais confiance, tu sais ce qu'il faut faire. Pour toi-même, je veux dire. Je me fiche éperdument de lui. Je te demanderai seulement de faire attention. Je ne l'ai vu qu'une fois, et pendant un court instant, mais ce n'est pas le genre d'instant qui m'autoriserait à penser qu'il a des perspectives positives à offrir.

Imaginer Alix aller lui rendre visite où qu'il ait été envoyé – merci, mon Dieu! –, bien que cela soit pour une durée bien trop courte. Imaginer Alix l'écouter expliquer sans discontinuer, tandis qu'il essaie d'éveiller sa compassion et sa pitié.

– Voilà une nouvelle qui te réjouira davantage, maman, l'autre information que je voulais te donner: je pense que je ne vais pas retourner dans la communauté.

Quoi? Isla se sent frappée de plein fouet: un coup violent dans un sens, un coup violent dans l'autre. Aurait-elle mal entendu?

— Je suis triste pour toutes sortes de raisons, la principale étant que c'est là que se trouvent ceux qui ont été mes véritables amis. (Elle esquisse un sourire avant de poursuivre.) Ce qui veut sans doute dire que je n'étais pas aussi détachée que je l'aurais dû, mais j'y ai beaucoup pensé et ma décision est pratiquement arrêtée.

— Pourquoi ? (Isla veut dire : *quel est ce miracle tardif ?*)

— Eh bien ! parce que même Maître Ambrose dit qu'il peut nous montrer certaines des voies, mais qu'il ne peut nous y emmener, nous devons y aller nous-mêmes. Et j'ai tout simplement pensé que le temps était venu que j'y aille moi-même. (Elle fait une pause, fronce légèrement les sourcils, fait un autre geste vague du bras au-dessus d'Isla.) Ce qui a eu lieu a changé toutes les données, n'est-ce pas ? Cela signifie tout aborder différemment. Des événements se produisent, il ne s'agit pas uniquement de détachement.

Il est difficile d'accepter qu'on s'est fait tirer dessus pour qu'une révélation étrange et salvatrice se manifeste à sa fille.

Quoi qu'il en soit, un alléluia est de mise ! Au revoir, Maître Ambrose, adieu les robes marron, je vous salue, obéissance bornée ! Ah ! oui, hourra !

— Tu as raison, reprend Isla sur un ton beaucoup plus mesuré que ses sentiments. Ce sont de bonnes nouvelles, elles me rendent plus heureuse et semblent être un bon signe.

D'un excès de malchance, essaie-t-elle désormais d'avoir un trop-plein de chance ? Elle n'aimerait pas que le niveau baisse avant jeudi.

— Mais que cherchais-tu, en réalité, dans cette communauté ? Peux-tu me l'expliquer maintenant ?

Cette formidable énigme.

Alix semble surprise :

— Précisément, ce qu'elle propose : la sérénité. J'ai entendu parler de la communauté de la Sérénité et je me suis dit : « Gagné, voilà ce qu'il me faut ! » Cela n'a rien de mystérieux. La discipline y règne, mais en toute quiétude. Le *courage* d'être serein.

Isla comprend ce qu'il a pu y avoir d'attirant. L'appétit et le désir.

Il lui semble aussi que, quelque part au cours de cette conversation, Alix a offert, non une réponse, pas le salut, pas même une variation crédible sur la foi, les croyances ou le désir, mais une sorte de parabole.

— Je suis très contente, Alix, répète-t-elle. Je ne peux te dire à quel point.

Et, effectivement, elle n'y arrive pas.

Chacun atteint le paroxysme de sentiments forts, ces temps-ci – c'est tout à la fois passionnant et étrange. La vie lui apparaît à une échelle qu'elle n'avait pas remarquée auparavant : le microscopique, proche du sol. Une perspective rétrécie, focalisée sur l'immobilité, sur des mouvements infimes dans un sens ou dans un autre, et de minuscules avancées, des titubations indispensables, des progressions minuscules, délicates, périlleuses mais optimistes.

Peut-être.

Alix rendra visite à ce garçon, elle veut l'aider à se remplir.

Alix cherche à se sauver. Elle est contre le fait d'entretenir la haine.

Elle se penche au-dessus d'Isla. Comme ils étaient devenus rares, ces derniers temps, les câlins d'Alix !

En prison, il est impossible de prendre les prisonniers dans ses bras. On peut au moins compter sur cette règle-là.

Mais le toucher est une perte difficile, très difficile.

— Je te souhaite du bonheur, lui dit Isla. Par là, elle entend – bien qu'Alix n'ait aucun moyen de le savoir – qu'elle souhaite à Alix des étreintes légères. Un attachement absolu.

Cela sonne un peu comme une bénédiction, *je te souhaite du bonheur*. C'est bienveillant, en fait. Il ne lui reste qu'une journée pour trouver d'autres paroles bien choisies. Pas forcément des mots heureux, mais bien choisis.

Pas trop de copinage

On lui avait parlé en long et en large des cours, des études, des séances avec un psychologue, des corvées en cuisine et à la blanchisserie, de la discipline sévère, de l'emploi du temps exigeant, mais personne ne l'avait prévenu qu'il aurait un compagnon de chambre. Un compagnon de cellule. Personne n'avait informé Roddy qu'il n'aurait pas un peu d'espace et de temps rien que pour lui.

Comme tout ce qui s'est passé récemment dans sa vie, cela est totalement nouveau pour lui.

Même dans le superbe appartement qu'il devait partager avec Mike, ils auraient eu des chambres séparées. Ils étaient convaincus que l'argent de Goldie leur permettrait de s'offrir au moins ça. Ils avaient parcouru les annonces. Ils savaient quel type de location ils pouvaient espérer. « Nous aurons besoin d'avoir nos chambres, avait dit Mike avec son optimisme habituel, surtout si nous ramenons des filles. »

Cette vie dans un univers parallèle constituerait un changement radical, une formidable évolution.

Grand fut son étonnement – encore un nouveau choc qui venait s'ajouter à une liste déjà longue – d'être conduit en fourgon vers le nord, jusqu'à cet ensemble de quatre bâtiments cernés de murs gris, surveillé à l'extérieur et à l'intérieur. Les gardiens avaient arrêté le fourgon et vérifié la « cargaison », en appelant un nom à la fois. Il n'était pas au bout de ses surprises, car lorsqu'il fut à l'intérieur, il dut rester debout sans bouger tandis que des appareils pour détecter les métaux bourdonnaient autour de lui, puis se déshabiller avant qu'on le fouille à corps et qu'on le douche – autant d'actes qui ôtaient toute dignité et ne donnaient pas l'impression que les quatre arrivants étaient des êtres humains. Épuisé, le cœur à l'agonie, comme s'il avait reçu une blessure, Roddy fut conduit dans une cellule, regarda la carte du gardien s'introduire dans la serrure, heureux d'être bientôt seul, tranquille enfin, même si c'était pour un court moment, quelques minutes solitaires pour reprendre son souffle, fermer les yeux, retrouver les images qui lui étaient indispensables et commencer à apprendre de quelle manière les retenir. Il vit alors un type allongé sur un lit lever les yeux de son magazine – il y avait déjà un résidant dans le nouveau foyer de Roddy!

Merde! Ce n'était pas juste qu'il n'obtienne rien, absolument rien de ce qu'il voulait!

La porte métallique se referma derrière lui. Le type s'assit, hocha la tête de façon neutre, sans prêter vraiment attention à Roddy, lequel tentait d'identifier un danger à l'état brut, une gentillesse réduite à sa plus simple expression. Il se contenta de dire:

– Darryl. On m'appelle Dare.

– Rod, répondit Roddy. Et comme cela lui semblait insuffisant, il ajouta: « Salut! »

Le type ne paraissait pas beaucoup plus grand que lui et ses cheveux pratiquement rasés semblaient correspondre à l'uniforme du lieu, et non à l'affirmation d'une mode, comme pour Roddy, ou d'une attitude. Il était musclé, surtout au niveau des bras, et avait de petits yeux noirs dans lesquels Roddy crut distinguer un potentiel de méchanceté – peut-être est-ce toujours, d'ailleurs, ce que l'on voit dans les petits yeux noirs. Il plissait les yeux, peut-être pour avoir l'air menaçant, et Roddy se dit qu'il aimerait avoir la même expression.

Darryl fit un geste.

— Ça sera ton lit, là.

— Ouais, j'avais deviné !

Il avait scotché des images sur le mur qui était de son côté. Roddy imagina donc qu'il avait fait de ce coin son chez lui. Des photographies de femmes nues, aux seins énormes, démesurés, le genre de poitrine dont Roddy n'avait même jamais rêvé, tant cela semblait impossible que quelqu'un comme lui ait la chance d'en voir une un jour. Il pensait que ce ne serait pas une bonne idée de mettre des clichés de petites créatures aux multiples pattes sur son mur. Ces photos étaient trop bizarres, sans compter qu'elles appartenaient à une époque révolue, une époque d'innocence. Les photos de Darryl attestent qu'il s'agit d'un type normal – quelle que soit la signification que l'on donne à ce mot –, d'autant plus qu'il se fait appeler Dare[1]. On ne décèlerait pas le même genre de message dans celles de Roddy.

Il y a des toilettes sans abattant, comme dans l'autre prison, ainsi que le même lavabo étroit. Deux bureaux, cette fois, et deux chaises, fixés dans le sol, et quelques étagères pour chacun, fixées au mur. Sur deux étagères, il trouve deux serviettes, des draps et un oreiller, mais il pourra y placer des livres, puisqu'il va suivre des cours.

C'est ce que Darryl a fait avec ses textes et quelques cahiers.

Il regarde Roddy prendre ses repères.

— Tu es déjà venu ? Tu sais comment ça marche ?

— Non, pas vraiment.

Dare n'est pas aussi fort que Mike. Il a la peau cuivrée et, bien que musclé, n'est pas baraqué. Pour un adversaire, c'est le même genre de gars que Roddy : quelqu'un qui

---

1. Signifie « oser » (NdT).

peut être lent, rapide, et taper dur là où ça fait mal. Un mauvais ennemi, donc, surtout s'ils sont seuls dans une petite cellule, ou un bon allié, notamment à l'extérieur de la cellule. Ou peut-être aucun des deux.

— Pour commencer, tu pourrais faire ton lit. Tu disposes d'à peu près quinze minutes avant qu'un gardien vienne faire son inspection et vérifier tout le monde. Le dernier type qui occupait la place est sorti hier. Tu auras sans doute envie de retourner le matelas quand tu sauras qu'il se branlait au moins six fois par nuit.

Oh! ouais! C'est dégueulasse. Le matelas de quelqu'un d'autre. Les types se succèdent pour dormir – ou non – sur cette vilaine paillasse grise. Dare ne lui avait pas offert de l'aider à retourner le matelas. Celui-ci, même de l'autre côté, n'en serait pas moins repoussant.

S'il avait trouvé qu'il émanait en permanence une odeur du centre de détention, qui ne suintait pas plus des canalisations qu'elle ne provenait des produits d'entretien, mais plutôt de l'enfermement de corps humains, ce n'était rien en comparaison de cet endroit. Ici, le danger était aussi latent que le désir et dégageait, en plus, sa propre odeur.

Tous les prisonniers ont moins de dix-huit ans – cet endroit leur est exclusivement réservé. Roddy est l'un des plus âgés, mais il se sent tel un nouveau-né, presque innocent. Si on l'a condamné pour vol à main armée, il y a ici des violeurs, des types qui ont dirigé des gangs depuis qu'ils sont gamins. Il y a des gars dont il vaut mieux rester à l'écart et, parfois, il suffit de les regarder pour que cela s'impose telle une évidence. D'autres font leur tour, l'air nerveux : c'est ce que l'on peut faire de pire, même avec des gardiens alentour, la meilleure façon de prendre des coups. De nombreuses menaces sont prononcées à mi-voix, des armes cachées, des fils métalliques arrachés au sommier des lits, des queues de billard peuvent s'enfoncer sans ménagement dans un ventre ou un dos.

Dare est ici parce que, une nuit, il a frappé quelqu'un à l'extérieur d'un bar : « Ce connard est mort. » Il raconta cela à Roddy pendant leur première nuit de cellule. C'était son plus grand crime, assurément, mais pas le seul. Il avait apparemment gagné une réputation.

— Vol à main armée ? reprit Dare. Moi aussi, dans plusieurs grandes surfaces, mais je n'ai pas été pris. J'utilisais un couteau, pas un fusil. Je n'ai jamais utilisé de fusil.

Il avait l'air impressionné.

Roddy, lui, est impressionné par les couteaux. Les conséquences peuvent aussi être accidentelles, mais, lorsqu'on poignarde quelqu'un, on est couvert de sang, on touche un corps, c'est un contact direct, très réel. Il doit aussi y avoir, sans doute, des odeurs spécifiques, des bruits particuliers. Cela ne semble pas possible. Beaucoup d'événements ne semblent pas possibles, qui se produisent néanmoins – c'est vrai pour lui aussi.

— Le type se trouvait où il aurait pas dû. (Dare expliquait, comme si, après, tout paraîtrait raisonnable, voire évident.) Des gamins de la haute qui roulaient les mécaniques. Ils la jouaient décontracté. Ça m'a énervé, la façon qu'ils avaient de marcher, comme des touristes, comme les rois du monde. Et il y avait ce crâneur – c'était un vrai crâneur –, il se vantait que n'importe lequel d'entre eux pourrait tirer nos sœurs et nos copines, et le ferait sûrement, et qu'ils avaient un bel avenir devant eux, dommage pour nous, perdants, sales merdeux. J'ai fini par dire un truc du genre : « Ferme ta gueule et dégage ou je vais te donner un avenir, j'te promets ! », mais il a renchéri : « Ouais, ça t'plairait ! » Et ça a continué un moment, puis j'ai juste dit : « Putain ! », et j'ai sorti ma lame. Il a commencé à reculer en criant quelque chose comme : « Hou ! là ! là, mec ! », j'ai répondu : « Trop tard, connard ! », et je lui ai planté mon couteau dans le coffre. Trois fois. Il est tombé, comme s'il se repliait sur le trottoir.

Tout le monde s'est tiré — et moi aussi — en hurlant et courant, ses amis ont pété les plombs, mais tu sais, *c'était* vraiment un connard! Plein de sang sur le trottoir. Trop bizarre.

Dare secoue la tête, mais il n'a pas l'air de regretter son geste, il semble plutôt, tout au plus, un peu surpris. Ne s'est-il pas effrayé lui-même? Et, même si ce n'est pas le cas, son geste ne lui a-t-il pas fait peur? Et le résultat? C'est sûr, il y a peu de chances pour qu'il en parle, pas vrai? Pas plus que Roddy n'en parlera.

— J'te parie que ses copains vont pas r'venir de sitôt dans le coin. Ils peuvent prendre leur avenir et se le mettre dans le cul. Mais (il se tourne pour regarder Roddy, allongé sur le lit qu'il venait de faire), t'as tiré sur une nana?

— Ouais, répondit Roddy. Mauvais moment, au mauvais endroit.

— Elle est morte?

— Non, mais elle est encore à l'hôpital.

Il ne voulait pas dire *paralysée*. Elle apparaîtrait trop comme une victime et lui, comme quelqu'un qui ne remportait de victoires que sur des êtres sans défense.

— Mon avocat a pu faire sauter l'inculpation de tentative de meurtre.

Il essayait d'adopter un ton aussi désinvolte que Dare. Les bruits circulent.

Il aurait pu tomber sur un compagnon de cellule plus pénible, même si Dare aime bien parler. Au moins, il ne délire pas sur tout et rien. Quand ils se retrouvent tous les deux dans leur cellule, après des journées qui semblent déjà interminables alors qu'ils sont là pour de longs mois, Roddy peut faire défiler, derrière ses paupières closes, les images auxquelles il a besoin de se raccrocher. Il peut encore, s'il se concentre très fort, restituer l'éclat des cheveux de la fille, sa peau presque transparente, mais surtout ses yeux qui voient au fond de lui. Les journées sont difficiles, les nuits aussi. Il y a peu de silence. Tant de cris et de bruits, à longueur de temps, que c'est à en devenir dingue. Tout le monde semble excité, prisonniers et gardiens, et les petits tracas du quotidien n'en sont pas la seule cause. Roddy l'est assez lui-même, mais il garde à l'esprit que la menace tranquille est son arme – s'il en a une, s'il a besoin d'en avoir une. Ce n'est pas tant qu'il se passe ici des choses atroces, bien que ce soit le cas, mais plutôt que tout un chacun se comporte comme si cela pouvait arriver à n'importe quel moment et pour n'importe quelle raison, ou, d'ailleurs, sans aucune raison. Dans ces conditions, il est impossible de se détendre un seul instant.

Il continue de faire des rêves qui le réveillent, mais, même dans son sommeil, il a appris à canaliser ses bouleversements intérieurs de sorte qu'ils ne soient pas visibles au réveil. Il travaille sur le « spleen » – un mot découvert en classe de littérature et dont il aime la sonorité – et le silence. Les rêves concernant sa mère sont toujours les mêmes, pourtant, ils surviennent à chaque fois comme des surprises. Il se réveille en pensant que – peu importe ce dont il croit se souvenir – il ne devait pas être un enfant adorable. Il existait sûrement en lui quelque chose qui a éloigné le cœur de sa mère et l'a emportée par-dessus le parapet du pont d'où, nuit après nuit, il continue à finalement la pousser, doucement ou non.

Lorsque la journée est bien avancée et qu'il est parfaitement réveillé, il pense : « Des tuiles arrivent. Après tout, merde ! »

Mais ce n'est pas sa première pensée le matin.

Quoi qu'il en soit, on doit pouvoir faire des rêves plus agréables.

Il en fait parfois, aussi.

Mais on ne peut pas compter sur les rêves. La conseillère, la thérapeute – peu importe ce qu'elle est –, qu'il a dû voir une fois et devra revoir, lui a demandé des trucs du genre : Dort-il bien ici ? Rêve-t-il ? Quels sont ses rêves ? Comme s'il allait les lui raconter ! Comme s'il allait lui parler de sa tentative de retenir des images quand il est éveillé et combien elles sont différentes dans ses rêves ! Comment, dans ceux-ci, il pose les doigts sur les bouts de seins ronds et parfaits d'Alix, cette Lumière d'étoile, et est réveillé – c'est alors beaucoup plus agréable – par une sensation qui ressemble à une décharge électrique.

Est-ce qu'une femme âgée, vraisemblablement, d'une quarantaine d'années devrait entendre de tels récits ? Pour qu'elle en déduise ci et ça, ce qui serait complètement erroné ? Jamais !

Elle a l'air bien, mais cela fait sans doute partie de son travail d'arborer cet air face aux mecs d'ici. Il l'avait vue, dans un petit bureau gris auquel on accède après avoir parcouru des kilomètres de couloirs gris, le jour où il était arrivé ici, mais pas depuis. Elle s'était levée de derrière son bureau métallique et lui avait tendu la main en disant : « Je suis Mme Shaw. Bonjour, Rod. (C'était un bon début.) Je suis chargée du programme d'aide psychologique et d'éducation. Je choisis les cours, mais je ne suis pas enseignante. Toutefois, je propose des séances thérapeutiques individuelles ou collectives. Nous allons donc passer du temps ensemble d'une façon ou d'une autre. »

Il avait haussé les épaules. Elle avait une mallette en cuir, tel un homme d'affaires, qu'elle plaça sur le bureau avec fracas et ouvrit d'un double clic sonore, laissant apparaître un amoncellement bordélique de papiers. Elle était bien en chair et négligée, avait une voix basse et un regard amical. Il pensa que les gens devaient lui parler facilement, mais ce ne serait pas son cas.

– Au vu des tests que tu as passés et de ton carnet scolaire, je dirais que ton potentiel est grand. Ce n'est pas aussi rare que tu pourrais le penser, mais c'est un très bon début. Cela va nous permettre de travailler sur des éléments concrets. En espérant que, lorsque tu sortiras d'ici, tu seras dans une meilleure position que celle que tu penses avoir aujourd'hui.

Il n'avait rien à répondre à cela, bien qu'il serait agréable d'avoir de l'espoir. Il était réconforté à l'idée que, à l'instar de Stan, au centre de détention, elle ne pensait pas qu'il n'y avait pas d'espoir pour lui.

– J'ai aussi une copie du rapport d'enquête avant le jugement. Des commentaires de ta famille, de certains de tes professeurs et d'amis, des personnes pour lesquelles tu avais travaillé.

Il fut si étonné qu'il demanda :

– Vous avez parlé à ces personnes ?

– Non, Rod. Pas moi, mais d'autres l'ont fait. Ce genre de rapport est remis au juge avant que le verdict soit prononcé, pour l'aider à trouver la meilleure solution.

Les gens avaient donc dit ce qu'ils pensaient de lui ! Ils étaient libres de parler, de donner des détails, de raconter des histoires – peut-être vraies, peut-être pas ! N'importe qui peut-il demander ci ou ça sur sa vie désormais ?

Est-ce qu'on a posé des questions à Mike ? Pourrait-il parler de Roddy sans se troubler, sans rien laisser paraître ?

Roddy mourait d'envie de demander à Mme Shaw : « Qu'est-ce que Mike a dit ? », et aussi : « Que fait-il, continue-t-il de travailler chez Goldie ? Quelqu'un a-t-il remarqué qu'il avait l'air de garder un secret ? Est-il mal à l'aise en parlant de moi ? Triste ? Est-il resté bouche cousue ? »

Mike se sent-il hanté ? Se sent-il coupable ? Se demande-t-il ce que fait Roddy ? S'étonne-t-il que Roddy ait décidé de le protéger ?

Lui arrive-t-il de penser à la femme ?

Il n'a aucune réponse à ces questions, car Mike n'a ni appelé ni écrit, pas plus qu'il ne lui a rendu de visite, d'après ce qu'en sait Roddy. Peut-être a-t-il essayé. Peut-être rien ne peut-il arriver jusqu'à lui.

Il doit pourtant se poser des questions. Mais Roddy n'est même pas sûr de cela, il ne l'est plus, en tout cas. Lui et Mike sont partis dans des directions complètement différentes. En l'espace d'un instant, chez Goldie.

— J'ai l'impression, dit Mme Shaw, que tu as une famille sympathique. Ta grand-mère et ton père parlent de toi en termes flatteurs. (Vraiment ? Même son père ? Son père a parlé ?) Ton père et toi, vous êtes partis vivre chez ta grand-mère quand tu avais quoi, sept ans ? (Il hocha la tête.) Peux-tu me parler de ton premier souvenir avant cela ? De quoi te rappelles-tu de l'époque où tu étais très petit ? Où vivais-tu, comment était ta maison ?

Elle était à l'écoute ; on décelait de la perspicacité dans ses yeux bleus, mais aussi quelque chose qui ne semblait pas naturel dans la façon qu'elle avait de les agrandir.

Il n'y avait rien à dire. Sa mère qui jouait et riait, inventait des histoires et des jeux, et les jours où elle ne s'habillait pas.

— Je ne me souviens pas de grand-chose. Nous habitions dans une maison, elle semblait grande, mais je n'étais qu'un gamin, donc ce n'est pas sûr. Puis nous avons déménagé.

— Après que ta mère soit tombée malade ?

Il secoua violemment la tête, sentit ses lèvres se fermer. Il n'avait pas de mots à offrir à cette femme sur ce sujet, absolument aucun. Elle le comprit et ne le poussa pas dans ses retranchements.

— Comment as-tu ressenti le déménagement ? demanda-t-elle alors.

Avec violence. Il avait ressenti suffisamment de violence pour crier, donner des coups de pied et résister sur tout le trajet.

— Bien, j'imagine. Ma grand-mère est gentille.

— Oui, elle en a l'air. Et ton père ?

— Oui, lui aussi.

Elle attendit quelques secondes.

– Pourtant, cela a dû être un changement important pour toi, aller dans une autre maison, dans un autre lieu sans ta mère. Ça a été difficile pour toi ?

Non, pas après qu'il a commencé à se balader avec Mike, c'est-à-dire pratiquement dès leur arrivée. Ensuite, les événements ne semblèrent plus aussi dramatiques.

– Non, pas vraiment.

Elle continua à poser des questions dans la même veine : sur l'école, ses amis, ses passe-temps, ses habitudes, et il fit de son mieux pour ne pas y répondre.

– Où as-tu pris l'idée du vol ?

Il haussa les épaules :

– Je ne sais pas. À la télé, sans doute.

Elle esquissa un sourire, regarda sa montre et dit :

– Je pense que cela suffit pour aujourd'hui ! Voilà ce que nous ferons la prochaine fois : nous allons te trouver rapidement un groupe qui se réunit une fois par semaine. À tour de rôle, chacun pose ses questions et parle de ses problèmes, de ce qui lui est arrivé. La plupart des garçons trouvent le groupe utile, mais j'imagine que cette idée ne t'enthousiasme guère pour le moment. Tu serais surpris de savoir que souvent les gens se rendent compte qu'ils ont beaucoup en commun et combien cela les aide d'échanger des points de vue et des expériences. Je vais donc organiser cela pour toi et nous verrons comment ça se passe. Je suis sûre que tu y trouveras un intérêt. Et, du même coup, tu apprendras à mieux connaître les autres.

Oh ! non, ça n'allait pas se passer comme ça ! Échanger des points de vue et des expériences ? C'était improbable. Il faisait apparemment partie de ceux qui n'avaient pas de seconde chance. Il est hors de question que des types sachent qu'il a des rêves ou qu'il a pleuré. Il serait vraiment foutu, alors. Être assis dans un cercle de types qui racontent leurs histoires et leurs crimes, leurs motivations et leurs espoirs ? Leurs *sentiments*, comme s'ils en avaient en ce lieu ?

C'est une mauvaise idée. Néanmoins, peut-être était-ce dans une bonne intention, peut-être avait-elle vraiment de l'espoir pour lui?

Il est plus vraisemblable qu'elle ait compris qu'il n'était qu'un abruti. Un parmi beaucoup d'autres.

— Maintenant (elle se pencha en avant et lui tendit un formulaire, du papier blanc quadrillé avec les jours à l'horizontale et les heures à la verticale), voici ton emploi du temps. Notre objectif est de faire en sorte que tu aies terminé tes études secondaires quand tu sortiras d'ici. Cela devrait être possible, si tu te mets au boulot. Tu commenceras demain. À quoi penses-tu?

Il ne voyait pas très bien quelle importance cela pouvait avoir, puisque tout était déjà planifié, décidé et qu'il commençait demain.

— OK!

— Bien. On te donnera les livres et les autres fournitures en cours. Je suis sûre que tu réussiras. Cela peut paraître étonnant, mais, pour de nombreuses raisons, c'est plus facile ici. Pas les cours, mais l'étude.

En effet, aussi étrange que cela soit, il s'avère que c'est exact. Il suit des cours de maths, d'histoire et de littérature, à cette différence près que, ici, il n'est pas question de sécher les cours, il n'y aucune décision à prendre en la matière. Par ailleurs, il n'y a que des mecs et chaque salle de classe est surveillée par un gardien, en plus de l'enseignant. Les professeurs viennent de l'extérieur. Ils apprécient sans doute que leurs élèves soient obligés d'être assidus et que, dans la plupart des cas, les classes soient calmes, eu égard à la présence des gardiens. En revanche, beaucoup de gars sont vraiment stupides ou font semblant de l'être — ils feignent de dormir, fixent le plafond ou restent assis sans prendre de notes —, et cela doit être moins agréable. Enfin, à la différence des salles de classe normales, ici, les bureaux et les chaises sont fixés au sol.

Les cours occupent un peu plus de trois heures par jour. Il y a certaines choses qu'il savait déjà. Parfois, il doit faire un effort pour ne pas avoir l'air trop éveillé. Il pense que, dans cet endroit, ce n'est pas une bonne façon d'attirer l'attention.

Chacun doit faire des corvées, et c'est autre chose qu'enlever des mauvaises herbes, égaliser une haie ou passer l'aspirateur! Cette semaine, il est en cuisine – la semaine prochaine, il sera à la blanchisserie –, où il pèle des sacs entiers de pommes de terre et des kilos de carottes. Il y fait horriblement chaud, et c'est dans un brouhaha de récipients qui s'entrechoquent qu'il travaille sans réfléchir et en se faisant mal aux doigts. Il remarque qu'il fait l'objet d'une surveillance attentive, car il manie des couteaux. Il n'a aucune idée de la raison pour laquelle on confie ces tâches aux prisonniers – les « clients », comme on les appelle – plutôt qu'à du personnel extérieur qui livrerait le fruit de son travail à la prison. Peut-être cela fait-il partie de la discipline, de l'entraînement ou de la punition.

Il ne pense pas que les travaux seront plus faciles à la blanchisserie, ou plus intéressants. Dare lui a dit qu'il y fait encore plus chaud et qu'il y a plus de vapeur qu'en cuisine...

Dare et lui n'accomplissent pas les mêmes corvées en même temps.

– Ils aiment que les gens se mélangent et bougent, lui explique Dare. Pour qu'il n'y ait pas trop de copinerie.

Dare pense être sorti dans onze mois; juste avant Roddy, si celui-ci se tient à carreau. Dare, lui, en a l'intention: « Je me tiens à carreau et ils sont contents », dit-il. Il est là depuis plusieurs années déjà et doit donc savoir comment cela fonctionne. Roddy a vite réalisé que Dare n'avait que quatorze ans, peut-être quinze, lorsqu'il avait frappé le crâneur. Difficile de savoir s'il a beaucoup changé depuis, mais c'est assez effrayant de penser qu'un gamin de cet âge se trouvait dans la rue au milieu de la nuit, et qu'il était si mal dans sa peau qu'il en est arrivé à tuer. Le gamin qui partage maintenant la cellule de Roddy a grandi et est devenu plus fort.

Tout s'est bien passé avec Roddy jusqu'à présent, du moins a-t-il bien voulu lui expliquer les usages et les règles de base.

La troisième nuit, Roddy assista néanmoins à une scène terrifiante qui lui fit penser que, si Dare sortait d'ici avec de meilleures intentions qu'il n'en avait en y entrant, ce serait un miracle. Le même phénomène se répéta la nuit suivante, puis il cessa pendant quelque temps, jusqu'à la nuit dernière, vers minuit, lorsqu'un des gardiens ouvrit la porte de la cellule et intima, d'un geste, l'ordre de se lever et de sortir à Dare. La première fois, Dare saignait du nez quand il était revenu, la deuxième, il était plié en deux et boitait, et la veille, il avait vomi, pour l'essentiel dans les toilettes.

Pas étonnant que le sommeil de Roddy soit léger et ses rêves, angoissés !

— Que s'est-il passé ? interrogea-t-il la première fois, même s'il aurait pu se mordre la langue d'avoir posé une question aussi stupide et, peut-être, dangereuse. Néanmoins, comment aurait-il pu ne pas lui demander :

— Je peux t'aider ?

Il pensait qu'il pourrait au moins empêcher le sang de gicler dans la cellule quand Dare remuait la tête.

Il ne s'agissait pas de ce que Roddy avait d'abord pensé, ce qu'il redoutait le plus, ce que tout le monde craint par-dessus tout en prison. C'était une sorte de jeu, finit par expliquer Dare, mais sûrement pas un jeu qui va poser de problème à Roddy, « à moins qu'ils ne décident de te choisir comme appât. Tu sais, comme pour entraîner les chiens de combat avec des chiots, ce genre de conneries ».

D'accord, c'était insultant. Mais mieux vaut être insulté que de subir certaines pratiques qui ont cours ici.

Dare lui en parla comme de quelque chose qu'il faisait tout simplement, d'une vicissitude supplémentaire à supporter. En fait, il s'agissait d'une séance de boxe au milieu de la nuit, organisée par des gardiens qui s'ennuyaient, et espéraient peut-être un profit. Ils réveillaient leurs détenus préférés et ceux qu'ils n'aimaient pas. Ils les plaçaient à l'intérieur d'un cercle de tables et de chaises formé par eux dans l'un des foyers. Ils faisaient des paris, et les types se battaient. Il lui expliqua qu'il n'y avait pas de règles, sauf qu'il ne fallait pas se faire tuer ni tuer quelqu'un, car ce serait trop difficile à expliquer.

— C'est comme les bagarres de rue, une lutte sauvage, sans gants, ni rounds, ni règles véritables. Pourtant, c'est compliqué. Par exemple, si tu es le favori et que tu perds, tu es dans la merde. Pas tout de suite, mais plus tard. J'imagine que c'est pareil si tu gagnes alors que tu n'étais pas censé le faire, mais cela ne m'est jamais arrivé.

— Personne ne s'en rend compte, le lendemain, quand vous êtes amochés ?

— Oh ! tout le monde le sait, sauf, peut-être, la direction. Les gens tombent, ils trébuchent ou se cognent, qui pourrait le savoir ? Ils peuvent penser ce qu'ils veulent, mais il ne faut pas qu'ils sachent.

Il serait stupide, même, de se demander pourquoi des gars dont le casier judiciaire est aussi chargé acceptent d'entrer dans la combine. Tout, ici, est une question de pouvoir — certains l'ont, les autres, pas. Les gardiens, qui ont des pouvoirs tangibles ou invisibles, sont les maîtres. Les administrateurs, les « dirigeants », ne comptent pas. Pas plus que les thérapeutes. Il est instructif de découvrir le pouvoir dans sa plus simple expression — sans camouflage, ni rien de superflu —, de voir comment le système fonctionne réellement.

— Je suis bon ! poursuit Dare, comme si, bien que ce ne fût pas son choix, il était fier de lui. Je suis très rarement battu. (Ses lèvres boursouflées esquissent un sourire.) Du moins, quand je ne suis pas supposé me faire battre.

— Et, cette fois, tu devais être battu ?

— Oh! non, qu'est-ce qui t'fait croire ça ? Tu devrais voir l'autre type !

Tout cela confirme Roddy dans sa conviction que la meilleure tactique est de passer inaperçu. Il a aussi l'impression que, puisque Darryl avait été choisi, il ne le serait pas — c'est comme s'il se cachait ou était caché derrière les poings que l'on sollicitait. L'idée de n'en prendre qu'un par cellule n'a pas beaucoup de sens et ne correspond peut-être pas à la réalité, mais c'est une probabilité. Cela lui donne un peu mauvaise conscience, mais il se sent plus en sécurité.

En plus des cours et des corvées, il existe toutes sortes d'ateliers. C'est stupéfiant de voir combien d'outils aiguisés — pas seulement les couteaux la cuisine — atterrissent dans les mains de types qui pourraient avoir envie de les utiliser ! Roddy s'est inscrit dans l'atelier de menuiserie, où il apprend tout sur les burins et les tours. Il a déjà fabriqué une série de saladiers, un grand et quatre petits, lesquels, s'ils sont bancals et grossiers, ont néanmoins l'air authentiques et utiles, bien que le bois ait été offert et ne soit pas, à l'évidence, de la meilleure qualité. Il trouve que c'est assez agréable de sentir le bois tourner et prendre une forme entre ses mains pour devenir quelque chose.

Il a donné les saladiers à sa grand-mère pour qu'elle les emporte à la maison. Elle est venue une fois, seule, parce que son père travaillait. Elle a pris un bus en direction du nord et a dit qu'elle essayerait de venir au moins une fois par mois, peut-être deux. Ce ne sera pas facile pour elle, notamment parce qu'elle est si forte qu'elle doit être vraiment mal à l'aise dans le bus. Elle a pris les saladiers en disant :

— Oh! Roddy, ils sont superbes ! Tu as vraiment l'œil. J'en prendrai bien soin.

Il sait que c'est vrai, elle est sentimentale pour ces choses-là.

Elle lui a demandé aussi :

– Ça va aller ici ? Tu te sens en sécurité ?

– Bien sûr. Honnêtement, ce n'est pas aussi terrible que ça en a l'air.

Elle était nerveuse, car, bien sûr, ni l'endroit ni ses règles ne lui étaient familiers. Elle bavarda un moment sur les gens de la ville, relatant quelques faits divers et faisant de son mieux pour meubler la conversation. Ce n'était pas passionnant. Il connaissait à peine les personnes dont elle parlait, des relations à elle ou à son père. Un petit accident dont avait été victime l'une de ses amies fut sans doute l'épisode le plus divertissant. Roddy comprend que les nouvelles de la ville offrant un intérêt sont, bien sûr, globalement mauvaises et très liées à ce qu'il a fait. Elles sont très importantes, et très humiliantes, pour elle et son père, ce n'est donc pas la peine de les crier sur tous les toits.

Juste avant de s'en aller, ses yeux se remplirent de larmes et elle balança la tête d'avant en arrière. À cet instant, elle avait l'air encore plus triste que sa mère, dans ses rêves, lorsqu'elle est sur le pont.

– Oh ! Roddy ! dit-elle. Je suis tellement désolée que tout cela soit arrivé ! Je n'avais jamais rêvé d'une telle situation, pas une seule fois.

Il aurait pu répondre – mais ne le fit pas – que l'on ne peut pas se fier aux rêves. Qu'ils n'ont absolument aucun sens. Au lieu de cela, il dit :

– Tu n'es pas obligée de venir me rendre visite, grand-mère, je vais bien. C'est un long trajet en bus et cela ne va plus durer très longtemps. Pas de problème !

– Bien sûr que tu as besoin d'avoir des visites, Roddy, et ça ne me dérange pas du tout ! Tu me manques, j'ai envie de te voir. De toute façon, le plus souvent, je viendrai en voiture avec ton père. C'est juste que, cette fois, il ne pouvait pas venir. Et tu sais, c'est agréable de prendre le bus. On y rencontre beaucoup de gens intéressants.

Oui, imaginait-il, ceux qui venaient au même endroit.

— En bus ou en voiture, chéri, je reviendrai bientôt. Je ne t'oublierai pas, crois-moi. Tu m'es très précieux.

Que peut-on répondre à quelqu'un qui vous dit que vous êtes *précieux* ? Une personne de valeur. Il rougit et baissa les yeux.

Il aimerait avoir le culot, ou le courage, ou la cruauté, ou la compassion de lui ordonner de ne pas revenir, et son père non plus. C'est suffisamment difficile de trouver la force de vivre ici pour ne pas être rappelé à l'ordre et déstabilisé par la tendresse ! Il ressent intensément que ce n'est pas le moment de flancher. Mais — *précieux* ! Sincèrement, il a failli s'évanouir !

Une mère salutaire

Ils l'ont assommée pour la nuit puis, à son réveil, lui donnent des sédatifs et la manipulent en s'affairant – mettant en place ceci, palpant cela –, d'une façon toujours aussi mystérieuse pour elle. Un anesthésiste vient l'informer des procédures, lui poser des questions sur ses allergies. Ils semblent parfaitement ignorants de ce qui est vraiment important : il reste peu de temps. Ils ont leurs priorités, leurs nécessités et, finalement – cela pourrait, d'ailleurs, bien être la fin –, ils ne se préoccupent pas des siennes. C'est un peu comme si aucune de ces personnes n'avait établi de lien personnel avec elle. Ils s'occupent à nouveau exclusivement de son corps.

Il est donc très tard quand Lyle, Madeleine, Jamie et Alix sont autorisés à pénétrer dans la chambre. À ce moment-là, Isla a pas mal de choses en tête.

Elle souffre terriblement d'avoir perdu la capacité de dresser des listes, de coucher sur le papier tout ce dont elle doit se souvenir. Aujourd'hui, cette perte lui apparaît cruelle, parmi d'autres plus cruelles encore, comme de se précipiter dans les bras de Madeleine, d'embrasser ses enfants ou d'enrouler ses jambes autour de Lyle.

Les gens font des choix étranges : si leur maison brûle, ils sauvent plutôt leurs albums photo que leurs bijoux ; en cas de guerre, ils empilent leurs vêtements, prennent leurs enfants et s'enfuient. Ce qui est d'abord venu à l'esprit d'Isla, hormis l'espoir et son indissociable compagne, la peur, c'est l'étendue des biens qu'elle a dû abandonner, jusqu'à ses sous-vêtements, les vieux slips, les soutiens-gorge distendus qu'elle porte – quand elle en porte – pour jardiner ou tondre la pelouse. Ils se trouvent dans un tiroir de la commode de sa chambre à côté de ses beaux atours, là où, en toute innocence, elle les a négligemment laissés, sans imaginer que franchir la véranda lui interdirait de les chercher, les choisir, et que d'autres mains devraient s'en charger.

– Si les choses tournent mal, dit-elle à Madeleine, je veux que tu jettes tout le tiroir contenant mes sous-vêtements dans un sac poubelle, sans les trier ni les conserver. Tous les vêtements qui sont dans la penderie sont en bon état, je pense que tu pourrais les donner à une association caritative de ton choix. Tu crois que des chaussures usagées pourraient servir à d'autres ? Si c'est le cas, donne-les aussi. Fais un grand nettoyage. Tout doit partir. Cela ne devrait pas te prendre beaucoup de temps, ça ne te dérangerait pas de le faire ?

Évidemment que ça dérangerait Madeleine !

– S'il te plaît, ne pense pas à ce genre de choses ! Tout va bien se passer. Tu dois te concentrer sur l'issue positive de l'opération de demain, sur l'amélioration de ton état. Ne t'inquiète pas pour les détails sans importance.

Des détails ? Madeleine n'a jamais eu un comportement stupide dans le passé. Peut-être le comprend-elle soudain. Elle soupire mais finit par accepter :

– D'accord. Je t'assure que je ferai ce que tu veux, si c'est nécessaire.

L'amour est douloureux. Il rend un individu excessivement sensible au bien-être des autres. C'est ainsi que la souffrance fait son chemin.

Et la joie aussi.

— Merci. Je me sentirai mieux si je sais que tu feras ce que je t'ai demandé.

Isla porte alors son attention sur Lyle :

— Nous n'avons jamais parlé de nos funérailles. Je veux que tous mes organes susceptibles d'être utiles — tu crois qu'il en reste ? — soient donnés à la science, avant que l'on m'incinère. Et pas de cercueil ouvert où tout le monde peut venir jeter un œil !

Tant qu'elle parle, elle n'a pas à se poser la question de savoir de quel œil il pourrait s'agir, dans quelques heures, de ce qu'il pourrait voir.

Si elle se taisait, elle mourrait de terreur.

Quand elle éclate de rire, ils froncent tous les sourcils. Ces gens ne sont jamais contents !

L'appareillage, placé sur un côté et invisible pour Isla, commence à se manifester bruyamment à un rythme accéléré. Les longs doigts de Lyle se tendent vers elle pour toucher, s'attarder au-dessus de son front. L'espace d'un instant, en voyant sa main s'approcher, elle a pensé qu'il allait la frapper et ses yeux se sont fermés en un réflexe protecteur.

C'est complètement stupide. Lyle ne la frapperait pour rien au monde. Pourquoi a-t-elle réagi ainsi ? A-t-il vu la peur dans son regard avant qu'elle ferme les yeux ? Y a-t-il entr'aperçu le doute ? Certainement.

Cependant, il a déjà brisé une promesse. Dans sa tête, elle voit son propre bras droit se lever, prendre de l'élan et aller s'abattre rapidement sur la mâchoire de Lyle, ce qui provoque un mouvement de sa tête vers l'arrière. La peur, savoir que lui aussi est furieux — globalement et pour des points précis : c'est peut-être la raison pour laquelle elle a voulu éviter sa main.

Si c'était possible, elle le protégerait, y compris d'elle-même, mais c'est tout aussi irréalisable que ça l'a été pour lui de la protéger des conséquences imprévisibles lorsqu'elle a franchi innocemment la véranda, est entrée candidement chez Goldie.

La douleur est bien présente : celle de sa peau – ce trésor unique, avec tout ce qu'il peut signifier. Le toucher intime. Les os et la chair. Toutes ces *découvertes*. Tout cela est perdu.

Elle a un souvenir, bien qu'il ne soit pas personnel, de la présence de Lyle dans un autre hôpital, avec une autre épouse dans un état grave. Lyle et Sandra sont assis l'un à côté de l'autre, ils se tiennent les mains dans une forte étreinte, leurs visages tendus semblant sortir de ce tableau où l'on voit un fermier debout tenant une fourche avec sa femme au visage solennel appuyée contre son épaule.

D'après ce qu'Isla en sait, c'est une pure routine pour Lyle.

— Je ne sais pas si tu as déjà pris des dispositions pour tes obsèques. (Il secoue la tête, semble frappé de stupeur.) Je ne pense pas que l'endroit où nous atterrirons finalement ait beaucoup d'importance. Tu feras ce qui te semblera le mieux.

Cela ne va pas être facile de décider avec quelle femme il sera enterré. Si ses artères avaient explosé, qu'aurait-elle fait de lui ?

Elle ne l'aurait pas placé avec Sandy. Mais ses fils auraient eu leur mot à dire. Au fond, pourquoi cela aurait-il de l'importance ? Quand on est mort...

— Il faudrait que tu en parles avec Jamie et Alix. Bien sûr, vous savez tous cela. Et vous savez aussi que mon testament se trouve dans le tiroir en haut à gauche du bureau en bois de rose dans la chambre d'amis, n'est-ce pas ? Il devrait être encore valable, sauf, peut-être, en ce qui concerne la société. Il ne tient pas compte du fait que Martin, aujourd'hui, a d'autres projets. Il y est précisé que mes parts devraient lui être vendues et que l'argent reviendrait à Jamie et Alix. Cela tient toujours, mais, s'il souhaite plutôt vendre la société que racheter mes parts, j'aimerais que tu te plies à ses désirs.

— S'il te plaît, Isla ! Ne t'inquiète pas. Je ferai ce qu'il faut. Fais-moi confiance, je te le promets. (Il a l'air digne de confiance.) Tout va bien se passer, tu sais. Tu vas sortir d'ici fraîche comme un gardon.

Fraîche comme un gardon – une drôle d'expression, plutôt démodée! Et un gardon n'est pas obligatoirement frais, n'est-ce pas?

– Je n'en doute pas. Mais sois patient, j'ai besoin de savoir que j'ai pensé à tout. Je suis sûre que dans quelques jours, nous en rirons.

En fait, elle n'en est pas sûre du tout et, en prononçant ces mots, elle s'est de nouveau fait peur. Les promesses et les grandes prédictions portent malheur, elles invitent le choc à frapper au hasard.

– C'est juste que c'est plutôt morbide, maman, dit Jamie, déprimant.

– Pas pour moi. Et, de toute façon, c'est bien mon tour d'être déprimée.

C'était plus incisif qu'elle ne l'aurait souhaité. Ils sont tous réduits au silence, jusqu'à ce que Lyle ouvre la bouche:

– Je sais que c'est dur, Isla. Mais tu peux compter sur nous pour faire tout ce dont tu auras besoin, tout ce que nous pourrons. Tu sais que chacun de nous irait jusqu'au bout du monde pour toi.

C'est gentil.

– J'ai bien peur que vous en soyez réduits à cela, puisque, apparemment, je ne pourrai pas le faire moi-même. (Elle se trouve drôle.) Hé! faites les choses avec moi, d'accord? Je suis en train de mourir, bon sang!

– Est-ce que j'appelle quelqu'un? demande Madeleine, anxieuse, à Lyle.

– Non! crie Isla (elle poursuit plus calmement et plus cruellement), je suis sûre que tout est plus facile quand je suis assommée, mais cela ne m'aide pas beaucoup.

Une nouvelle fois, le doute l'assaille. Il lui semble que quelque chose se poursuit tandis qu'elle est hors de portée du monde, bien qu'elle ne puisse préciser de quoi il s'agit, ni le lieu où on l'emmène.

Elle a quarante-neuf ans et aura – ou non – bientôt cinquante ans. Autrefois, elle avait les cheveux roux, ils sont devenus plus foncés, gris et plus épais. Elle avait des jambes magnifiques et des bras musclés, mais sa peau et ses muscles se sont ratatinés. Elle était folle des hommes fins et élancés, mais certaines folies résonnent comme des malédictions, d'autres, comme des dons du ciel. Elle a été très performante dans son travail et aime dresser des listes. Elle est connue pour avoir tenté de rattraper des enfants qui fuyaient, avec l'espoir de les sauver.

Elle est assez intelligente, mais une ligne de démarcation, celle de la sagesse, semble l'avoir brutalement stoppée, perplexe, dans son élan.

Elle est patiente, mais pas tant que cela.

Voilà où elle veut en venir: tous ces êtres, cet univers d'effroi et d'affection mêlés, constituent son seul lien avec cette planète. Ils sont les seuls auxquels elle peut penser à cet instant et ils semblent à la fois trop lourds et trop légers.

– Il y a un point sur lequel je veux être claire. Si je survis à l'opération mais qu'un autre type de problème se présente, je tiens à vous dire que je ne veux pas être branchée à un appareil dont le seul but sera de me permettre de respirer. Nous savons tous qu'une telle éventualité est possible et, au cas où il y aurait des doutes et des discussions, en ce qui me concerne, je veux qu'on me laisse partir. Vous me le promettez?

La bouche de Lyle s'anime bizarrement, ses lèvres se séparent l'une de l'autre, mais pas pour rire, d'une manière qui ne lui est pas habituelle. Peut-être a-t-il déjà pensé aussi à cela.

– D'accord, dit-il finalement. Nous comprenons, n'est-ce pas?

Et il regarde les autres.

Des paroles courageuses, celles de Lyle et les siennes. Et si elle n'est pas sûre de ce qu'elle a vraiment voulu dire, et c'est le cas, peut-elle être sûre de lui ? Elle sent une protestation étouffée se développer dans sa gorge, une irrésistible envie de rester sur terre. D'être seulement maintenue artificiellement en vie, si c'est tout ce qui lui reste.

Être maintenue artificiellement en vie — c'est un monde aussi inconnu, sombre et solitaire que la mort. Elle doit faire preuve de courage, il faut que ses paroles aient réellement un sens. Mais elle doute. Elle espère qu'elle peut faire confiance à Lyle pour ne pas douter.

Madeleine pose fermement une main fine sur le front d'Isla, pour la réconforter. Faire un test. Quelque chose dans ce genre. Comme lorsque Isla, enfant, tombait malade et que Madeleine évaluait ainsi sa température tout en lui envoyant des ondes positives.

— Il n'y a aucun souci à se faire. J'espère que tu le sais.

Même quand elle ment, la voix de Madeleine reste aussi ferme que sa main.

Est-il étrange qu'il soit plus simple de penser à ce qui se passerait demain si elle devait affronter le grand saut — si elle heurtait de plein fouet un mur solide, sombre et nu — qu'aux… complexités — oui, c'est sans doute le mot qui convient le mieux — qu'engendrerait le fait de rester artificiellement en vie ? Néanmoins, il y a un seuil au-delà duquel il est impossible de poursuivre le fil d'une telle pensée. La douleur et la panique cessent au moment où la vie fait de même, ce qui n'est pas précisément réconfortant mais a au moins le mérite de poser des limites.

Demain. Peut-être demain. Comment est-ce possible ? Ça l'est, simplement.

Être pleurée, regrettée serait agréable. Être un fardeau, un animal de compagnie mutilé ne le serait pas.

Être guérie serait formidable.

Les possibilités sont nombreuses, trop radicalement différentes.

Alix s'avance, avec sa chevelure qui accroche la lumière.

— Y a-t-il quelque chose de spécial que tu voudrais que je fasse, maman ? (Eh bien ! non, les gosses s'en sortent sans rien à payer, sans rien à faire, comme s'ils étaient encore des enfants.) Sinon, voici quelles sont mes intentions, si tu es d'accord. (Elle a l'air ferme, décidée et — serait-ce possible ? — normale.) Je vais aller faire des courses. Comme ça, la prochaine fois que tu me verras, je porterai de nouveaux vêtements. Ensuite, j'écrirai sans doute une ou deux lettres. Pour nous porter chance, en quelque sorte.

Si personne ne sait ce qu'elle veut dire, Isla, elle, le sait. Plus d'affreuses robes marron : c'est le plus beau cadeau qu'elle puisse lui faire ! Une lettre, assurément, destinée à Maître Ambrose. L'autre, eh bien ! elle préfère ne pas y penser. Mais peut-être que, oui, cela leur portera chance, en quelque sorte.

— Alors, choisis quelque chose de beau. Et de couleur vive, d'accord ?

— Oui.

La mâchoire d'Alix se fige étrangement tandis qu'elle se penche sur Isla pour effleurer son front de ses lèvres.

— On va se revoir, c'est sûr.

Alix la fixe du regard pendant un dernier, long moment, puis sort de la pièce.

Bon ! Gagner dans ces conditions est douloureux, mais une victoire est une victoire. Prends ça, Maître Ambrose !

Un silence pesant et chargé d'étonnement suit le départ d'Alix. Madeleine pose la main sur l'épaule, beaucoup plus haute, de Jamie. Est-elle en train de rétrécir ? Se penche-t-elle ? Difficile à dire avec cet angle de vue.

Elle a l'air plus reposée aujourd'hui, et plus forte.

— Je me demandais, dit-elle à Jamie, si Lyle et toi vous voudriez bien nous laisser seules, ta mère et moi, pendant quelques minutes. Vous n'avez pas envie d'un café ?

Elle regarde Lyle avec tendresse hocher la tête et, après qu'ils sont partis et qu'elle s'est installée sur la chaise très convoitée aux côtés d'Isla, elle sourit en disant :

— N'avons-nous pas eu de la chance, toutes les deux ? Mon Bert, ton Lyle ! Tant de chance dans nos seconds choix ! Deuxièmes chances.

— Mais (Madeleine respire profondément), voilà ce que je voulais te dire car, cela pourra te sembler étrange, pour une raison que j'ignore, je ne cesse d'y penser : je me suis demandée si tu n'avais pas souffert de ne pas grandir dans une foi quelconque, si ce type de réconfort ne t'aurait pas un peu aidée en ce moment. (Oui, elle avait raison, c'est surprenant, inquiétant même.) Si c'est le cas, je suis vraiment désolée. Je sais que nous t'avons raconté beaucoup d'histoires, mais nous ne t'avons jamais parlé de la religion, de la foi qui pousse les gens à aller à l'église ou qu'ils éprouvent simplement. Je suis réellement navrée si tu as ressenti ce manque. Et, d'une certaine manière, à cet instant précis, j'aimerais savoir prier.

Oh ! mon Dieu !

— C'est vrai ? Cela ne m'aide guère à recharger mes batteries en optimisme ! (Isla aimerait faire sourire Madeleine. Elle aimerait sentir qu'il existe une infime raison de rire. Elle obtient un faible sourire, juste une étincelle.) Non, sois rassurée, je ne vois pas en quoi la religion pourrait changer quoi que ce soit. Pas pour moi. Cela ne m'avait pas traversé l'esprit.

L'assurance, la confiance, l'espoir, divers sentiments lui avaient traversé l'esprit, mais pas ce dont Madeleine lui parle.

— Bien ! Voilà où je voulais en venir : je ne sais pas prier, mais je suis avec toi. Je ne crois pas non plus qu'aucune religion puisse faire la plus petite différence.

Elle a l'air vraiment en colère maintenant !

— Quoi qu'il en soit, tu sais, maman, si je me mettais à prier, ou même à souhaiter ardemment, à cet instant précis, je ne suis pas sûre de savoir pour quelle raison je le ferais. Tu vois ce que je veux dire ?

Les yeux de Madeleine sont peut-être plus opaques qu'autrefois, mais ils ont conservé leur vivacité.

– Je crois. Tu as dû penser que j'étais stupide de te dire de ne pas t'inquiéter et tu saurais que je mens si je te disais que je ne me fais pas de souci, alors je vais aller droit au but. Je suis inquiète et il est normal que tu le sois aussi, c'est inévitable. Mais je veux que tu saches que, à défaut de prier, chaque étincelle d'énergie et de volonté qui m'habite est dirigée vers toi. Et, tu sais, je crois que ça compte.

Elle parle comme le docteur Grant.

– Moi aussi.

Elle a raison : la volonté pure, disciplinée, extraordinairement forte de Madeleine, ce n'est pas une plaisanterie, c'est une arme d'une puissance redoutable dans le camp d'Isla.

– Et après, je serai là pour t'aider. Tu auras beaucoup d'efforts à fournir, et je te faciliterai la vie du mieux que je pourrai. (Ses petites dents sont serrées, ses yeux ternis brillent.) Des centaines de fois, j'ai souhaité échanger ma place contre la tienne, mais, au bout d'un moment, j'ai compris que c'était de l'égoïsme et une perte d'énergie. De toute façon, nous ne pouvons pas le faire, alors je ferai tout le reste. Tout ce qui pourra te remettre sur tes pieds.

Une fois chauffée, c'est de l'énergie pure ! Madeleine irradie et fait des étincelles, son petit corps prend une dimension nouvelle lorsque cette volonté – tout en or, en argent et en bleu foncé – l'anime. Ces couleurs ne sont sans doute pas visibles, mais Isla peut les voir. Un jour, Bert avait qualifié Madeleine de « numéro sacrément brûlant », ce qu'Isla avait trouvé bizarre et même irrespectueux, au point que son affection pour lui s'en était trouvée quelque peu entamée. C'était peut-être ce qu'il avait voulu dire, ce qu'il voyait, lui aussi.

– Merci. J'ai eu tant de chance que tu sois ma mère !

– Je ne crois pas. Mais nous faisons de notre mieux, n'est-ce pas ?

Certains le font, d'autres pas.

– Et cela va continuer. Ce ne sera pas facile, mais tu vaincras.

Madeleine prononce des paroles rassurantes, mais ce qu'elle a sur le cœur et voudrait vraiment lui dire se lit dans ses yeux : « Retrouve la forme, sors-toi de là ! »

– Maintenant, je vais m'en aller, mais on se reverra très bientôt. Et tout ira bien.

Chaque mot est détaché, distinct et déterminé. Pas de « on se retrouve plus tard », mais une promesse et une exigence. Une nouvelle fois, elle place sa paume avec fermeté sur le front d'Isla. Lorsqu'elle l'enlève, Isla a l'impression que sa peau a été brûlée par ce contact et par la force de son regard.

Se pourrait-il qu'elle voie toutes ces personnes vraiment pour la dernière fois ? Elle a du mal à le croire. Elle sait, mais l'information éblouit, aveugle, que c'est impossible – mais aussi que c'est possible.

– Maman ? entend-elle prononcer à l'entrée de la chambre. C'est la voix de Jamie, bien sûr. Ils ont sans doute organisé ces tête-à-tête – une sorte de charte pour recueillir ses éventuelles dernières paroles. Le luxe d'une conversation sans souci et sans objet s'est évanoui – que va donc lui dire Jamie ? Ses enfants sont déconcertants, ils ont besoin de s'adapter. Qu'il s'agisse du désir d'Alix de passer du temps, un temps parfait, précieux, avec l'auteur, totalement insignifiant à l'échelle planétaire, de sa petite tragédie personnelle, à peine marquante, guère visible aux yeux du monde. Qu'il s'agisse de son bond dans la liberté, et de l'annonce de celui-ci. Les enfants d'Isla, pour difficiles qu'ils soient, sont capables d'effectuer d'étonnants sauts périlleux. Ils sont comme de petits gamins qui tenteraient de sortir d'une maison endormie sur la pointe des pieds, en sachant parfaitement qu'il leur faut être vigilants et faire attention, et qui buteraient, trébucheraient, renverseraient des lampes. Ils sont souvent maladroits ou insuffisamment attentifs.

Jamie s'installe sur la fameuse chaise et, comme le docteur Grant, s'appuie sur le côté de sûreté du lit. Il se penche au-dessus d'elle. La ressemblance, à cette distance, est beaucoup moins marquée.

— Tu sais, commence-t-il, combien je suis reconnaissant que tu sois restée à mes côtés et désolé de tous les soucis que je t'ai causés.

Il a déjà dit cela souvent auparavant, il est inutile de le répéter encore aujourd'hui.

— Toute cette histoire a amputé une grande partie de ma vie (et de la sienne aussi, sans parler de celle de Lyle, mais bon…), je suis donc à la traîne par rapport aux jeunes de mon âge. Je savais que je ne voulais pas passer ma vie chez un fleuriste, mais il m'a fallu du temps pour me décider à changer. Il me semble que le moment est venu de bouger. Tout cela (il esquisse un large geste qui ressemble tant à celui d'Alix que c'est à se demander si elle ne le lui aurait pas passé comme une maladie contagieuse, comme les oreillons) fait réfléchir.

Réfléchir à quoi ? Que la vie est courte, incertaine ? Que des changements brutaux surviennent ? Qu'ils sont bons, mauvais ? Quoi ?

— J'ai pensé que tu aimerais savoir que Lyle va m'aider à suivre les cours dont j'ai besoin pour obtenir une équivalence et qu'ensuite je vais poser ma candidature pour entrer à l'université. Il est impensable (et le sourire qui accompagne ses mots est si épanoui qu'elle parvient presque à retrouver son petit garçon, celui qui n'avait pas de rides, pas d'ombres, pas de peines et pas de délits à son actif) que cette expérience soit perdue ! Elle doit valoir quelque chose. J'ai donc pris la décision de travailler avec des personnes en difficulté. Des drogués, sans doute. J'en ai déjà parlé, mais je n'ai pas eu le cran de le faire jusqu'à présent. Je crois que le moment est venu.

On fait place nette. Ses deux enfants connaissent une révélation par le simple fait, semble-t-il, d'être à ses côtés et de la regarder. À défaut d'avoir été une mère parfaitement bonne ou avisée, elle semble être devenue, récemment, une mère salutaire.

C'est comme Alix qui abandonne la communauté de la Sérénité, et peut-être même la sérénité.

— Ce sont là de très bonnes nouvelles, dit-elle. Je t'aiderai autant que possible.

Peut-être, finalement, en aura-t-elle la possibilité. Et elle lui répète une nouvelle fois :

— Je suis fière de toi, Jamie.

— Merci. Je voulais que tu le saches. (Au cas où.) Je suis fier de toi aussi, maman. Je n'arrive même pas à imaginer combien ce doit être difficile, mais tu résistes bien. Tu es un exemple, si le mot n'est pas trop galvaudé.

— Pas pour moi, en tout cas.

Il fronce les sourcils.

— Peux-tu supporter d'autres nouvelles ?

Oh ! mon Dieu ! Peut-être pas !

— Je ne sais pas si tu as envie de l'entendre, mais papa m'a demandé de te dire qu'il pensait à toi.

Papa. Mon Dieu ! Pourquoi attendre l'opération pendant laquelle le cœur peut s'arrêter à n'importe quel moment, alors que son propre enfant lui donne le coup de grâce ?

— En réalité, ajoute-t-il pour s'excuser — elle doit le regarder avec une férocité non dissimulée —, il m'a fait promettre de te le dire. J'ai donné ma parole. J'ai pensé que je devais le faire.

Oh ! oui, quelle honte, si elle avait glissé dans un lendemain de vie, de mort, de paralysie ou de guérison sans une pensée pour James ! Quelle omission !

Mais, finalement, qu'y a-t-il là de choquant ? Peut-être est-ce simplement parce que cela semble surgir de nulle part. D'abord, elle apprend ainsi que Jamie est en contact avec son père. Qu'il l'appelle « papa » aussi facilement qu'il pourrait lui donner une bière, mettre la main sur son épaule, lui offrir une cravate ou des pinces pour le barbecue le jour de la fête des Pères, lui parler de ses projets, de ses amours, de ses boulots.

Comme le ferait un fils normal avec un père normal.

À part cela, ses mots s'insinuent lentement dans son esprit et elle se rend compte que son cœur, après avoir brièvement sauté, martelé et frappé – pas son véritable cœur, elle n'a aucune idée de ce qu'il peut faire, mais celui qui se trouve dans sa tête, celui qui est susceptible de ressentir des chocs –, se relève lentement pour venir à leur rencontre et s'installer dans une sorte d'étonnement : James. Ce n'est pas si affreux. Le nom n'est pas si douloureux que cela.

Bon ! Pour le moment, ses préoccupations sont à dix mille lieues d'un époux perdu depuis longtemps, et définitivement. Cela fait dix ans, bon sang ! avec tous les événements qui se sont écoulés au cours de cette période. Pourtant, elle semble éprouver un détachement bien plus grand encore. Ça ressemble à ce qu'Alix lui avait décrit de la scène du tribunal, lorsqu'elle regardait le garçon et sentait la haine, la colère et la vengeance traverser sa peau, ses épaules, pour enfin s'évanouir.

Soulagement.

Jamie semble très inquiet. Assurément, il a peur d'avoir commis une énorme gaffe.

– Tu lui parles ?

Elle est étonnée qu'ils soient en contact, après tout le mal qui a été fait.

Pas vraiment. Pas très souvent. Mais, tu sais, il appelle grand-père et grand-mère et un jour, il y a quelques années, j'étais là quand il a téléphoné. Grand-mère m'a simplement passé le téléphone et c'était lui. Donc, oui, nous avons échangé quelques mots à ce moment-là.

Les ex-beaux-parents d'Isla s'accrochant encore, de leur mieux, à l'innocence viscérale de leur fils.

Tout comme Isla s'était accrochée à l'innocence viscérale de Jamie.

– Comment vont-ils, ses parents ?

Quelle amputation rapide et irrévocable avait subie ce long pan de sa vie, une fois le désastre en marche ! Elle avait dû paraître, alors, un monstre d'insensibilité.

Quoi qu'il en soit, ils ne l'auraient pas accueillie à bras ouverts.

– Grand-père est pratiquement sourd et son arthrite le ralentit beaucoup, mais le plus triste, c'est sa tête. Très souvent, il ne me reconnaît même pas. Grand-mère va bien, même si c'est difficile de s'occuper de lui. J'y vais parfois pour donner un coup de main. Tondre la pelouse, boire un café, lui tenir compagnie un moment, essayer de la distraire un peu.

Isla le savait sans doute. Elle oublie souvent que ses enfants ont leur vie privée, leurs occupations et leur loyauté à des mondes secrets. La communauté de la Sérénité d'Alix n'entre pas dans ce schéma, non plus que les différents délits de Jamie. Ils ont été les échappatoires de ses enfants, mais leur loyauté et leurs mondes secrets ont duré plus longtemps.

– Cela aurait été impoli de ne pas prendre le téléphone quand elle me l'a passé, reprend Jamie. Ce n'est pas comme si je l'avais appelé ou souhaité lui parler.

– C'est bon ! Je sais. Comment va-t-il ? Que fait-il ?

– J'imagine que ça va. Il a l'air d'aller. Je ne sais pas quelle dose d'informations tu as envie d'avoir.

– Oh ! une dose moyenne, j'imagine. (Elle essaie de sourire.) Suffisamment pour disposer des données de base, tant que ça ne prend pas plus de temps que je ne peux leur consacrer.

– Merci, ça m'aide beaucoup ! (Mais il sourit.) Alors, si tu es sûre – il vit dans une petite ville des Rocheuses. Il possède un magasin d'ordinateurs, rien à voir avec ce qu'il avait auparavant, mais il dit qu'il arrive à gagner sa vie. Il a l'air d'être bien intégré. Tu te souviens comme il était excité lorsqu'il s'agissait des affaires, toujours à courir par monts et par vaux, il n'est plus comme cela. Et puis (il fait une pause), je ne sais pas si tu as envie de le savoir, ou peut-être le sais-tu déjà, il s'est remarié.

Mon Dieu! Et voilà son cœur qui repart! Mais, cette fois, il ne bat pas aussi fort et seulement un moment.

— Non, je ne savais pas. Quand ça?

Comme si *quand* avait de l'importance! Tout comme *où* — ce ne sont pas là des questions clés sur un individu!

— Il y a quelques années. Cinq peut-être.

Il y a cinq ans, Isla, remariée, apprenait encore à se détendre et à faire confiance dans les bras de Lyle, Jamie était toujours embourbé dans le marécage de ses problèmes et Alix allait bientôt entamer sa quête de la sérénité.

— Et toi, tu le savais?

— Oui. Je suis désolé. J'ai pensé que tu n'avais pas envie d'entendre parler de lui. Grand-mère voulait même que nous l'accompagnions au mariage, Alix et moi, mais nous ne l'avons pas fait.

C'est vraiment une famille douée pour les secrets... et pour les mensonges. Un don hérité, sans doute, ou un besoin que l'on se transmet, comme l'argenterie et les plus beaux meubles.

— Alix aussi était au courant?

— Oui. À l'époque, je m'en fichais complètement, mais pas elle, je ne sais pas pourquoi.

Peut-être la nouvelle épouse de James avait-elle l'âge d'Alix? Puisque tels étaient ses goûts, après tout: une jeune chair, intacte et en fleur.

— Ils ont des enfants?

— Oh! non! Elle a déjà de grands enfants.

Isla se rend compte qu'une partie d'elle espérait que James boive jusqu'à la lie la coupe de ses désirs les plus fous. Elle comprend aussi que cette partie d'elle est déçue et, étrangement, bêtement, blessée que ce ne soit pas le cas.

Ce qui leur est arrivé devient ainsi plus personnel, cela a plus à voir avec elle, ou eux deux, qu'elle ne se l'était alors imaginé.

Ce n'est ni sa faute ni sa responsabilité, mais cela reste personnel.

Elle comprend aussi que ses enfants ont été tellement terrorisés par elle et sa rage qu'ils ont gardé chaque bribe d'information pour eux pendant toutes ces années et que, aujourd'hui encore, à cet ultime instant, Alix continue de le faire.

— Comment a-t-il eu de mes nouvelles ?

— Grand-mère l'a lu dans les journaux et, de toute façon, je lui en ai parlé. J'imagine qu'elle le lui a rapporté aussi. Il a appelé Lyle et je lui ai parlé à ce moment-là. Il a dit de te dire bonjour et qu'il pense à toi et espère que tout ira bien, et c'est tout, dit Jamie en haussant les épaules.

Assurément.

— Je t'ai bouleversée ? N'aurais-je rien dû te dire ?

— Non. Je ne crois pas. Tu as bien fait. Quand tu lui reparleras, dis-lui bonjour de ma part.

— Vraiment ? demande Jamie, étonné.

Et, effectivement, il a des raisons de l'être.

— Vraiment. Tu pourras lui dire que je pense que nous avons eu tous les deux une seconde chance. Parfois, il est trop tard pour cela, mais ce ne l'était pour aucun de nous.

Et elle se prend à espérer que les jeunes filles qu'il a attaquées aient la même bienveillance à son égard. Tout est clair, net — apprendrait-elle la sérénité si tardivement ? —, bien qu'il reste celui qui a commis des actes horribles.

— Tu penses qu'il regrette ?

— Je ne sais pas. On n'en a pas beaucoup parlé. C'est difficile au téléphone. Mais on peut imaginer qu'il devrait regretter, tu ne crois pas ?

Effectivement.

— Peut-être pourrais-tu lui poser la question. Tu peux lui parler, tu sais, tu as le droit de poser des questions.

Ne pas poser une question à laquelle tu ne veux pas vraiment obtenir de réponse. Il ne fallait pas oublier cet avertissement.

— Peut-être ne suis-je pas suffisamment intéressé. Il a vraiment foiré, et je ne crois pas pouvoir lui pardonner.

— Moi non plus, sans doute.

Et c'est plus ou moins vrai. Se débarrasser de sa colère, comme si on en faisait un paquet et qu'on le lançait très loin dans l'atmosphère, telle une montgolfière, pour qu'il aille exploser sans provoquer de dégâts à proximité, ce n'est pas du tout la même chose que pardonner. Comme la haine, le pardon nécessite un investissement, une attention constante.

Même l'indifférence semble facile et légère, insignifiante, mais il n'en est pas ainsi.

Le soupir semble la réaction appropriée, le son juste pour exprimer l'indifférence, mais Jamie l'interprète, naturellement, de travers. Il fronce les sourcils.

— Tu es fatiguée, maman ? Je ne voulais pas t'épuiser. Je sais que tu es censée garder toutes tes forces.

— Non, ça va. Je suis heureuse que tu sois là.

— Aurais-je dû t'en parler plus tôt ?

— Sans doute pas. C'était un bon moment. J'étais mieux disposée que je n'aurais pu l'être.

Le mur solide, sombre et nu semble se rapprocher à chaque seconde. Que se passera-t-il en cas de collision ? Alix fait un tas de ses robes de la communauté de la Sérénité et se rend sans doute à la prison pendant les heures de visite, tandis que Jamie se dirige vers l'école. Madeleine s'accroche à Bert. Lyle pleure et poursuit son chemin. Plus éprouvé, sans doute, et certainement plus fatigué, mais il l'a déjà fait.

James, quant à lui, s'enfonce dans sa chaise longue dans les Rocheuses, en sirotant un whisky et en songeant :

« C'est vraiment navrant ! C'est dommage ! » Et peut-être pense-t-il : « Elle aurait dû me croire, elle aurait dû rester à mes côtés quoi qu'il arrive. »

Si elle l'avait fait, tout aurait été différent. D'abord, elle ne serait pas allée acheter de la glace avec Lyle et ses soupirs auraient eu une signification totalement différente, sans parler de leur raison d'être. Elle aurait pu devenir une martyre sacrifiée sur l'autel du mépris et de la haine.

Au lieu de cela, elle a eu une autre vie : avec Lyle, faite de caresses et de disputes, prenant et reposant des livres, des fleurs, des serviettes, s'occupant du linge et de la vaisselle, préparant des repas, les mangeant avec lui dans la cuisine, assis l'un en face de l'autre, pelotonnée sur un fauteuil, au lit ou devant la cheminée, ensemble ou séparément, désherbant, tondant la pelouse, apportant du bois, sortant les ordures, tout cela en une succession infinie.

Et puis elle a franchi d'un pas léger leur véranda, sans avoir reçu d'avertissement. Elle riait même, et Lyle aussi, en grimpant dans la camionnette. Pourquoi n'ont-ils pas pensé au bonheur que ce serait de rester assis dans leur grande véranda, les pieds côte à côte sur la haute balustrade, contemplant leur terre et ses ombres en dégustant leur glace au crépuscule et se félicitant de pouvoir espérer la même chose pour les trente années à venir ?

C'est le moment précis où il faudrait pouvoir revenir en arrière. Précisément là, et pas avant.

— Merci, dit-elle à Jamie sur un ton si emphatique qu'il semble un peu surpris par une gratitude aussi grande.

— Je suis plutôt soulagé qu'il n'y ait pas de problème.

— Je sais. Mais c'est ainsi.

— Je vais partir aussi, dit-il en se levant. Peut-être que la prochaine fois qu'on se verra, j'aurais déjà suivi des cours ou passé des examens. Ce sera en route de toute façon. (Il se penche, comme Madeleine, comme Alix, et presse brièvement ses lèvres sur son front. Les yeux fermés, elle essaie de

339

garder l'impression en mémoire.) Tout va bien aller, maman! Tu seras en forme et ne t'inquiète pas.

Et il est parti.

Les gens apportent leurs cadeaux. C'est comme un anniversaire: de grandes surprises et quelques objets de valeur.

L'espoir que la vie de ses enfants ait été sauvée n'est pas le moindre de ces cadeaux. Ils échoueront de temps en temps, leur cœur pourra se briser pour une raison ou une autre, mais ils devraient être immunisés contre leurs démons les plus profondément enracinés. Ils seront sans doute plus attentifs que quiconque dès qu'un trouble se manifestera, parce qu'ils se seront déjà débarrassés de leur part d'ombre la plus dangereuse. Un tel savoir est loin d'être négligeable.

Si jamais, si jamais elle retrouve son corps – une hypothèse trop merveilleuse pour s'y arrêter trop longtemps, si étincelante qu'elle ne peut la regarder en face, mais si jamais… –, il faut qu'elle essaie de se souvenir de l'intensité de ses impressions, de leur aspect essentiel, exacerbé, vital. Comme les lèvres d'Alix, celles de Jamie, la main de Madeleine. Car il est facile d'oublier, comme elle a oublié la sensation d'un sol sous ses pieds, la façon dont les poignets tournent ou bougent lorsqu'elle écrit une liste, arrache une mauvaise herbe, touche une main ou une cuisse – tout cela est devenu vague et théorique.

Autant de gestes extraordinaires aussi. Qu'il serait formidable d'être capable de les accomplir à nouveau!

Et que dire de la peau! L'état des organes, des os, des muscles, des nerfs est sans doute plus en péril et devrait susciter plus d'inquiétudes, mais, pour Isla, la peau est véritablement miraculeuse, c'est donc ce qui lui fait le plus cruellement défaut. Que deviendra-t-elle si elle ne peut toucher et être touchée?

Voilà la peau de Lyle, rêche et reflétant l'anxiété, voilà les paumes de ses mains, ses doigts dans ses cheveux, un tendre réconfort. Voilà sa bouche étroite et, derrière, dissimulée, sa langue qui console. Mais elle ne parvient pas à se souvenir précisément de sa peau. Elle a perdu et oublié les extrémités nerveuses, les soupirs profonds et désordonnés du désir.

— Coucou ! dit-il. C'est rapide, hein ? Tu as peur ?

Les autres ont apporté leurs réponses, convictions, témoignages, évaluations, promesses. Lyle vient avec une question. Cela fait partie de sa nature de savoir que cette bonne question devait être posée.

Peur ? Oh ! oui ! Des feux d'artifice de terreur, des mines d'angoisse, un suspense associé au chaos. Le mot *suspense*, trop faible, ne convient-il qu'aux séries noires et aux films d'horreur ? Non, le suspense, c'est la glace pure, dure de celui qui est dans l'ignorance. De quoi fendre le cœur.

— Je suis terrifiée et je ne sais pas ce que je peux espérer.

— Oh ! mais c'est évident, tu ne crois pas ? Tant qu'il y a de la vie, on peut toujours trouver des moyens.

Ce n'est pas seulement la bonne question, mais aussi la bonne réponse.

— Et toi ?

— Ai-je peur ? Mon Dieu ! bien sûr ! Je suis pétrifié depuis la seconde où j'ai entendu le coup de feu. Je ne crois pas avoir vécu, depuis, un moment où je n'ai pas eu peur. Même dans mon sommeil. Même mes rêves sont effrayants.

Ils ont eu si peu de temps à eux, juste tous les deux, et peut-être en ont-ils passé trop à être plus courageux qu'honnêtes ! C'est un homme que l'instinct pousse à agir, à réparer, à faire quelque chose qui pourrait transformer jusqu'aux circonstances les plus improbables.

— Je suis aussi terriblement furieux. Et toi ?

— Je l'étais. Je le serai peut-être encore, mais, en ce moment, il semblerait que ce soit dangereux et susceptible de me faire du mal, plus encore qu'à d'autres.

— Tu as parlé à Alix ?

— Oui, elle m'a étonnée.

— Qu'en as-tu pensé ?

— De ses projets ? Rien ne pouvait me faire plus plaisir que son départ de cette abominable communauté. En revanche, je ne sais pas trop que penser de ce qu'elle croit voir dans ce garçon. Sauf que j'imagine (elle sourit à Lyle) que l'un d'entre nous devrait rechercher le pardon et qu'elle est sans doute la meilleure candidate.

Il sourit et approche la main pour lui caresser à nouveau les cheveux. Ses yeux ne tremblent pas, cette fois.

— Quels sont tes rêves ? demande-t-elle.

Pour sa part, elle ne rêve pas, apparemment, bien qu'il soit possible que, avec les médicaments, elle ait eu de temps en temps des hallucinations.

— Tu veux vraiment le savoir ? Très souvent, je rêve que je suis paralysé. C'est de mauvais goût ? Tu es offensée ? Je rêve que j'essaie de bouger, de courir, de combattre, de m'échapper, ce genre de choses. Et je me réveille trempé. Je crois que c'est à cause de mon impuissance. Et puis, je me demande comment tu arrives à supporter cela.

— Je n'y arrive pas.

Elle n'aurait pu dire ces mots-là à personne d'autre.

— Il n'y a plus longtemps à tenir, accroche-toi encore un peu.

D'accord, et ensuite ?

— Tu sais, si tu ne restais pas, je ne t'en voudrais pas. Si les circonstances devenaient trop difficiles.

Comme il est étonnant, choquant, d'entendre son rire exploser, la tête renversée, un grand rire joyeux qu'elle n'avait pas entendu depuis bien longtemps !

— Tu veux dire que si je te laissais tomber, tu ne m'en voudrais pas ? Oh ! Isla, c'est vraiment des foutaises ! Tu ne devrais pas essayer de jouer à cela avec moi.

Elle rit aussi. Du moins, émet le petit son amusé dont elle est capable.

– D'accord, pas de foutaises. Huit années bénies. Merci.

– Pour moi aussi. Mais avec leurs imperfections, tu ne crois pas ? On n'a pas envie d'une image rose bonbon.

– Sûrement pas. Pas de rose bonbon.

– Donc, pas de foutaises, pas de rose bonbon. Je veux que tu saches que je ne peux imaginer ma vie sans toi. Je suis si heureux de t'avoir rencontrée ! Je ne m'y attendais pas, cela tient presque du miracle.

Exactement. Pour elle aussi. Ce stupide gamin négligent. Il a fait un carton dans des miracles, fait un trou en plein dans l'amour.

– Bon ! maintenant que tu es sûre que je ne vais pas te laisser tomber, tu sais ce que j'aimerais ?

– Quoi ?

– J'aimerais rester ici toute la nuit. Peut-être m'endormir sur cette chaise. Te tenir la main – je sais, je sais que tu ne sens rien, mais moi, si – et parler tout simplement. Et ne pas parler. Jusqu'à ce que les choses rentrent dans l'ordre.

– Ou que les aides soignantes arrivent.

– C'est la même chose.

– Une dernière nuit ensemble ?

– Non, juste une nuit. Je ne sais pas comment tu vois les choses, mais je ne veux pas de mes rêves et je n'ai aucune envie non plus de l'une de ces affreuses nuits blanches pendant lesquelles on assiste à l'éveil de l'âme. Je voudrais juste rester avec toi. Mais si tu veux être seule, tu n'as qu'à me le dire, pas de foutaises !

Oui, il a raison, elle aurait pu vouloir reste seule, pour faire le vide, mais qui peut savoir quelle est la meilleure façon de se préparer pour l'inimaginable, sur lequel on ne peut agir ?

Qui aurait pu dire que cela serait une question d'heures, de minutes et puis – quoi ?

– Ça me plairait. (Elle lève les yeux vers les siens, blessés, inquiets et tendres.) Je ne sais pas ce que je serais devenue sans toi et je ne pourrais avoir de meilleur compagnon pour n'importe quelle nuit, et pour celle-ci en particulier.

Elle se dit qu'il est possible que les événements partagés, grands et petits, beaux, ordinaires ou terribles, soient mis en mots et en histoires, offerts à la nuit pour se transformer au petit matin en un abri sûr et solide. Quoi qu'il advienne, ils peuvent puiser ce soir dans ces huit années passées ensemble des petits riens laissés de côté, oubliés, aimés, rêvés ou encore espérés.

— Tu te souviens de la pluie? commence-t-elle.

Car la pluie les ramène à la case départ.

Le salut, comme beaucoup d'autres choses, vient essentiellement, imagine-t-elle, de cette manière, en petites doses. Elle imagine également que Lyle lui tient la main, ce qui est une bonne initiative, susceptible de procurer une formidable sensation.

Une belle lettre

En prison, on ne reçoit pas beaucoup de courrier, mais il est parfois croustillant. Darryl reçoit des lettres d'une fille de son ancien quartier et, la nuit, dans la cellule, il les lit à Roddy.

— Tu sais, mec, elle n'a que quatorze ans ! Elle avait onze ans et même pas de poitrine ni rien la dernière fois que je l'ai vue, et écoute ça !

Il déclame deux paragraphes où elle explique ce que Darryl et elle pourraient faire avec ses seins.

— Mon Dieu ! Ils doivent être énormes !

Roddy bande à l'évocation de la façon dont la fille imagine que Darryl pourrait se placer entre ses seins et atteindre l'orgasme. Il se souvient aussi que, le jour où il était arrivé, Darryl lui avait parlé de son ancien compagnon de cellule qui se branlait six fois par nuit. Depuis, il l'a entendu le faire aussi quand ils étaient censés dormir tous les deux.

Ici, le sexe revêt d'étranges allures. Il imagine qu'il se passe d'autres choses, c'est obligatoire, mais dans l'ensemble, les types se laissent plutôt aller à la façon de Dare, ou de Roddy d'ailleurs, au milieu de la nuit, à moins que leurs yeux ne se figent dans la vapeur des douches, alors qu'ils se masturbent devant tout le monde et que tous plaisantent, parce que, de toute façon, il n'y a pas d'espace privé.

Roddy aussi. On tend à s'habituer aux choses. Il n'y aucun moyen d'arrêter le processus.

Si tout n'avait pas été de travers — si le vol chez Goldie avait marché, s'ils étaient finalement partis, lui et Mike, et avaient trouvé cet appartement en verre avec deux chambres dans un gratte-ciel de la ville et s'étaient promenés comme ils l'avaient prévu —, tout cela pourrait se passer pour de vrai : de vrais seins, de vraies cuisses, une vraie peau, d'autres lieux formidables et inconnus. On ne pourrait plus l'arrêter. Il a dix-sept ans, bon sang !

Darryl, lui, connaissait, ou du moins avait déjà rencontré, la fille qui lui écrit. Mais il reçoit également, comme d'autres gars, des lettres d'inconnues, des invitations sexy, mais aussi des questions et souvent des promesses. La plupart du temps, ceux qui reçoivent des lettres de filles qu'ils ne connaissent pas sont ceux qui ont commis les délits les plus graves : meurtres, viols — bien pires que Roddy. Si Dare n'était pas là, il ignorerait sans doute tous ces détails. La plupart des mecs sont des durs, ou semblent l'être, et ils ne parlent guère, sauf entre eux. De toute façon, ils sont très surveillés et un grand nombre d'entre eux passent beaucoup de temps en isolement, parce qu'ils sont dangereux ou vraiment mauvais, c'est difficile à dire.

Comme Dare est ici depuis un moment et qu'il en fait partie, il raconte parfois certaines choses à Roddy, mais, s'ils n'occupaient pas la même cellule, il n'aurait sans doute aucun contact avec lui. Un vol à main armé ne vaut pas grand-chose, ici. C'est différent d'avoir tiré sur quelqu'un. Roddy se trouve donc dans une drôle de position, entre deux clans, mais il s'arrange pour rester, autant que possible, en retrait, de côté.

Assurément, ce n'est ni un violeur ni un assassin, même s'il s'en est fallu de peu. Il n'arrive pas à comprendre comment on peut avoir envie d'écrire à quelqu'un qui a fait ce genre de choses, surtout si on ne le connaît pas. Dare hausse les épaules.

– Il y a des personnes de toutes sortes. Certaines pourront être utiles par la suite.

Il veut dire, quand les types seront sortis. Roddy a compris que certaines des filles offraient tout.

– Elles ont l'air plutôt stupides ! dit-il.

– Oh ! ouais !

Dare répond comme si Roddy était demeuré.

Il y aussi les volontaires, qui, pour la plupart, ne sont pas stupides et viennent sciemment en prison. Certains sont pénibles, parce qu'ils sont remplis de vertus qu'ils cherchent, apparemment, à transmettre aux corrompus. C'est, du moins, l'impression que l'on a quand ils s'assoient dans le foyer sans qu'on leur ait rien demandé, qu'ils éteignent la télévision pour venir parler des cours, des emplois ou d'un programme pour progresser, de leur religion, ou pour donner toutes sortes de conseils, ou encore poser des questions tout à fait déplacées aux types en ce qui concerne leurs délits – ce qu'ils *éprouvent* à propos de quelque chose ou ce qu'ils ont *éprouvé* en commettant un crime. Il existe une seconde catégorie de volontaires dont le discours est à peu près équivalent, mais le regard, différent. Comme s'ils voulaient autre chose que de la vertu en retour.

Les volontaires sont presque exclusivement des femmes – qu'est-ce que cela signifie ?

Les gardiens n'aiment pas les deux jours hebdomadaires où les volontaires viennent à la prison. Ils sont tendus, et cela paraît normal à Roddy – que se passerait-il si une volontaire ou un prisonnier faisait quelque chose ? Ces femmes qui ont reçu une formation spéciale passent par le détecteur de métal avant d'être autorisées à entrer. Elles sont là pour parler des emplois et donner une idée générale d'une vie normale dans un monde normal, et aussi pour aider les détenus à faire leurs devoirs. Ce n'est pas ce qu'elles font, pour la plupart d'entre elles, d'après ce que Roddy a pu en voir. Dans l'ensemble, elles ne sont pas très jolies – ni très jeunes.

Elles ne savent pas – comment le pourraient-elles ? – que, après leur départ, les gardiens se mettent plus vite en colère, sont moins patients que les autres jours, tandis que les types rigolent et plaisantent. Comme a dit Dare, si tu peux tomber sur le bon type de volontaire, tout comme pour les lettres, et lui donner ce qu'elle attend, soudain, la vie devient plus facile, car des cadeaux arrivent sous forme d'argent, de vêtements ou de nourriture, mais pas en cachette, car tout doit être approuvé avant d'être introduit dans la prison.

– Il faut que tu le fasses, l'encourage Dare. Il faut que tu sois en mesure d'échanger de la drogue, d'avoir quelque chose à offrir. Dans tous les cas.

Et, dans tous les cas, c'est une chose à faire, comme un jeu. En échange de promesses variées, et pour obtenir des objets réels et utiles, les types choisissent des femmes qui leur écrivent des lettres et les assurent de mille choses : un emploi à la sortie, un lieu où dormir, une protection, un sauf-conduit et même l'amour.

– Quelle fumisterie ! affirme Dare, qui lui conseille cependant de rentrer dans ce système. Bouge ! C'est facile, tu n'as qu'à faire comme si tu avais vécu beaucoup de sales moments, que tu veux tout changer à partir de maintenant, et observe ce qu'il va se passer. Elles veulent toutes sauver quelqu'un. Il faut que tu sois un bon garçon, que tu leur donnes une chance. Merde ! Au moins, comme ça, t'auras du courrier !

Car, bien sûr, Roddy ne reçoit rien, pas même des journaux. Il pourrait peut-être s'abonner. Il pourrait aussi faire ce que Dare lui suggère, se lier avec quelqu'un de l'extérieur. Il sait que Dare a raison, c'est facile. Cela ne veut pas dire, cependant, qu'il saura le faire.

Un jour, néanmoins, il reçoit une lettre. Une mince enveloppe arrive pour lui dans leur cellule, où le courrier est régulièrement distribué, parmi trois pour Darryl. C'est un grand moment pour celui-ci, souvent, d'ailleurs, un prélude à ses délices nocturnes semi-privées.

Roddy ne reconnaît pas l'écriture sur son enveloppe, peut-être cela a-t-il commencé : une inconnue qui lui écrit.

Mais elle commence par : « Mon cher fils. » Il n'avait aucune raison de reconnaître l'écriture de son père, comment l'aurait-il pu ? Personne n'écrit dans son entourage. Elle est vraiment courte, écrite sur un côté seulement du papier.

« Mon cher fils,

Je vais venir te voir en voiture avec ta grand-mère très bientôt, mais j'ai pensé que ce serait bien de t'écrire quelques mots. J'imagine que nous avons pris un mauvais tournant à plusieurs reprises, je ne sais pas trop, mais je suis désolé pour tout, en tout état de cause. Quand tu sortiras, peut-être pourrions-nous partir tous les deux quelques jours ? Pense à un endroit. Je suis désolé que les événements se soient déroulés ainsi, j'espère que tout se passe bien. Tu es un gamin intelligent, et pas méchant, tu as juste commis une terrible erreur. Quoi qu'il en soit, je te verrai très bientôt, mais pense à notre projet. Je voulais juste t'envoyer un petit mot en te souhaitant plein de bonnes choses.

Papa »

Ce n'est pas à proprement parler un débordement sentimental, bien que, d'une certaine façon, c'en soit un. Que son père écrive une lettre est déjà ahurissant. Roddy ne cesse de la relire, en quête d'indices, cherchant un sens, des marques de tendresse, une intention claire, même entre les lignes, avant de la coincer à la première page de son livre de mathématiques. C'est comme si chaque phrase disait quelque chose de différent. Une phrase ne conduit pas nécessairement à la suivante. Peu importe. Ce qui compte, c'est que son père ait voulu dire quelque chose, c'est un choc en soi.

Est-ce que Roddy aimerait partir quelque part avec son père? Qu'en serait-il des silences et que feraient-ils durant autant d'heures? Il ne pense pas que son père le veuille vraiment ou ne le voudrait pas si ça arrivait. Cela revient à tendre la main, en lui offrant de la serrer.

Lorsque son père viendra lui rendre visite, peut-être en parleront-ils, mais il est plus probable que non.

— C'est une nana qui t'écrit? demande Dare en levant les yeux d'un feuillet d'une de ses lettres.

— Mon père.

— Merde! Écoute plutôt ça, c'est Kitty: « Je peux venir sans problème, comme tu voudras, ça me va. Je me souviens comme tu avais l'air cool. Donc, n'importe quoi, et je pèse mes mots. Sers-toi de ton imagination. » Hou! là! là (Dare lève les yeux.) C'est illégal, à quatorze ans, pas vrai?

— Ça n'a pas l'air de la gêner.

— Mais moi, peut-être. Et puis non. Quatorze ans, c'est parfait.

Mais si elle est si parfaite, comment peut-elle écrire des lettres enflammées à un type emprisonné pour avoir tué quelqu'un avec un couteau? Même si, avant, elle n'était qu'une enfant avec un coup de cœur pour lui, ne devrait-elle pas regarder les mains de Dare différemment et se demander ce qu'elles ont fait? Même Roddy les regarde et les imagine en action, couvertes de sang, et il n'a assurément aucune envie qu'elles se posent sur lui.

Bien sûr, il pourrait regarder ses propres mains et se poser la même question.

C'est incroyable ce que des personnes, et des petites parties d'elles, sont capables de faire: être loyal envers un ami par exemple, gentil avec un chien, réceptif à la beauté des insectes et de la nature, et donner la mort – ou presque – avec un couteau ou un fusil. Si l'on enlève les mauvaises parties, comme sur une pomme abîmée, il ne reste qu'une matière ordinaire, pas exceptionnelle, mais bonne dans l'ensemble.

Darryl est ici à cause d'une mauvaise main, Roddy, d'un mauvais doigt. Ce n'est pas juste. Tout n'est pas pris en compte.

Une autre fois, même heure, même processus. Après le petit déjeuner, les cours, le déjeuner, les corvées de cuisine, la douche, l'atelier de menuiserie, le dîner (pâté de viande, petits pois, pommes de terre qu'il a lui-même pelées et coupées). Après une heure dans le foyer à regarder un jeu télévisé, avoir été rapatrié avec les autres dans les cellules, il reste une ou deux heures d'études ou de ce que l'on veut — et le courrier arrive, avec une autre lettre pour Roddy.

Son père avait quelque chose à ajouter ? Mais ce n'est pas la même écriture, sur une enveloppe blanche toute simple sans adresse au verso. Ce n'est pas sa grand-mère non plus : il connaît son écriture, parce qu'elle faisait la liste des courses, des mots pour l'école, laissait des notes sur la table de la cuisine pour lui dire où elle était, lui rappeler de faire ceci ou cela. Peut-être est-ce Mike ? Ce serait ahurissant. Qu'aurait-il à dire ? Qu'il est désolé ? Qu'il a un plan pour faire sortir Roddy ? Qu'il est reconnaissant et espère que Roddy restera son ami ?

L'idée d'ouvrir cette lettre rend Roddy nerveux, et l'excite aussi.

« Cher Rod », est-il écrit sur une simple feuille blanche, comme l'enveloppe. À la différence de celle-ci, elle est tapée à la machine. Il ne semble pas s'agir d'une lettre personnelle. Et elle n'est pas de Mike.

« J'espère que tu te souviens de moi. J'étais au tribunal avec mon beau-père quand tu as plaidé coupable, puis je suis revenue seule pour l'annonce du verdict. Tu te rappelles peut-être que j'ai parlé. Je ne sais pas ce qu'est une sentence juste, mais j'espère que tu te sors bien de la tienne.

Quoi qu'il en soit, les deux fois où je t'ai vu au tribunal, j'ai pensé que j'aimerais te rencontrer. Ne pense pas que je veuille crier, me mettre en colère ou quelque chose dans ce genre-là. J'ai seulement pensé que nous pourrions trouver de bons sujets de conversation. J'aimerais donc te rendre visite. Es-tu surpris ? Je pensais venir le dimanche 18, qu'en dis-tu ? J'espère que cela ira, mais je comprendrais que ce ne soit pas le cas. Cela peut paraître une étrange idée, mais j'y ai pensé et je ne crois pas qu'elle soit si étrange que cela et j'espère que, après y avoir pensé, tu seras du même avis. Si je n'ai pas de tes nouvelles, je viendrai pendant les heures de visite ce jour-là. Si tu ne veux pas me voir, dis-le-moi en m'appelant en PCV, voici mon numéro. »

C'est signé : « Avec mes meilleurs sentiments, Alix. » Puis, à la suite, entre guillemets, « Lumière d'étoile ».

Il ne quitte pas la lettre des yeux. Est-ce bien réel ? Est-ce bien elle ?

Ses mots le regardent, comme ses yeux, calmes, tranquilles et profonds. Il ne voit pas de quelles bonnes choses ils pourraient parler. Qu'a-t-elle vu en lui ? Que veut-elle ?

Cela ressemble-t-il, même de loin, à ce qu'il pourrait vouloir ?

Sans doute pas.

Il lit et relit la lettre, assis au bord du lit, courbé en deux, l'examinant dans tous les sens. Il en a oublié Darryl, à côté, sur son lit, avec son courrier. Roddy essaie de pénétrer chaque mot, d'adapter le ton gentil et captivant qu'elle avait au tribunal aux paragraphes qu'il a en main.

Il apprécie qu'elle l'appelle Rod. Il se demande d'où vient « Lumière d'étoile ».

Il ne voit pas du tout ce qu'il pourrait lui dire, sinon *je suis désolé*, ce qu'il a déjà dit, ne change rien à la situation et ne peut être la raison de sa venue ici. Elle affirme qu'elle n'est pas en colère et ne veut pas crier. Peut-être fera-t-elle la conversation et il n'aura qu'à l'écouter, à la regarder, à retomber dans ses yeux.

Que s'attend-elle à voir ? Que se passera-t-il si, après s'être donné tout ce mal, avoir passé tout ce temps pour venir, subi les contraintes de la visite, la fouille, les détecteurs de métaux, les yeux des gardiens qui sont méfiants et débordent d'ennui, si, en s'asseyant en face de lui, elle le regarde et pense : « Oh ! non ! C'était une erreur. J'ai perdu mon temps. Ce n'est pas ce dont je croyais me souvenir » ?

Il y avait quelque chose cependant. Il y croyait et, si elle le voyait aussi, c'était forcément vrai.

Si elle ne disait rien sur sa mère, si elle passait outre ! Peut-être a-t-elle cette capacité ?

Dimanche 18. À partir de rien, de la routine, il est passé à cette feuille de papier blanc, à cette vraie fille, à cette femme qui va venir le voir. Ce n'est pas quelqu'un dont on peut se moquer ou rire. Ou se servir. Il n'en parlera pas à Darryl, c'est sûr, ni à personne. C'est magique. Personne n'y croirait. Ils chercheraient la blague, le truc.

Y en a-t-il un ? Non, c'est impossible. Elle n'est pas comme ça et lui non plus. Elle l'a vu au tribunal de la même façon que lui l'a vue : comme s'il fallait qu'ils fassent connaissance. Comme s'il y avait quelque chose entre eux qui pourrait faire toute la différence.

Pendant un temps infini, rien de bon ne lui est arrivé et, soudain, quelque chose de positif se produit.

Monstruosités diverses et variées

Lyle tond la pelouse, il va et vient, va et vient. Il porte un jean, mais, depuis un moment, il a enlevé sa chemise, de sorte que le hâle estival de sa poitrine et de son dos commence à se teinter de rouge. Il garde les yeux fixés sur le sol, comme si tondre la pelouse était une tâche exigeante, nécessitant toute son attention.

Pourtant, de temps en temps, lorsqu'il tourne avant de repartir dans l'autre sens, il lève la tête et sourit ou fait un petit geste amical.

Pour préparer la réunion de ce soir, Lyle s'est mis à faire du jardinage et Isla est préparée à recevoir la canicule de la journée, vivre ses diverses manifestations, contempler les multiples nuances de vert. L'odeur douce de l'herbe fraîchement coupée mêlée aux vapeurs d'essence est sans doute l'une des plus agréables qui soient. Ces fumées en suspension semblent créer un voile dans la chaleur tandis que Lyle et la tondeuse effectuent leurs lentes allées et venues, patientes et minutieuses.

L'odeur d'essence est pour elle synonyme de mouvement, d'aller quelque part.

Bon! elle est ici. C'est un début. Pouvoir à nouveau s'asseoir dans la véranda qu'elle a franchie le cœur léger il y a plus d'un an, descendant innocemment ces marches pour commencer ce très long voyage…

Même s'il est circulaire.

Elle a tant attendu que cette scène puisse se dérouler devant ses yeux ! Son image du soleil, de cette verdure, de ce panorama attendu, tel qu'il lui apparaît finalement en cet après-midi d'août, constitue sa récompense personnelle, son appât, sa tentation, son désir depuis des mois. Et maintenant, elle y est. Elle n'avait pas imaginé précisément certains des détails, comme la couverture en laine aux tons bleus enroulée autour de ses genoux afin de ne pas prendre de coups de soleil sur ses jambes, que celles-ci sont incapables de ressentir, tout comme le contact de la laine. C'est le genre de choses qu'elle n'avait pas prises en compte. Mais, en regardant au loin, au-delà de sa personne, la vue est précisément celle qu'elle avait en tête.

Elle a finalement obtenu la réalisation de quelque chose qu'elle désirait et que, plus encore, elle méritait.

Elle s'est réinstallée en ce lieu. Elle a appris que l'esprit se satisfait que ses pensées soient reflétées dans le corps, donc en disant *réinstallée*, le sien doit montrer, avec un certain mouvement des hanches, comment cela se passe.

Quand, c'est déjà loin, elle est sortie de la chaleur et des rêves suscités par les sédatifs pour contempler, à nouveau, des visages anxieux et tendres, c'était alors que sa vision restait floue, dévoilant une nouvelle séquence d'un vieux film, mélodrame ou épouvante, le genre n'était pas très clair, dans lequel un nouveau visage – il s'agit toujours du visage – allait être dévoilé, une nouvelle personne allait émerger. Certaines opérations chirurgicales sont accomplies par coquetterie – dans ce cas, tout se passe mal –, d'autres pour résorber une mutilation – dans ce cas, on a toutes les chances que cela se passe bien –, mais le moment crucial reste celui où tous les protagonistes sont rassemblés pour voir les résultats.

La tête est enveloppée de couches superposées de gaze blanche. Lentement, très lentement, le long bandage est déplié, déroulé. La caméra se déplace de ce que l'on regarde à ceux qui regardent, enregistrant leurs réactions étonnées, muettes, sans rien laisser paraître. Enfin, dans un miroir, la caméra voit la scène avec les yeux du patient, le nouveau visage apparaît. Les lèvres s'entrouvrent pour former un sourire radieux. Les yeux s'agrandissent sous l'effet du choc. Peu importe. C'est un grand moment.

Ces vieux films, en général, s'aventuraient rarement à montrer la suite des événements. Isla comprend pourquoi.

Le docteur Grant apparut au-dessus d'elle, mais elle savait déjà.

Elle sentait ses épaules sur le drap, sa colonne vertébrale sur le matelas, ses bras, ses doigts recourbés. Certains de ses doigts étaient enroulés dans une main. De longs doigts, une forte poigne, une peau un peu rêche, ce sont donc les doigts de Lyle. Madeleine, de l'autre côté, lui caresse l'avant-bras. C'est véritablement un miracle ! Être capable de sentir !

Et donc de bouger ; mais, pas encore.

Il y a ses poumons qui pompent, son cœur qui bat, son sang – elle a presque l'impression de sentir la chaleur du sang qui coule dans ses bras jusqu'à l'extrémité de ses doigts, et le long des veines au parcours complexe autour de la structure solide et flexible de ses côtes. Tous ces organes qu'elle avait presque perdus.

Mais les perceptions s'arrêtent au-delà de cette zone – toute sensation disparaît. Il est assez difficile de déterminer la ligne de démarcation. C'est quelque part vers les hanches – c'est, du moins, son impression. Elle regarde le visage du docteur Grant et pense que, comme une moitié de son corps, il s'est vidé de toute sensation, toute expression. Il observe ses réactions, cependant, tente de les évaluer.

– Vous voyez donc, commence-t-il, qu'il y a de bonnes et de mauvaises nouvelles.

— Oui, effectivement, je vois.

Une demi-mesure, en somme. L'un des petits compromis du destin, de Dieu, ou le plus pur des hasards. Elle avait pensé essentiellement en termes de vie et de mort, de guérison ou d'échec. Elle n'avait pas envisagé l'hypothèse d'une demi-vie, d'un résultat partiel, d'une semi-guérison. Pour une fois, et cela aurait été assurément l'occasion ou jamais — la colère l'enflamme, elle la ressent dans toute son intensité —, elle aurait voulu un résultat à cent pour cent. Elle avait en tête que ce soit dans le bon sens, évidemment, le désastre intégral étant, malheureusement, très répandu en ce bas monde. Des populations fuient la famine, les viols, la guerre : elles ont tout perdu. Le désastre est intégral, globalement et personnellement. Pourquoi, alors, la joie ne pourrait-elle être intégrale ?

Et, maintenant, que va-t-il se passer ?

— Et, maintenant, que va-t-il se passer ? demande-t-elle.

Pouvoir sentir les doigts de Lyle est magique en soi, comprendre que les doigts de Madeleine lui caressent le bras l'est aussi, tout comme savoir qu'elle pourra, avec un peu d'efforts, prendre Jamie et Alix dans ses bras — tous deux sont en retrait, attentifs, incertains. Mais, à ce moment précis, elle n'est pas reconnaissante. Sa question était une accusation délibérée.

— Maintenant, vous allez avoir un énorme travail à fournir et beaucoup de bonnes choses à espérer. Vous êtes dans un bien meilleur état que vous ne l'étiez il y a quelques jours. Mais je comprends que vous auriez pu espérer plus.

Vraiment ?

Du travail, assurément, il en a fallu. Des semaines et des semaines, des mois et des mois.

Réadaptation, un mot stérile qui s'est traduit essentiellement par l'apprentissage angoissé de nouveaux trucs, de moyens pour parvenir avec beaucoup de difficultés à se lever, s'asseoir et avancer. Ce fut ennuyeux et douloureux

– une alliance des plus mal assorties. Elle fut félicitée de réussir finalement à être debout en se tenant à des barres parallèles et à avancer sur une très courte distance grâce à cette ondulation, cette tension, née de la force nouvellement acquise de ses bras, mais les applaudissements satisfaits de ses éducateurs et de ce cher Martin, qui était présent ce jour-là, lui procurèrent un plaisir douloureux. Elle était vraiment heureuse de son exploit. Par la suite, elle se demanda si tout cela n'était pas pitoyable, mais décida que ce ne l'était pas... totalement.

Ces jambes sont néanmoins très contrariantes. Elle aurait pu avancer rapidement sans problème s'il n'y avait pas eu ce poids mort.

Lyle, ce brave et intrépide Lyle, avait fait monter le vilain petit fragment de balle sur un anneau en argent. « Un souvenir de guerre », comme il l'appelait alors qu'elle ouvrait la petite boîte de velours. Il eut l'air soulagé quand elle rit, puis sourit avant de placer l'anneau au majeur de sa main droite.

Il a une étrange mais bonne approche en matière de célébration et de sentimentalisme.

C'est bon, aussi, de penser de nouveau à lui en termes de toucher délicat, mais que fera-t-il, que fait-il pour des contacts plus ardents et exigeants ? Ce corps mordoré qui tond la pelouse, dans un incessant va-et-vient, n'est pas de ceux qui sont facilement hors d'usage. Il y a longtemps, il lui avait confié que pendant les quelques années qui s'étaient écoulées entre la disparition de Sandy et leur rencontre, personne n'avait compté pour lui à part ses fils. Il n'avait pas dit – et c'est un avocat qui sait parler avec circonspection de sujets délicats – qu'il n'y avait personne dans son lit, ou dans sa vie, simplement pas dans son cœur.

Les règles de l'amour, si elles existent, se modifient. Elle a déjà été, par le passé, la survivante choquée de cette dure réalité.

Il est venu à l'hôpital tous les jours, sauf quand il était en déplacement pour une affaire. Il en fut de même après son transfert au centre de rééducation du même hôpital. Madeleine aussi est venue presque tous les jours, sauf pendant quelques semaines d'affilée, quand Bert attrapa la grippe et que ce fut ensuite son tour. Madeleine et Lyle avaient appris les exercices qu'Isla devait faire – on leur avait expliqué comment ils pouvaient l'aider.

Isla n'était pas gênée que Madeleine lève et abaisse ses jambes, les plie et les tourne, bien que, à l'évidence, Madeleine fût mal à l'aise, ayant peur de provoquer une douleur qu'elle ne pouvait anticiper ou comprendre. Elle imagine que cela s'apparente à ce qui se passe avec un nouveau-né : des évaluations constantes, des mesures précautionneuses, mais aussi de petites victoires. Elle n'aime pas penser à elle en ces termes, mais tout cela doit sembler très familier à une mère. En tout cas, ça ne lui semble pas inconcevable d'être aidée, touchée et manipulée par Madeleine.

Par Lyle et par ses enfants, ce le serait. Lyle ne devrait jamais voir ses jambes ou la porter, pousser le fauteuil roulant, ou même prendre en compte ce qu'elle peut et ne peut pas faire, mais il le faut et il le fait. En revanche, qu'il manipule ses mollets et ses cuisses atrophiés – non ! Plus crucial encore, elle ne veut pas être son enfant sans défense, son fardeau, son handicapée personnelle.

Pourtant, elle est tout cela. Il est attentif, mais a la sagesse de la laisser vivre. Il ne peut rien y faire, et elle non plus, cependant les équilibres se sont modifiés.

Honte – c'est le mot inattendu qui correspond à cette situation.

C'est différent d'être gêné. Ce sentiment-là doit s'évanouir, être réduit à néant ou sortir de la tête. Elle a rapidement appris, à l'hôpital d'abord, puis dans le centre de rééducation, que la dépendance, par définition, est totalement dépourvue de modestie. Le besoin, instantanément, simplement, submerge les préférences.

Mais la honte, c'est le sentiment qui l'a envahie en arrivant en voiture au sommet du chemin, en prenant ce virage, en découvrant la maison dans toute sa beauté, revenant là comme elle y était arrivée la première fois avec Lyle, il y a bien des années, sauf que, cette fois, les enfants avaient fixé une grande bannière blanc et rouge entre deux piliers de la véranda où l'on pouvait lire les mots : « Bienvenue chez toi. » À ce moment, pourtant familier, mais aussi très étrange, elle s'est revue et a ressenti la honte de n'être plus la femme dotée de la capacité d'arpenter ce lieu sur ses deux pieds, la femme qui avait besoin des êtres aimés uniquement pour leur amour.

Désormais, ses besoins sont très importants. Un physiothérapeute vient trois fois par semaine pour lui faire faire ses quelques pas, même s'il y a de nombreux exercices qu'Isla peut faire seule. Elle a, comme dans le centre de rééducation, quatre séances d'une demi-heure par jour, pendant lesquelles, en se tenant à une barre, elle se lève et s'assoit, et fait travailler ses bras avec des poids, bougeant délicatement sa tête d'avant en arrière, de haut en bas.

Aujourd'hui, ses bras sont tendus et durs comme du fer, musclés et bronzés. Chaque jour, ils deviennent plus forts et habiles. Le contraste avec ses membres inférieurs est d'autant plus consternant : ses jambes sont épouvantables, et le deviendront de plus en plus – ces pauvres membres désespérants, pâles et flétris. Elle s'imagine être une créature des mers, un être intelligemment conçu dont les jambes, inutiles, se détacheraient. Mais les êtres humains ne sont pas construits de cette façon, elle doit donc faire travailler ses jambes afin de maintenir la circulation sanguine, d'étirer des muscles devenus inutiles. Le but étant, ce qui peut paraître étrange, de prévenir l'amputation ou, à un moment ou à un autre, l'atrophie et la maladie.

Et puis, comme le docteur Grant aime à le répéter, on ne sait jamais, de nouvelles possibilités peuvent se faire jour. Il n'est pas impossible – et il insiste sur ce point – que ses jambes lui soient à nouveau un jour de quelque utilité.

Une bonne façon de les utiliser serait de les enrouler autour des fines hanches de Lyle.

Alors qu'elle peut désormais sentir sa peau, elle se souvient du désir, même si l'impression est encore vague et fugace. Ils semblent y venir de temps en temps, mais Lyle est prudent, très prudent. Ou délicat. Ou peu disposé.

La veille de son retour à la maison, il lui a dit, comme il l'avait fait des années plus tôt dans un contexte tout à fait différent :

– On se détend et on voit comment ça se passe.

Il était assis sur une chaise, penché en avant, les genoux touchant son fauteuil roulant, fixant ses yeux avec une expression qui semblait contenir trop de bonté, qui correspondait pour elle à de la résignation.

– Nous trouverons nos propres voies. Ne t'inquiète pas.

Ce qu'il avait dit était généreux et même, sans doute, vrai. Mais cela ne rend pas les choses possibles pour autant.

Elle ne croit pas non plus le docteur Grant. Ou, du moins, elle a décidé que ce qu'il a raconté sur l'espoir n'a absolument rien à voir avec elle. Elle ne peut gâcher de faibles espoirs ou d'infimes possibilités. Il lui a fallu des mois pour travailler l'espoir et lui donner une nouvelle direction, afin qu'il devienne aussi tendu, dur, métallique et musclé que ses bras.

Des moyens diminués deviennent monstrueusement précieux.

Pendant des mois, elle s'est concentrée sur l'examen de monstruosités diverses et variées.

Et maintenant, il y en a de nouvelles, d'une autre espèce, juste en face d'elle – il n'y a pas moyen de les éviter.

Une rampe en bois flambant neuf descend de la véranda jusqu'au jardin. Dans la maison, Lyle a élargi l'ouverture des portes pour que son nouveau fauteuil roulant puisse passer, celui qu'il appelle « la Formule 1 » du fait de sa légèreté, de sa manœuvrabilité et de sa vitesse. Il a réorganisé et agrandi la salle de bains du rez-de-chaussée, devenue un chef-d'œuvre spartiate et reluisant de salle de bains pour handicapés. Leur simple vue lui est insupportable. Il lui a expliqué qu'il avait hésité entre reconvertir une pièce du rez-de-chaussée en chambre ou installer l'un de ces sièges adaptables qui permettent de monter et descendre l'escalier. Il avait finalement opté pour un siège fait sur mesure, afin qu'il soit bien intégré au reste de la maison, avec des bras en bois, du fer forgé sur les côtés et un coussin en cachemire, mais cela reste néanmoins un objet extrêmement laid, une souillure sur son grand escalier élégant.

Ce sont les transformations les plus apparentes. Grâce à ses bras entraînés, à sa concentration et à ses efforts, elle est capable de se lever de son fauteuil pour s'asseoir sur un canapé ou se mettre au lit. Ils peuvent à nouveau partager un lit. La nuit, elle peut toucher sa peau et il peut la tenir dans ses bras. Pourtant, il est devenu impossible de se jeter l'un sur l'autre avec ardeur et il y a des choses – *choses* correspond à la façon dont elle les voit – qui sortent de son corps et accomplissent des fonctions diverses – *fonctions* correspond à son appréhension de ce qu'elles font – qui provoquent en elle, et en lui aussi sans doute, le désir de faire tout le nécessaire pour que les parties inférieures de leurs corps restent séparées.

C'est le début. Il faut encore mettre en place des usages nouveaux, concevoir de nouvelles habitudes. « C'est un triomphe pour nous tous, lui avait déclaré le docteur Grant, que vous puissiez rentrer chez vous. » Si son opération avait échoué, s'il ne lui avait pas restitué une partie de ses capacités, cela aurait été pratiquement impossible. Mais aussi, si elle ne s'était pas rééduquée de façon aussi désespérée, tout cela serait resté quasiment irréalisable. Elle voulait tant retrouver l'image qui se déroule à cet instant devant ses yeux, de façon si merveilleuse, si claire, si parfaitement réelle qu'elle semble presque du domaine de l'imaginaire : la véranda et ses montants effilés, le jardin, les arbres penchés, la pelouse qu'un Lyle bronzé, sans chemise, tond méthodiquement !

Oui, elle a travaillé dur pour obtenir ce résultat. Oui, cela en valait la peine. Non, elle ne voudrait être nulle part ailleurs.

Cependant, il reste la *honte*.

Elle lève le visage vers le soleil. À ce moment de la journée, ses rayons pénètrent dans la véranda, l'illuminent et la réchauffent. Ce moment, cette sensation correspondent exactement à ce qu'elle attendait avec impatience. Elle voulait de l'air, elle voulait de la couleur, elle voulait, dans la mesure du possible, être libre.

Un an plus tôt, si Lyle tondait la pelouse, elle était occupée dehors à ramasser des tomates, cueillir des fleurs ou enlever des mauvaises herbes. Ou dans la cuisine en train de remplir un verre de bière pour chacun. Ou c'était son tour de tondre la pelouse. La pelouse est vaste, mais Lyle n'a jamais voulu de tondeuse automotrice, car la sienne lui permet de faire un effort physique dont il a besoin. C'est aussi un moment où l'on peut se laisser aller à la contemplation, puisque cette tâche ennuyeuse, à laquelle on ne peut échapper, laisse l'esprit dégagé.

Quel est donc l'objet de sa contemplation aujourd'hui, alors qu'il fait ses allers et retours sous le soleil ?

Dans le temps, ils rentraient chacun de leur travail, ils peignaient en plein air, soignaient le jardin ensemble, réparaient l'avant-toit. À l'intérieur, ils cuisinaient, nettoyaient, jouaient ensemble. Sans enfant, les tâches domestiques revêtent un autre aspect, si bien qu'elles n'apparaissent plus véritablement comme des tâches. Ils allaient se promener, descendre le chemin, à travers champs – de courtes balades, rien de fatigant, mais rien toutefois qu'elle pourrait envisager de faire désormais.

Oh! Autre chose encore. Parfois, au cours de leurs promenades, ils s'allongeaient dans les épis de leurs champs de location et faisaient l'amour d'une façon désinvolte et tranquille.

Ces coups de poignard infligés par le manque sont fréquents.

C'est inévitable. Elle le savait. Simplement, elle ne s'était pas rendu compte qu'ils ne cesseraient jamais de la surprendre.

Elle n'est plus séduisante ni désirable, avec ses membres amorphes et ses différents appareillages, mais difficile à manier, repoussante. Elle contemple un homme d'une grande beauté qui tond la pelouse et éprouve le désir d'aller vers lui, de s'appuyer contre son dos, de mettre ses bras autour de ses côtes, sa poitrine, tout son être miraculeux.

Sauf qu'il ne s'agit là que d'un désir théorique, resurgi de sa mémoire.

Quoi qu'il en soit, faire l'amour revêt de multiples aspects, offre de nombreux chemins. Beaucoup de sentiments aussi, bien sûr.

Quand il arrête la tondeuse, le silence est soudain grandiose. Il reprend sa chemise posée sur un montant de la barrière et s'en sert pour essuyer son torse luisant de sueur. À travers l'espace bleu et vert, il la regarde et sourit. Elle répond à son sourire. Avant, elle serait rentrée à la maison avec lui, à l'étage, dans la douche. Ils auraient vaguement, gentiment frotté leurs parties apparentes et cachées. Ils auraient ri, se seraient embrassés et seraient peut-être allés jusqu'au lit – leurs corps enlacés, une impulsion heureuse.

Aujourd'hui, en passant devant elle, il lui touche l'épaule et dit : « Ça va ? », et en même temps qu'elle hoche la tête, poursuit son chemin dans la maison.

Elle a pleuré plusieurs fois depuis qu'elle est rentrée, des pleurs silencieux comme maintenant. Elle ne veut pas qu'il connaisse l'étendue de sa douleur, de sa peur.

Elle a contemplé cette scène depuis la véranda en plein soleil, mais comme une photographie, une nature morte. Si c'est une réussite, bien sûr, c'est aussi une ouverture étroite, difficile à définir, sur autre chose.

Secoue-toi !

C'est une journée superbe. Et, parmi les changements, il y a ces détails dont Lyle a su prendre soin, contrairement à d'autres qu'ils doivent encore tous deux découvrir : une allée cimentée à la surface lisse partant de l'extrémité de la rampe, traversant la pelouse jusqu'au chemin privé et à la nouvelle camionnette verte portant l'autocollant « Handicapé », qu'elle peut bien détester mais qui reste néanmoins utile. Lyle, pragmatique, compétent, réfléchi et prévoyant : il accomplit simplement ces actions, s'en occupant pendant ses absences.

Le ciment lisse lui fait signe. Elle est devenue une sacrée conductrice de fauteuil roulant, habile dans les angles et casse-cou dans les pentes. Elle s'est surprise à passer de bons moments dans le parking du centre de rééducation à rouler, à tester certaines manœuvres. Pour l'instant, elle est seule. En un instant, elle a coincé la couverture et tourné le fauteuil, si léger et solide, se précipitant sur la descente, d'un geste rapide, elle a appuyé sur le bouton pour mettre le moteur en marche et elle descend le chemin à fond de train. Elle tournoie en fin de parcours et repart sur les chapeaux de roue dans l'autre sens. Elle crée son propre souffle ! C'est amusant. Elle aimerait aller plus loin et plus vite et l'un de ces jours, elle pourrait bien apprendre à sauter dans ces engins, si c'est possible, mais, en attendant, elle est seule et agit selon sa fantaisie.

Elle fait des allers et retours, comme Lyle avec la tondeuse, et, à chaque extrémité, elle fait marche arrière et revient.

Le chemin semble finalement à sa portée. Un petit voyage, pas sur toute la longueur, mais juste sur un petit tronçon de terre dure et de gravier. Avec de la patience, du temps et une surface convenable, on est capable d'aller presque partout avec un bon fauteuil roulant. Elle pourrait aller en ville. Elle pourrait s'enfoncer dans la nature. Elle imagine qu'il est illégal d'avancer sur les bandes d'arrêt d'urgence des autoroutes, sinon elle aurait pu véritablement prendre son envol.

Juste pour le plaisir de le faire, pas pour s'échapper.

D'accord, le chemin est bosselé, elle doit aller doucement et garder les yeux fixés sur le sol afin d'anticiper les creux et les grosses pierres. Il est plus difficile de manœuvrer sur une surface inégale, et sans doute un fauteuil roulant plus lourd n'oscillerait-il pas de manière aussi capricieuse. Mais comme il est enivrant de pouvoir le faire! Savoir qu'il lui est possible de s'en aller, même si elle n'a aucune envie de le faire; elle apprécie énormément de savoir qu'elle en a la possibilité.

Et qu'elle peut revenir aussi, quand elle le désire. Au détour du chemin, elle tourne plus doucement, avec application, inquiète de la pente à cet endroit, et s'arrête. Elle retrouve une nouvelle fois sa vision première. Mutilée par la rampe et le chemin cimenté, c'est vrai, mais il reste cette solide petite maison en brique, cette véranda accueillante, ces arbres tout à la fois indistincts et protecteurs. C'est chez elle.

Et Lyle franchit maintenant la véranda, il porte un pantalon kaki et une chemise bleue, ses cheveux sont aplatis, après la douche, il regarde alentour, puis dans sa direction. Il rit quand il l'aperçoit et lui fait signe.

Elle lui répond.

Cela pourrait marcher.

Elle remet le moteur en marche et avance prudemment. Il quitte la véranda et ils se retrouvent sur le nouveau chemin cimenté. Elle se sent rougir et proche du triomphe. Il semble impressionné. C'est intéressant de susciter ce sentiment. Elle devait avoir l'habitude de le faire, avant, là-bas dans le vaste monde, mais, maintenant, c'est tout nouveau pour elle.

— Hé! Tu fais la course?

Il est agréable de constater qu'ils ont pratiquement arrêté de s'inquiéter des spécificités douloureuses liées à certains verbes. Comme *courir*. Cela a demandé aussi un sacré travail, cette censure, cette émotion après une bourde. Observer la gêne, sans parler de sa propre sensibilité qui s'exacerbe un peu trop.

— Eh oui! répond-elle. J'essayais de voir jusqu'où ce jou-jou pouvait aller avec sa réserve d'électricité.

Tous les soirs, une fois qu'elle est couchée, le fauteuil est mis en charge. Elle a commencé avec celui-ci, mais en a commandé un autre. Comme dit Lyle, ils ont beaucoup de chance de ne pas être pauvres. Oui! Elle a de la chance d'avoir cet argent. La très confortable somme qu'elle et Martin ont récupérée en vendant leur agence permet de finan-cer les soins à la maison, la physiothérapie, les fauteuils rou-lants. Lyle prend à sa charge les rénovations de la maison. Rien que l'abominable salle de bains a coûté une petite fortune.

— Je pensais faire tout le chemin jusqu'à la route, pour aller à pleine vitesse. Et aussi apprendre à sauter, tu sais comment on fait?

— Aucune idée. Sur une moto, oui, c'est comme ça que je suis tombé quand j'étais gamin, j'avançais sur une roue et la moto et moi nous sommes envolés, mais je ne l'ai pas fait exprès. J'essayais seulement d'aller tout droit et la machine s'est cabrée.

— Tu as été blessé?

Elle est heureuse qu'il y ait encore des épisodes de son histoire à découvrir, qu'ils ne soient pas en manque d'anec-dotes.

— Non, j'étais trop étonné pour avoir mal.

Oui, le choc des événements, c'est un anesthésique de courte durée, mais efficace. Elle connaît.

— Mais, tu ne veux pas remonter et commencer à te pré-parer? Ils ne vont pas tarder à arriver.

Martin, les fils de Lyle, mais aussi Jamie, Alix, Madeleine et Bert – pour célébrer son retour à la maison. Lyle a tondu les pelouses et embauché un extra pour remettre de l'ordre dans la maison. Un traiteur apportera le repas, bien qu'ils ne doivent pas être plus de neuf ou dix personnes, selon que les fils de Lyle seront accompagnés ou non. Il est sûr que viendra le temps où Isla aura trouvé le moyen de s'occuper de la maison et de la cuisine avec tant de compétence et de facilité qu'alors, Lyle et elle œuvrant ensemble comme avant, préparer un repas pour dix personnes ne sera pas un gros effort. Son seul problème quand elle nettoiera la maison sera sans doute d'atteindre les étagères les plus hautes. Elle apprendra à tailler des arbustes de petite taille, à ramasser des fleurs aux longues tiges. Avec Lyle, elle trouvera de nouveaux rythmes pour qu'ils travaillent et jouent ensemble.

Mais pas aujourd'hui.

Elle apprécie qu'il ne propose pas de pousser le fauteuil roulant pour monter la rampe. Il n'est pas *suspendu* au-dessus d'elle comme s'il pensait qu'elle était stupide ou incompétente. Pour être honnête, Madeleine aurait un peu trop tendance à le faire. Peut-être l'âge l'a-t-il finalement rattrapée ? Peut-être est-ce dû au fait qu'Isla soit sa fille ? En tout cas, elle vient plus tôt pour aider Isla à s'habiller.

Isla portera, évidemment, une longue robe d'été qui la dissimule, l'une des nouvelles robes qui remplissent désormais sa penderie. Beige avec un motif de petites fleurs jaunes et bleues, celle-ci est plus élégante que certaines autres. C'est un style qui se rapproche des uniformes de la communauté de la Sérénité. Dommage qu'Alix se soit débarrassée de ses robes, elles auraient pu servir !

Jamie doit emmener Alix, car elle n'a pas les moyens d'avoir une voiture. Il est devenu si sérieux qu'il risque de glisser dans une rigidité presque inquiétante. Les enfants d'Isla ne sont pas très doués pour les demi-mesures, mais, depuis qu'elle a découvert combien elle-même les détestait, elle ne peut plus se permettre d'être aussi critique.

Alix, c'est une tout autre histoire. Elle semble avoir volé de la sérénité en plein cœur du chaos. Ce n'est pas exactement cela, bien sûr. Elle est passée de la communauté de la Sérénité à un deux-pièces avec salle de bains dans les profondeurs de la ville, de l'air frais à la grisaille, d'une folle quête spirituelle à une folle quête sociale. Mais, encore une fois, c'est juste l'approche frivole qu'Isla a du sujet. Son approche sérieuse est empreinte de plus de respect, avec un zeste d'ironie.

Ses enfants ont entrepris des recherches sérieuses. Jamie va étudier pendant les trois ou quatre années à venir, la psychologie, la sociologie et les différents mécanismes de fonctionnement du cerveau. Les fleurs, c'est fini. Il a toujours l'intention de travailler avec des drogués, mais il semble désormais improbable qu'il rechute, même en très mauvaise compagnie. Et Alix, Alix la menue, ne porte plus de robes transparentes ; elle a déplacé son attention des vieux criminels vers les jeunes délinquants. C'est-à-dire du vilain Maître Ambrose au vilain gamin qui a tiré sur Isla.

Et tous ses semblables.

Alix a trouvé une voix qui s'avère être déterminée, et même assez sonore. Comme lorsqu'elle a résonné un soir pendant le journal télévisé devant des bâtiments officiels, où elle protestait bruyamment, avec d'autres ayant l'air particulièrement débraillés, contre la fermeture d'un service réservé aux jeunes en délicatesse avec la justice.

— Regarde, lui avait dit Lyle en se penchant vers le poste de télévision du centre de rééducation d'Isla, ce n'est pas Alix ?

C'était bien elle.

Elle avait rendu visite à ce garçon, Rod, le week-end.

— J'essaie de le comprendre, lui avait-elle expliqué.

Isla avait alors pensé, sans rien dire, que c'était assurément un projet ambitieux d'essayer de comprendre la personne qui avait tiré sur sa mère.

— Je sais que ça semble horrible à dire, mais, d'un côté, il est vraiment gentil. Il ne connaît *rien*.

Comme si c'était la même chose. Naturellement, elle avait rencontré d'autres personnes pendant ces visites : les familles des jeunes criminels, leurs petites amies, certains des jeunes en personne, les copains de Rod, sans doute.

— Je veux savoir comment de telles choses peuvent arriver.

Et elle est devenue perspicace d'une manière transparente qui lui est propre :

— Ce qui t'est arrivé est horrible. Il faut trouver des moyens d'empêcher que cela puisse arriver à d'autres.

Ce n'est pourtant pas simplement arrivé, n'est-ce pas ? Le doux Roddy d'Alix a quand même appuyé sur la détente, c'est difficile à faire passer comme un événement passif. Mais, effectivement, ce serait une bonne chose si d'autres doux garçons ne tiraient sur personne.

Alix touche un petit salaire en travaillant dans un centre pour jeunes à problèmes où elle est chargée de chercher des formations et du travail pour eux. Elle est aussi volontaire dans un centre pour les gosses qui vivent dans la rue, bien que, d'après ce qu'en sait Isla, le gamin qui lui a tiré dessus était loin d'être un gosse des rues, aussi loin que d'être un vagabond. Elle va parler dans les écoles et donc, aussi, aux coins des rues et devant les bâtiments officiels. Elle se passionne désormais pour la possibilité de parvenir à étouffer le crime dans l'œuf.

— Car, explique-t-elle, si tu es jeune, tout peut sembler si *glauque* ! Il n'y a pas assez d'emplois, trop de boulots stupides, peu de perspectives. Ils ont besoin de *rêves*. Ils ont besoin d'avoir envie de devenir quelqu'un et souvent personne ne les aide dans cette voie. Ils ont besoin d'*espoir*.

Oui. Eh bien ! en la matière, ils ne sont pas les seuls !

Est-ce significatif de constater qu'aucun de ses enfants ne s'est orienté vers les problèmes des handicapés, des paralysés, de ceux qui se sont retrouvés en face des balles, des drogués ou des êtres dépourvus de rêves ?

Il est inquiétant, et même déconcertant, de voir comment Alix peut déplacer son attention d'une façon aussi rapide et radicale. Elle n'était même pas retournée dans la communauté pour prendre ses affaires, car, avait-elle décrété, « il n'y a plus rien d'important là-bas ».

— Ton Maître Ambrose n'est pas fâché? lui avait demandé Isla.

Elle espérait, en réalité, qu'il le serait. Mais Alix sembla étonnée.

— Il ne se met pas en colère. (Oh! vraiment!) Il saura que j'ai trouvé la sérénité à ma façon. Et je sais que je n'aurais pu y parvenir sans lui. Il comprend ce que c'est d'aller au bout d'une affection.

Isla en doutait. Elle doutait que l'abandon était bien ce que Maître Ambrose avait en tête.

— Tant mieux pour toi, répondit-elle sèchement. Tant mieux pour lui.

Cette pauvre petite écervelée d'Alix eut l'air contente.

En fait, elle n'est pas du tout une pauvre petite écervelée, elle est simplement dotée d'un cœur énorme encore influençable. Isla s'inquiète beaucoup pour Jamie et Alix, qui côtoient des gens dangereux, désespérés. Ils n'ont peut-être pas compris quels dangers ils encouraient, aucun d'eux n'ayant vécu un moment semblable à celui d'Isla chez Goldie, ce délicat pas de deux de violence qu'elle avait dansé avec Roddy, le jeune ami d'Alix, son projet, sa cause.

L'idée de la réunion de ce soir est venue d'Alix et de Jamie: une célébration des différents triomphes de leur mère. Isla se souvient d'une époque où ce type de réunions pouvait être dénué de toute ambiguïté, mais elle a tellement focalisé l'attention au cours de l'année écoulée, une attention malheureuse, qu'elles n'ont plus guère de charme pour elle. Le geste cependant, le fait que des personnes projettent, et mettent à exécution, de se réunir à la même heure, au même endroit, par affection pour elle

— cela est vraiment touchant. Il y aura même Martin, qui est effectivement parti voyager une fois l'agence vendue et qui est revenu d'Inde il y a seulement quelques jours. Tout le monde aura des histoires à raconter, cela ne sera pas une réunion exclusivement consacrée à féliciter et dorloter Isla.

Elle a une autre image en tête. Dans quelques heures, elle s'attend à observer la tablée d'un regard circulaire : chacun sera affalé sur sa chaise, il y aura beaucoup de vaisselle sale et de taches et, une fois l'obscurité tombée, les visages seront en partie ou entièrement dans l'ombre. Tout le monde sera rassasié, détendu et heureux de ce moment. Autour de cette table seront réunis tous ceux qui ont le plus compté pour elle jusqu'à présent.

À l'exception de James, bien sûr, mais elle peut sans aucun doute vivre avec son absence.

À part lui, tous ceux qui comptent seront là. Ce sera une autre image emplie de souvenirs, comme celle qu'elle avait, assise dans la véranda, dans la chaleur et la lumière du jour, et qui sera devenue réalité.

Comme il est merveilleux d'attendre avec impatience certains moments, d'anticiper avec espoir certains événements. Elle sourit à Lyle.

— Tu as raison, c'est l'heure. Je vais rentrer et commencer à me préparer. Maman devrait arriver bientôt.

Elle peut aller en fauteuil jusqu'à la douche de la nouvelle salle de bains du rez-de-chaussée, se soulever pour s'asseoir sur le siège, repousser le fauteuil roulant tout en ayant soin de le laisser à portée de main, ouvrir les robinets, faire son shampooing elle-même, et tout cela par la seule force de ses bras, un luxe qu'elle n'aurait même pas remarqué un an plus tôt.

C'est le genre de faits qu'il lui faut avoir toujours à l'esprit. Pas de la gratitude, mais une reconnaissance respectueuse de bienfaits particuliers.

Elle entend le téléphone sonner alors qu'elle est sous la douche. Il est toujours étrange de sentir l'eau chaude couler sur une moitié de son corps, alors qu'elle la voit couler sur l'autre moitié sans la sentir. Comme si cette partie de son corps appartenait à quelqu'un d'autre.

Lyle vient à la porte tandis qu'elle termine de se doucher.

– C'était Alix. Elle aimerait que tu la rappelles.

Son visage est sévère et mécontent.

– Elle ne vient pas ?

Instantanément, Isla voit un trou dans l'image du dîner qu'elle s'est créée. Des choses qui s'écroulent.

– Non, je pense qu'elle va venir, mais il faut effectivement qu'elle te parle. Et je vais te dire tout de suite que je ne suis pas d'accord, mais la décision te revient.

Chaque fois que Lyle ne passe pas les messages, quels qu'ils soient, cela signifie, généralement, qu'il ne tient pas à se trouver au milieu d'un débat. Il compose le numéro d'Alix et lui tend le téléphone.

– Maman, dit Alix, et il apparaît qu'elle aussi a créé une image dans sa tête qui est radicalement différente de celle d'Isla. Seule Alix est capable d'avoir une telle idée à couper le souffle. Et, pendant une ou deux secondes, Isla n'arrive effectivement plus à respirer.

– Je sais que c'est dur, maman, mais tu réussis bien les choses difficiles. Et je crois que tu réussis bien les bonnes choses, aussi.

Aussi transparente que ses robes dans la communauté de la Sérénité, quel toupet, quel étrange espoir, quelles demandes désespérément dépourvues de réalisme ! Deux chrétiens qui viendraient se promener, ignorants et stupides, dans la fosse aux lions !

Ce qui a son charme.

Elle prend la plus profonde inspiration possible, car sa poitrine continue de faire un bruit qui ne présage rien de bon – elle n'est vraiment plus ce qu'elle était !

— Je crois que dire que ça sera *dur* ne fait pas tout à fait le tour de la question. Et je pense que tu as terriblement surévalué ma *bonté*.

Peut-être Alix est-elle encore une gamine optimiste, en quête de la mère idéale, parfaite. Ce que, à l'évidence, elle ne trouvera pas et, de toute façon, elle est trop âgée pour cela.

— Tu sembles, dit Isla lentement, attendre énormément de moi.

— Je n'attends pas. J'espère que tu pourras le faire, mais c'est à toi de décider, tu as le droit d'être totalement en désaccord. Tu sais ce que tu ressens, tout ce que j'ai, moi, ce sont des impressions, une idée ou deux. Je ne te l'aurais pas demandé si je ne pensais pas que c'était important. Pour tout le monde, je veux dire, pas uniquement pour toi.

Lyle s'est éloigné sans bruit. Isla l'entend dans la cuisine, sortant les assiettes du placard. Elle peut aider à mettre la table, s'il lui met les assiettes et les couverts sur les genoux, un petit nombre à chaque fois. Elle peut tourner en fauteuil autour de la table de la salle à manger, plaçant les couteaux, les fourchettes, les cuillères, les verres à vin, les serviettes.

Il lui avait dit, il y a longtemps, que Sandra était morte avec toute la grâce dont elle disposait. Isla se souvient de cela, et se rappelle avoir pensé que ce serait hors de sa portée. Qu'elle lutterait et provoquerait des dégâts. Que, si mourir avec grâce signifiait être réconciliée, elle échouerait lamentablement.

Lyle a-t-il eu du mal à vivre avec une femme dont le cœur n'est pas essentiellement généreux ? Il a pris Isla dans ses bras quand elle pleurait et il a joint ses larmes aux siennes. Il a écouté avec gravité sa rage et a joint la sienne. Il a été remarquablement discret sur la dévastation que ses propres espoirs, ses plans, ses images ont subie. Il ne s'agit absolument pas de la vie qu'il avait en tête, une rampe inélégante sur sa véranda, une femme qui ne peut plus être

sa partenaire, ni celle de Martin d'ailleurs. À cette différence près que Martin avait la possibilité de fuir.

Lyle l'avait aussi. Il n'en a rien fait, mais il le pourrait.

Oh! elle ne s'était pas vraiment rendu compte de l'étendue de ses doutes.

— De toute façon, dit-elle à Alix, il a déjà dit non?

— Je m'en occupe. C'est toi qui m'intéresses. Je veux ce
qui te convient le mieux.

Isla soupire. Ce ne sera pas la journée qu'elle espérait.
L'image qu'elle avait en tête sera finalement différente,
dans la réalité, de celle qu'elle attendait. Mais, par ailleurs,
elle se rend compte qu'elle est, assurément, la personne qui
devrait le moins s'étonner de la tournure que prenaient les
événements.

Au volant

Roddy est empêtré avec sa cravate qu'il n'arrive pas à nouer correctement. Ses doigts semblent agités de spasmes et, comme il n'a jamais beaucoup porté de cravates, il n'arrête pas de se tromper, de défaire et de recommencer.

Avant qu'il commence à la tripoter, c'était une jolie cravate bleu foncé imitation soie avec de petits oiseaux blancs voletant comme des mouettes. Alix l'avait trouvée pour lui en pensant qu'il se sentirait mieux s'il était impeccable.

— Je sais que ça a l'air stupide, mais des vêtements peuvent permettre à quelqu'un de se sentir plus fort à l'intérieur.

Elle dit que c'est l'une des leçons qu'elle a apprises en portant les robes, comme les autres filles, de la communauté de la Sérénité.

— Je regardais autour de moi et je constatais que j'étais bien intégrée, où que je me trouve, dans la rue, à la ferme. Comme si je n'étais pas seule. Que nous formions une partie d'un ensemble.

C'est donc différent d'un uniforme de prison ! Là-bas, tout le monde est habillé de la même façon, mais cela ne veut pas dire que chacun se sente intégré ou fasse partie d'un ensemble.

— Tout dépend si tu l'as choisi ou non, continue Alix. C'était mon choix.

Peu importe. Cette communauté de la Sérénité lui paraît plutôt bizarre, mais elle a sûrement raison, cela devait être son choix. Et celui-ci a dû participer à l'élaboration de sa personnalité : forte, claire, généreuse et *gentille* – c'est le mot auquel il pense, mais sans le côté péjoratif. Gentille comme sincèrement bonne.

Il a une dette envers Alix. Il lui doit tout. Elle était là presque tous les dimanches, attendant dans le parloir avec son expression ouverte, ses yeux prêts à absorber tout ce qui entrerait dans son champ de vision. Elle l'avait sauvé. Non par des paroles en particulier qui avaient fait la différence, mais par le fait qu'elle n'avait cessé de revenir, désireuse d'entendre tout ce qu'il pouvait avoir à dire. Qui pourrait refuser un être pareil ? Quelqu'un qui, à l'évidence, pouvait être facilement blessé, qui ne s'attendait pas à l'être, mais n'aurait pas été particulièrement surpris si c'était arrivé.

Dans les premiers temps, il ne savait pas comment s'exprimer, ce qu'il devrait dire, ce qu'elle voulait entendre. C'est donc elle qui avait fait la conversation. Elle lui avait raconté des histoires vraies. Elle lui parla de son père, ce fut l'histoire la plus terrible. En réalité, la pire, si on ne compte pas sa mère, mais cette histoire-là, elle n'avait pas besoin de lui raconter. Elle lui parla de son frère, qui avait eu des problèmes à cause de la drogue pendant un moment. « Il a été en prison aussi, mais je n'avais pas le droit d'aller lui rendre visite. J'étais trop jeune. »

Étrangement, mais c'était aussi ce qu'il appréciait le plus, elle parlait peu de ce qu'elle avait ressenti face à ces événements, elle se contentait de les raconter. Même le pardon ne faisait pas partie du récit. La raison pour laquelle elle était assise en face de lui était autre : le pardon n'entrait pas en ligne de compte.

Pendant les séances de psychothérapie et de thérapie de groupe, chacun était censé parler de ce qu'il avait ressenti face aux événements et de dire si, au fil du temps, il regrettait son geste. La vie que certains avaient eue! Des vies qu'il n'avait jamais eu l'occasion de connaître, des pères qui frappaient leurs enfants, rien à voir avec le sien, qui se contentait de se déplacer en silence dans la maison, des mères qui les mettaient à la porte pendant qu'elles avaient des rapports sexuels avec des inconnus pour de l'argent et qui, contrairement à la sienne, ne se contentaient pas de se jeter d'un pont en pleine nuit.

Il restait aussi silencieux que possible pendant ces séances. Non pas, comme il l'avait supposé, par ambition de garder son histoire pour lui et, donc, de se protéger. Il était plutôt embarrassé de la pauvreté de sa vie, honteux des motifs absurdes qui l'avaient mené au crime.

Il y a des gens qui souffrent vraiment. Et Alix, qui l'avait introduit dans sa vie et dans son travail, n'allait pas lui laisser l'oublier.

Quand elle lui rendait visite, elle lui parlait de la communauté de la Sérénité et comment elle avait rencontré Maître Ambrose et tout un groupe en ville, un jour, non loin de l'endroit où elle vit actuellement, comment leurs visages lui étaient apparus et la façon dont ils marchaient.

— Ils avaient l'air si sereins et sûrs d'eux! Comme s'ils savaient. Ou comme s'ils savaient comment arriver à la connaissance. L'impression était très forte de les voir ensemble, et lui au centre. Il semblait sage, tu sais. Non pas aimant, car l'amour ne fait pas partie de la sérénité. On avait plutôt l'impression qu'il comprenait les racines mêmes de la satisfaction. Qu'il était à sa place. C'est difficile à expliquer.

Puis elle avait quitté le type, qu'elle appelle Maître Ambrose, et la communauté.

— Tu apprends, lui avait-elle déclaré d'un ton léger. J'ai pensé que le moment était peut-être venu d'avancer. Pas seulement à cause de ma mère, mais quand quelque chose change de cette façon, d'autres sont modifiées du même coup. La communauté de la Sérénité apprend l'attachement et le détachement, mais j'ai pensé qu'il existait peut-être un autre cercle, que j'étais trop attachée et, donc, que si je voulais un détachement idéal, il me faudrait partir.

Cela avait du sens, d'une façon circulaire. Tout prenait un sens quand elle parlait et que Roddy écoutait et la regardait avec une telle attention qu'il ne semblait pas prendre le temps de respirer.

— Je pense que Maître Ambrose comprend. Puisqu'il est professeur.

Par la suite, Roddy se posa la question : est-ce que son Maître Ambrose comprenait ?

— Tu aimes que l'on t'appelle *Lumière d'étoile*?

Il était curieux. Il aimait la façon qu'elle avait de l'appeler Rod, mais c'était différent, cela restait son vrai nom.

— Oh, oui ! Je le garde. Tu sais, les étoiles sont si éloignées, elles sont si nombreuses et, lorsque la nuit est claire, tu lèves les yeux vers le ciel et te sens si petit que tu penses qu'en vérité il n'y a pas grand-chose d'important. Tout ce qui se passe est minuscule, c'est juste une poussière, moins qu'une poussière dans l'Univers et, soit tu te sens mal car, à l'évidence, tu ne comptes pour rien, soit tu te sens soulagé, car chaque poussière compte, mais tu n'es pas une totalité, tu n'es pas ce autour de quoi tout le reste tourne. Quelque chose comme ça. Pour moi, *Lumière d'étoile* était si détendu et éloigné ! C'était lumineux, mais à distance. Oui, j'aime être *Lumière d'étoile*. Cela me permet de me souvenir. Cela me permet d'être attentive.

Attentif est un mot qu'Alix aime beaucoup.

On aurait pu imaginer que d'être une poussière dans le cosmos, même une poussière positive, conduirait quelqu'un à observer les événements de loin. Il a appris que ce n'était pas le cas. Alix prend sa poussière très au sérieux.

Quand elle a une idée en tête, comme aujourd'hui, peu de choses semblent pouvoir se mettre en travers de sa route.

Elle est en train de s'habiller, elle aussi. Elle portera une longue robe en coton, pas si différente de celle de la communauté dans laquelle il l'a vue la première fois, il y a bien longtemps, pendant cette séance au tribunal. Celle-ci est bleu pâle avec un motif de petites fleurs blanches, qui ressemblent à des mouettes, ou en tout cas aux dessins de sa cravate. Elle met des jeans et des tee-shirts, des vêtements ordinaires, mais, pour les grandes occasions, elle porte surtout de longues robes amples.

Cette journée provoque déjà un surcroît de problèmes. Son frère devait venir la chercher en voiture, mais quand il a appris son idée, il a déclaré que c'était hors de question. En réalité, il a dit précisément – Roddy l'a entendu, car il criait au téléphone : « Mon Dieu, Alix ! tu ne peux pas faire ça, tu es folle ? »

C'est très petit chez Alix. On entend pratiquement tout, quel que soit l'endroit où l'on se trouve. Roddy a entendu le frère raccrocher avec rage.

– Et voilà ! a-t-elle dit, il va falloir louer une voiture !

Elle fait tellement attention au peu d'argent qu'elle possède ! Qu'elle soit prête à faire des frais pour une location d'une journée montre combien c'est important pour elle.

Roddy avait dit non, lui aussi. Aucune chance. Et le voilà en train de se battre avec la cravate qu'Alix lui a trouvée. Il porte un pantalon beige en coton et une chemise bleue. Selon Alix, c'est « décontracté, mais respectueux ». Il n'est pas sûr de ce qu'elle entend par *respectueux*. Cela doit montrer, imagine-t-il, qu'il veut avoir l'air propre et normal. Ça lui fait drôle d'avoir l'air normal. Ça ne correspond pas du tout à ce qu'il ressent. Il a une grande envie de fuir, mais, s'il le faisait, il ne pourrait revenir. Non pas qu'Alix le lui ait dit, mais il ne se sentirait pas capable de l'affronter.

Il n'a aucune idée de la façon dont il va agir, mais il ne voit aucun moyen de se sortir de cette situation. Il espérait secrètement que la mère d'Alix affirmerait que c'était impossible et hors de question. Il n'aurait pas été vexé qu'elle dise que c'était perfide et choquant. Il n'est pas sûr lui-même que ce ne le soit pas, mais c'est néanmoins en train de se passer. Il n'est guère étonnant qu'il n'ait toujours pas réussi à mettre sa cravate et recommence. Les probabilités de désastre sont énormes. Il pense à ce genre de détails désormais, il prend en compte ce type de possibilités. Aujourd'hui, différents films se déroulent dans sa tête sur les issues possibles, mais aucun n'est bon, aucun n'offre de perspective heureuse.

Alix n'est pas innocente, même si elle en a l'air.

— Je ne leur en parlerai qu'à la dernière minute, a-t-elle expliqué. Ensuite, quoi qu'ils décident, personne ne pourra changer d'avis.

Cela fait des jours et des jours qu'elle lui en a parlé. Elle utilise des méthodes différentes selon les personnes, ce qui veut dire qu'elle imagine et évalue. Elle a sans doute compris que, si elle le prenait au dépourvu, il aurait refusé tout net sans réfléchir aux implications. Au lieu de cela, elle avait cajolé, discuté, argumenté avant, au final, de le défier :

— Il faut que tu saches ce qu'il en est. Sinon, cela te hantera toujours et tu ne pourras jamais t'en sortir. Tu sauras que tu n'étais pas assez fort pour faire ce qu'il fallait. C'est horrible de vivre avec un tel sentiment, j'imagine.

Oh ! son ange peut être cruel !

Mais, aussi, sereine dans ses certitudes. Il n'y aucune cruauté dans le ton de sa voix. Rien à voir avec un conseiller, titillant soudain, ou faisant semblant de le faire, en criant sur un pauvre type :

— Pense, pense, pense ! Est-ce que tu veux que ta vie soit comme ça ? Tu as l'intention de toujours tout foirer ?

Les conseillers changeaient souvent de ton, se montrant parfois calmes et compréhensifs, parfois durs et même cruels. Pas cruels comme certains des gardiens, mais à leur façon.

Alix rend beaucoup de choses possibles. Ou, comme aujourd'hui, inévitables. Mon Dieu! Il était plus facile d'affronter les types à l'intérieur, moins effrayant d'être battu, comme cela lui était arrivé deux fois sans raison précise, si ce n'est qu'il s'était trouvé au mauvais endroit alors que quelqu'un avait piqué sa crise. Une nuit, un dingue avait mis le feu à son matelas. Dieu seul sait où il avait pu obtenir des allumettes, mais la fumée remplissait les couloirs, les gardiens couraient et hurlaient, les alarmes se déclenchaient, c'était un beau merdier. Mais, même cela n'était pas aussi terrifiant.

Alix, l'image d'Alix, l'avait aidé à passer chaque journée de ces mois. Pas les conseillers, les classes ou le travail, aucun des types, pas même Dare, mais le fait de savoir qu'Alix allait venir. Qu'elle voulait bien faire et refaire le trajet et, à chaque fois, elle avait l'air aussi concernée, concentrée, heureuse et intéressée de le voir que la première fois.

Il lui doit tout.

Parce que, les jours de visite, elle lui avait raconté ses propres histoires de cette façon neutre qui laisse les sentiments au-dehors, elle lui avait finalement permis de raconter les événements. Il avait entamé cette étape avec prudence néanmoins, parlant de sa grand-mère, de son père, du déménagement de la grande ville au petit bourg. « Pourquoi ? », avait-elle demandé.

Il lui parla de sa mère: il se souvenait d'une immense gaieté et de sa tristesse. La première disparition et la dernière. Les grands yeux d'Alix refoulèrent des larmes, mais elle se contenta de hocher la tête en disant: « Je vois », comme si elle voyait effectivement. Peut-être voyait-elle sa mère enjamber le pont, se percher sur le parapet, et se laisser tomber jusqu'à une autoroute qui ne pardonne pas, avec le bruit infini des pneus sur le béton, le scintillement éternel des phares.

Il lui parla de Mike, aussi, sans tout lui raconter. Il lui parla de Mike et sa mère qui étaient venus à la porte de la grand-mère de Roddy, la façon dont leur amitié avait débuté et s'était développée. Leurs explorations, leurs aventures, même les vols dans les magasins, la bière et la drogue, mais il s'arrêta avant leurs grands projets et leurs rêves. Territoire dangereux pour Alix, mais aussi pour lui.

Alors qu'il arrivait à la fin de sa peine, Mme Shaw, la conseillère en chef, le fit venir dans son bureau et lui dit:

— Je vois que tu as bien réussi. Nous pensions qu'il en serait ainsi et je suis contente que tu aies terminé quelque chose pendant que tu étais avec nous (*avec nous*, comme s'ils l'avaient invité et qu'il ait accepté l'invitation). J'aurais aimé que tu sois plus actif pendant les séances de groupe, mais parfois les gens en tirent plus d'avantages qu'ils ne le pensent. Cela sera peut-être ton cas. Bon! quels sont tes plans quand tu sortiras? Tu as quelque chose de précis en tête? C'est très important pour repartir du bon pied et, si ce n'est pas le cas, nous pouvons essayer de t'aider à mettre les choses en place.

Mais il n'était pas comme certains autres. Il avait un foyer où aller. Son père et sa grand-mère venaient le chercher. Il ignorait comment cela se passerait avec eux, après tout cela.

— C'est bon, dit-il à Mme Shaw, c'est arrangé.

Ils ne se doutaient pas comme il avait changé et mûri. Il ne s'était pas endurci, mais avait mûri. Son père, qui semblait beaucoup plus vieux, lui dit: « Salut, fiston! Content que tu reviennes. » Et ce fut tout. Il ne parla d'aucun voyage à venir avec son fils. À la maison, sa grand-mère ne cessait de lui toucher les bras, les épaules, le dos, les mains, de le regarder. Comme s'il y avait des questions qu'elle avait peur de poser.

Quand elle l'appela à l'étage – « Le dîner est prêt, Roddy » –, à table, il lui rappela que son nom était Rod, désormais.

Bien que cela ne soit pas effectivement le cas. C'était plus proche, mais ce n'était pas encore tout à fait ça.

Dans les premiers temps, le silence l'empêchait de dormir. Et puis, il se sentait étrangement seul. D'une certaine façon, Dare lui manquait. Sa chambre était celle d'un gamin, avec sa couverture de gamin et ses photographies d'insectes sur les murs. Quel abruti il avait dû être! Puis il se sentit déloyal. Il était presque protecteur vis-à-vis du Roddy d'autrefois: quelqu'un qui allait droit vers les problèmes et qui n'en savait rien.

Pendant les premiers jours, il passa l'essentiel de son temps à la maison. S'il sortait, les gens le fixeraient et penseraient des choses affreuses sur lui. Et que se passerait-il s'il rencontrait la femme? La mère d'Alix? Et il y avait des endroits où il ne pouvait plus aller, comme Goldie. Comme de nombreux autres endroits.

Pourtant, chez lui, il n'y avait rien à faire, à part se sentir de plus en plus prisonnier, pire qu'en prison d'une certaine façon, car désormais il avait la possibilité de sortir, et le choix rend toujours tout plus difficile. Sa grand-mère ne cessait de vouloir le faire manger, de lui sourire, mais semblait intimidée et n'avait pas grand-chose à lui dire, si ce n'est le même genre de ragots qu'elle lui racontait lors de ses visites en prison. Quand elle sortait, elle lui demandait: « Ça va aller, Roddy? Rod, pardon. » Comme si, pendant une absence de quelques heures, il allait commettre un vol dans un magasin ou, peut-être, tirer sur quelqu'un. Ce n'est sans doute pas ce qu'elle voulait dire, mais c'est ce qu'il ressentait.

Le cinquième jour, il eut besoin de sortir, tant pis pour les conséquences. Il pensa que vers l'heure du dîner, il n'y aurait pas grand monde dehors et que beaucoup de boutiques seraient fermées. Les rues seraient donc pratiquement vides. Et, globalement, il avait raison. Il était agréable de déambuler en regardant les vitrines des magasins, en respirant de l'air frais, en s'étonnant que tout soit pareil alors que lui avait tellement changé. Il avait l'impression d'avoir vécu une vie entière, car le petit bourg était resté figé comme dans la vieille série télévisée *La Quatrième Dimension*.

Puis Mike surgit au détour d'une rue.

Peut-être rougirent-ils tous les deux. Ce fut le cas de Mike, et Roddy eut l'impression que sa peau changeait de couleur. Il ne parlerait pas le premier. De toute façon, il ne savait pas quoi dire. Il aurait dû se douter que ça arriverait, il aurait dû être prêt.

— Hé! dit Mike finalement, ça fait plaisir de te voir!

— Ah! oui?

Cela ne lui ressemblait pas d'attendre, de ne pas laisser un centimètre de terrain. Il comprenait combien Mike devait être perdu, déboussolé et mal à l'aise.

— T'es revenu quand?

Revenu, comme s'il était parti en vacances.

— Il y a quelques jours. Je ne pensais pas que tu étais encore en ville. Tu n'as pas pu mettre la main sur suffisamment d'argent pour partir?

Étrangement, en voyant Mike, Roddy ressentit une colère beaucoup plus forte que lors de son arrestation, ou même au tribunal ou en prison. Il voulait le punir, le faire souffrir, lui faire ressentir ne serait-ce qu'une infime partie de l'abandon qu'il avait vécu. Et voilà Mike qui se promenait en ville comme s'il était innocent, comme s'il ne lui était rien arrivé, ni à Roddy, ni à personne d'autre, comme s'il n'avait pas laissé tomber un ami, sans même un merci, reprenant simplement le cours de sa vie. Et merde! Roddy sentit ses poings se contracter.

Mike regardait par terre.

– Non, en fait, non, je ne suis pas parti. (Il releva la tête.) Toute cette affaire m'a fichu une frousse monstre, comment cela a-t-il pu arriver? Cela n'aurait jamais dû avoir lieu. Mon Dieu!

Il s'était donc lavé les mains de toute l'affaire, déclarant son innocence. Il lui fallait sans doute faire quelque chose comme ça pour continuer à vivre.

Bonne question pourtant: comment cela a-t-il pu arriver?

– Ça m'a stoppé net, continua Mike. Je termine l'école cette année et je m'en vais. Je n'ai pas de travail. Tout le monde a pensé que j'étais dans le coup pour Goldie. J'ai une dette envers toi pour ne pas m'avoir dénoncé, mais chacun sait que nous étions proches et en déduit que j'étais au courant. Je ne peux donc pas trouver de travail ici. Tu veux aller quelque part, boire une bière? J'ai une dette parce que tu ne m'as pas entraîné dans ta chute.

– Je ne pense pas, dit Roddy calmement. (Il répondait à la question d'aller boire un verre tous les deux. Une bière!) Comment se fait-il que tu ne sois pas venu?

– Que je ne sois pas venu te voir? Mes parents ont refusé. C'est vrai, je suis sincèrement désolé pour cela aussi, mais ils m'ont prévenu que j'allais m'attirer des ennuis.

– C'est peut-être vrai.

Mike fit un mouvement en arrière sur ses talons et de côté.

– C'était dur?

Quelle stupide question!

– Ça aurait pu être pire. J'ai fini ma scolarité là-bas. Il n'y avait pas grand-chose d'autre à faire. Je m'en suis sorti. J'ai rencontré des types. J'ai terminé.

– Que vas-tu faire? Rester ici?

– Je ne sais pas encore. Je ne suis sorti que depuis quelques jours.

Il n'avait pratiquement plus rien à échanger avec ce garçon qui avait été son meilleur ami, son pote, depuis son premier jour en ville.

– Il faut que j'y aille. J'ai beaucoup à faire, à rattraper maintenant que je suis sorti.

Une fois le dos tourné, sans plus regarder Mike, il ne ressentait rien. Mike était aussi loin de lui que cette ville. Il l'entendit appeler dans son dos :

– Roddy !

Mais il ne se retourna pas et aucun mot ne suivit le premier. Roddy comprit que les gens ne perdent pas le contact, ne deviennent pas étrangers au même moment. Il aurait sans doute beaucoup plus souffert s'il n'avait pas eu tout ce temps pour s'habituer à l'idée qu'il n'était plus l'ami de Mike.

Alix lui téléphona pour savoir comment ça se passait chez lui et lui demander si elle pouvait lui rendre visite, comme d'habitude. Elle avait loué une voiture – ce qu'elle fait quand c'est absolument indispensable – et était venue chez sa grand-mère. Elle avait passé un dimanche après-midi à parler gentiment avec sa grand-mère et salué poliment son père, qui était passé dans la cuisine, comme si même Alix ne pouvait retenir son attention. La grand-mère de Roddy était assez accueillante, mais, sachant qui était Alix, se sentait mal à l'aise.

– Tu veux sortir, Rod ? demanda Alix. Tu ne meurs pas d'envie de sortir après avoir été enfermé si longtemps ?

Sa grand-mère sursauta, comme si Alix manquait de tact, mais c'était juste un fait, vrai qui plus est.

Être assis côte à côte sur les marches du perron, sans aller nulle part, fut déjà un soulagement, c'était la première fois qu'il se sentait bien depuis sa sortie, comme s'il faisait partie intégrante de ce lieu. C'était grâce à Alix, et ça n'avait rien à voir avec le lieu ni le fait qu'il se trouve à l'intérieur ou à l'extérieur.

– Tu n'es pas très heureux, ici, n'est-ce pas ? demanda-t-elle.

Heureux est un drôle de mot. Il ne pensait pas être censé l'être.

— Pas vraiment.

— Tu as eu le temps de faire des projets ou tu as seulement essayé de te réhabituer à vivre ici ?

— Pas de projets encore.

Les projets le bloquaient. Il n'avait guère confiance en ceux-ci, de toute façon. Le seul véritable projet détaillé qu'il eût jamais mis à exécution avait si mal tourné !

— Je crois que j'en suis encore à essayer de m'habituer à l'idée d'être capable de faire les choses. Devoir les faire. Pouvoir choisir, je veux dire.

— Bon ! alors, j'en ai un ! Ce n'est pas un projet, juste une idée.

Quand elle le regarda, il fut hypnotisé à nouveau. Sa peau était extraordinaire, comme si elle était éclairée de l'intérieur. Son idée l'était assurément, elle aussi.

— J'ai pensé que, quoi que tu fasses, tu ne peux pas le faire ici. J'imagine que ce ne serait pas facile, pas vrai ? (Elle savait tout.) Donc, cela pourrait être provisoire, tant que tu n'auras pas décidé ce que tu veux faire, il y a mon appartement. Il est petit, mais en centre-ville. Il te permettrait d'accéder à tout ce qui t'intéresse et aussi de m'aider. J'organise des débats sur la délinquance et sur le volontariat, je crois que tu pourrais m'aider si tu voulais. Parce que tu y as été. Les gamins t'écouteraient. Et mon travail, c'est d'en trouver pour les autres, je ne vois donc pas pourquoi je ne t'en trouverais pas un. Quoi qu'il en soit, voilà mon idée : viens habiter chez moi pendant un temps, jusqu'à ce que tu trouves quelque chose, aide-moi et je t'aiderai. (Elle devait avoir connaissance de son espoir brisé.) Je parle simplement de partager mon appartement. Il y a deux pièces. Nous pourrions faire en sorte que chacun de nous en ait plus ou moins une. Et, bien sûr, il y a une salle de bains.

Elle avait pensé à tout. Elle avait pensé aux événements, à lui et élaboré ce plan. Elle le faisait passer pour une sorte d'échange, chacun accomplissant quelque chose pour l'autre.

— Pourquoi ? demanda-t-il.

Elle offrait cet énorme cadeau, bien plus gros que ses visites du dimanche, et elle devait avoir des raisons qui n'étaient pas toutes directement liées à lui, mais quelles étaient-elles ?

Évidemment, elle comprit. Elle comprend tout, même si, comme aujourd'hui, elle ne laisse pas sa compréhension la rendre plus douce ou conciliante.

— Il faut que nous allions jusqu'au bout. Rien ne pourra marcher sans cela. Je ne sais pas trop comment les événements vont se dérouler, mais je sens qu'il faut y aller.

Il n'était pas sûr de comprendre de quoi elle parlait. Que voulait-elle dire par *jusqu'au bout* ou *y aller ?*

— OK ! avait-il répondu.

Alix, qui avait beaucoup appris sur le système judiciaire, s'occupa de la plupart des détails, comme de s'assurer que le déménagement de Roddy était accepté par l'organisme contrôlant les mises à l'épreuve, ainsi que du lieu où il rendrait compte de sa situation. Elle parla à sa grand-mère, à son père aussi, de façon si convaincante et avec tant de force que, bien qu'ils aient refusé dans un premier temps, ils finirent par accepter.

Roddy se sentait emporté par une *tornade*. Il était *submergé* et *hypnotisé*.

Mais il n'y avait pas de problème.

— Fais attention, lui avait dit sa grand-mère, encore inquiète, alors qu'il partait avec deux valises à la main le week-end suivant. Elle avait des larmes dans les yeux. Elle avait sans doute formé des images totalement différentes dans sa tête. Mais peut-être se sentait-elle aussi soulagée. Quoi qu'il en soit, elle l'embrassa.

— Tu viendras me rendre visite, tu entends ? Tu seras toujours le bienvenu. Et téléphone. Tu reviens dès que tu as besoin, d'accord ?

Son père lui dit :

– Sois gentil ! fiston.

Tous deux étaient debout sur la pelouse, disant au revoir alors qu'Alix emmenait Roddy. C'était une nouvelle occasion de dire adieu à une vie. Il pensa qu'il devait en être de même pour eux, si ce n'est qu'ils devaient s'habituer à quelque chose qu'ils n'avaient pas choisi, alors que lui partait à l'aventure. Une aventure qui n'était pas totalement de son fait non plus, les événements ayant pris une étrange tournure.

Il lui sembla que chaque fois qu'il voyait Alix, sa vie était bouleversée.

Il avait mauvaise conscience de pouvoir quitter sa famille aussi facilement et le cœur léger, en sachant ce qu'ils avaient fait pour lui, surtout s'il comparait avec d'autres personnes, mais il ne pouvait se sentir mal de le faire. Il était jeune, ils étaient vieux, la vie suit son cours : c'est la seule façon de voir les choses. C'était sans doute aussi leur point de vue, il fallait juste qu'ils s'y habituent. Il y avait de grandes choses auxquelles il allait falloir s'habituer. Il était très impatient.

– J'ai beaucoup de documentation sur les collèges et les universités, tu pourras regarder ça quand tu seras installé, lui avait-elle dit en voiture. Et je pourrai te parler des boulots disponibles dans la région. Mais (elle le regarda avec ce sourire qui comprenait parfaitement la situation), ne t'inquiète pas, je ne te mettrai aucune pression. La solution apparaîtra d'elle-même, je le sais.

Elle avait une drôle de foi dans l'éclaircissement des situations. Il apprécie cela, même si lui-même n'a pas cette assurance. Elle en sait plus que lui en la matière : la foi, l'espoir, et le reste. Elle a concentré son attention sur ça, l'a étudié à sa façon, si tant est que la communauté de la Sérénité était synonyme d'étude.

Son appartement se trouve au-dessus d'une grande surface. Deux pièces, comme elle l'avait dit, plus une petite cuisine et une salle de bains. Celle-ci, sans fenêtre sur l'extérieur, est très sombre. Les pièces possèdent de grandes baies vitrées donnant sur une rue passante, avec les bruits de circulation, des conversations sonores montant depuis le trottoir, des sirènes auxquels il fallut s'habituer. À l'extérieur, les carreaux sont très sales. L'intérieur est tiré à quatre épingles, comme dirait sa grand-mère, ils font le ménage ensemble, lavent chacun leur vaisselle, etc., mais l'endroit est vétuste. Dans sa chambre, Alix a un lit d'une place, une coiffeuse et quelques étagères. La pièce où dort Roddy était son salon et l'est resté, avec deux chaises en bois autour d'une table au dessus plastifié, une vieille chaise verte bosselée et un fauteuil-lit dans le même état. C'est assez pénible de devoir le replier chaque matin et de le déplier chaque soir, mais dans un espace aussi réduit, on n'a pas le choix.

Ce n'est pas vraiment le genre d'endroit que Mike et lui avaient en tête. Au lieu d'un ascenseur pour monter chez soi, il faut grimper un escalier sombre. Au lieu de contempler la vie nocturne étincelante de la ville, ce panorama brillant où la vie paraît vraiment vécue, la vue est faite de briques, de béton et de gravier.

Il y a un an, tout, dans sa tête et dans sa vie, était différent.

C'est la même chose pour elle, imagine-t-il.

Et aussi, assurément, pour sa mère et tous les membres de sa famille.

— Tu es prêt ? demande-t-elle en arrivant derrière lui. Tu es bien. Très bien. N'aie pas l'air si sombre, tu survivras, tu sais !

Elle sourit comme si elle venait de plaisanter, mais en y pensant, il était fort possible qu'il n'y survive pas. Il ne peut pas espérer en sortir indemne, de toute façon. C'est une bonne chose qu'il lui fasse confiance, qu'il fasse confiance au pouvoir de la présence d'Alix.

Et elle a vraiment l'air puissante. Pas à la façon d'une femme d'affaires, mais dans la fermeté de sa bouche, la clarté de ses yeux que rien ne trouble, comme s'il n'y avait aucune raison de s'inquiéter à propos de ce qu'ils s'apprêtaient à faire.

Sa famille en a-t-elle l'habitude ? Ont-ils des « trucs » pour ne pas la regarder en face et éviter d'être ébloui ? Roddy reste impuissant. Après quelques semaines passées en ce lieu, il reste constamment surpris. Chaque fois qu'elle franchit la porte, ou qu'il le fait, et qu'il la revoit, c'est un peu comme si c'était la première fois, il est envoûté. Attiré, mais pas négativement. Elle *attise* son désir d'être au maximum de ses capacités, plus pour elle que pour lui. « Fais attention », lui a dit sa grand-mère, « Sois gentil », lui a dit son père. Il le ferait s'il savait ce que signifie exactement *faire attention* et *être gentil* dans ce nouvel univers, dans cette situation extraordinaire, inattendue et terrifiante.

Jusqu'à présent, Alix ne lui avait pas demandé grand-chose, sauf aujourd'hui.

Elle avait commencé en disant : « Il faut que tu explores, prends ton temps. » Et c'est ce qu'il avait fait, se levant le premier le matin pour être sorti de la salle de bains avant qu'elle en ait besoin, préparant les céréales et les jus de fruits pour tous les deux. Quand elle part travailler, il s'en va aussi. Il l'accompagne jusqu'au bus et chaque jour, même quand il pleut, il explore. Des vies tellement différentes sont vécues par des personnes d'allures et de caractères si variés ! Il y a même différents types de nourriture, de fruits par exemple – il n'est pas certain qu'il s'agisse de fruits, s'il faut les éplucher, les ouvrir, les cuire, ou les manger comme une pomme.

– C'est fou ! dit-il à Alix. Je n'arrive pas à m'y habituer.

– Je pensais que ça te plairait.

Elle a l'air contente pour lui.

Maintenant, elle lui dit : « Allons-y », et il peut la regarder avec le regard le plus suppliant du monde, elle n'y prête aucune attention et les voilà partis. Elle ferme la porte à clé derrière eux. Il a été un peu surpris qu'elle soit si attentive à la sécurité, insistant pour qu'il ferme toujours la porte à clé, qu'il soit dedans ou dehors, en proférant : « Je sais ce que je sais. » Elle veut sans doute parler des jeunes délinquants, mais il a du mal à les imaginer tentés de grimper cet escalier sombre en direction de pièces bien peu prometteuses. Il voudrait qu'une occasion se présente de la protéger, de lui montrer ce qu'il pourrait faire pour elle. Mais il est peu probable que cela se produise.

La voiture est ancienne et bruyante, mais Alix affirme qu'elle est sûre, car les compagnies de location doivent conserver un certain standing. Du fait qu'elle l'a louée dans une compagnie qui se décrit comme « loueur de guimbardes », il n'en est pas convaincu, même si elle a sans doute réussi à avoir la meilleure de leur parc automobile. Rien qu'en regardant Alix, les employés sauraient qu'il serait sacrilège de la mettre en danger.

Ils passent péniblement de la ville à l'autoroute, en restant dans la file de droite jusqu'au raccourci débouchant sur la rue principale de la ville où il a grandi. Pendant tout le trajet, il espère que quelque chose va aller de travers : une petite chose qui ne mettra pas leur vie en danger, rien qui les jetterait dans le flot de circulation ou dans un pylône, juste un événement qui les forcerait tranquillement, mais définitivement, à s'arrêter.

Évidemment, cela n'arrive pas. Cela a peu de chance d'arriver quand elle est au volant.

Elle est une conductrice qui mobilise toute son attention sur la route et la circulation. Malgré cela, elle lui parle des personnes qu'il va sans doute rencontrer, non pas de ce qu'il va rencontrer, ce dont, même elle, ne sait rien.

– Mon frère Jamie. Je sais qu'il a l'air effrayant, mais il a eu lui-même des problèmes. Je pense qu'il se comportera bien quand il te verra pour de vrai – ce ne sera plus l'idée qu'il a de toi.

Les fils de Lyle. Ils sont plus vieux que moi et Jamie, des types très intelligents, mais on ne les connaît pas très bien.

Ils étaient adultes quand Lyle et ma mère se sont mariés et Jamie et moi étions sur nos chemins, nous n'avons jamais accroché. Mais ils sont gentils. L'un est scientifique, l'autre vient de décrocher un poste dans un institut de sondages. La politique, les produits, je ne sais pas. Quoi qu'il en soit, il n'est pas difficile d'avoir une conversation avec eux. Je ne leur ai jamais vraiment parlé, mais ils sont sympas. Il y a Martin, l'ancien associé de ma mère dans l'agence de publicité. Ils ont vendu l'agence, obtenu beaucoup d'argent, Martin a donc pris sa retraite. Il est décontracté. Il revient d'un voyage en Inde, j'ai hâte de l'entendre.

Ma grand-mère, elle est géniale, et son ami Bert, c'est un chou. Cela fait très longtemps qu'ils sont ensemble, mais ils ne se sont jamais mariés. Bien sûr, maintenant, ils sont très vieux. Ma grand-mère n'a plus autant d'énergie qu'avant, mais elle est encore dure comme du fer. On a toujours pu compter sur elle, et Bert suit le mouvement et se montre gentil avec tout le monde.

Même les vieux sont *durs comme du fer*. Ne comprend-elle pas que ces gens pourraient lui faire du mal ?

Ils vivent à la campagne. Ils pourraient le tuer, l'enterrer et qui le saurait ?

C'est stupide et effrayant. Il regarde nerveusement Alix, concentrée sur la route. Elle ne le conduirait pas dans un piège !

Durs comme du fer, mon Dieu !

En ville, ils sont passés devant chez Goldie. Il concentre son regard vers l'avant, tout comme Alix. Il se demande si elle a remarqué Goldie en particulier.

Puis, ils tournent à gauche dans la rue menant à la maison de sa grand-mère.

– On viendra bientôt voir ta grand-mère et ton père, d'accord ?

Elle se souvient, elle remarque donc les choses.

Et elle pense qu'il a un avenir.

Ils passent ensuite devant les centres commerciaux et les stations-service et se retrouvent à la campagne, en un territoire qui lui est familier. Il se revoit petit garçon pédaler ici, il n'y a pas si longtemps, franchissant des fossés, escaladant des barrières, étendu dans le blé au soleil à regarder les lapins et les fourmilières. Retour dans une autre vie. Alix freine, met le clignotant à droite et tourne dans un chemin dissimulé qui semble aussi familier. Comme s'il l'avait grimpé à bicyclette en partie, mais pas jusqu'au bout. Il ne voulait pas se faire prendre en train de rôder sur une propriété privée.

Il est pris maintenant.

La voiture crisse et craque sur la surface caillouteuse et inégale. Il est trop tard pour que survienne quelque chose d'important. Maintenant, s'il y avait un problème, ils seraient coincés ici. Il espère donc désormais que la voiture va tenir le coup pour qu'ils puissent repartir quand le moment sera venu ou si, brusquement, cela devenait nécessaire.

Il y a un tournant au sommet du chemin et Alix lui dit alors :

— Tu vois ! N'est-ce pas parfait ?

Oui, ça l'est. C'est comme une image parfaite, une photographie, à l'exception des personnes qui se trouvent là.

— Nous sommes sûrement en retard, dit-elle. Tout le monde semble être là.

Deux personnes jouent aux fers à cheval derrière la maison. Une vieille femme et un vieil homme, debout dans un jardin, regardent les fleurs. Il y a un jeune homme et un autre un peu plus âgé assis dans la véranda, l'un en face de l'autre, leurs jambes pendant à la balustrade. Il y a un autre homme plus âgé dans un grand fauteuil en osier. Tout le monde a un verre à la main. Il y a une femme dans la véranda, à côté de l'homme dans le fauteuil en osier, elle est dans un fauteuil roulant. Tous se sont immobilisés, leurs têtes tournées vers la voiture d'Alix. Leurs yeux sont fixes. Chacun s'est tu.

Alix lui touche le bras.

— Allons-y, mec! Le spectacle va commencer.

Elle sort de la voiture en criant: « Bonjour tout le monde, on a réussi à venir. » Doucement, Roddy ouvre sa porte, pose les pieds sur cette terre étrangère. Ils regardent tous. Il ne lit rien sur leurs visages. Alix, devant la voiture, attend, la main tendue vers lui. Il ne lui a jamais tenu la main et ça lui plaît.

Elle le tire vers la véranda.

— Je vais faire les présentations, dit-elle.

Sa voix est étrange, trop aiguë. Son ton doit leur sembler faux et discordant. Il voit des yeux battre ici, des lèvres se serrer là, entend un halètement ou deux et un soupir.

Alix s'arrête.

— Désolée, je crois que je suis nerveuse. (Elle est nerveuse!) Ce n'est pas ainsi que je voulais commencer. Je sais que c'est dur, mais nous y sommes, voici Rod, alors essayons tous d'être gentils, d'accord?

Une sensation nécessaire

Une silhouette mince quitte le siège du passager de la voiture d'Alix. Pas un individu imposant. Par-dessus le cliquetis des fers à cheval, les conversations rares et timides, les préludes et fugues de Bach, choisis pour créer une ambiance emprunte de sérénité et de douceur, s'échappant par les fenêtres ouvertes, ils ont tous entendu la voiture monter le chemin, un nouveau tas de ferraille loué par Alix Chacun s'est arrêté, puis, avec précaution, a repris ses différentes activités, afin de ne pas donner trop d'importance à l'événement – c'est, du moins, l'interprétation d'Isla –, de ne pas l'effrayer ou la bouleverser plus qu'elle ne l'est déjà.

Tous ont pensé que c'était une très mauvaise idée, sauf, bien sûr, Alix. La réaction a été unanime, mais exprimée différemment par chacun.

– Oh! cette maudite gamine! a dit Madeleine, comment a-t-elle pu concevoir un projet pareil?

– Carrément stupide! s'est exclamé Jamie (qui a refusé de les emmener). Elle aurait dû rester dans la communauté de la Sérénité, si c'est le genre d'exploit qu'elle accomplit en sortant.

– C'est vraiment moche, mais c'était à Isla de dire oui ou non, a ajouté Lyle.

L'inquiétude qu'Isla pouvait avoir qu'il chercherait à la protéger de l'extérieur, ou même d'elle-même, n'avait pas lieu d'être. Il semble avoir pensé qu'il a fait ce qu'il a pu et fera ce qu'il doit faire, mais il ne lui offrira pas de freins supplémentaires sous prétexte qu'elle est à demi-paralysée dans un fauteuil roulant. Dans l'ensemble, c'est plutôt une bonne façon d'appréhender les événements, mais elle n'aurait pas été trop indignée s'il avait déclaré de façon définitive et féroce : « C'est hors de question, je ne le supporterai pas ! » Au lieu de quoi, il avait l'air furieux mais s'est contenté de dire : « Oh ! Isla ! Pourquoi as-tu fait cela ? », puis : « Ce n'est pas seulement l'affaire d'Alix, aujourd'hui, tu sais ? Tout le monde participe et ce devait être une célébration. Pour toi, mais aussi pour tous les autres. Je ne vois pas pourquoi Alix changerait des règles qui nous concernent tous ! »

Isla ne voit pas trop non plus, contrairement à sa fille. Alix a-t-elle des désirs plus vastes et plus irrésistibles que tous les autres ? Après s'être séparée de Maître Ambrose, ce vaste saut libérateur exige-t-il et mérite-t-il tous les encouragements et récompenses possibles ?

En vérité, il y a de la curiosité. Le fait est qu'il n'y aura pas de meilleur moment. Comme l'a dit Alix, cela se passe sur le territoire d'Isla, avec les siens.

Il y a une aspiration à juger, mais aussi un désir de provoquer des ravages, au sein même de l'immobilité désespérée d'Isla.

Et maintenant, le voilà — cette silhouette mince, pas imposante du tout.

Alix lui a pris la main et le tire vers la véranda. Au même moment, les fils de Lyle quittent le terrain de jeu derrière la maison, tandis que Madeleine et Bert abandonnent le jardin, que Jamie et Martin quittent la balustrade sur laquelle ils étaient assis. Tous semblent être des sentinelles, tous se rapprochent. Ou peut-être un gang.

Lyle est le seul à ne pas bouger. Il reste assis à côté d'Isla, avec sa bière sur un genou, comme si les circonstances étaient si anodines qu'il n'avait pas besoin de se lever pour accueillir les nouveaux arrivants.

Et, bien sûr, Isla ne bouge pas non plus.

De plus près, le garçon a l'air d'un très jeune homme. Après avoir lancé un salut un peu trop sonore, Alix semble confuse, timide, effrayée même. Peut-être comprend-elle finalement qu'elle a commis une terrible erreur ?

Il devrait en être ainsi.

De plus près, Isla reconnaît la silhouette. La dernière fois qu'elle l'a vue, elle portait un fusil et se souleva sur la pointe des pieds avant de se ramasser légèrement. Et voilà le doigt ! Elle fixe des yeux ce doigt, celui qui a tout changé, provoqué une douleur et une peine que cette fine silhouette ne peut imaginer. Le voilà donc !

Sa main gauche est accrochée à celle d'Alix, comme un gamin effrayé.

Isla évite son visage, ne veut pas le regarder dans les yeux. La dernière fois qu'ils l'ont fait, ils ont enfermé, très brièvement, leurs deux regards dans une inéluctabilité terrible. Et cela recommence.

— Et, annonce Alix, voici ma mère. Isla. Maman, voici Rod.

Ensuite, même Alix est à court de mots. Le silence s'installe. Isla n'entend plus de bruit de respiration, à l'exception de la sienne, très courte.

Elle regarde sa main droite et tend le bras. Elle veut sentir cette main, ce doigt.

— Je crois, dit-elle sèchement, que nous nous sommes déjà rencontrés.

Elle se serait attendue à ce que ces paroles soient plus froides que sèches, mais à l'évidence ce n'est pas le cas. Elle sent sa main trembler et s'affaiblir dans la sienne. Elle lève finalement les yeux et voit son regard désespéré. Son plus grand désir doit être de se dégager et de s'enfuir. Elle resserre son étreinte, sa nouvelle poigne lui est très utile. Non pas parce qu'il s'enfuirait. Il est beaucoup trop effrayé, un pauvre être pris au piège.

Mais pourquoi est-il venu, alors ?

À cause d'Alix, bien sûr. Alix exerce un pouvoir sur lui, bien plus fort que celui qu'elle a sur sa main. Sa fille est belle, mais Isla ne pense pas que la beauté explique une telle intensité.

Le garçon n'est pas beau. Ses cheveux ont poussé par rapport à ce qu'elle se souvient de cette journée chez Goldie. Dans ses yeux, le paroxysme de l'horreur et de la panique de la crise de ce jour-là a fait place à l'horreur et à la panique, moins forte, de la crise d'aujourd'hui. Ses lèvres sont minces, son menton étroit. Il n'est pas laid. Il n'est pas moins qu'ordinaire, pas plus non plus.

Il devrait être marqué par ce qui s'est passé. Il devrait avoir des cicatrices, des fractures, son sang devrait couler. Même ses vêtements sont propres et nets, sa chemise bleue rentrée dans le pantalon. Il porte même une cravate. Il pourrait être un jeune diplômé ou un adolescent portant les sacs de courses dans le coffre de sa voiture. Si elle n'avait pas vu de ses yeux sa monstruosité, celle-ci serait difficile à croire.

Ces jeunes gens, Alix et lui, ont des cœurs pleins de mystères.

Elle lâche sa main, qui ne recèle aucun indice utile. Cette fois, il est à sa merci. Que devrait-elle faire avec un pouvoir pareil ? Si elle veut voir des cicatrices, elle devra les façonner elle-même, si elle veut du sang, il lui revient de le faire jaillir.

Elle regarde Lyle, le voit fixer le garçon avec dans les yeux une haine totale et glacée : un homme furieux et désespéré de voir sa vie démolie. Elle regarde les deux fils de Lyle, William et Robert, beaux, entreprenants, utiles. Ils observent aussi leur père. Ils doivent penser combien il est injuste que, sans qu'il soit en rien responsable, il ait été pris dans tout cela, à cause d'elle. Elle n'est en rien responsable non plus, mais, pour eux, ce détail n'a aucune importance.

Et son propre fils ? Jamie regarde au loin, un muscle de sa mâchoire se contracte et seul son profil est tourné vers elle – que voit-il ? Des peines diverses et variées, sûrement. Ou peut-être des vengeances diverses et variées. Elle passe de Jamie au garçon debout devant elle, ce Rod. Il devrait avoir plus de matière, être plus consistant.

Il a fait pleurer Madeleine. Elle est debout au bas des marches de la véranda, Bert a passé son bras autour de ses épaules et lui donne de petites tapes réconfortantes avec sa main, et des larmes silencieuses coulent sur ses joues. Juste pour cela, pour avoir fait pleurer une vieille femme, une mère, ce garçon devrait souffrir.

Mais il souffre. Il est cerné, et cerné – à l'exception d'Alix – par le mépris, la colère et la douleur. Il est passé d'un profond malaise à l'angoisse. Il semble sur le point de pleurer.

Très bien.

Est-ce que c'était ce qu'Alix avait en tête ? A-t-elle, la seule de la famille, décidé de se venger, est-elle la petite maligne qui a élaboré ce plan pour torturer le garçon d'une manière si raffinée, si subtile que cela pourrait apparaître, même à lui, comme un acte d'amour ou même de rédemption ?

Alix apparaît sérieuse, solide et peut-être sereine. Elle est debout à côté de lui, mais le laisse affronter son destin, quel qu'il soit.

Normalement, lorsqu'un nouvel invité arrive, on lui offre un verre et des amuse-gueule, on lui indique un endroit où s'asseoir et on l'accueille avec quelques mots gentils. Ils ne peuvent assurément pas conserver ces poses figées avec le garçon au centre, comme s'il était un décor de jardin très contestable.

– Lyle, peut-être pourrais-tu offrir à ce jeune homme une boisson non alcoolisée ? demande-t-elle.

Quand Lyle, cet homme extrêmement civilisé, se secoue pour sortir de l'état dans lequel il se trouvait et se lève, elle dit au garçon de s'asseoir en indiquant le fauteuil de Lyle Elle se tourne ensuite et s'adresse à William et Robert : « Comment marchent les fers à cheval ? Qui gagnait ? », ce qu'ils prennent, comme elle le souhaitait, pour une invitation à y retourner.

— Maman, pendant que tu es dans le jardin, pourrais-tu cueillir des fleurs pour la salle à manger ? Quelques bouquets pour mettre sur la table et un gros pour la cheminée ? Alix pourrait peut-être t'aider.

Elle fait cela très bien. C'est avec fierté qu'elle assiste à la dispersion générale. Ses qualités pour diriger, très appréciables pour s'occuper d'une maison et organiser des campagnes publicitaires, ne l'ont pas quittée.

Lyle revient avec une canette de soda et un verre et semble surpris de voir le garçon occuper son fauteuil et les autres partis. Le cliquetis des fers à cheval reprend. Alix et Madeleine ont une conversation animée – enflammée ? –, avec Bert à côté.

— Merci, Lyle, dit-elle. Peut-être Martin et Jamie pourraient-ils te donner des conseils pour résoudre les problèmes posés par la pelouse derrière la maison ?

Elle n'est au courant d'aucun problème avec la pelouse derrière la maison et Lyle lève les sourcils, mais il n'est pas difficile de comprendre où elle veut en venir.

— Très bien, dit-il lentement. On y va, les gars ?

Jamie hésite beaucoup. Il regarde durement le garçon, alors qu'il s'adresse à Isla :

— On n'est pas loin, dit-il.

Pense-t-il que ce garçon pourrait lui faire du mal ? Pourrait lui faire plus de mal ? Ici, c'est lui qui est en danger, pas elle.

— Tourne ton fauteuil, lui dit-elle, pour que je te voie mieux.

Maladroitement, il pose son soda, soulève avec difficulté le fauteuil en osier. Un garçon obéissant. Peut-être est-elle en partie coupable, pour ne pas avoir crié « Stop! » à cet instant critique chez Goldie.

– Bon! dit-elle gaiement. C'est une situation embarrassante, n'est-ce pas? De quoi penses-tu que nous devrions parler?

S'il se trouve qu'Alix ait commis aujourd'hui un acte de cruauté délibérée, il ne serait pas difficile de savoir de qui elle tient cette habileté aiguisée et tranchante.

– Je ne sais pas.

Comme un gamin de dix ans, il regarde ses pieds et doit se rendre compte soudain qu'ils font de grands mouvements d'avant en arrière tout en réalisant qu'elle ne peut pas faire la même chose avec son fauteuil, car il s'arrête brutalement.

– Pourquoi es-tu venu?

– Alix, j'imagine. Elle m'a dit que je le devais. (Il lève les yeux, qui ont une lueur étrange.) Je ne voulais pas.

Cela paraît évident. Mais s'il regarde Isla comme s'il était en quête d'une approbation maternelle, il trouvera la porte fermée à clé.

– J'imagine donc que nous sommes à égalité. Personne n'avait envie que tu viennes, à part Alix. Habituellement, je ne dirais pas une chose pareille à un invité, mais je suis sûre que tu n'es pas surpris. Je ne pense pas qu'il soit nécessaire d'être excessivement bien élevé entre nous, contrairement à ce que nous ferions avec d'autres.

Il serait sans doute reconnaissant devant toute marque de politesse offerte. Cet espoir-là est perdu. Il est drôle de constater que, effectivement, ce qu'elle vient de dire comporte une part de vérité: ce garçon n'est pas quelqu'un avec qui elle a besoin de passer beaucoup de temps seule à seul. Ils ont tous deux vu suffisamment de l'autre dans sa version la plus dépouillée. Se déshabiller, raconter sa vie, ne compte pour rien à côté de ce moment chez Goldie.

— Maintenant que tu es ici, contre l'avis de tout le monde, y compris le tien et le mien, de quoi crois-tu que nous devrions parler ?

Il hausse les épaules, sans défense, perdu. Bon !

— Je sais, si nous parlions de la façon dont nous avons vécu l'année écoulée ? Tu me parleras de la prison, je te raconterai l'hôpital. J'imagine que, d'une certaine manière, ces lieux se ressemblent. Je veux dire que ce sont des endroits où l'on ne fait pas ce que l'on veut. En ce qui me concerne, je ne fais pas et ne ferai plus ce que je veux. Et toi ?

Trop cruelle ? Elle ne voulait pas vraiment lui faire monter les larmes aux yeux. Elle pensait qu'il serait plus résistant. Il était armé, après tout. Il a tiré sur elle, n'est-ce pas ?

Elle pensait qu'elle aussi serait plus résistante. Peut-être était-ce ce qu'Alix voulait dire : que si elle le voyait de près, il ne lui apparaîtrait pas comme une monstruosité.

Mais alors, qui la hantera, quelle silhouette lointaine pourra-t-elle invoquer et considérer comme le légitime représentant de cette apocalypse suffisamment puissante et gigantesque pour lui faire perdre l'usage de ses jambes, le mouvement crucial, cette sensation nécessaire ? Ce garçon ? Son insignifiance, sa faiblesse, sa peur manifeste donnent l'impression que son apocalypse est minuscule, sa souffrance, mineure, et ses luttes, dérisoires. Quelle insulte, quelle claque !

Est-ce aussi ce qu'Alix avait compris ? A-t-elle fait en sorte de le rendre plus imposant, de l'aider à développer un rôle qu'il a déjà incarné ? C'est un projet qui vaut la peine, si c'est bien le cas. L'enfant rusée et intelligente d'Isla.

— Dis-moi, demande-t-elle dans une question aux contours un peu trop flous peut-être, ce que tu ressens. Je veux dire, à part être effrayé et n'avoir pas voulu venir ici.

— Eh ! bien, balbutia-t-il en prenant beaucoup de temps pour penser ou, peut-être, pour se demander quel type de réponse elle attendait. Je suis désolé. (Il lève à nouveau la tête, de petits yeux sans relief, brillants de larmes.) Je suis désolé.

– Désolé de quoi ? D'avoir été pris ? D'avoir été en prison ? D'avoir essayé de commettre un vol chez un marchand de glaces ? D'avoir tout raté ? D'avoir tiré sur moi ? Tu es désolé pour toi, pour moi ou quoi ?

Sa voix chavire. Sa peur devrait augmenter, s'il est intelligent.

– Pour tout, je pense. Que cela ait eu lieu. Je ne voulais rien de ce qui s'est passé. Je n'arrivais pas à le croire.

– Moi non plus, je n'arrivais pas à le croire. D'ailleurs, je n'y arrive toujours pas. Mais tu es ici et moi aussi, et nous avons eu cette… – comment l'appeler ? –, cette rencontre, toi et moi. J'imagine qu'il faut y croire. Tu penses beaucoup à ce moment ? Moi oui. Je ne peux pas te dire combien de milliers de fois j'ai repassé cette scène dans ma tête. À chaque fois, c'est le choc. Et toi ?

– Oh ! oui ! dit-il en prenant une inspiration. (Maintenant, il la regarde avec une étrange lueur d'espoir dans les yeux. Drôle de garçon !) Je crois qu'il n'aurait fallu qu'un tout petit écart. Je ne m'étais jamais servi d'un fusil auparavant. Comment ai-je pu toucher quelque chose cette première fois ?

– Pas quelque chose, quelqu'un. Moi, en réalité. (Oh ! cette chère langue acérée !) Tu n'es donc pas un de ces gamins qui va chasser avec son père ?

– Non, il y va avec des amis. Pas moi ! Je n'ai jamais tiré sur un oiseau ou un lapin. J'aime les animaux, j'avais un chien, c'était le chien de ma grand-mère en fait, il est mort pendant mon absence. Les seuls animaux morts auxquels j'ai eu affaire l'étaient déjà quand je les ai découverts.

Une image plutôt désagréable. Elle essaie de la mettre de côté.

– Alors, pourquoi ? Que cherchais-tu ? J'étais chez Goldie pour une glace, mais toi, qu'y faisais-tu ? Avec un fusil. Quel était ton but ?

– Nous avions un plan. Nous avions besoin d'argent pour partir, avoir un appartement, ce genre de trucs. Je pensais que ce serait facile. Le plan était si lumineux! (Il parle par à-coups, maintenant, comme un fusil.) Je ne devais pas m'en servir, sauf pour tirer en l'air afin que ça ait l'air d'un vrai vol. Et puis vous êtes entrée. J'étais sur le point de tirer dans le mur et vous m'avez fait sursauter. Et, je ne sais pas, ça *a eu lieu*, et voilà! Ça *a eu lieu* et voilà!

Isla comprend – et il s'en rend compte soudain – ce qu'il vient de lui avouer: que c'était planifié, il y a un *nous*, qu'un coup de feu était nécessaire pour donner l'impression d'un vol véritable.

– Merde! dit-il. J'ai fait tellement attention!

Et elle comprend que ces paroles n'ont rien à voir avec les armes à feu, mais qu'il avait fait attention de protéger son ami.

– Cela ne fait pas l'ombre d'un doute, reprend Isla. Il devrait être reconnaissant. Dans de nombreuses circonstances, la loyauté est une vertu. Pas dans ce cas précis, à mon avis, mais souvent. Je comprends comment tu as pu commettre une erreur.

– Qu'est-ce que vous allez faire?

Telle une marionnette, ses membres sont amorphes et pendouillent. Comme si la loyauté, le seul point en sa faveur, l'avait aidé à rester debout.

– Je ne sais pas. (Elle ne ment pas. Elle ne sait vraiment pas.) Il faut que j'y réfléchisse. C'était un acte terrible. Et comme tu le vois (elle lui montre ses jambes), il le reste et le restera.

– Je sais. Oh! mon Dieu! Mais (profonde inspiration) je suis celui qui a appuyé sur la détente.

– Crois-moi, j'en suis parfaitement consciente. Mais ai-je tort de penser que si tu avais été seul, tu ne te serais pas trouvé chez Goldie, ou n'importe où d'ailleurs ce jour-là, avec un fusil?

Oui, elle voit qu'il comprend que c'est vrai. Est-ce une bonne ou une mauvaise nouvelle pour lui ? Est-ce dû à une forme d'innocence ou à une absence de cran ? Au cours de l'année écoulée, il a été un voleur armé, un tireur. Cela doit être différent que d'être un disciple sans volonté. Pas tout à fait un dupe, mais assurément un bouc émissaire.

– Eh ! non, dit-il. Mais j'y étais.

Maintenant, c'est au tour d'Isla d'interpréter l'ambiguïté : revendique-t-il cette action téméraire, terrible et mauvaise ou réclame-t-il un châtiment pour lui seul ?

Elle n'arrive pas à croire qu'elle se pose ce genre de questions. Qu'elle puisse avoir le plus petit intérêt pour d'infimes détails concernant ce petit criminel.

– Tu m'as tiré dessus ! s'exclame-t-elle, ébahie. Est-ce que cela ne te fait pas trembler ? Moi, j'en tremble encore. Du moins, je le ferais si j'en avais la capacité. (Il est temps qu'il apprenne la valeur des verbes à risque. Il tressaille, comme si elle venait de le frapper.) Et toi ? demande-t-elle à nouveau, plus gentiment, de façon plus courtoise.

– Je pense, dit-il lentement. Je donnerais n'importe quoi pour que vous soyez guérie. Vous aussi, j'imagine. Vous devez me détester.

Cela ne semble pas être l'un de ces moments où une personne prononce ces mots pour entendre l'autre lui répondre : « Oh ! non ! Bien sûr que non ! » Il se contente d'énoncer un fait. Comme c'est normal.

Mais la haine est immense et elle nécessite, assurément, un objet à sa mesure. Et il n'y a rien d'immense dans ce garçon. Le fusil était immense, le moment aussi, mais pas lui.

– Je ne te déteste pas, tu sais, répond-elle aussi lentement qu'il a parlé. Je déteste ce que tu as fait, mais c'est légèrement différent. (Dans quelle mesure un garçon de dix-huit ans peut-il comprendre cette distinction ?) Et je suis très en colère, comme tu peux sans doute t'en rendre compte.

Elle voit son regard la quitter et se tourner légèrement pour regarder Alix, avec Madeleine et Bert, qui les observent depuis le jardin. Les choses semblent s'être calmées, là-bas. Alix leur fait à tous deux un signe de tête : que leur dit-elle ? Que c'est bien ce qu'ils font ? Alix n'en a aucune idée. Absolument aucune.

— Moi aussi, dit-il de façon inattendue.

Et il a l'air surpris, comme si, pour lui aussi, c'était nouveau.

— Tu es en colère ?

— Oui, j'ai commis un acte stupide et tout s'est écroulé. Une minute. Si je pouvais revenir en arrière, tout serait totalement différent. Mais je ne peux pas, je suis fou de rage ! Je veux dire, contre moi-même. Pour tout. Vous comprenez ?

Il frappe ses jambes avec ses poings comme pour scander ses paroles. Son expression déborde de regrets, d'une véritable angoisse, d'une véritable haine de soi. Et d'horreur, aussi, à voir s'afficher tous ces sentiments. Ne les a-t-il pas déjà énoncés ? Il réagit, en tout cas, comme s'il subissait le choc de les entendre pour la première fois.

— Je vous le jure ! Si je pouvais recommencer, je me tuerais ! (Sa voix monte d'une octave.) Je peux toujours le faire.

Alix sait-elle ce qu'elle a entre les mains ? Et ce qu'elle a fait ? Isla le sait-elle ?

— Je sais, reprend Isla calmement. J'y ai pensé, moi aussi. (Elle y avait pensé, en effet. Il doit savoir qu'elle n'essaie pas d'être condescendante.) Pendant une période, à l'hôpital, j'étais totalement paralysée. Je ne ressentais rien, ni mes mains, ni mes bras, ni mes jambes, ni mes pieds, rien. Je ne pouvais ni bouger ni rien sentir. C'est un état indescriptible, on est tellement impuissant ! Il y a eu des moments où j'ai pensé que je devrais mourir, mais ce n'est pas arrivé tout seul. Je ne pensais pas qu'il y aurait un volontaire pour m'aider et je ne pouvais rien faire seule. J'étais si furieuse et désespérée !

Il faut qu'il entende ces mots comme des reproches, assurément, mais c'est aussi, peut-être, une expérience qu'elle connaît bien et qu'ils partagent, en quelque sorte.

Ce serait terrible d'être Rod ! De savoir tout ce qu'il a détruit, à lui tout seul. Et il n'a que dix-huit ans ! Il doit avoir envie de se détruire.

— Comme tu le vois, mon état s'est beaucoup amélioré. Il n'y a que mes jambes qui sont perdues, mais c'est là une perte très lourde. C'est étrange, il arrive qu'elles me fassent souffrir, mais c'est tout, juste une souffrance. Ce n'est pas qu'elles pourront un jour me servir à nouveau. Désormais, je *pourrais* me tuer. Ce n'est plus hors de ma portée. Et je vais te confier quelque chose que personne ne sait : après l'opération, j'ai fait une tentative. J'ai eu les couteaux, les médicaments et j'y ai pensé. C'était tentant, n'est-ce pas ? Juste de tendre la main et de le faire. Mais (sa voix se fait plus dure), comme tu le vois, je ne l'ai pas fait. J'avais de multiples possibilités, et pourtant je n'ai encore rien fait. Bien que (ébauchant un sourire terrible et rapide), on ne sait jamais ce qu'il se passera demain. Du moins, moi je ne sais pas.

Il est penché en avant maintenant, les coudes sur les genoux, courbé en deux, et la regarde droit dans les yeux.

— Pourquoi ? Pourquoi ne l'avez-vous pas fait ?

Elle ne peut pas mentir. Mais elle ne peut être aussi insouciante et ignorante qu'Alix envers ce jeune homme.

— Parce que ça a été trop dur d'arriver jusqu'ici. C'était impossible de gâcher tous ces efforts. Et puis, il y a tous ces êtres.

Elle esquisse un geste, mais ne quitte pas ses yeux. Si elle le quitte des yeux, il va chuter, elle sait qu'il va chuter.

— Tous ces êtres, comment aurais-je pu leur faire une chose pareille ? Il y a eu des moments qui n'avaient pas d'importance, mais, dans l'ensemble, tout compte. Mes enfants, tu connais Alix. Et mon mari. Tu ne savais sans doute pas, ou peut-être le savais-tu, que nous sommes ensemble depuis peu et que je me sentais finalement heureuse et en sécurité. Et donc, pour l'instant, même si je pourrais changer d'avis plus tard, je ne voudrais pas le punir de cette façon. Mais, d'un autre côté, je ne veux pas être son fardeau. Je ne veux pas peser sur lui.

Cela est assurément hors de la portée d'un garçon de dix-huit ans. Ou cela ne le regarde pas. Mais il écoute attentivement, très attentivement. Comme l'a dit Alix, il semble désespéré de se remplir.

— Mais, tu sais, mes enfants sont jeunes et mon mari est robuste. Ils auraient survécu. Ma mère, cependant.. – tu la vois, là-bas dans le jardin. Elle a été un roc pour moi, à plusieurs reprises elle m'a sauvé de terribles désastres que tu ne connais pas. (À moins qu'il ne les connaisse. Difficile de savoir de quoi il a pu parler avec Alix.) Sans tenir compte des autres, je ne pourrais pas lui faire cela. Ce serait comme si je la tuais, elle aussi. C'est ma mère et donc…

Elle hausse les épaules.

— Ma mère, dit-il doucement, m'a quitté. Ou elle est partie, je ne sais pas, j'étais petit. Je crois qu'elle était malade. Et, après quelques années, elle a sauté d'un pont.

Le niveau d'hostilité grimpe rapidement entre eux, la force des soupçons d'Isla: recherche-t-il sa sympathie? Donne-t-il une explication foireuse de la raison pour laquelle il a déraillé? Répète-t-il une notion banale acquise pendant les séances de psychothérapie en prison?

— Je crois que ma grand-mère aurait beaucoup de peine, cependant. Et mon père. Je n'avais pas beaucoup pensé à cela, à leurs sentiments si je me tuais.

Oui, elle reconnaît cela: l'égocentrisme de la victime, l'insouciance des damnés.

— Mais tu ne vas pas te tuer. Et moi non plus. Après avoir parcouru tant de chemin.

C'était comme un marché, un pacte.

— Je ne crois pas. Je ne sais pas quoi faire. J'ai retrouvé le pont pourtant. J'ai essayé d'imaginer.

Elle voit les hommes, Lyle, Jamie et Martin, se rapprocher d'un angle de la maison. Ils regardent vers la véranda, essayant d'évaluer les événements et la place qu'ils y occupent, décidant tranquillement de faire un détour par le jardin pour aller retrouver Madeleine, Alix et Bert. Robert et William commencent, assurément, à se fatiguer de lancer des fers à cheval. Chacun se comporte avec une délicatesse remarquable, lui semble-t-il. À moins qu'il ne s'agisse de peur. De confusion. Dans tous les cas, ils se comportent bien et avec respect pour ces événements mystérieux auxquels ils ne participent pas. Elle est une femme qui a beaucoup de chance dans son extrême malchance.

— Donc, dit-elle en se tenant aussi droite que possible, en leur faisant un petit signe que tout va bien et au garçon que le temps est venu de changer de sujet de conversation, si tu ne te tues pas, que vas-tu faire ? Quels sont tes projets ? Vas-tu retourner vivre chez ta grand-mère à un moment ou à un autre ?

La réponse l'intéresse, car elle n'aimerait pas le rencontrer dans la rue, à des moments où elle ne s'y attend pas.

— Je ne crois pas. Tout le monde est au courant. Ils auraient les yeux fixés sur moi.

C'est l'un des cercles infernaux, assurément.

Ils ont les yeux fixés sur Isla aussi dans son fauteuil roulant. Elle n'est d'ailleurs pas totalement satisfaite que les gens soient beaucoup plus amicaux désormais, se sentant libres de se pencher au-dessus d'elle et de se lancer dans des conversations sur le temps, la corvée des courses, même des événements locaux qui pourraient l'intéresser. Ils ne disent rien de son handicap, ils sont beaucoup trop polis, ou mal à l'aise. Pourtant, deux d'entre eux lui ont parlé lentement et fort, comme si, au lieu d'être privée de jambes, elle était devenue sourde et stupide. Elle suppose que le message ainsi transmis n'est que très partiellement positif.

C'est dur, a-t-elle fait remarquer à Lyle, d'être acceptée de cette façon. Si elle était restée debout, avait continué à marcher, cela aurait demandé des dizaines d'années.

— Alix m'a aidé. J'ai terminé mes études en *taule*. (Il trébuche un peu sur *taule*.) Je pense que je vais travailler. Elle dit que ce ne sera pas grand-chose pour commencer, bien que j'aie eu de bons résultats. Sans doute dans un fast-food ou une boutique. (Dans ce cas-là, il devrait espérer ne jamais être confronté à un gamin armé d'un fusil.) J'aimerais bien travailler dans la nature, elle en a parlé. J'ai tondu les pelouses et jardiné pour les gens. J'aime être à l'air libre.

— Oui, moi aussi. Avant tout ceci, que voulais-tu faire?

Comment aurait-elle répondu à une telle question à dix-sept, dix-huit ans? Elle avait de vagues idées concernant les mots, la publicité, pas de but, de perspective ou de plan, juste une idée. Mais elle avait James en tête, ce jeune homme plus âgé, plein de promesses.

Oh! mon Dieu, ces larmes qui reviennent! Et elle a perturbé le garçon, qui la regarde maintenant avec inquiétude. Elle secoue la tête:

— Ne t'inquiète pas. Juste une pensée que j'ai eue. Continue.

— Je ne savais pas. Je n'avais pas de grandes idées. Si j'avais eu de meilleures notes, j'aurais pu envisager d'aller à l'université, mais je ne me concentrais pas beaucoup à l'école. De toute façon, je ne crois pas qu'il y aurait eu suffisamment d'argent pour cela. Mais, en taule, nous avons passé des tests pour voir dans quels domaines nous étions bons et il semblerait que je pourrais avoir un emploi lié aux plantes, aux animaux ou aux chiffres, quelque chose comme ça.

Dommage que Jamie ait abandonné son emploi de fleuriste, il aurait pu le passer directement à Rod.

— Alix a plein de livres sur les collèges, où ils donnent la liste des cours, vous connaissez? Elle m'a dit que, sur le long terme, il faudrait que j'y pense, mais il faut mettre de l'argent de côté. Je ne voyais pas les choses comme ça. (Comme il est devenu bavard !) Avant, nous pensions seulement à nous trouver un appartement et avoir du bon temps.

Avec l'argent de chez Goldie. Attendait-il une si grosse somme de la caisse d'un magasin de glaces ? Luxe et liberté ensemble ? Quels gamins ! Quel optimiste incorrigible !

— Les choses ne se déroulent pas ainsi.

— Non, je ne crois pas.

Isla n'a, bien sûr, aucun moyen de visiter l'appartement d'Alix. Il lui est difficile de monter des escaliers raides. Mais, d'après la description de sa fille, cela semble moins que luxueux. Prise dans ses bonnes œuvres mal rémunérées, elle semble penser que ses actions exigent un environnement spartiate, lui aussi. Mais, du moins, elle gagne sa vie sans uniforme et sans demander l'obole pour le compte de cet horrible Maître Ambrose. Elle est bien partie, dans l'ensemble, si elle ne tombe pas dans l'excès ou le martyre, ce qui semble toujours un risque, apparemment, chez Alix.

— J'aime explorer, poursuit-il. J'avais coutume de le faire dans les environs. Maintenant, je suis revenu où j'aurais grandi si ma mère n'était pas tombée malade, et il est intéressant de voir comment les événements auraient pu se passer ici. Toutes les connaissances que j'aurais déjà. J'aimerais retrouver des gens qui l'ont connue. J'ai trouvé le pont sans problème, mais je n'ai encore rencontré personne qui l'ait connue.

Isla trouve ces confidences un peu embarrassantes. A-t-elle chuté dans son estime craintive ? La considère-t-il désormais comme une femme immobile et amicale à laquelle il peut parler ?

— Mais tu n'as pas fait de vols en boutique ou dérobé des gens ?

— Non ! (Il semble choqué.) Oh ! non !

— Pourquoi pas ? Tu n'es pas encore passé maître en la matière. J'aurais imaginé que tu sortirais de prison en pensant que tu avais besoin de pratiquer. (C'est tellement facile de le faire reculer. Elle n'arrive pas à croire qu'elle s'en veut, mais c'est bien le cas.) Désolée, dit-elle.

Et elle ne peut croire non plus qu'elle présente ses excuses à ce jeune criminel contre lequel elle avait imaginé, conçu, élaboré une vengeance pendant une année entière.

Qu'est-il arrivé à la femme avide de façonner des cicatrices, de faire jaillir le sang?

Oh! elle est toujours là. Elle sera toujours là. Simplement, cette cible est bien trop misérable.

— J'imagine, dit-il prudemment, que vous avez le droit de dire ce que vous voulez, quoi que ce soit. Je veux dire, si c'était moi, je voudrais me tuer, c'est sûr. Mais je ne sais pas quoi dire. *Désolé* n'est pas grand-chose. Cela n'est pas rien. Je ne peux pas réparer. Je ne sais pas quoi faire.

Cela sort à la manière d'un cri. Il est vraiment perdu. Car il a tout à fait raison Et ils tournent en rond. Ils sont coincés, parce qu'il n'y a pas de réponse aux jambes perdues d'Isla, au cœur perdu de Roddy.

— Cela te ferait du bien si je te tirais dessus? demande-t-elle gentiment. Je tirerais dans la jambe, tu serais handicapé, un prêté pour un rendu, cinquante-cinquante, œil pour œil, jambes pour jambes.

Pendant un moment, aussi long que chez Goldie, mais cette fois parfaitement immobile, sans tour, sans torsion, il la regarde. Et un sourire se dessine lentement aux coins de la bouche d'Isla, puis de la bouche de Rod.

Ils ne rient pas réellement. Ils ne forment pas à proprement parler des âmes sœurs. Ils ne sont pas véritablement réunis par les circonstances et elle n'a pas cessé de regretter qu'il existe. Tout comme, sans doute, il regrette qu'elle existe. Mais cela va bien au-delà de ce qu'elle aurait pu imaginer.

À cet instant, cette amertume terrible provoquée par la punition, le poids terrible de la vengeance ont disparu pour laisser place à... — à quoi? Le mot pour cet état pourrait être la *grâce*. Elle n'est pas sûre de ce dont il s'agit, l'intégralité de tout ce que ce terme est censé comprendre et renfermer, mais c'est le mot qui lui vient à l'esprit : elle se sent, brièvement, en état de grâce.

En vérité, elle est étonnée, interloquée même, face à ce qui ne pourrait être qualifié de bienveillance – elle ne s'attend pas ni ne voudrait devenir une personne bienveillante –, mais plutôt d'ardeur à ne pas faire souffrir. Pas nécessairement pour créer de la lumière, mais pas non plus pour faire descendre les ténèbres.

L'état de grâce ne peut se maintenir perpétuellement, en permanence, du moins pas chez elle. C'est acquis et non inné, mais c'est un sentiment à connaître. Et à cultiver. Comment peut-on cultiver la grâce ?

Comme tout le reste, imagine-t-elle. Comme les exercices destinés à renforcer sa poitrine, son dos et ses bras : en répétant, en pratiquant, en faisant la même chose jusqu'au bout, jusqu'au seuil de la difficulté ou de la douleur.

Elle tend la main pour toucher le genou de Roddy. Pas par affection, pas parce qu'elle a pardonné, mais parce qu'il lui a donné cela, même si c'était de façon maladroite et sans le vouloir.

Lyle est maintenant appuyé à l'autre extrémité de la véranda, parlant tranquillement avec Martin et Jamie.

– C'est l'heure d'une autre tournée ? lui demande-t-elle. Revenez tous. Il faut que je vous présente Rod comme il se doit.

Par ces mots, elle veut dire qu'il soit intégré aux conversations : des questions qui trébuchent, des réponses maladroites, un rituel pour mieux se connaître rendu coûteux et sans doute terrible du fait du poids de la rancœur, du manque de confiance, de la peur, du ressentiment, de l'inaptitude et, il faut bien le dire, d'une colère enracinée.

Et c'est plus ou moins ainsi que les choses se passent. Les voix sont tendues, perdent leur naturel, mais en bonne

hôtesse qu'elle est, elle arrive à trouver des liens et des intérêts communs au-delà du plus évident, elle-même, et de les
séparer quand les voix se font dures. Elle dit à Jamie que
Rod a fini sa dernière année d'études secondaires en prison
et s'intéresse aux activités de plein air. Elle explique à Rod
que Jamie est lui aussi retourné à l'école, mais que, pendant un temps, il a travaillé chez un fleuriste.

Elle explique à Robert et à William que la mère de Rod
est morte quand il était très jeune et dit à Rod qu'ils sont,
l'un un éminent scientifique, l'autre un éminent analyste des
sondages d'opinion. Elle raconte à Martin que Rod rêvait de
quitter sa petite cité pour partir en ville et fait part à Rod
des désirs de Martin devenus plus universels alors qu'il
revient d'un voyage en Inde. Il y a beaucoup de possibilités,
essaie-t-elle de dire. Une multitude d'issues possibles.

Elle dit à Madeleine que Rod a essentiellement grandi
dans la maison de sa grand-mère et explique à Rod qu'elle ne
sait pas ce qu'elle serait devenue, pas plus que Jamie et Alix,
si Madeleine n'avait pas été là à des périodes très difficiles.
Elle raconte à Bert que le père de Rod semble être un homme
de peu de mots et rapporte à Rod que c'est aussi le cas de
Bert, mais qu'ils sont toujours destinés à aider et à consoler.

La plupart de ces paroles donnent lieu à une belle
conversation. Ayant fait de son mieux, elle les abandonne.

La *consolation* est une notion intéressante. Elle lui revient à
l'esprit quelques heures plus tard, à la fin du dîner, alors que
les assiettes sales et les serviettes encombrent la table, que les
bougies sont consumées, que les fleurs se flétrissent et tombent. Sur un côté de la longue table, Jamie et Martin sont
lancés dans une conversation à mi-voix, alors que William et
Robert, placés de chaque côté du vieux couple, Bert et
Madeleine, se penchent vers eux et semblent s'amuser de la
même chose. Alix est à côté de Rod, qui est à côté de Jamie,
une disposition audacieuse qui, au cours du repas, avant que
Jamie se tourne vers Martin pour discuter, devint, non pas

chaleureuse, mais du moins cordiale et même animée lorsque Jamie et Rod comparèrent leurs prisons, les gardiens qu'ils avaient rencontrés, les façons de voir des policiers et de leurs avocats respectifs. Isla entendit Jamie dire : « J'ai eu de la chance », et elle pense que c'est bien le cas.

Lyle et elle président la tablée, côte à côte, bien que son fauteuil prenne plus de place que sa chaise. Sous la nappe, leurs mains se joignent. Elle n'a pas de certitude absolue que cette affection, si profonde soit-elle au moment présent, pourra durer une, deux ou trois dizaines d'années, mais, à ce moment précis, leurs mains sont réunies.

La journée s'achève comme elle l'avait imaginée : dans une faible lumière, après un bon repas, de bons vins, en bonne compagnie dans cette maison. La journée s'achève aussi à cause de cette silhouette mince placée entre Jamie et Alix, d'une façon totalement différente de ce qu'elle avait imaginé.

Elle comprend qu'elle espérait, non seulement se venger, mais, d'une manière plus vaste, trouver la consolation. Mais elle est incurable, pour de multiples raisons, ce qui la rend profondément, essentiellement, inconsolable.

C'est pourtant un moment. Et un moment, comme elle l'a appris en franchissant la porte d'entrée de Goldie, peut être très long et très vaste.

Il y a dans le mot *endurance* la rigidité, l'inflexibilité du chêne, et à l'intérieur de l'endurance, il y a ces moments forts qui ont deux jambes, procurant une joie étrange, presque sensuelle. Cette joie, rare et inhabituelle, n'est pas une compensation – c'est impossible –, mais, en définitive, et du moins momentanément, une consolation.

Et, imagine-t-elle en entendant les voix monter et descendre autour d'elle comme une musique, comme de l'eau, ce pourrait bien être la grâce : une joie consolante, vacillante comme la lueur des bougies, enchâssée dans l'endurance, s'illuminant de temps en temps pour former une image brève. Comme celle-ci.

Ce volume a été achevé
d'imprimer au Canada
en mai 2004